Marie Pavlenko

LA FILLE-SORTILÈGE

le pré
aux clercs

Retrouvez Pandore sur Internet :
www.lepreauxclercs.com/pandore

Toute l'actualité de la collection
sur le blog animé par Xavier Mauméjean :
www.le-blog-de-pandore.fr

Et, pour connaître toutes les news,
les dates de rencontres avec les auteurs,
participer aux jeux-concours en avant-première
et partager vos impressions,
rejoignez-nous sur Facebook :
www.facebook.com/Collection.Pandore

Retrouvez Marie Pavlenko : www.mariepavlenko.com

Page 11 : carte dessinée par Myrtille Vardelle © dpcom.fr

ISBN : 978-2-84228-500-5
Code éditeur : 443
Dépôt légal : mars 2013

Retrouvez-nous sur www.lepreauxclercs.com

Le Pré aux Clercs un département **place des éditeurs**

place des éditeurs

À mes amours, S.A.M.

En des temps lointains, du plus profond de l'Entre-Terre, six Clans foulèrent le sol vierge du Désert.

Le premier, le Clan des Planteurs, avait le don de féconder la terre.

Le deuxième, le Clan des Sourciers, commandait à l'eau.

Le troisième, le Clan des Dresseurs, savait charmer les animaux.

Le quatrième, le Clan des Façonniers, pouvait à sa guise modeler pierre et métal.

Le cinquième, le Clan des Couteliers, excellait dans l'art de manier la lame.

Le sixième, le Clan des Guérisseurs, connaissait les secrets des plantes et confectionnait des remèdes contre tous les maux.

Les Six s'installèrent sur une colline désolée.

Ainsi naquit la Cité des Six.

Cimetière orkla
Cimetière nord
Grande halle
Orklas nord
Plantes médicinales
LES GUÉRISSEURS
6e Clan
Serres
Bibliothèque
Forges
Salle d'armes
Arènes
2e Clan
LES FAÇONNIERS
Jardins
Vergers
Potagers
Tanneries
Ateliers de tissage
LES COUTELIERS
5e Clan
1er Clan
LES PLANTEURS
Pas de tir à l'arc
Haut Forum
Champs
Étables
Volières
LES SOURCIERS
2e Clan
Prairies
3e Clan
LES DRESSEURS
Bains publics
Porte des Ariares
Porte de l'Astre
Fermes à romotes
Mer Intérieure
Puits
Étangs
Orklas sud
Cimetière sud
La Cité des Six

Prologue

Ils passent juste au-dessus de moi alors j'attends, le dos plaqué sur le granit froid de l'immense muraille, blottie contre ses blocs de roche massifs. Pour patienter, je compte. Les soldats marchent vite, la nuit, sur le chemin de ronde. Jusqu'à trente, ça devrait suffire. La vapeur sort de mon nez et humidifie l'intérieur de mon écharpe. Je me force à respirer lentement. Mon cœur s'affole toujours au moment de franchir l'étendue déserte qui sépare les deux Murs. C'est là que je suis vulnérable, là qu'ils peuvent me voir malgré l'obscurité.

Ça y est, je n'entends plus le battement lourd de leurs bottes. L'adrénaline déferle, comme à chaque fois. Et je me mets à courir.

L'herbe est glacée, le givre craque et s'effrite sous mes semelles de cuir.

Encore vingt mètres. L'air froid me brûle la gorge. Je voudrais me retourner, vérifier qu'aucune sentinelle n'est restée en arrière, une qui pourrait m'apercevoir du haut des remparts, crier à l'intrus, décocher une flèche. Je me concentre plutôt sur mon objectif : la porte.

Cinq mètres. Je bondis, j'évite une flaque gelée et opaque.

Deux mètres. Mes chaussures crissent.

J'y suis. Je me coule dans l'ombre du contrefort.

Je soupire, essoufflée. Je ne crains plus rien, maintenant, à condition de rester silencieuse. Aveugle, je tâtonne et glisse mes doigts entre les interstices. Je m'arcboute et tire de tout mon poids. Je tire, je tire… et l'ouverture apparaît. Je ne comprendrai jamais pourquoi cette porte de granit millénaire ne grince pas, n'émet aucun son, qu'il pleuve ou vente. Et reste invisible pour tous. Je me faufile à l'intérieur et j'empoigne l'anneau de pierre. La porte se referme sur moi.

Je sors le galet de lumière que je cache dans ma poche, dévale l'escalier en vis et plonge dans les entrailles de la terre. Une soixantaine de marches et j'aboutis au tunnel. Je me souviens de la première fois que Malcor m'a amenée ici. Qui aurait pu soupçonner l'existence d'un tunnel, propre, sec, étroit, bas de plafond, chaud, enfoui sous les fondations de l'épaisse muraille de la Cité des Six ? J'étais fascinée, alors, et je m'extasiais sans cesse. J'avais dix-sept ans. J'y suis retournée des centaines de fois, j'en connais désormais chaque recoin, aspérité, inscription étrange. Depuis la mort de Malcor, j'y vais seule. Je ne partage pas mon terrain de chasse.

Le sol est dur, recouvert d'une fine pellicule de poussière rouge dans laquelle on distingue la marque de mes allées et venues. En cherchant bien, je suis sûre que je pourrais y dénicher une empreinte de Malcor. J'arrive au croisement. Je tourne à gauche, je remonte la longue pente raide qui mène à l'air libre. Je parviens à la trappe dissimulée dans le deuxième Mur.

La pioche, la grande planche, la corde, la pelle, tout y est. Je range mon galet de lumière, j'ouvre le verrou avec la clef confiée par Malcor le jour de sa mort, je descelle la pierre et sors la tête. Personne. Je prends mes outils, m'extirpe, renifle. L'odeur de la terre fraîchement retournée explose à mes narines. Cette fois, j'ai de la chance, je ne suis pas loin. Je n'aurai pas à chercher des heures.

Mes prunelles s'habituent aux ténèbres, je distingue la silhouette des grands arbres qui veillent sur le cimetière. J'avance recroquevillée et remonte les allées caillouteuses en marchant le plus possible sur l'herbe, pour étouffer mes pas. En quatre ans, je n'ai rencontré qu'une seule personne. Malcor s'en est chargé. On est revenus avec deux cadavres au lieu d'un, ce soir-là.

Je franchis sans mal la grille du Clan des Sourciers, avec ses arabesques de fer forgé, et j'arrive devant la tombe.

Je guette une jeune femme de maigre corpulence depuis longtemps. Je l'ai trouvée. Ses parents éplorés discutaient avec des voisins, près de la mer Intérieure, ce matin. Je me suis approchée et j'ai saisi quelques bribes de leur conversation, suffisamment pour comprendre que j'allais sortir.

J'ai envoyé un message à L'Ombre. J'espère qu'il l'a reçu et qu'il m'attendra.

La pelle s'enfonce mal. Le gel est partout, qui se coule dans chaque fissure et colle entre elles les mottes. Je suis obligée d'utiliser la pioche pour fracasser le sol. Le bruit du métal qui crève la terre résonne dans la nuit, contre les troncs. Je dois faire vite. Je serre les dents, la transpiration perle déjà sur mon front mais je reste emmitouflée. Malgré mes mitaines, mes doigts sont glacés.

Je lance la pelle avec force sur les premiers centimètres. Ensuite, je ralentis la cadence. Il ne faut pas que j'abîme le corps. Je fiche la pelle avec précaution. Quand je ne rencontre pas de résistance, je soulève le manche en prenant appui sur ma cuisse et jette la terre sur son tas. C'est un des secrets : remettre en place, faire croire que rien n'a changé, que le mort est là. Surtout, ne pas éveiller les soupçons du Conclave. Sinon, les Clans finiront par poster des gardes et adieu la pitance.

C'est trop long... Je peste. J'ai creusé sur plus d'un mètre et toujours rien. Ils l'ont enterrée profondément. Ça signifie plus de temps, et le temps file. Je fais quand même une pause pour calmer mes bras qui tremblent. Les heures passent si vite.

Je finis par buter contre quelque chose. Je m'agenouille et déblaie à la main jusqu'au linceul, dont l'étoffe est brodée de fils bleus et dorés. Une riche famille. Je me secoue aussitôt : n'y pense pas ! C'est juste un corps, rien de plus, un corps sans vie, qui n'attend rien mais peut beaucoup pour toi. Oublie sa mère, son père, oublie, sinon, tu feras encore des cauchemars.

Je gratte sur toute la longueur et je le mets au jour. La silhouette frêle prend peu de place mais je ne me fie pas aux apparences. Le vrai travail commence. J'écarte délicatement les pans du tissu, découvre le visage aux traits impassibles, la peau blafarde et sans éclat, la paupière mi-close découvrant l'œil vitreux. L'odeur âcre et douce-reuse du cadavre frais me submerge. J'avise le collier accroché à son cou, je l'arrache. Je vérifie qu'il ne porte pas de bague, de bracelet. Je remballe, me place en travers, l'attrape sous les aisselles. Il est tellement lourd... Avec Malcor, on creusait à deux, on portait à deux. Tout était plus facile.

Je m'y reprends à trois fois avant de faire tenir le cadavre : j'ai omis de caler les roues de la planche avec des cailloux et le corps rigide bute dessus, ses deux jambes en extension, tendu comme s'il cherchait à repousser quelqu'un. Je marmonne, je suis lente ! Les minutes s'égrènent. Mes extrémités sont frigorifiées, mon nez goutte, je meurs de soif. Je ne prends jamais d'eau : quand je cours entre les deux Murs, on pourrait entendre le clapotis dans la gourde. Trop dangereux.

Un dernier effort, je dois tout masquer… J'y suis presque.

Je ne m'arrête que lorsque le trou est rebouché.

Je me redresse, je bouge la tête pour soulager les muscles endoloris de mon dos, souffle un grand coup et traîne la planche jusqu'à la pierre descellée. Le corps raide et figé tressaute dessus.

La voûte céleste pâlit, les premiers pépiements d'oiseaux percent la paix de l'aube naissante. Je suis sale, les ongles noirs, mes cheveux longs attachés sur la nuque sont collés par la sueur. J'efface mes pas, les traces de roues. Je m'engouffre dans le tunnel avec un indicible sentiment de soulagement. Sur la pente, la planche prend de la vitesse et vient taper mes mollets. Je me décale et la laisse filer devant, la retenant par la corde comme un animal pressé d'aller se promener.

Le reste du trajet est fastidieux. Je ne reviens pas en arrière, je tourne à gauche, mon galet éclairant le chemin. Je vais parcourir plusieurs kilomètres avec ma planche. J'ai faim. Je dois attendre.

Je chante un air tout au long du voyage monotone et ma voix se répercute dans le tunnel vide. Un long tombeau, infini. Je sens la fatigue qui me gagne, imprègne mes muscles, mes bras, s'infiltre jusque dans mes os. Moi aussi, je commence à être lourde. De temps en temps, je jette un coup d'œil au corps qui bringuebale sur sa planche. Il vibre mais ne flanche pas.

Devant moi, la grille se dresse. La rouille ne la mange pas, elle est noire et brillante. Il y a quatre serrures, quatre clefs pendues à des clous. Elles se ressemblent mais je connais leurs particularités. Je place chacune d'elles dans la bonne serrure, tourne celle du haut d'un quart à gauche, la deuxième d'un demi-tour à droite, la troisième d'un dixième à droite et la dernière de deux tiers à gauche. Je pousse. La planche me suit, cahin-caha.

La terre rouge disparaît et j'arrive devant une porte en bois, vernie, neuve, robuste, avec des gonds en métal rutilant. Je frappe une fois. Puis quatre coups secs, un silence, deux coups.

Je déteste ce moment. Et s'il n'avait pas reçu mon message ? Parfois, les hitotes, ces petits rongeurs apprivoisés, se font dévorer en route et ne parviennent jamais à destination. Je retiens ma respiration, guettant le moindre bruit, le moindre indice. Je ne sais pas où je suis. Dans quelle partie de la Cité. J'ai déjà compté le nombre de pas qui me séparent du cimetière, j'ai essayé de repérer le bâtiment dans lequel je retrouve L'Ombre, mon contact. Rien à faire. Impossible de localiser notre point de rendez-vous.

Finalement, une lourde clef fait claquer la serrure et la porte s'entrouvre. Il est là, sa capuche recouvrant en partie son visage. Il ne dit pas un mot.

— Une femme, jeune, mince, petite. Morte hier matin. Très bon état général. Clan des Sourciers.

Prologue

L'Ombre me fait signe d'avancer. Il est grand et je devine ses épaules larges, une stature de guerrier malgré le manteau qui le couvre.

Je n'ai jamais entendu sa voix. Ses demandes, toujours succinctes, n'arrivent que par hitote : « Femme. Petite. Jeune. »

Je tire ma planche avec précaution, je ne veux pas risquer d'abîmer le carrelage ouvragé. Puis je hisse le corps sur la table basse au centre de la petite pièce aux murs de brique. Il ne m'aide jamais. Il m'entend souffler, grogner. Il me regarde et n'intervient pas.

Quand j'ai fini, je tire sur la corde de ma planche et je le laisse passer. Il s'approche du corps, vérifie la rigidité, preuve de fraîcheur, entrouvre le linceul, guette les blessures éventuelles, les dégâts. Il ne trouve rien. Je ne mens jamais, je connais le prix du mensonge.

Il me tend une petite bourse. J'en vérifie le contenu devant lui : cinq précieux akas. Je sors les petits carrés de tissu, je les passe au-dessus de la flamme d'une bougie, comme l'exige le rituel. Ils ne brûlent pas. C'est bon. Mon ventre gargouille mais mon interlocuteur ne cille pas. Je hoche la tête et fais demi-tour.

La porte se referme. Je retombe dans le silence, ma planche soudain légère et docile.

Je dois parcourir le trajet en sens inverse, aller déposer la planche près de la trappe et retourner jusqu'à la porte du deuxième Mur. Je resterai là toute la journée, le ventre criant famine, la bouche desséchée par la soif, jusqu'à ce que la nuit s'empare à nouveau de la Cité des Six. Alors seulement, je courrai en sens inverse pour gagner le premier Mur et le quartier orkla.

Une longue journée commence.

1. La Fête des Échanges

1

Arkadi sautille d'une jambe sur l'autre, incapable de contenir son excitation.

— S'il te plaît, Érine !

— Je te dis que je n'ai pas fini de manger…

— Allez, quoi, on va rater la distribution de fruits uniques !

Il m'agace. Je ne comprends pas son empressement.

— Comme si on avait la moindre chance d'accéder au Haut Forum !

Sans parler du calme inhabituel dont je jouis. L'husta est vidée de ses quelque cinquante habitants. Notre toit est désert. À part nous, il n'y a personne dans les cinq hustissas qui s'y trouvent. Les alentours sont silencieux. Je soupire : c'est délicieux.

D'habitude, à cette heure matinale où le soleil à peine levé cogne déjà, le brouhaha de la rue est presque solide : un mélange de voix qui crient, chuintent, gémissent, d'odeurs de cuisine, de sueur, de nourriture avariée, d'animaux qui piaillent et grognent, de charrettes qui roulent et de mains qui claquent. Si je me lève et que je me penche par-dessus la rampe de bois qui entoure le toit, je distingue tout en bas la foule qui se presse, des enfants qui courent, des mutilés qui rampent, un corps gonflé oublié dans un coin. Et plus loin – parce que l'husta fait cinq étages et qu'elle est l'une des plus hautes du quartier orkla sud –, les auberges réservées aux marchands ou leurs tentes dressées à la limite de la Cité des Six, et les premières hustas du Clan des Sourciers. Là-bas, le soleil se reflète dans les cascades et les enfants rient.

Les orklas n'assistent pas à la Fête des Échanges. Cette dernière, annuelle, est réservée aux habitants de la Cité des Six, ceux qui appartiennent à un Clan. Mais les orklas essaient toujours de resquiller. Ils espèrent profiter de la foule pour se fondre dans la masse, parvenir jusqu'au Haut Forum et y grappiller quelque chose. Alors ils partent en famille, aux aurores.

— Tout ça, c'est du bla-bla ! Tu veux pas y aller parce que ça te rappelle des mauvais souvenirs... me titille Arkadi.

— Toi, au contraire, tu as très envie de croiser ta famille qui t'a jeté dehors et laissé mourir de faim !

Arkadi ne se renfrogne même pas.

— Justement ! Ils doivent croire que je suis mort. Je donnerais tout ce que j'ai pour voir leur tête quand ils me reconnaîtront !

— Tu n'as rien, voilà qui règle le problème.

— Tu oublies certains livres de ta chère bibliothèque. Dois-je te rappeler qu'ils sont là grâce à moi ? insinue le jeune garçon, bouche pincée.

J'éclate de rire. Je n'y peux rien, c'est plus fort que moi. Avec sa dégaine improbable, son bras atrophié et sa mine de fouineur, Arkadi m'attendrit. Sans ça, je pense que je ne l'aurais jamais recueilli.

Je m'essuie la bouche d'un geste théâtral.

— Puisque tu y tiens tant, on y va !

2

Arkadi est un animal fou-fou, un adolescent difforme et dégingandé, avec un sourire large qui transforme ses yeux bleus en deux fentes et une pomme d'Adam qui monte et descend le long de son cou maigre. Ses cheveux d'un blond sale sont emmêlés, ses pieds sont gigantesques, disproportionnés. Depuis qu'il vit sous mon toit, il a dû prendre plusieurs centimètres. Sauf dans l'avant-bras. À croire qu'elle rapetisse, sa main chétive pourvue de trois doigts. Deux d'entre eux n'ont qu'une phalange, celui du milieu en possède quatre. Il les appelle son « crochet ».

Malcor était mort depuis peu quand j'ai croisé la route d'Arkadi. Il était recroquevillé dans une ruelle sombre, à la frontière du quartier orkla nord et du Clan des Couteliers. Un homme essayait de lui arracher son pantalon. Lui se débattait, mordait et grognait comme un qadur. L'homme était tellement occupé à vouloir lui faire son affaire, asservi par l'excitation, qu'il ne m'entendit pas arriver. Je revenais du Marché interdit, je cachais un épais livre sous ma tunique, un recueil de géographie qui pesait lourd. Je retins mon souffle, approchai à pas prudents, me plaçai derrière l'homme et, les bras crispés, j'abattis sur sa tête l'ouvrage relié en peau de maka. Le bâtard s'effondra dans un bruit mat. Sitôt son agresseur inconscient, Arkadi se rua sur lui. Sans que j'aie eu le temps de l'en empêcher, il extirpa de sa chaussette un minuscule couteau taillé dans un os et le planta dans la gorge offerte. Le sang jaillit comme une fontaine un jour d'aquacérémonie. Je restai éberluée, hypnotisée par ce sang qui pulsait en longs jets et dont le flot retombait sur le sol en un léger bruit glougloutant.

Je me tournai enfin vers le garçon. Haletant, le menton tremblant, Arkadi me dévisagea.

— C'est la quatrième fois qu'il vient en trois jours... Je... Je... ce salaud, je...

Et il fondit en larmes.

— Orkla ? demandai-je simplement.

Il fronça les sourcils. Il ne comprenait pas l'argot.

— Hors-Clan ? répétai-je, intelligible, cette fois.

En guise de réponse, il hocha la tête et exhiba son bras monstrueux. Sur une impulsion, je décidai de l'emmener.

Il sentait mauvais, avait les ongles crasseux, les habits déchirés, tachés. Je n'osais imaginer ce qu'il avait enduré. Je coinçai mon livre dans son pantalon trop large et glissai mon bras sous le sien, le valide. Je lui proposai de faire un détour par un bassin public du Clan des Sourciers pour l'obliger à se laver. Il refusa. Je croyais qu'il ne savait comment frauder pour y entrer, mais il murmura :

— Je veux pas rester avec des hommes que je connais pas, ils sont dégoûtants, je peux plus...

Au lieu de ça, je le laissai se récurer dans un bac emprunté à Touma, une voisine, sur la courette du toit.

Pendant quatre jours, Arkadi ne dit rien et dormit en chien de fusil sur une natte devant ma porte. Le cinquième jour, il disparut. Il revint le soir avec un livre sous le bras.

— Cadeau !

Sa natte trône maintenant dans mon hustissa.

3

Nous sortons rapidement du quartier orkla. Un groupe de Couteliers enlève un corps. D'autres sont en faction à la limite de la Cité mais ils nous laissent passer sans histoire.

Pour remonter jusqu'au Haut Forum, situé au sommet de la colline sur laquelle trône la Cité, nous traversons le quartier du Clan des Sourciers. Il est plongé dans une étonnante quiétude, la majorité de ses habitants étant à la Fête des Échanges.

Le deuxième Clan est mon préféré. J'aime ses cascades sonores qui tombent des toits, les rigoles qui longent les rues, les bassins surélevés, les puits qui jonchent le sol, le chant de l'eau qui gicle, rebondit, ricoche entre les maisons ornées de la fameuse goutte, emblème du Clan, les mares, les vaguelettes de la mer Intérieure, les murs aquatiques qui coulent et stagnent en même temps, dans une lueur irréelle, réfractant les rayons qui les frappent.

Ce quartier chatoyant est le plus magnifique. Bien sûr, il existe mille merveilles dans la Cité des Six. Les serres gigantesques, les champs ondoyants, les jardins aromatiques et capiteux, les vergers en fleurs du Clan des Planteurs sont superbes. Les prairies émaillées de paisibles korks, les nichoirs bruissants et les étangs à kalbursis du

Clan des Dresseurs sont vivants, joyeux. Les teintures ruisselantes qui pendent aux murs du Clan des Façonniers, la multiplicité des nuances de bleu, de jaune, de rouge, les bacs bouillonnants, l'odeur du bois que l'on travaille et de la terre que l'on pétrit, la musique des outils qui sculptent possèdent une noblesse indéniable. Mais il émane du quartier des Sourciers une beauté, une sérénité inégalées, décuplées aujourd'hui par le silence et la toute-puissance de l'eau régnant sur l'espace momentanément abandonné. Ça me change de l'atmosphère étouffante des secteurs orklas.

Un qadur posté devant la maison d'un Descendant des Six Patriarches nous observe de ses yeux orange couverts d'une paupière transparente. Ses écailles rouges luisent, polies par la brume d'eau qui le nimbe. Je n'aime pas ces animaux. Ils sont fourbes, ils courent en regardant par en dessous. Ils broient une jambe en un coup de mâchoire.

— Bon, ça y est ? On peut accélérer ? me rabroue Arkadi.

— Tu n'espères quand même pas te faufiler jusqu'au Haut Forum ?

— Oh que si ! s'amuse-t-il, gouailleur.

— Qu'est-ce que tu mijotes, encore ?

— Je nous ai dégoté des sièges dans les gradins…

— Pardon ?

— Tu te rappelles ce baume bizarre que j'ai rapporté l'autre fois ? Mais si, insiste-t-il devant mes sourcils froncés, celui qui était « tombé » du sac d'un colporteur dans le Clan des Couteliers.

Son « crochet » fait des miracles dans l'art délicat du chapardage…

— Le pot qui sentait le moisi ?

Arkadi acquiesce et appuie sur une de ses poches qui dévoile la forme dudit pot.

— Une grosse motte s'est montrée rudement intéressée…

Arkadi a très vite appris l'argot orkla. Il l'utilise toujours avec malice et le maîtrise désormais mieux que moi. Je suis néanmoins capable de comprendre que « grosse motte » désigne une riche femme du Clan des Planteurs.

— Elle m'a assuré qu'elle me paierait en akas trébuchants, et qu'elle me donnerait une place pour la Fête. Je veux dire, deux places… s'empresse-t-il d'ajouter devant mon air revêche.

— Tu crois vraiment qu'elle tiendra parole et nous laissera prendre place dans les gradins des Planteurs ?

— Oh oui ! J'ai divisé le pot en deux. Première moitié avant la Fête, la seconde ensuite…

Nous croisons une vieille portant un récipient sur la tête.

— Tiens, une rescapée des épidémies ! s'étonne Arkadi à voix basse. C'est plus très courant de croiser des vieux !

Il y a peu, deux épidémies ont frappé la Cité des Six, à quelques mois d'intervalle. La première, très virulente, a décimé les vieillards et les survivants sont rares.

— Dans notre husta, le vieux Barssi en a réchappé… je fais remarquer.

— Mais lui, c'est un coriace. Ça a été l'hécatombe chez les orklas. Et ils n'ont pas eu l'antidote, eux, ajoute Arkadi, amer.

Comme l'exige la tradition, les Guérisseurs ont en effet fourni le remède aux seuls membres des Clans. Les orklas sont des bubons tolérés sur la frontière de la Cité.

Ils sont tenus de se débrouiller, et priés de se faire discrets.

Plus loin, une jeune femme berce trois nouveau-nés babillant dans des hamacs.

— Dis donc, reprend Arkadi qui a suivi un raisonnement identique au mien, ils ont le droit à autant de grossesses, ici ?

— Tu oublies la grande épidémie, celle qui s'est attaquée aux vieux *et* aux nourrissons. Le Conclave a appelé deux Clans à combler les manques éventuels.

La Cité des Six est une horloge aux rouages admirablement huilés et entretenus. Chaque être y a sa place, y joue un rôle. Nous y vivons (je dis « nous », mais ai-je le droit de me compter dans ses rangs ?) dans une autonomie magistrale. La Cité pourvoie chacun en eau, nourriture, vêtements, savoir, sécurité, loisirs, et bien sûr, Magie. Les orklas sont assignés à deux zones déterminées. La première se situe au nord, coincée entre les quatrième, cinquième et sixième Clans. La seconde est au sud, dans la partie qui enserre les deuxième et troisième Clans. Les portes de la Cité s'ouvrent deux fois par semaine pour gérer le flux de marchands. Et le Conclave veille à l'Équilibre. Il sait combien d'habitants peuvent prospérer dans chaque Clan et établit à l'avance le nombre de naissances pour maintenir le précieux Équilibre, en fonction des ressources. Ainsi personne ne manque de rien. Sauf à vivre chez les orklas.

4

Nous grimpons en direction du Haut Forum. La rue se fait plus pentue maintenant que nous avons quitté la périphérie de la Cité. Le murmure de la foule nous parvient, se répandant comme une armée conquérante. La rumeur continue trahit la masse qui s'agglutine. Nous débouchons d'une ruelle vers une artère plus large et des grappes de femmes, d'hommes, d'adolescents surexcités apparaissent. La clameur enfle, grossit. En un clin d'œil, les trottoirs se peuplent, la multitude déborde sur les pavés de pierre bleu sombre, les recouvre entièrement. Il nous faut jouer des coudes pour avancer. Les Clans s'y mêlent comme rarement : ici, un liseré vert de Planteur, là, une broderie rouge de Façonnier. À côté, une tunique grise ornée du motif doré des Couteliers. Ces parures vestimentaires signalent l'appartenance à un Clan et ouvrent les portes de la Cité et de ses institutions. Étant les seuls à arborer des habits sans marque distinctive, les orklas sont, de fait, stigmatisés.

Arkadi attrape ma main. Malgré son jeune âge (six ans de moins que moi), il est terriblement dégourdi et se fraie un chemin avec aisance, lançant des « Pardon ! Pardon ! » joviaux qui font s'écarter les curieux.

Le drapeau frappé de la goutte d'eau du Clan des Sourciers flotte sur chaque façade. Bientôt, ses bâtiments translucides et mouvants côtoient les maisons ocre des Dresseurs, les magiciens des animaux, le Clan attenant. Leurs massives hustas, ces bâtisses typiques de la Cité des Six, carrées, hautes de trois à cinq étages, avec leurs toits-terrasses sur lesquels sont cultivées plantes et fleurs, sont garnies de volières, recoins, tanières pour les bêtes, ce qui leur confère des silhouettes tarabiscotées. Dans les zones orklas, ce sont des hommes qui y habitent. Je fais d'ailleurs partie des privilégiés à y posséder une petite hustissa.

Je me retrouve coincée au milieu du déferlement de corps qui se pressent. Je reste soudain statique, paralysée, portée par la densité de la foule, les épaules broyées par mes voisins, ensevelie sous un monceau de bras, de cous, d'haleines plus ou moins fraîches. Les poumons écrasés, j'aspire l'air la bouche ouverte. Un coude pointe dans mon dos mais je ne peux pas me retourner.

— On ne va jamais y arriver…

— Fais pas ta bougon, on dirait ma grand-mère ! Si on reste pas au milieu, ça ira, précise Arkadi en m'entraînant sur les côtés.

Il a raison. Sitôt que nous quittons le centre de la cohue, nous réussissons à bouger et avant peu, le rythme saccadé des tambours et des cris de joie nous parviennent.

Après moult contorsions, nous atteignons enfin la rue qui ceint l'extérieur du Haut Forum, quand un son strident nous avertit que des Candidats arrivent. Malgré son extrême compacité, la foule parvient à se fendre en deux et laisse passer un palanquin mauve, flanqué de farouches Couteliers.

— Tiens, des Candidats du Clan des Guérisseurs ! s'étonne Arkadi.

Je ne daigne pas répondre.

Alors que nous sommes en vue d'une des arcades qui décrivent un large cercle autour de la place, Arkadi disparaît. Je lève la tête pour apercevoir un colosse, orkla, petits yeux noirs, bedaine et barbe hirsute, la main enserrant son col.

— Tu es celui qu'attend ma maîtresse, dit simplement le géant en désignant d'un coup de menton les trois doigts tordus.

— En fait, je suis deux, dit Arkadi en me regardant.

Le grand gaillard m'empoigne à mon tour, me soulève de terre, et sans prêter attention aux coups de pieds frénétiques que je lui lance dans les côtes, taille sa route.

5

Quelques minutes plus tard, et à ma grande surprise, je suis installée dans les gradins, d'où je bénéficie d'une vue plongeante sur le Haut Forum. Sa surface ovale imposante qui s'étend sur des centaines de mètres est grignotée par les sièges et la foule en liesse.

— Et voilà ! me susurre Arkadi qui me rejoint. On n'est même pas en retard ! se réjouit-il en se frottant les mains (enfin, sa main et l'autre, la moitié...).

Nous occupons le dernier rang, au niveau des toits, et trônons à une hauteur vertigineuse. Les détails de la parade nous échapperont, peu importe. Je n'aime pas la Fête des Échanges, mais je dois reconnaître que le panorama est impressionnant.

Chaque Clan possède ses propres gradins, décorés à ses couleurs. Les spectateurs ont enfilé leurs plus somptueux atours, rivalisant de richesse et d'ingéniosité pour faire honneur à leur Clan. Nous nous tenons au sommet de celui des Planteurs. Nous sommes donc entourés de vêtements verts, de coiffures rehaussées de perles, de soieries dont les fines broderies rappellent l'entrelacement des branches d'arbres et le talent de son Clan à les faire pousser, à les modeler. Suivant le plan de la Cité, à notre gauche s'étend le Clan des Sourciers, paré de fastueuses robes bleues et irisées, de vestes aux manches travaillées, de bijoux aquatiques, de chevelures dans lesquelles on croit voir des gouttes emprisonnées. À notre droite, les tons froids des Guérisseurs : les mauves étincelants, les violets soutenus soulignent les silhouettes graciles ou dodues de ses fortunés habitants. Plus loin, tellement loin qu'il m'est impossible d'en distinguer les subtilités, l'assemblée carmin des Façonniers, celle grise et dorée des Couteliers, et pour finir, le camaïeu de brun et de marron du Clan des Dresseurs. Je devrais me retenir, j'ai de si mauvais souvenirs, mais je n'y parviens pas et je souris. Tant d'opulence, de diversité… et la fébrilité du public, tangible.

Au centre de la place pavée de pierre bleu foncé se tient la monumentale estrade, avec les sièges des six Conseillers, l'orchestre et les six tentes noires dans lesquelles se terrent les Candidats. Mes yeux glissent dessus, je n'arrive pas à m'y arrêter. Je ne veux pas la regarder.

Arkadi m'observe.

— Alors, heureuse ?

— Abruti ! Tu lui as livré ton infâme produit ?

— Bien sûr ! Je lui donne l'autre partie après.

Je me penche vers lui pour être plus discrète.

— C'est quoi ce baume ?

Je capte alors son regard concupiscent sur mes seins. Ulcérée, je lui colle une pichenette sur le front.

— Obsédé ! Regarde-moi au niveau du visage quand je te parle !

— Excuse Érine, j'ai pas fait exprès ! C'est pas ma faute, ils sont juste sous mon nez ! se défend-il, faussement pudique.

Arkadi avoisine les quinze ans. J'ai bien conscience que ses hormones le travaillent… mais il a appris à me connaître et sait qu'il y a des sujets sur lesquels il ne faut pas me chercher. Aussi enchaîne-t-il tout de go :

— Aucune idée. À part l'odeur de moisi, rien de spécial. En revanche, je crois qu'elle savait très bien ce qu'il y avait dedans. Tu aurais vu sa tête quand je le lui ai montré ! Je peux te garantir que j'aurais pu lui demander n'importe quoi !

— Tu l'as rencontrée où, cette acheteuse ?

— Devant la tente d'un parfumeur… explique-t-il.

Arkadi a un flair renversant. Il vole, détrousse, escamote avec parcimonie pour ne pas être pris. Et sait exactement à qui refiler sa camelote. Il ne se trompe jamais. Il a une sorte d'instinct infaillible qui le guide vers celui ou celle qui lui offrira le meilleur prix, qu'il s'agisse de refourguer un savon, une peau de kalbursi ou un pot qui sent le moisi. Il arrive même à échapper au troc, parfois, et à rapporter des akas à la maison.

Arkadi trépigne d'impatience et considère les alentours comme un petit animal curieux. Je ne sais pas trop comment formuler ma question.

— Tu as… ton Clan…

Il a grandi dans le Clan des Couteliers.

— Non. J'ai vu personne mais c'est pas très étonnant, avec le monde qu'il y a… Et toi ? risque-t-il.

Arkadi n'est pas idiot, il a compris que le sujet était sensible, mais une fois de plus, sa curiosité maladive l'emporte sur le reste. Je secoue la tête.

— Mon Clan est de l'autre côté, dis-je en désignant la diagonale opposée. Trop loin, on ne voit rien…

— Tu viens du Clan des Dresseurs ? s'exclame-t-il. Ah ah, après des semaines, le mystère est levé ! C'est pour ça que tu es aussi balèze avec les hitotes…

Un carillon retentit : le défilé va commencer.

— Plus un mot !

Arkadi se fiche que je le rabroue, il frotte de nouveau sa main et son crochet, un sourire franchement niais sur la figure. Un vrai tableau comique. Je suis contente qu'il soit là.

Je me tourne vers le Haut Forum et j'avise des dizaines d'hommes et de femmes qui surgissent des arches. Ils marchent les uns derrière les autres et se répartissent sur le pourtour du Haut Forum. À en juger par leurs tuniques, ils sont issus de tous les Clans. Original. D'ordinaire, chaque Clan opère seul et présente son spectacle. Peut-être que les habitudes ont changé, depuis quatre ans… Je les observe, puis je finis par comprendre, ébaubie, ce qu'ils font. Ils se mettent en place, côte à côte, jusqu'à former un cercle géant ! Je ne suis pas seule à les avoir remarqués : des murmures étonnés s'élèvent du public.

— Je ne me souviens pas qu'il y avait un cercle… je glisse à Arkadi.

La voix d'une femme me parvient qui grommelle à son voisin :

— Je te l'avais dit ! C'est ce qu'a raconté la fille du Conseiller Domur à un petit copain qui l'a répété à je ne sais qui, qui l'a dit à la mère de Donia ! Elle a entendu son père parler avec le Conseiller Luska. Il y aurait un problème avec la Magie. Évidemment, comme la gamine a sept ans, je croyais qu'elle n'avait rien compris. Mais les voilà qui forment un cercle pour la Fête des Échanges !

Arkadi hausse un sourcil dubitatif.

— C'est qui, Domur ? murmure-t-il.

— Le Conseiller du Clan des Planteurs.

— Et Luska ?

— Celui du Clan des Sourciers.

— Ils ont des enfants bavards, dis donc.

— Oui, c'est étrange, je pensais que les Conseillers étaient plus prudents. En même temps, ils sont censés ne se rencontrer qu'au Conclave. Or si la gamine a entendu papoter, ça m'étonnerait que ce soit à la Tour du Ciel. La disposition des lieux n'est pas propice aux petits comités.

— T'y es déjà allée ? s'étonne-t-il. Je croyais que c'était interdit aux manants dans ton genre !

— Avec mon père, pour un litige. J'avais une tunique brodée, à l'époque…

Un événement dont je me souviens très bien. La Tour du Ciel est un endroit intimidant, et il l'était encore plus pour la petite fille que j'étais. Tout y est disproportionné : le rez-de-chaussée, rectangle de plusieurs centaines de mètres carrés, aux murs si hauts qu'on distingue à peine le plafond ; la cheminée monumentale ; les dalles en damier à perte de vue ; la fameuse table en demi-lune, dite « table des Six », derrière laquelle siègent les Conseillers ; les statues grimaçantes… L'atmosphère m'avait paru froide, les voix y résonnaient, se démultipliaient sous la voûte, et les Conseillers impassibles se passaient des petits papiers pour délibérer.

Je hausse les épaules avant de poursuivre.

— J'avais dix ans, il y a forcément des subtilités qui m'ont échappé.

Des « chut » sonores se propagent dans les gradins. Je me tais.

6

Cette année, le deuxième Clan a été tiré au sort pour ouvrir les festivités et les Sourciers font leur entrée sur le Haut Forum. Hommes et femmes du cercle se prennent la main et commencent à réciter les incantations. On les entend même de là où nous sommes, bourdon voilé et continu. Aussitôt qu'ils convoquent la Magie, je sens l'habituel picotement remonter le long de mes pieds, de mes jambes, gagner mon dos et tout mon corps, fourmillement familier, milliers de petites aiguilles imaginaires qui effleurent ma chair, mes os, ma colonne vertébrale, déferlent dans mes bras, mes doigts, ma nuque, signe que la Magie est appelée.

Le calme se fait.

Le spectacle du Clan des Sourciers est splendide. Des jets d'eau jaillissent de la place, s'évaporent et laissent le sol sec. Des acrobates voltigent sur des vagues éphémères venues de nulle part, courent sur leurs crêtes, enchaînent les cabrioles dans leurs creux. Des jongleurs se lancent des boules d'eau qui explosent sans crier gare, faisant hurler de rire les enfants. Les applaudissements sont assourdissants, se répercutent contre les façades des hustas, répétant en écho l'enthousiasme des spectateurs.

Une pluie multicolore vient clore le tour de la place, tandis que le Clan des Planteurs arrive.

C'est celui qu'Arkadi attend avec le plus d'impatience. Ses chars croulent sous la végétation, chargés de fleurs qui offrent un éventail insensé de couleurs : ici des corolles rouges plus larges qu'un homme, là des fleurs jaunes piquées dans un tapis d'herbe bleu foncé, pareilles à des étoiles dans la nuit. Quand apparaissent les chariots de fruits, les vivats se font fracassants.

— On est trop haut ! se lamente tout à coup Arkadi, dépité. Je vais pas en avoir !

Je me mords l'intérieur de la joue pour ne pas m'esclaffer devant sa mine déconfite.

Les fruits uniques sont réservés aux fêtes et aux cérémonies magiques. Ils proviennent d'arbres ancestraux créés par le Clan des Planteurs. On dit qu'il en existe une trentaine, dans un des vergers mythiques du Clan, un des rares lieux dans lesquels il est interdit de pénétrer. Ces arbres auraient été conçus à l'époque immémoriale où la Magie imprégnait toute chose. Ils font la fierté de la Cité des Six, symbole de sa grandeur, de sa singularité et de sa force créatrice, elle qui subvient à ses besoins sans l'aide de personne, elle dont les familles ancestrales dirigent la ville en bonne intelligence, elle qui se défend sans faire appel aux mercenaires et aux soldats errants, elle qui est une des plus belles et fastueuses Cités-États de l'Entre-Terre.

Les chars avancent, lourds de leur cargaison, et les fruits commencent à être distribués. Les bras et les mains se lèvent, avides. Il y a l'énorme seyek, cette grosse boule pansue à la chair orange et juteuse, dont les petits grains jaunes craquent sous la dent ; la tourse, minuscule pyramide rose au goût acidulé qui fait claquer la langue ; le peume, dont le cœur tendre fond alors que sa peau épaisse et dure se craquèle et crisse ; la délicate friole, à éplucher du bout des doigts pour ne pas la faire faner en un battement de cils, et dont le jus a, raconte-t-on, la faculté de faire venir les rêves les plus doux (je n'en ai jamais mangé…).

Certains les enfournent dans des sacs, d'autres les dégustent sur place, la bouche gourmande. Je me demande si Arkadi ne va pas se mettre à pleurer comme un nouveau-né. Son menton se contracte d'indignation autant que de désarroi. Mais la Cité est prodigue avec ses enfants. Et quand les premiers rangs sont servis, les fruits se passent de main en main et entament l'ascension des gradins, se répandant parmi les rangées. Les yeux d'Arkadi s'agrandissent, déformés par l'espoir. Il finit par tenir dans sa paume tremblante un peume ventripotent et une poignée de sissaires, petits cubes noirs fermes et sucrés. Quant à moi, j'ai hérité d'un seyek qui pèse aussi lourd que ma tête.

Appliqué, Arkadi extirpe de sa poche un sac en toile qu'il déplie avec soin, et y glisse sa récolte. Il avait tout prévu ! Il me tend un sissaire.

— T'en as déjà mangé ? glousse-t-il.

Je fais non et je prends le sissaire.

Sa chair est consistante et se liquéfie dès qu'on la mâche, laissant exploser sur la langue sa saveur suave, mélange de rondeur et de légèreté lactée. C'est divin.

— Il paraît que le sissaire mène à un grand âge… assène Arkadi, docte.

— Enfin, j'imagine qu'il faut en manger plus d'un au cours de sa vie pour bénéficier de ses bienfaits, tu ne crois pas ?

— T'en veux encore ? demande-t-il, poli.

— Tu serais bien embêté si je te disais oui…

Arkadi hausse les épaules et son grand buste maigre se balance dans le mouvement. Il est plus haut que moi, désormais, et il a souvent l'air empêtré dans son corps. Je mets fin à son supplice.

— Gardons-les pour ce soir. On fera bombance sur la terrasse avant que le froid ne tombe.

Pendant que les chars continuent leur distribution, le Clan des Couteliers vient faire montre de sa dextérité. Flèches, lances, poignards et épées fendent l'air, se fichant dans des cibles, coupant cordes et draps, mortellement aiguisés. Des femmes grimpent les unes sur les autres jusqu'à construire des pyramides, s'échangent des couteaux, rattrapent les lames scintillantes du bout de leurs doigts fins et habiles. Arkadi désigne une série de poignards trapus.

— C'est ça qu'il te faudrait, un modèle équilibré qui tient bien dans la main. Il faut absolument que je t'entraîne, assène-t-il d'un air résolu.

Il est drôle quand il joue à l'homme.

Dans le sillage du Clan des Couteliers surgit celui des Dresseurs et mon ventre se contracte. C'est ridicule : il y a peu de chances que je reconnaisse l'un d'eux, étant donné la distance qui m'en sépare. Ceux de mon âge ont changé, mûri, ils ont été initiés et l'apprentissage les a probablement transformés. Du moins, je l'espère. Je ne sais pas ce que je ressentirais si je découvrais Jinn. Ou Palo.

Les picotements de la Magie continuent à me faire vibrer. Des korks débarquent au galop et accomplissent des figures renversantes, obéissant au moindre geste de leurs maîtres. D'autres bêtes suivent : les fins kalbursis qui sautent d'une flaque à l'autre en surgissant comme s'ils émergeaient de sous terre, frétillants ; les makas courtauds, avec leur museau plat et moustachu, dont la peau épaisse sert à couvrir et renforcer de nombreux objets ; les trisses au pelage noir qui entonnent des mélodies cristallines en canon ; les musens avec leurs plumes vermeilles… Mais mon regard reste rivé aux korks. J'ai toujours aimé ce curieux quadrupède. Il paraît que ses poils sont les seuls de ce genre sur l'Entre-Terre. Le kork porte en effet une toison fine et soyeuse, dans les tons gris foncé, en apparence anodine. Mais dès que la nuit et le froid mordant tombent, sa fourrure se redresse comme une herbe foulée. Ses poils branchus se déploient alors en corolles, l'isolent et le protègent. L'animal se métamorphose en grosse boule chaude. Utilisé comme monture – avec son dos large et confortable –, il n'en possède pas moins la capacité de grimper aux arbres, voire d'esquisser quelques pas sur ses deux pattes arrière en cas de nécessité. Sa tête ronde lui donne un air débonnaire auquel il ne faut pas se fier. Le kork peut être féroce et agressif si on l'enquiquine trop. Il mange essentiellement des végétaux mais ne rechigne pas à croquer de menus êtres à sang chaud – hitotes et autres petits gabarits – quand son estomac crie famine.

Je veux m'en empêcher mais pas moyen. Je me surprends à examiner les visages, les silhouettes. J'y cherche des traits familiers, des lambeaux de souvenirs.

Malcor n'a jamais voulu aller à la Fête des Échanges. Buté comme il pouvait l'être, il tenait bon malgré mes supplications. La première année, il m'avait même enfermée dans la cave pour m'empêcher d'y filer. Il était resté debout devant la porte alors que je m'escrimais à lui tambouriner dessus et que je hurlais de rage en le traitant de tous les noms. Il ne voulait pas que je les voie, que je pense à eux, que je replonge. Il voulait que j'avance. Il me disait d'oublier.

L'incessante litanie de chars, de numéros, de tours se poursuit. Les Façonniers exhibent des sculptures exceptionnelles, des armes inédites, des tissus bariolés, des instruments de musique. Les Guérisseurs offrent de petits sachets de potions, de poudres ou d'élixirs pour dormir, réparer les bobos ou colorer les bains. Arkadi perd le sien dans la bousculade. J'attrape une bourse de tissu sur laquelle est écrit : « Sommeil d'arlare. »

— C'est débile, grogne-t-il, on sait bien que les arlares vivent la nuit. Ils veulent quoi, qu'on roupille la journée ?

Je le corrige, amusée :

— Je pense plutôt que ça aide à tenir le coup si on en a besoin. Ça doit être une sorte de fortifiant qui te permet de rester debout la nuit, comme une arlare. Tiens, ne boude pas, je te la donne !

Il prend la bourse, tout content. Dans les gradins, ça papote, ça commente, ça chahute. Le soleil brûlant m'indique que l'après-midi est déjà entamé. Finalement, le dernier char disparaît derrière une arcade.

Le cercle se désagrège. Les picotements cessent.

7

Le silence s'empare lentement du Haut Forum, ponctué par la toux de quelques impatients.

Sur l'estrade centrale de forme hexagonale, les Conseillers ont pris place. Ils sont six, vêtus des habits de leur Clan. Un par Clan, chacun Descendant des Six Patriarches, les fondateurs de la Cité des Six. Des galets de lumière sont disposés sur leurs fauteuils, les nimbant d'une lueur bleu pâle fantomatique. Une femme maigre s'avance et s'adresse à la foule. Par un procédé qui m'échappe, sa voix claire porte loin.

— Bienvenue à tous ! Les Échanges vont avoir lieu, mais avant, j'ai quelques précisions à vous apporter, au nom du Conclave ! Nous vous invitons à lire les nouvelles dispositions pour le maintien de l'Équilibre, elles seront affichées sur les murs de la Tour du Ciel dès demain matin. Comme vous le savez, une épidémie, vite endiguée par nos frères du Clan des Guérisseurs, a fait des dégâts parmi les tout-petits et les vieillards. Plusieurs Clans vont donc avoir la possibilité d'augmenter les naissances. Les éventuels légers déséquilibres seront ensuite comblés par la Fête des Échanges. Nous vous rappelons que cette dernière doit se dérouler dans le plus grand calme. Mais je n'ai aucune inquiétude ! lance-t-elle.

La foule applaudit et se prépare. Chacun est tendu, moi la première.

Les six tentes noires frémissent. Je prends conscience que mon cœur bat follement dans ma poitrine. Mes mains sont moites, les doigts repliés, les ongles écorchant ma paume. J'essaie de me redresser mais c'est plus fort que moi, j'ai besoin de me tasser, comme si on allait me frapper et que je me préparais à recevoir un coup. Mon corps se charge de briser l'illusion : rien n'est effacé. Le souvenir est là, vivace.

— Un Candidat du Clan des Sourciers ! crie la femme.

Les musiciens cognent et soufflent. Dans un tonnerre de hurlements, une tente s'ouvre pour faire apparaître un garçon de dix-sept ans.

Ils auront tous dix-sept ans. C'est le seul moment où l'on peut demander à quitter son Clan. Ensuite, c'est la découverte de la Magie et l'initiation aux mystères du Clan auquel on est attaché pour la vie.

Arkadi tend le cou. Le garçon qui sort de la tente a les épaules larges, les jambes longues et musculeuses. Il s'avance d'une démarche décidée vers le centre de l'estrade. Sa tunique est blanche. Je ne le distingue pas, d'ici, mais je sais que le liseré bleu de son Clan d'origine en a été retiré. Comme je l'ai déjà deviné, le jeune homme pivote et se place face aux gradins et à la tente du Clan des Couteliers.

— Moi, Éral, enfant du Clan des Sourciers, crie-t-il d'une voix déterminée selon la formule consacrée, je demande asile au Clan des Couteliers et je clame, au vu et au su de tous, ma décision de quitter les miens pour rejoindre mon véritable Clan !

Dans les gradins du deuxième Clan, les têtes se baissent. Aucun Clan n'aime voir l'un des siens le quitter, même la pire des ouailles. C'est un aveu d'échec. Dans les rangs du Clan des Couteliers, en revanche, on s'agite avec frénésie. Les spectateurs s'enflamment et les apostrophes fusent.

— Oui ! Viens ! Éral !

— Prenez-le ! Il est pour nous !

Le candidat a une jolie carrure. Tout en lui dit qu'il fera un bon combattant. Éral regarde fixement devant lui, comme s'il admirait une ligne d'horizon invisible, effacée par les hustas qui entourent le Haut Forum. À quelques pas de lui, les Conseillers s'entretiennent à voix basse. Mais leur gestuelle montre que la discussion n'est pas vive. Le conciliabule est pour l'apparat. Ils ont décidé.

Finalement, le Conseiller Adin, la quarantaine glorieuse et arrogante, une toison blonde comme une auréole autour de la tête, se lève.

— Éral, fils du Clan des Sourciers, moi, Conseiller du Clan des Couteliers, Descendant des Six Patriarches, j'ai entendu ta prière, et j'accepte de t'accueillir dans notre noble Clan !

Le Haut Forum explose. Je n'avais aucun doute et pourtant, mes épaules se détendent, mon souffle se relâche. Il a réussi. Éral serre la main du Conseiller Adin. Je ne peux m'empêcher de scruter les gradins. Et je trouve ce que je cherche : une femme, le visage caché dans ses mains. La mère du garçon. Je ne sais pas si elle pleure de chagrin ou de soulagement. Certainement un peu des deux.

Viennent ensuite un candidat du Clan des Planteurs qui part pour le Clan des Façonniers et une fille du Clan des Sourciers qui va grossir les rangs du Clan des Planteurs. À chaque apparition, je suis en apnée, l'estomac noué. Pourtant, jusqu'à présent, la Fête est une réussite. Vingt et un candidats sont acceptés. Je m'apaise. J'ai l'impression de me laver des mauvais souvenirs, de repartir sur une base saine.

Arrive la vingt-deuxième et dernière candidate. Lorsqu'elle s'extirpe de sa tente, la foule tressaille. Tout le monde la reconnaît : c'est Naria, la fille du Conseiller Pamar, du Clan des Guérisseurs. Ce dernier sursaute. Il doit avoir perdu son sourire suffisant. Si je n'étais pas aussi absorbée par la scène, concernée par le sort de Naria et ce que je sens poindre, je sentirais un goût de revanche. Interloqué, Arkadi plante ses phalanges dans mon avant-bras.

— Je rêve…

Naria est grande, fine, les mêmes boucles noires que son père qui tombent sur son dos, la démarche souple et résolue des Descendants. Que fabrique-t-elle ? Je ne comprends pas comment on peut seulement vouloir quitter le sixième Clan. Pour moi, les Guérisseurs sont les plus dignes. Leur science est infinie, ils étudient, travaillent avec chaque Clan pour parfaire leurs potions, luttent contre les maladies, les épidémies. Ils possèdent les plus magnifiques bibliothèques de la ville et ont même le droit de voyager.

Il n'y a plus un bruit.

Naria s'avance jusqu'au centre de l'estrade. Et se tourne vers le Clan des Façonniers.

— Moi, Naria, enfant du Clan des Guérisseurs, je demande asile au Clan des Façonniers et je clame, au vu et au su de tous, ma décision de quitter les miens pour rejoindre mon véritable Clan !

Un remous parcourt l'assemblée. Chacun se tourne vers son voisin, donne son avis, s'exclame, s'agite. Jamais on n'a vu un Descendant quitter sa famille. Jamais. Je lutte pour refouler la nausée insidieuse, vicieuse, qui me tord de l'intérieur, me donne envie de me lever, de me sauver. Je connais cette abominable rumeur, je la connais et je la déteste. Je serre les dents.

Devant Naria, le Conseiller Tala, des Façonniers, est livide, lui qui arbore d'habitude un visage tanné par le soleil. Ses mouvements sont brusques et trahissent son désarroi. Naria est l'enfant chérie du sixième Clan. S'il accepte sa requête, il gagne une Descendante mais crache à la figure du Clan des Guérisseurs. Pamar ne le lui pardonnera pas.

Ma respiration s'accélère. Les souvenirs remontent, je les sens bouillonner. J'essaie de lutter, de les faire reculer, je ferme les yeux, je les supplie de disparaître. Mais je n'y arrive pas. J'ai l'impression que ce moment n'a pas de fin, que les Conseillers parlementent. Je ne veux pas y penser, je ne le veux pas ! J'observe Naria. Elle reste calme, posée. Pourtant, tout indique que sa demande n'aboutira pas. Soudain, le mur se fissure, mon passé pousse, déborde, me rattrape et m'étrangle.

Je me revois, quatre ans plus tôt.

À sa place.

2. L'absent

1

Ma voix timide n'a pas porté aussi loin que je l'aurais voulu. Le Haut Forum me paraît infini, écrasant, avec ces milliers de regards braqués sur moi. Mes jambes menacent de ne plus me soutenir, je suis minuscule. Je me tiens devant le puissant Clan des Guérisseurs. Je viens de terminer la phrase rituelle et déjà, le temps est trop long. Je sais que mon père est dans les gradins, mâchoires contractées, furieux de ma trahison. Ma mère sanglote quelque part, elle qui m'a perdue à jamais. Mais je ne veux pas passer ma vie à élever des animaux, même si je les aime. Je veux guérir, concocter, inventer, réfléchir, lire. Je suis sûre que c'est mon destin, le chemin pour lequel je suis faite. Et j'ai choisi de tout risquer pour le suivre. Les quolibets s'élèvent.

— Ah ah ! Non ! Regardez-la, avec ses cheveux comme des herbes folles ! Elle est malade ! Pas de mourants chez les Guérisseurs !

Les rires s'emmêlent, je mobilise toute ma volonté pour chasser les larmes qui montent et menacent de me noyer, je contracte mes poings, je mords ma lèvre. Les rires sont contagieux, ils recouvrent bientôt les mots, emportent tout, résonnant à grand fracas contre les murs de la Place, tumulte qui me gifle encore et encore. Je n'ose pas bouger. Je veux rester droite. Mais j'ai beau faire, je sens perler de l'eau au coin de mes paupières. Je suis cernée par ces rires, ces visages qui se convulsent à mes dépens, ces bouches béantes, ces poitrines qui tressautent. Je voudrais me boucher les oreilles, disparaître, ne jamais être venue ici.

Qu'on en finisse.

Le Conseiller Pamar quitte son fauteuil et se plante devant moi, ses boucles brunes et brillantes faisant ressortir ses yeux bleus, un sourire imperceptible sur les lèvres. Il est narquois cet infime sourire, il trahit son mépris pour moi. Je le hais, je les hais tous, eux, les miens, les autres, je les hais de m'abaisser, de m'humilier comme ils le font. C'est facile, lâche. Pamar ne me touche pas. Il lève la main vers la foule qui s'apaise et lance d'une voix sonore son verdict :

— Érine, fille du Clan des Dresseurs, moi, Conseiller du Clan des Guérisseurs, j'ai entendu ta prière mais je la rejette, par les lois de la Fête des Échanges, car notre Clan n'est pas ta place !

Je chancelle. On m'emporte.

Je suis bannie.

J'aurais tant voulu oublier…

2

Sur le Haut Forum, le soleil cogne dru. Naria patiente. Les cheveux argentés du Conseiller Tala, du Clan des Façonniers, ont l'air flasque, et sa voix est mal assurée lorsqu'il livre sa sentence.

Le refus.

Naria ne bronche pas. Elle ne pleure pas. Elle a tout perdu, pourtant. Elle ne fait plus partie de son Clan. Bannie, elle aussi. Elle s'incline d'un léger signe de tête et disparaît dans la tente sans un regard pour son père.

Arkadi pose son crochet sur ma cuisse.

— Érine… murmure-t-il.

D'un coup de manche brusque, j'essuie mes larmes.

— Viens, on y va, dit-il.

Je dévale les gradins sans les voir, butant contre les spectateurs abasourdis et surexcités par l'événement, je m'enfuis avec mes souvenirs et ma nausée.

Le froid est vif quand nous atteignons enfin le quartier orkla sud. L'obscurité recouvre tôt la Cité des Six et fait brutalement chuter la température. C'est l'influence du vaste désert qui nous entoure : le jour, on rôtit au soleil, la nuit, on peut mourir gelé sans une bonne couverture. Nous courons pour atteindre notre hustissa.

Nous avons remis l'autre moitié du pot à la grosse motte. Qui n'était pas grosse du tout. Riche, en revanche, ça oui, comme l'indiquait la brassée de bijoux qu'elle portait autour du cou, de la taille, des poignets. Elle a tenu à passer elle-même la flamme sous les dix akas payés à Arkadi.

— Érine, c'est la première fois que j'ai autant d'argent !

— Je te rappelle que ce ne sont que quelques fils de romotes tissés par les Façonniers...

— Mais qui valent beaucoup ! s'exclame-t-il, scandalisé devant mon impiété.

— Oui, enfin, ça sort quand même de leurs fesses ! Je le sais, j'en élevais chez mes parents !

Ce souvenir me plonge de nouveau dans mes pensées, malgré Arkadi qui s'escrime pour m'en faire sortir. Il parle sans discontinuer, du prochain livre qui me ferait plaisir, du moment où je me déciderai à l'emmener pour déterrer des corps, allez, quoi, s'il te plaît, Érineuh...

Il m'épuise. Au bout d'un moment, je cesse de prêter attention à son bavardage.

— Attends ! me retient-il soudain de son crochet. Il faut faire un détour.

— Pourquoi ?

— J'ai entendu dire qu'il y aurait un règlement de compte dans le coin, après le pillage de l'auberge du Maka sanguinaire...

Le quartier orkla est surveillé par les Couteliers, chargés de maintenir l'ordre dans la Cité. Mais le Conclave ne se préoccupe pas réellement de ce qui se passe ici. Il veut juste avoir la paix. Tant que les marchands peuvent s'installer, vendre leurs articles et faire des affaires sans être importunés, le Conclave n'est pas regardant. Les orklas l'ont bien compris, qui vivent tête basse, sans faire de vague. Néanmoins, il existe des clans, ici aussi, des bandes qui se partagent les parages. On raconte que la personne à détenir l'autorité et la mainmise sur le secteur sud est une femme. Diulé serait vieille, influente, et bénéficierait d'une horde dévouée.

Elle serait encore en vie malgré les deux épidémies. Une dure à cuire, donc. Je n'ai jamais su si son pouvoir et son influence étaient mythiques, symboliques ou réels. Je m'en fiche. Malcor a toujours pris soin de s'en tenir aussi éloigné que possible. Je l'imite avec scrupule. Je suis seule, je vais seule. Et autant que faire se peut, je me tiens à l'écart des machinations et des luttes de territoires.

Je ne cherche pas à comprendre. Nous faisons notre détour.

— Et je te promets qu'avec mes dix akas, je vais t'offrir une arme, une belle. C'est pas normal que t'en aies pas encore ! Ton Malcor, il était pas prévoyant.

— Tais-toi ! je siffle. Je t'ai déjà dit de ne pas parler de lui.

— Oh là là ! ça va… boude Arkadi.

3

Nous arrivons enfin à notre husta. Une odeur de soupe âcre émane du rez-de-chaussée en cette fin de journée. De nombreux orklas sont rentrés, n'ayant évidemment pas réussi à gagner le Haut Forum. Un faible souffle de vent soulève les étoffes qui séparent sommairement les familles, les hommes, qui délimitent les espaces. Ici une planche clouée, là un tapis accroché au plafond. Je suis éreintée mais je ne me plains pas. Je suis favorisée, désormais. J'ai vécu dans une pièce commune pendant plus de trois ans. Je suis heureuse de devoir grimper les six larges échelles pour rentrer chez moi. Car Arkadi et moi ne partageons pas notre espace dans l'un des étages.

Nous vivons dans une des cinq hustissas posées sur le toit, au milieu du ciel, de l'air, du monde. Je l'ai payée cher, cette cabane branlante. Elle est à moi. J'y garde le peu que j'ai, j'en ferme l'accès et je cache la seule chose précieuse que je possède : mes livres, dissimulés dans un caisson sous ma natte.

Sur la terrasse, il y a de l'espace pour faire pousser le moindre brin vert et mangeable, notamment les jarles, ces plantes que les orklas cultivent partout : dans les cours, sur le rebord des fenêtres, dans les cages d'escalier... Les racines de jarles sont comestibles, bien que très amères, et l'on fume ses feuilles.

Sur notre toit, on étouffe moins, et je retrouve les autres « hustisseux » pour discuter, échanger. Nous goûtons et chérissons notre chance.

C'est si agréable que souvent, des habitants de la bâtisse montent en fin d'après-midi, passent une tête hors de la trappe et se renseignent : « Vous organisez une veillée ? » « Vous voulez partager du lait de kork ? » Tous aspirent à ces minutes précieuses pendant lesquelles nous pouvons nous extraire de la vie grouillante des orklas.

4

Là-haut, j'ai la surprise de trouver une nouvelle. Il s'agit d'une femme âgée, à la silhouette voûtée, autant que je puisse en juger par l'ombre projetée sur son étroite fenêtre. Elle s'est installée dans la cinquième et dernière hustissa, la jaune. À ce qu'il paraît, le vieux qui vivait là y a habité des dizaines d'années. Je suis arrivée alors qu'il était mourant, terrassé par l'épidémie. Cette dernière était fulgurante mais dans son cas, elle s'est bizarrement étirée. Il a fini par partir. Il venait de repeindre ses murs. Du coup, l'hustissa est rutilante. C'est bien la seule, et c'est la plus grande : on peut y faire entrer trois nattes.

Sans une once de gêne, Arkadi s'approche de l'hustissa jaune. Quand il constate que la porte est fermée, il s'abstient de frapper. Nous avons des coutumes ici. Peu d'hustas comportent des portes, alors ceux qui en ont les laissent souvent ouvertes. Une façon de dire : « Entrez si vous voulez, on y est ! » On s'arrête, on parle, on raconte, on se plaint. On demande où aura lieu le prochain Marché interdit, on glose sur les annonces relatives à l'Équilibre ou sur les Clans qui nous ignorent, on commente les besoins de chacun, on reprend et répand les rumeurs. La petite du deuxième étage tousse, il lui faudrait un remède calmant. Le borgne du rez-de-chaussée doit écrire une lettre. Il y a eu un bébé dans l'une des familles du premier… La zone orkla est spéciale mais j'ai beaucoup de chance, l'husta est sympathique.

Vivre chez les orklas comporte une multitude d'inconvénients, parmi lesquels la saleté, la promiscuité, la pauvreté. La faim aussi. La mort, beaucoup. Mais on y déniche également des valeurs qu'on ne croise pas ailleurs dans la Cité des Six, comme la solidarité. Oh bien sûr, il y a des sales types, dans mon husta, des traîtres, des fous, des mégères, des ivrognes, des lâches, des méchantes, des pervers, des avares, des avortons, des bavards. Mais on est tous le cauchemar de quelqu'un. J'essaie de vivre avec. Ils sont là. Je les laisse hurler quand ils se déchirent, s'invectivent, crient et jacassent. Je me dis qu'ils dorment mieux, après. Et moi aussi, du même coup. Si je ne supporte plus, je prends le bonnet d'Arkadi. Il recouvre les oreilles et atténue le boucan.

J'occupe la troisième hustissa. J'aurais bien besoin de la refaire à neuf, ma maisonnette. Mais il me faudrait de la peinture pour ça, et un matériau pareil ne se ramasse pas sous les griffes d'un qadur. Les fournitures, les richesses de la Cité sont entreposées dans les édifices sombres du Haut Forum. Bien gardés. Impossible d'y entrer, d'y piller un grain de poussière. Chez les orklas, on se débrouille, on troque, on chaparde, on échange. Du tissu contre des faveurs sexuelles, comme Touma. De la viande contre la bonne aventure, comme Chiros. Quant à Sootar et Loltar, les jumeaux, à peine plus âgés que moi, je les soupçonne de faire plus qu'aider les marchands à organiser leur campement. Tuer des gens pour une bouchée de pain, par exemple.

Voilà mes voisins du toit.

Qui est donc cette vieille ? Personne n'avait mentionné son arrivée... Arkadi a le nez collé à sa fenêtre.

— Arkadi, laisse-la respirer ! Elle vient d'emménager ! Si ça se trouve, c'est une marchande.

— J'imagine mal une vieille traverser le désert pour venir crever dans le coin... rétorque Arkadi, pas convaincu. Surtout qu'on commence à savoir que la noble Cité des Six n'est pas particulièrement propice aux vieux, ces derniers temps. Tu veux veiller ce soir ? saute-t-il du coq à l'âne.

— Non, c'est gentil, je n'ai pas trop envie.

5

J'entre dans mon hustissa (enfin, *notre* hustissa, ces derniers temps), et je remarque tout de suite le hitote endormi dans le tas d'herbes des sables aménagé exprès. Les galets de lumière placés un peu partout confèrent une clarté blafarde à la pièce mais on y voit distinctement. Le petit animal lève son museau quand je m'approche. Je dénoue le message attaché à sa trompe.

« Homme. Vieux. Blessure possible. »

Bien.

Arkadi m'a suivie et a lu par-dessus mon épaule.

— Tu vas y aller maintenant ?

Je me laisse tomber sur ma natte et prends le hitote dans mes mains. Sa fourrure ambrée est chaude, soyeuse, elle palpite sous ma paume.

— Non, je suis épuisée. Et puis, avec la Fête, ça va être la cohue. Je préfère attendre demain.

À mon grand étonnement, il ne me demande pas, comme à chaque fois, s'il pourra m'accompagner au cimetière. Je l'observe avec plus d'attention.

— Ça va ?

Son corps longiligne est replié sur sa natte. On dirait une arlare, avec ses membranes diaphanes et ses pattes maigres et osseuses.

— Ouais… enfin, non…

Moi, je sais.

— Ce n'est pas parce que tu n'as vu personne qu'ils n'étaient pas là. Il y a des milliers de gens à la Fête des Échanges !

— Et s'ils sont morts ? murmure-t-il. Tués par la dernière épidémie ?

— Ta mère n'est pas vieille ?

— Non.

— Elle n'est pas non plus un nouveau-né ?

— Non.

— Donc elle n'est pas morte ! Tu es déçu de quoi au juste ? De ne pas avoir pu leur prouver que tu étais en vie et que tu te débrouillais très bien sans eux ? Ou il y a autre chose ?

— Je sais pas, Érine... Parfois ils me manquent et je me dis que c'est pas leur faute si je suis difforme, si on n'a pas le droit d'être initié dans mon état. D'autre fois, je les hais, je suis en colère, j'imagine des choses atroces.

— Parce qu'ils t'ont forcé à partir.

— Parce qu'ils m'ont laissé partir !

Sa main tordue et osseuse cogne contre l'argile du sol dans un élan de rage.

— Ils auraient pu essayer de trouver une solution, me confier à un marchand, à un colporteur, quelqu'un qui quittait la ville ! Ils auraient pu m'offrir autre chose, quelque chose ! Mais ils m'ont laissé partir. Quelles chances j'avais, à quatorze ans, de rester en vie dans cette saloperie de ville ? Tu vas pas me dire qu'ils y ont pas pensé ! Quelles chances j'avais que tu me trouves ?

Arkadi hésite entre colère et apitoiement, je ne lui laisse pas le temps de trancher. Je lui fourre le hitote frémissant dans les mains et je me lève.

— Tu peux lui donner un reste ? Y a des racines dans le panier...

Il soupire et frotte machinalement ses genoux pointus rougis par le sol. Je vais voir si mes jarles ont poussé.

Je suis pressée de me coucher. J'ai envie de me retrouver seule avec mes pensées, mon silence. Je ne mange pas, je me roule en boule, bercée par les intonations de basse de Sootar et Loltar qui rigolent grassement et la voix d'Arkadi, parti discuter dehors avec la vieille. Elle a enfin dû ouvrir sa porte. Son petit gloussement aigrelet me fait sourire pendant que je sombre.

6

Je me réveille en sursaut. Par la petite lucarne du mur, je distingue le scintillement fébrile des étoiles. L'husta entière, le quartier, la Cité sont assoupis et pourtant, la Magie est appelée. Il m'arrive de la percevoir et je ne m'en inquiète jamais. Il n'y a rien d'anormal à cela : le Clan des Sourciers est proche.

Cette fois, c'est différent. L'empreinte de la Magie est intense, les picotements sont vifs. Autrement dit, l'appel a lieu tout près. Je me lève et, sur la pointe des pieds, me glisse dehors. Je me penche pour observer le Clan des Sourciers mais je n'y décèle aucune lumière inhabituelle, aucun son.

Je me redresse. Et j'ai le vertige.

La Magie vient d'ici.

Je n'ai pas été initiée et mes piètres connaissances ne sont qu'empiriques. Pourtant, j'ai soudain la certitude que quelqu'un convoque la Magie dans *notre* husta.

Je parcours le toit en silence, guettant un balbutiement pouvant ressembler à une incantation psalmodiée. Des nuages de vapeur s'échappent de ma bouche dans l'air glacé. Je m'approche de l'hustissa jaune, la tête penchée en avant. Après tout, ça ne s'est jamais produit et c'est aujourd'hui qu'est arrivée la vieille… Ça ne peut pas être une coïncidence ! Courbée en deux, je me concentre, sentant le froid m'imprégner et engourdir mes jambes nues. Les picotements sont toujours là, remontant mon corps en vagues douces et régulières. Sang de kork, d'où cela vient-il ?

Une arlare surgit au-dessus de moi, toutes membranes dehors. Son glapissement strident me déchire le tympan et me fait sursauter. Instinctivement, je me suis recroquevillée, sur mes gardes. Je me redresse en inspirant lentement. L'arlare plane et dépasse le toit sans un regard. Rien d'autre ne bouge. L'hustissa jaune est endormie. Je suis frigorifiée.

— Érine ?

Un cri rauque se coince dans ma gorge.

Sootar, l'un des jumeaux, se tient devant moi en pagne, ses cheveux blonds virant au blanc ébouriffés et sa figure chiffonnée par le sommeil.

Je pose la main sur ma poitrine en expirant.

— Tu m'as fait une de ces peurs !

— Qu'est-ce que tu fais là ?

Je note que les picotements ont cessé.

— Euh… rien… j'ai cru entendre un bruit bizarre et j'ai préféré m'assurer qu'il n'y avait personne. Je crois que j'ai rêvé.

Il m'examine, la bouche sur le côté dans un rictus de méfiance. Puis il lâche :

— Bon, ben y a rien. Va te coucher, tu as les lèvres bleues…

— Bonne nuit ! Désolée de t'avoir réveillé.

Je me glisse en soupirant sous la couverture qui a gardé un peu de ma chaleur et ferme les yeux. La houle de la Magie reprend, persistante.
L'envie de dormir m'a quittée.

Je repense à Arkadi, si déçu. Moi non plus, je n'ai croisé personne à la Fête. Je me demande où est ma famille, où sont mes anciens amis, ce qu'ils font. S'ils sont toujours là. Je n'ai vu personne depuis mon départ du troisième Clan. J'ai été tentée d'y retourner plusieurs fois, surtout au début. C'était atroce de tout quitter. Je n'avais pas anticipé la douleur. Le vide. La panique viscérale. Les repères qui s'écroulent. Le monde des orklas, chaotique, tapageur, violent, étranger.

La nuit, je pleurais, je me griffais les avant-bras. Je pensais être adulte, être libre et avoir choisi en connaissance de cause... Confrontée à la réalité, je déchantais, je me prenais une claque. Non, plutôt un coup de poing, de ceux qui foudroient et empêchent de reprendre sa respiration. J'avais abordé la vie de travers, avec devant les yeux un voile illusoire aussi épais qu'un mur. Pourquoi avoir fui mon Clan ? Qu'y avait-il de mal à élever des animaux ? Qu'y avait-il de mal à vouloir en partir, me susurrait une petite voix...

Parfois, le besoin impérieux de retourner chez moi me saisissait à la gorge. J'avais envie, tout à coup, de fuir la chambre misérable où je croupissais avec Malcor, de courir, de traverser le quartier orkla, de me jeter dans les bras de ma mère, de caresser les korks dans le jardin, les plus somptueux du Clan, avec leur pelage incroyable, de m'imprégner de l'odeur de la maison, du feu dans la cheminée, de ce parfum doucereux, chaud, animal. Cette envie me brûlait de l'intérieur. Mais Malcor me le défendait. Il attachait à mon poignet une corde, la nuit, afin d'être sûr que je ne disparaîtrais pas.

— Tu n'es pas prête, répétait-il. Tu dois être forte avant d'y retourner, tu dois être construite. Tu dois être toi. Et tu ne l'es pas encore. Tu deviens.

Je ne le comprenais pas mais il était tout ce que j'avais, ce à quoi je pouvais me raccrocher. Je ne pouvais pas le trahir, j'avais trop peur de le perdre, lui aussi. J'avais vu la misère des orklas, leur dénuement, leur brutalité. Je connaissais ma chance d'avoir croisé la route de Malcor.

Je revois ma mère en larmes le jour où je lui ai annoncé que j'étais candidate à la Fête des Échanges.

Je me tiens devant elle, bras ballants. Un hoquet de surprise la fait chanceler. Elle saisit mes mains, tombe à genoux.

— Érine… je t'aime, nous appartenons à un beau Clan, tu pourras faire de belles choses ! Je t'en prie ma chérie, ne pars pas, tu ne peux pas me quitter, tu dois rester, si tu savais…

Je ne l'ai jamais vue supplier. Ses yeux fiévreux me déstabilisent, mais je suis décidée. Je l'embrasse et enfile ma tunique neutre de candidate, partagée entre l'espoir d'une nouvelle vie et la culpabilité du chagrin que je lui inflige.

Dans l'obscurité tranquille de l'hustissa, la scène remonte à ma conscience, comme de grandes volutes de fumée au-dessus d'un brasier. J'entends le souffle lourd d'Arkadi, le cisaillement frénétique du hitote qui, de ses incisives tranchantes, grignote l'herbe des sables…

— Si ça tourne mal, je t'attendrai près de l'arcade nord après la Fête, me lance ma mère depuis l'entrée de notre maison, Palo dans les bras.

Palo me fait au revoir. Du haut de ses trois ans, elle est joyeuse et ne comprend pas pourquoi ma mère pleure. Mon père, lui, n'est pas là pour mon départ. Je l'aperçois plus tard dans les gradins, blême, creusé. Jinn m'accompagne jusqu'au Haut Forum, pressant dans la tente qui nous cache et nous permet de franchir la foule.

— S'ils ne te prennent pas, si tu es bannie des Clans, je pars avec toi, Érine ! me promet-il, passionné.

Il a accepté ma décision. Il m'embrasse avec fougue, ses lèvres chaudes s'attardent sur mon nez, mon menton.

— On ira chez les orklas, on trouvera de quoi rejoindre une caravane, on partira ! s'emballe-t-il, ses yeux gris devenus sérieux.

Mais je ne repasse pas par notre Clan. Sitôt le rejet de ma candidature annoncé, j'esquive la foule, je cours vers la porte de l'Astre, la plus petite de la Cité, celle qui ouvre à l'est, et j'implore les gardes de me laisser sortir.

— Ce n'est pas un jour d'ouverture, reviens après-demain ! me rétorque un petit blond au nez busqué.

— Je vous en prie !

— Toi, tu viens de la Fête des Échanges, pas vrai ? Écoute, tu mourrais dans le désert. La ville la plus proche est à des centaines de kilomètres. Il te faut une caravane.

Il jette un coup d'œil rapide à son coéquipier.

— On peut t'arranger une rencontre avec un nomade si tu veux, mais ça coûte cher. Qu'as-tu à nous offrir ? sourit-il.

Je fais demi-tour, hagarde. Je cours aussi loin que possible, je pénètre dans le quartier orkla sud. Les pavés sont luisants de crasse, couverts de détritus. Les marchands s'apostrophent, leurs tentes se chevauchent dans la rue, débordant de cargaisons gardées par des Couteliers et des mercenaires. Des cabanons de guingois regorgent d'animaux écorchés, de lézards du désert dans des bocaux, de plantes, de pots de terre, de tissus douteux, d'objets cassés. Ça empeste la nourriture, l'alcool, les mauvaises teintures. Les cris me font tourner la tête. Il faut contourner, s'enfoncer, disparaître.

J'enjambe le corps sans vie d'un garçonnet à peine plus âgé que Palo, le cou bizarrement tordu, dont les yeux ont disparu, probablement mangés par des bestioles. Je trouve une venelle entre deux hustas dont les murs de terre s'effritent. Je m'y glisse, je me cache dans un recoin, honteuse.

La Cité des Six tout entière est en liesse et beugle, ivre, tonitruante. Moi, j'ai envie de mourir, d'être engloutie par la terre. Les Guérisseurs n'ont pas voulu de moi. Les Guérisseurs n'ont pas voulu de moi. Mon Clan me rejettera, comme le veut la coutume quand un candidat est refusé. Je suis la honte de ma famille, la pestiférée qui a hurlé au visage de la ville qu'elle voulait partir, qu'elle n'était pas satisfaite de son sort, celle qui, pour cela, ne sera pas initiée. La seule à ne pas avoir trouvé preneur. Je suis orpheline, apatride.

Un hitote trottine le long du mur. Je l'attrape. Il se laisse faire. Je le prends contre moi, je le caresse. Sa petite vie docile et fragile blottie dans le creux de ma paume m'apaise. Un visage se plante devant moi. Celui d'un homme aux traits anguleux, au teint bistre, avec un nez fin, des sourcils noirs et dessinés. Il doit avoir quoi, trente-cinq ans ?

— Il n'est pas à toi.

— Non.

— Tu t'y connais en hitotes ?

— Non.

— Alors pourquoi reste-t-il tranquillement dans ta main ?

— Je n'en sais rien.

L'inconnu avise ma tunique sans broderie.

— Tu sais où dormir ?

— Non.

— Suis-moi…

Je viens de rencontrer Malcor.

Je suis partie il y a quatre ans. C'est long quatre ans. J'ai eu le temps de vivre avec Malcor, de grandir avec lui, de le voir mourir, d'aménager mon hustissa. Pourquoi n'ai-je pas eu le temps d'oublier la Fête des Échanges ? Pourquoi chaque détail, chaque sensation restent-ils si profondément gravés dans ma mémoire ? L'humiliation est une seconde peau putride dont je n'arrive pas à me défaire.

7

La Magie a enfin disparu. Malgré les ronflements d'Arkadi, je finis par m'endormir, pelotonnée contre le hitote venu se coller à mon cou. Au petit jour, des glapissements outrés me tirent du sommeil.

— Regarde, mais regarde ! vocifère Arkadi.

Je me hisse sur un coude et découvre un triste spectacle : les fruits uniques ont pourri. Il ne reste qu'une bouillie gélatineuse là où hier encore trônait le précieux trésor d'Arkadi.

— Ils sont censés se conserver une éternité !

— Il faut croire que tu as été mal informé...
— Mon petit déjeuner est foutu ! se lamente-t-il.
— Fais comme moi : n'en prends pas !

Je ne suis pas d'humeur, ce matin. Je me lève, je m'habille, je plonge la tête entière dans la vasque en terre cuite du toit, et je soulève la trappe.

Il me faut un homme. Vieux. Blessure possible.

Je décide de tenter ma chance sur le Haut Forum. La promulgation de l'Équilibre va y drainer du monde et si je me débrouille, je pourrai picorer des informations. Je remonte d'un bon pas les rues désormais moins encombrées. Les gradins ont déjà été enlevés et le Haut Forum est impeccable. Il a repris son aspect habituel, avec ses larges bâtiments de pierre noire, ses hustas opulentes, ses colonnes sculptées, ses toits brillants, son pavement bleu foncé, les charrettes pleines ou vides qui traversent en grinçant, les badauds qui discutent. Des Descendants s'affairent, sortent de chez eux, récupèrent les dernières provisions laissées dans les paniers tressés. Seules les grandes familles vivent aux abords du Haut Forum, dans des bâtisses contiguës aux lieux de décision de la Cité.

Comme prévu, un attroupement s'agglutine devant la Tour du Ciel, celle qui domine la place de toute sa magnificence, lieu sacré où se réunit le Conclave. Je m'approche et fais mine de m'absorber dans la contemplation des directives : vingt naissances dans le Clan des Façonniers, cinq dans le Clan des Guérisseurs, vingt-sept dans celui des Planteurs. J'écoute. Les commentaires sur l'épidémie vont bon train. Des Façonniers cancanent. Je le sais grâce aux broderies qu'ils arborent, mais aussi à cette façon si particulière qu'ils ont de prononcer les *a* et les *o*, fermés, exagérés.

— Quel fléau !

— Oui, et d'une fulgurance : une journée de fièvre et paf, tu imploses.

Une femme se penche vers son voisin.

— Cette satanée maladie viendrait de chez les Dresseurs… À force de côtoyer les bêtes, ils finissent par récolter des maladies pas jolies-jolies.

— J'avais entendu dire que les Sourciers avaient empoisonné l'eau… rétorque l'homme.

— Je me demande parfois si les Couteliers font leur travail. Ils font les fiers, avec leurs lames, mais qui nous dit qu'ils veillent au grain ? On n'a pas de preuve, et les conflits entre familles se multiplient sans qu'ils soient fichus de les faire cesser. Nous, on nous juge sur des résultats probants. Ça marche ou ça ne marche pas. Notre rôle est pragmatique.

Les autres acquiescent avec énergie.

— Si ta poterie ou ton tapis sont ratés, ça se voit tout de suite ! ajoute une femme.

— Voilà. Il paraît que le Conseiller Tala a exigé plus de grains et de fruits, cette année. Il affirme que nous nous démenons et que notre Clan n'est pas assez reconnu pour ses bienfaits.

— Ça m'étonnerait que les Planteurs acceptent. Ils paradent parce qu'ils détiennent une partie de la nourriture, reprend l'homme, ils pensent qu'ils ont notre sort entre leurs mains. Mais sans nous, ils n'auraient pas de draps pour dormir, pas de table où manger !

— Si ça se trouve, ils ont lancé l'épidémie pour avoir moins de bouches à nourrir…

— Moi, on m'a raconté qu'elle était partie de chez les orklas…

— Chut ! conseille ma voisine.

Dans mon champ de vision, je vois qu'elle me désigne d'un coup de menton. Il est temps de m'éclipser.

Je ne comprends plus les habitants des Clans. La Cité leur prodigue ce dont ils ont besoin. Ils ont leur tâche à accomplir, en échange, ils n'ont jamais faim, jamais froid. Ils critiquent leur condition pourtant privilégiée mais ne font rien pour la changer. Ils continuent de faire ce qu'ils doivent, ce pour quoi ils sont nés, sans protester. Ça blablate, ça n'agit pas. Comme disait Malcor, ils ont l'estomac rempli et en oublient qu'ils sont des hommes. Bien nourris, ils obéissent. Nous, les orklas, nous avons faim, mais nous nous battons pour survivre. Nous savons le prix de chaque journée. Et dès lors, nous sommes probablement plus libres, même parqués dans nos quartiers, que les membres des Clans. J'essaie de m'en convaincre, en tout cas. C'est plus facile, comme ça.

Je longe les arcades, je m'arrête devant une affiche. Dessus, il y a un dessin de Naria. Un avis de recherche. La fille du Conseiller Pamar a disparu. Comme quoi, on peut rester digne à la Fête des Échanges et avoir autant envie de se sauver que moi. De toute façon, elle est bannie. Pourquoi la chercher ? Parce qu'elle est une Descendante ? Cette idée me fait sourire jaune. La grande égalité prônée par la Cité est une illusion saumâtre…

Je repars, je scrute. Homme. Vieux. Je dois me dépêcher, le hitote est arrivé hier. Je me dirige vers la Maison noire. Il me suffit de repérer les silhouettes courbées qui en sortent. La Maison noire est le lieu où l'on s'occupe de veiller à l'Équilibre. Des membres de tous les Clans sont assignés à cette tâche pendant un temps déterminé.

Ils enregistrent et comptabilisent les naissances, recueillent les corps des défunts, organisent l'inhumation, gèrent l'espace alloué dans les cimetières (le nord et le sud) qui se trouvent au pied du deuxième Mur. Sauf le cimetière orkla, bien sûr. La Maison noire est le meilleur endroit, le plus simple aussi. Mais je n'en abuse pas : elle est gardée et je ne voudrais pas que l'on me remarque traînant souvent dans les parages.

Je n'attends pas longtemps. Deux jeunes femmes font irruption dehors, se soutenant mutuellement. Je ne distingue pas leurs visages, cachés sous le voile noir que portent les proches et amis du trépassé à l'enterrement. L'une d'elles se mouche bruyamment.

— Dire qu'il avait échappé à l'épidémie ! Et il faut qu'il se retrouve sur le chemin d'un kork en furie… se lamente-t-elle.

Un kork en furie ? Voilà bien un mystère ! Moi qui viens du Clan des Dresseurs, je sais que ça ne peut pas arriver.

— Allez ma sœur, nous devons inviter les voisins à la cérémonie ce soir.

— Quelle idée de faire ça si rapidement… maugrée l'autre.

Et voilà. Je l'ai. Un vieux. Blessé. Et j'ai pu voir leur tunique. Je sais donc qu'il est du Clan des Couteliers. Ça fera l'affaire.

Je m'apprête à repartir quand mon regard qui balaie la place de façon automatique s'attarde sur une silhouette familière. Je me statufie l'espace d'un instant. Puis je me rapproche d'une arcade et je me colle à une colonne pour m'y fondre. Mon pouls s'accélère : à quelques enjambées, il y a Jinn. Il a changé, il est plus grand et se tient droit, le dos carré, le menton volontaire. Ses cheveux châtains ont foncé mais je reconnais ses yeux gris qui me faisaient chavirer. Je reconnais aussi la fille qui lui tient la main. C'est Sana, la fille du Conseiller Barl, autrement dit le Conseiller de mon ancien Clan. Ses longs cheveux roux ondulent dans son dos tandis qu'elle avance, sûre d'elle, ravie, souriante. À côté de son amoureux.

La colère me fait flamber. Ah, ils sont loin, les discours transis ! Puis je me rabroue. Petite sotte. Tu es partie il y a quatre ans. Il ne manquerait plus qu'il t'attende encore ! Tu le mépriserais si c'était le cas… C'est vrai. Je recule encore dans l'ombre. Je ne veux pas qu'il me voie ainsi, souillon fagotée avec un pantalon trop grand et une tunique d'homme, proscrite, moins que rien, les ongles noirs, les mains calleuses. Jinn se hausse sur la pointe des pieds, semble chercher dans ma direction, se penche sur Sana pour lui dire un mot, lâche sa main et s'avance vers moi. Vite, vite, courir, décamper, me volatiliser… Éperdue, j'avise un kork qui fait irruption d'une rue, je me coule derrière lui, m'élance vers une venelle, enjambe des cages, des récipients, en renverse un, m'enfuis comme une voleuse.

Il fallait que ça arrive.

Pourquoi ai-je envie de pleurer ? Je devrais être contente pour Jinn. J'ai fait mes choix, il n'a pas à les assumer. La conséquence de mes actes, c'est que je lui rendais sa liberté, qu'il faisait sa vie sans moi. Et que je prenais un risque, celui de tout perdre.

Je trottine un peu sur les trottoirs glougloutants du Clan des Sourciers, puis finis par marcher à bonne allure. Je me redresse, baisse les épaules, respire, m'apaise. Jinn avec Sana… Ils avaient l'air si heureux, sereins. Adultes.

Jinn et moi, c'est de l'histoire très ancienne. Un premier amour tout en innocence et en naïveté.

Je pense à Malcor. Je l'aimais. Mais je ne crois pas que j'étais amoureuse de lui. La première fois que nous avons fait l'amour, il est allé doucement, il a longtemps laissé ses mains courir sur moi. Il ne m'a pas forcée. Je ne me suis pas sentie obligée. Me donner à lui était simplement logique. Un élan de survie, un instant d'infini extorqué à la vie. Sinon, à quoi bon ? Dans ses bras, j'oubliais tout. Même la Fête des Échanges. Le corps de Malcor contre le mien, ses bras secs, musculeux, sa langue chaude sur mon ventre étaient une parenthèse que m'offrait le monde. Je n'ai jamais connu ça avec Jinn. Il était pudique, jeune, innocent. Comme moi, à l'époque.

8

Je bouscule une jeune femme ronde qui porte un seau d'eau sur la tête, m'excuse, file.

Je ne peux pas m'empêcher de les confronter : Jinn, ses yeux gris, ses déclarations ardentes, ses bouquets. Malcor, ses colères, ses mains rugueuses, sa dureté, son intransigeance. Pourtant, des deux, je pense que c'est Malcor qui m'a le plus aimée. À sa façon, brutale, maladroite, mais il était là. Sans quoi il ne m'aurait jamais obligée à vendre son cadavre. Je le revois comme si c'était hier. Il était malade depuis deux semaines. Il avait du mal à respirer, son teint bistre avait viré au verdâtre.

— Érine, arrête de pleurnicher. J'ai tout arrangé. L'Ombre sait que tu prends la suite.

L'Ombre, c'est ainsi que nous appelions notre mystérieux interlocuteur, celui qui réceptionne les corps dans les entrailles de la terre, le « cueilleur de morts ».

— Le premier que tu lui amèneras, ce sera le mien.

— Quoi ? Ton corps à toi ? Jamais de la vie !

Je voyais flou. Ses joues creusées étaient recouvertes de barbe, ses cheveux bruns collés par la fièvre. Malcor était en train de me quitter. Pour toujours.

— Ne t'occupe de rien, j'ai organisé les funérailles.

— S'il te plaît, Malcor... Ne me fais pas ça, je ne pourrai pas.

Son bras amaigri m'avait attrapée et m'avait secouée, un miracle étant donné son état de fatigue et de décrépitude.

— C'est ta chance, Érine ! Tais-toi et écoute-moi.

Les sanglots m'empêchaient de parler.

— Je serai enterré demain, dans le carré du Clan des Planteurs, celui qui se trouve le plus près du Mur. Tiens, prends la clef du tunnel. L'Ombre t'attendra. Dès que j'aurai fermé les yeux, je veux que tu fonces à la bâtisse qu'on a repérée. Quelqu'un viendra prendre mon corps.

— Qui ça ?

— Peu importe ! J'ai acheté l'hustissa, elle est à toi, elle est réservée. Tu quittes cette husta pourrie. Plus de salle commune, de miasmes partagés, de cohabitation. Tu vas avoir une vie, tu comprends ? Digne. Tu t'installes dans ton hustissa à toi. Tu seras bien, Érine. Il y aura une natte et quelques bricoles. Avec l'argent de mon corps, tu t'occuperas de la meubler.

Je restai muette.

— Je veux que tu me promettes que tu vas faire tout ce que je t'ai dit.

Je ne répondais pas.

— Érine ! Promets-moi !

J'ai promis. Je lui ai donné un breuvage écœurant qui devait soi-disant permettre de mieux conserver son corps et j'ai tenu sa main. Pas longtemps. Il s'est raidi très vite.

9

Je ne raconte pas ce qui s'est passé à Arkadi. Il n'a jamais entendu parler de Jinn, et il est trop jeune pour comprendre, avec ses jugements à l'emporte-pièce. À cela s'ajoute qu'il occupe la plupart de son temps avec la vieille. Visiblement, elle n'est pas orkla et ne connaît aucun de nos usages. Je l'aperçois, menue, voûtée, avec ses grosses lunettes sur son nez. Je lui lance un vague bonjour, rien d'autre. Je suis concentrée sur mon vieux.

Au moment où je me mets en route, Arkadi m'embrasse sur la joue.

Il a toujours peur quand je m'en vais déterrer.

Le cimetière est calme, à l'abri de ses arbres qui dressent leurs branches vers le ciel froid. Il ne pleut jamais ici. Aucune importance. Le Clan des Sourciers se charge d'alimenter la Cité en eau claire et abondante. Pourtant, aujourd'hui, je m'interroge. Les arbres ont une sale mine, des feuilles mortes éparses gisent par terre. Or d'habitude, toutes les feuilles de la ville et des environs tombent au moment où le Clan des Planteurs le décide.

Je m'attelle à ma tâche, je creuse, je brise les mottes, je reprends mon souffle, j'écoute les animaux nocturnes qui glissent dans les airs, se faufilent entre les tombes. Ouf !

Le vieux n'a pas été enterré trop profond. Je l'extirpe, et j'ai la mauvaise idée d'ouvrir le linceul.

Le kork ne l'a pas loupé. Son visage est une bouillie infâme d'où jaillit un amas poisseux de chair, d'os brisés et un globe oculaire qui regarde le vide, un œil nu et désincarné. Je m'écarte vivement. J'aurais mieux fait de m'abstenir. La face ravagée flotte devant mes yeux dès que je les ferme, arrimée à mon esprit. Je reste un instant sans bouger, me raidis. Les sentinelles de garde arrivent sur le Mur. Je ne respire plus. Je ne suis qu'une paire d'oreilles, attentive, sur le qui-vive. J'inhale quand elles sont loin. Il va falloir que je camoufle mes traces, maintenant. Je prends mon courage à deux mains, j'attrape le drap du bout des doigts, la tête tournée sur le côté pour regarder le moins possible, et le referme d'un geste sec, les lèvres contractées dans une grimace de dégoût.

J'essaie de chasser l'image du vieillard mutilé mais elle ne me quitte pas. Dans le silence et l'obscurité du tunnel, elle paraît même plus prégnante. Je frissonne. De fatigue, de répulsion. Je contourne une pierre tombée sur le sol. Un léger brin d'air me caresse le front. Je traîne ma planche qui roule dans un frottement sourd. Je suis pressée d'arriver. Je veux me défaire de cette abomination. J'arrive enfin à la grille, je tourne les clefs, je frappe. J'attends.

Rien.

Je recommence.

Rien.

Je m'exhorte au calme. Il va arriver. L'Ombre n'a jamais raté un rendez-vous. Je frappe de nouveau.

Rien.

Je marche de long en large. Je frappe. Je recule, je pousse la planche le plus loin possible, je m'adosse à la porte. À intervalles réguliers, je tape, je gratte, je cogne.

Rien à faire, L'Ombre n'est pas là.

Je finis par m'éloigner et fais les cents pas, fébrile. Que se passe-t-il ? Et s'il ne vient pas ? Je ne vais quand même pas retourner enterrer le vieux ! Je n'ai plus le temps, il va bientôt faire jour ! Oui, mais je ne vais pas non plus rester à attendre ici toute la journée, avec un cadavre qui se putréfie gentiment à côté de moi… À moins que je le laisse ? Qu'il le récupère quand il pourra ? Non, le marché n'est pas celui-là. Et puis, je veux récupérer mes akas. La livraison n'est pas gratuite. Que fait L'Ombre ?

J'échafaude des explications. La plus plausible, c'est que le hitote renvoyé pour le prévenir n'est pas arrivé à destination. Quoi d'autre sinon ? L'Ombre est mort. Ça arrive à tout le monde, pourquoi pas à lui ?

Je me résous à m'asseoir en tailleur par terre. J'attends. J'attends longtemps. Ma transpiration se refroidit. Je suis accroupie sur le sol, les bras autour des genoux. Je guette le moindre bruit. Je jette des coups d'œil courroucés à ma planche. Que fait L'Ombre, sang de kork ? Il va m'entendre !

Mais L'Ombre ne vient pas.

D'accord… il va falloir que je me décide. Je ne peux pas rester ici jusqu'à la fin de mes jours. Mais si je pars et qu'il arrive, il ne trouvera rien. Dans ce cas, passera-t-il de nouveau commande ? Je dépends de lui, je dois bien l'admettre.

J'attrape des petits cailloux, j'en fais des tas. Quand je sens la fatigue me gagner, je me lève, je sautille pour ne pas sombrer. Je me rassois, je fais des tas.

La serrure claque enfin. Le son explose dans le silence du tunnel et me fait bondir. Je suis déjà debout, soulagée, et je m'avance.

Puis je me glace.

Devant moi, il n'y a pas L'Ombre mais trois silhouettes munies de poignards.

3. La commande

1

Je n'ai pas le temps d'esquisser un geste, les hommes s'élancent, m'attrapent. Des mains m'agrippent, enfoncent un tissu râpeux dans ma bouche, compriment ma langue, enfilent un sac sur ma tête et m'asphyxient. J'essaie de hurler mais mon cri meurt dans le bâillon qui assourdit ma terreur. Je me contorsionne, je rugis, je lance mes coudes au hasard, prisonnière du noir, j'essaie de chercher l'air, de ne pas m'étouffer dans ce sac qui me recouvre. Les poings crispés, je frappe de toutes mes forces mais l'étau de leur prise se resserre. Les bottes claquent contre le carrelage dans la fébrilité de notre lutte, les souffles courts résonnent dans l'atmosphère suffocante.

Qu'est-ce qui se passe, qu'est-ce qu'ils me veulent ?

Une douleur aiguë dans le ventre. Je me recroqueville, persuadée, soudain, que je ne pourrai plus jamais respirer. Je continue de me débattre, mais je n'ai aucune chance contre les trois inconnus. Un deuxième coup dans le dos me fait chanceler, je perds l'équilibre. Ils me saisissent sous les bras et m'entraînent sans un mot malgré ma résistance, mon corps arc-bouté, mes efforts dérisoires.

Les escaliers sont sans fin. Mes pieds raclent le sol alors que les inconnus me tirent sans ménagement. De temps en temps, mes chaussures buttent contre une aspérité et mes jambes tressautent. J'ai arrêté de me démener. Autant ne pas gaspiller mon énergie. Mon esprit galope, sautant d'une idée à l'autre, brassant mille pensées. Où est L'Ombre ? Qui sont-ils ? Vont-ils m'exécuter ? Où est-ce qu'ils m'emmènent ? L'Ombre m'a-t-il trahie ? Pourquoi ?

J'ai peur. Je ne me repère pas, j'ai mal au ventre, au dos, à la tête, partout. Aucun d'eux ne parle.

Brusquement, le parfum terreux et humide du sous-sol se mue en fumet. Ça sent la viande, la sauce, la rôtisserie. Je suis dans un lieu prodigue, riche. Un Clan. Je suis remontée, je reconnais l'air de la surface, sec, aride, familier. Je m'apaise.

Pas longtemps.

Bien vite, nous redescendons. Nos pas recommencent à trouver un écho, nous franchissons d'innombrables couloirs, un dédale si j'en juge au son qui se répercute. Pire que cela, une puanteur abominable imprègne tout : moisi, air vicié, pourriture. L'odeur de la mort, du sang séché, des corps meurtris qui exhalent leurs remugles. Il y a des voix, des gémissements, des plaintes, des rires déments. Mes sens sont tendus vers un seul but : savoir où ils me traînent. Un lieu de cauchemar et de souffrance, aucun doute là-dessus.

Un clic-clac métallique m'indique qu'on ouvre une porte, juste devant moi, une main me retire le sac du visage, m'arrachant au passage une poignée de cheveux, on fouille ma bouche pour en ôter le bâillon et on me laisse là, désorientée, meurtrie. L'odeur écœurante et rance de l'urine et des excréments me prend à la gorge. La grille se referme. Les bottes s'éloignent.

Je suis seule.

Dans le noir.

Des crissements, des frôlements. Non. Je ne suis pas seule. Les yeux grand ouverts, les pupilles dilatées, j'essaie de voir. Une lueur parvient du couloir, dessine les contours de barreaux rouillés. Une cellule. Je suis dans une cellule. Sous mes semelles, la terre brute est irrégulière. J'esquisse un pas avec prudence. Les bras en avant, les mains tendues devant moi, les yeux écarquillés, j'avance pour toucher, appréhender.

D'autres respirations se joignent à la mienne.

Soudain, je trébuche sur quelque chose et je m'étale. Ma mâchoire claque quand mon menton heurte le sol.

Tout va très vite.

Un corps se jette sur moi avec un râle. Une haleine épouvantable se colle à mon visage. Des poils de barbe. Une main me presse, avide. L'homme est maigre. Sa langue poisseuse lèche ma joue tandis que je me mets à hurler pour trouver la force de le repousser. Malgré son corps famélique, il résiste. Avec l'énergie du désespoir, je plante mes ongles dans ses yeux. Il ne moufte pas, en transe. Il coince mes jambes, bloque un de mes bras, se colle, se frotte. Il halète. Il est monstrueux et je sens ses doigts tendus qui passent au travers de mon pantalon. Le contact brutal sur ma peau, dans ma chair, me dégoûte. Je mords dans le vide, je gronde, je remue, je me tends.

Qu'il crève, cette ordure, qu'il dégage ! Ma tunique se déchire dans un craquement. L'homme glousse de victoire.

Puis il disparaît, emporté dans les airs.

J'entends le bruit mat de son corps qui tombe plus loin. Une main cherche la mienne, me saisit, me relève et m'entraîne près de la grille, devant l'infime lumière. J'observe la silhouette qui se tient toute proche. L'homme est élancé, massif, un œil boursouflé, la lèvre fendue et gonflée, environ vingt-cinq ans. Des bleus et des ecchymoses constellent ses épaules et son torse nus. Sur ses avant-bras, des traces de brûlures, des croûtes débordant de pus. Son regard fiévreux cherche le mien. Je le renifle.

Et je le reconnais.

Je n'avais jamais fait attention, mais il a une odeur particulière, boisée. Sa stature me confirme que j'ai raison.

— L'Ombre ! dis-je dans un souffle.

L'homme qui m'a agressée rampe par terre en ânonnant des propos incompréhensibles. Il nous rejoint et s'accroche convulsivement à mon mollet comme un animal en rut. L'Ombre lui décoche un coup de talon dans le torse qui le projette plus loin.

— Naria ! Tu l'as vue ? me presse-t-il.

Pour la première fois, j'entends sa voix, grave, éraillée. Je secoue la tête, pantelante.

— Tu dois sortir, balbutie-t-il. Ils la cherchent, ils ont découvert, pour elle et moi.

Comment cet homme, qui m'a vue transpirer et m'agiter seule lorsque je lui apportais mes cadavres, sans un mot, peut-il soudain devenir aussi prolixe ?

— Ils croient que je la cache. Mais elle s'est volatilisée ! Elle devait venir te trouver, et maintenant, tu es là !

J'essaie de suivre.

— Naria ? La fille du Conseiller Pamar ?

Il opine du chef. Ses yeux sont noirs. Je les distingue mieux, à présent. On s'habitue à tout, même à l'obscurité.

— Je ne sais pas où elle est ! débite-t-il. J'espère qu'elle a quitté la Cité mais je ne pense pas, je ne pense pas… Elle m'attend quelque part, elle aura peur.

Ses mains attrapent convulsivement les miennes. Il est brûlant, confus, attaqué par la fièvre. S'il connaît Naria, s'ils ont eu une… – une quoi, une liaison ? –, il appartient au Clan des Guérisseurs. C'est ce qu'il y a de plus probable. Des pas nous parviennent du couloir et L'Ombre se rapproche.

— Il faut que tu la retrouves ! Ils vont recommencer ou ils vont la tuer !

Le battement des chaussures s'amplifie. Il hoche encore la tête comme pour mieux me convaincre.

— Qui ?

— Tu dois la retrouver, elle peut t'aider, elle est puissante.

— M'aider à quoi, sang de kork ?

D'un angle, des silhouettes drapées dans de grands manteaux surgissent. Au moins une dizaine.

— T'aider à savoir ! À faire savoir ! Et il y a les baumes !

Pendant qu'il me fait cette confidence, il glisse dans ma main un objet fin, long et pointu. On dirait une énorme aiguille.

— Fais-y bien attention ! crache-t-il.

Je chuchote.

— C'est quoi…

Trop tard. Ils sont là. La grille s'ouvre dans un gémissement. L'un d'eux me repousse d'un coup sec dans le plexus. Je dérape, je tombe, je me relève aussitôt. Des étoiles blanches tourbillonnent devant la grille floue. Ils saisissent L'Ombre, qui ne se débat pas et me regarde une dernière fois. Je lis dans ses yeux la supplication, la détermination, l'abandon. Sa haute carrure se fond dans leur groupe. La serrure claque derrière eux. Il part tête haute, les suit sans une protestation, et disparaît.

Je n'ai rien compris.

Je ne sais même pas comment il s'appelle.

2

Je n'aurai pas de répit.

Le halètement est tout proche. Je suis en tête à tête désormais. L'Ombre ne viendra plus m'arracher à ce… ce quoi ? Ce possédé ? Ce misérable ? Peu importe ce qu'il fait là, si la torture lui a rongé la raison. Malheureux, victime, innocent, je ne veux pas y penser. C'est ma peau à moi qui compte. Je serre l'aiguille dans ma main. Je me tasse sur moi-même.

Il me fauche le pied et je m'étale. Dans la soudaineté du mouvement, j'ai lâché l'aiguille. Je retombe à plat sur le dos, le souffle coupé, une violente douleur irradiant dans mes côtes. Je cherche à me relever mais il est déjà sur moi, puant, repoussant. Mes mains sont vides ! Dans la demi-lueur qui émane du corridor, je vois ses dents, jaunes, avec une épaisse couche de crasse dessus, il a les yeux chassieux, j'ai envie de vomir. Son corps se presse contre le mien. Mon aiguille, il me faut mon aiguille ! Je plante mes pieds dans le sol et d'un coup brusque, je soulève le bassin pour le déséquilibrer, gagner un instant infime. En même temps, je tourne la tête. Où est-elle ? L'aiguille est là, à quelques centimètres. Je tends le bras pour la saisir mais il me l'attrape, le ramène près de mon corps de ses doigts fébriles. Non ! Je lui jette mon front dans la figure, je dégage mon bras, je me lance sur le côté. Il me la faut, il me la faut ! Ma volonté est concentrée dans mon bras, dans mes doigts, je tends la main à m'en démettre l'épaule, mes ongles raclent la terre, je la sens entrer dessous, je tends, allez, je tends… Encore un effort, ne pas faire attention à lui qui me malaxe, à sa bouche qui me mord et me lèche, allez, allez ! Ça y est ! Je l'ai. Je ne dois plus la perdre, je raffermis ma prise, il met sa main sur mon nez pour que je ne respire plus, que j'étouffe mais je tiens bon.

Je replie le bras, je me contracte.

Et de toutes mes forces, je plante l'aiguille dans son cou.

Le sang m'inonde aussitôt, chaud, visqueux.

Je le repousse, je me dégage, je me redresse d'un bond pendant qu'il met les mains à sa gorge, cherchant l'air convulsivement, bouche ouverte. Je m'éloigne, je titube. Je me mets à vomir. Un bruit sinistre me prévient qu'il est en train de se vider. Lui non plus, je ne connais pas son nom. Mais ça m'est égal.

Je viens de tuer un homme.

3

Quand les geôliers en manteau noir viennent le chercher, je suis assise dans un coin, recroquevillée en position fœtale, le dos appuyé contre la pierre humide et froide. Le plus loin possible de lui.

Ils sont deux. Ils vont me corriger, me frapper.

Ils entrent, attrapent chacun une extrémité du corps rigide et l'installent sur une planche. Ils ressortent, le déposent quelques instants sur le sol pour fermer la porte à clef derrière eux. Et s'en vont. Ils ne m'ont même pas regardée.

Depuis combien de temps suis-je dans cette cellule ? Je n'ai ni mangé ni bu. Ma langue est pâteuse et colle à mon palais, gonflée. Mes lèvres sont gercées. Je suis assise à la même place, dans le même coin, contre le mur, les jambes engourdies. Et je n'ai qu'un but : traquer la vermine qui troue ma peau. De minuscules bestioles courent sur mon corps, dans un chatouillis infime. J'ai l'impression qu'elles sont des centaines parfois, à escalader ma chair de leurs sales petites pattes, à enfoncer leur dard, à me sucer. Je ne sais même pas à quoi elles ressemblent : je ne les vois pas, il fait trop sombre. Parfois, je me demande si je ne les imagine pas. Mais non, la démangeaison est trop effroyable. Ma main s'abat à intervalles réguliers sur mes cuisses, mes chevilles, mon ventre, mes épaules. Je claque mon dos contre le mur quand je crois en sentir une, dix, cinquante qui s'y promènent pour me manger. J'ai essayé de me retenir au début, mais c'est insupportable alors je me gratte au sang, partagée entre le soulagement et le supplice de ma peau écorchée. Ce sera pire après, mais je ne peux pas faire autrement, j'enfonce mes ongles dans de grands mouvements de va-et-vient, je mets ma chair à vif. Je claque, je gratte, je claque, je gratte.

J'ai du mal à ouvrir les yeux. Mes jambes me brûlent, je voudrais les couper. On me saisit sous les aisselles, on m'oblige à me mettre debout. Je n'ai plus de force, je m'affaisse. On me soulève, on me traîne. Encore. Je n'ai pas besoin de sac, cette fois. Je ne peux pas garder la tête droite. Je vois le sol défiler : marron, beige, noir, marron... Je perds connaissance.

Un homme me donne de l'eau. D'abord, je ne comprends pas ce qu'il fait, puis je me mets à boire, à boire, à boire. L'eau dégouline, tombe sur mes vêtements en charpie, ma tunique souillée et déchirée qui dévoile mon ventre. Je suis assise sur un banc. Une lumière crue perce les fenêtres et m'aveugle. Il fait jour. Je ne suis plus dans les entrailles de la terre. La pierre est blanche, lisse, propre. Des tapis colorés assourdissent les pas. Je vois mes mains et mes pieds crottés, le tissu poussiéreux de mon pantalon. Au travers, je distingue ma chair tuméfiée. Je comprends pourquoi j'ai si mal. Mon champ de vision est restreint à cause de mes yeux gonflés. Un homme s'approche de moi, dans une robe pourpre. Je lève la tête. Le Conseiller Pamar.

— Alors voici la déterreuse... susurre-t-il, le nez froncé par le dégoût.

Moi aussi, à sa place, je serais dégoûtée.

Je hais son sourire condescendant. Sa voix résonne dans la pièce au plafond haut. Le soldat qui me donnait de l'eau me force à me lever. La douleur dans mes jambes est insupportable.

— Te laisser en vie, est-ce bien raisonnable ? prétend-il réfléchir, ses yeux bleus et froids perdus dans la contemplation du mur. Ah, j'hésite ! Mais je suppose que je n'ai pas le choix. Il paraît que tu es la meilleure. C'est ce que disait Lorte, en tout cas.

Lorte. C'était donc le nom de L'Ombre. Et il en parle au passé.

— Je t'échange ta vie contre tes cadavres, déterreuse.

Je mets quelques instants à comprendre.

— Un par jour. C'est ce dont nous avons besoin.

— Impossible, je croasse, incapable de reconnaître mon timbre altéré.

Le soldat me gifle avec sa main gantée de métal. Ma tête cogne contre le mur, mon corps se dérobe mais sa poigne de fer m'oblige à rester debout. S'il serre plus fort, il va me casser le bras. Je me remets d'aplomb. Mon cou n'a plus de muscles. Ma joue est bouillante, ma lèvre s'est rouverte.

— Je dois attendre une journée dans le tunnel sous le deuxième Mur après avoir livré. Sinon, les sentinelles m'abattent quand je rentre, il fait trop clair.

Je ferme les yeux pour me protéger du coup que je sens poindre. Mais le gant reste à sa place.

— Dans ce cas, tu viens tous les deux jours… Et tu en ramènes deux.

— Je n'aurai pas le temps, c'est long de déterrer.

— Ton estropié n'a qu'à t'aider.

Pamar connaît Arkadi ?

— C'est un bébé, je plaide, et avec son br…

Le coup part. Ma tête tape au même endroit et cette fois, le soldat ne me retient pas. Je m'écroule à genoux. Du sang écarlate goutte sur le tapis molletonné.

— C'est malin, grogne Pamar.

Sa main baguée saisit mes cheveux avec une mimique de répulsion. Il m'oblige à plonger mes yeux dans les siens. Je préférerais les crever à coups d'aiguille. Où est mon aiguille ?

— Je me suis toujours demandé pourquoi les vermines de ton genre s'obstinent à vivre. Deux cadavres tous les deux jours, c'est à prendre ou à laisser.

Il laisse lourdement retomber ma tête.

Quand je pense que je voulais rejoindre le noble Clan des Guérisseurs. Qu'est-ce qui se passe ? Pourquoi suis-je ici ?

— Bien, conclut Pamar. Je présume que ton silence vaut approbation. Première fournée dans deux jours. Lorte et ton codétenu nous occuperont en attendant.

Il s'éloigne, sa longue robe pourpre ondulant au rythme de ses pas pressés.

4. Mauvaise pioche

1

Je suis en bas de chez nous, étalée par terre. Je ne me souviens pas de la façon dont je suis arrivée. Ils m'ont relâchée. Il faisait si chaud, dehors. J'ai dû ramper. Mes genoux sont à vif, mes jambes sont énormes. Je ne vois plus.

Des bruits de pas, l'échelle qui vibre. Des martèlements précipités. Une fillette se met à pleurer.

— Érine ! Sang de kork, Érine ! Qu'est-ce qui s'est passé ?

Arkadi. Sa voix qui mue est partie dans les aigus. En le sentant tout près, quelque chose en moi se détend. Il me saisit derrière les genoux. Je geins.

— Doucement, La Pince, c'est vilain ! Prends-la aux chevilles.

Je reconnais Touma, la voisine de la deuxième hustissa. Elle a dû descendre avec Arkadi, qu'elle surnomme La Pince. Des mains me soulèvent, m'emportent.

Grimper à l'échelle est un enfer, tout comme passer la trappe pour atteindre le toit. Ils sont obligés de me hisser, de me plier. Sootar grogne de faire attention, Loltar prétend faire ce qu'il peut.

— Allongez-la ici !

Je ne connais pas cette voix. Ils me bringuebalent, mon coude heurte un meuble. La pièce embaume les herbes et je comprends que je suis dans l'hustissa jaune, celle de la nouvelle. On m'allonge. Je n'ai plus la force de m'installer correctement. Je ne bouge pas. La vieille donne les ordres.

— Sortez ! Il me faut de la place. Pas toi !

— Pourquoi ? demande Arkadi, visiblement éberlué.

— Parce que je vais avoir besoin de quelqu'un pour l'empêcher de hurler.

Mon pantalon adhère à ma chair à vif. Chaque pan enlevé m'arrache un râle. Arkadi me tient la main, me presse à m'en faire bleuir les doigts.

— Chut, chut, Érine, c'est presque fini...

Lorsque je reprends connaissance, la vieille est en train de me poser des cataplasmes sur les jambes. C'est frais et pourtant, la douleur est intense. J'ai l'impression que ma peau cuit. J'essaie d'ouvrir les yeux mais je ne distingue qu'un voile vert et la lumière du jour qui filtre au travers. Mon visage est recouvert d'un linge imbibé d'une mixture, probablement cicatrisante.

— Ce sont de petites bestioles souterraines qui sucent le sang, explique la vieille. Leur morsure provoque des démangeaisons atroces.

— Donc elle s'est fait ça toute seule ? hallucine Arkadi.

— Oui et non. En se grattant, elle a provoqué une infection et un œdème. Pour le reste, on l'a frappée... Tu as vu sa lèvre, son nez enflé, ses bleus sur les pommettes, les joues. Elle n'a pas pu se faire ça toute seule !

— Bien sûr, convient-il, et son intonation montre qu'il est vexé d'avoir paru si naïf.

— Les marques sur ses bras, sa poitrine et son cou non plus. On l'a serrée, emmenée. Elle s'est probablement débattue.

La vieille est observatrice. Et ses cataplasmes font un bien fou.

— Elle a des ennemis ? interroge-t-elle à brûle-pourpoint.

Surtout, ne pas retenir mon souffle, prétendre être toujours endormie.

— Ben… hésite Arkadi. Elle a quand même une vie un peu, disons, dangereuse.

— C'est-à-dire ?

Je sens le corps d'Arkadi se balancer d'avant en arrière.

— Tu peux me le dire, tu sais, insiste-t-elle.

C'est son erreur. Arkadi n'est pas vieux mais son instinct s'est considérablement développé ces derniers temps.

— Tu vivais où, avant ? rétorque-t-il au lieu de répondre à la question.

— Bah, ici ou là, élude la vieille.

— Je vois ça ! En tout cas, pas chez nous ! Parce que si tu connaissais la Cité des Six, tu saurais que les orklas n'y valent rien. On est sur le côté, à part, dans le tiroir. Oh, c'est vrai que c'est folklorique ! Il y a de belles auberges, des tentes magnifiques en bordure de ville pour accueillir les marchands et les vendeurs de passage, riches et moins riches. Les tavernes, souvent mal famées, hébergent les truands de l'Entre-Terre venant se planquer ou les voyageurs épuisés par la traversée du désert en partance pour Aragoa ou Larrsa. Bref, c'est éclectique, c'est turbulent et vivant. Ça a son charme… Mais si tu y regardes de plus près, tu vois surtout les rebuts, les déclassés, les moins-que-rien, les malades, les estropiés, les laissés-pour-compte.

— Je ne vois pas le rapport…

— Moi si ! Le rapport, il est là : imagine une orkla dans une gargote, par exemple. Une bagarre éclate, elle cogne sur un ou deux types imbibés. Les Couteliers attirés par le tintamarre l'embarquent. Eh bien, ils peuvent pas la rendre à son Clan, vu qu'elle en a pas… Qu'est-ce que tu crois qu'on lui fait, dans ce cas ? On lui offre un bouquet de fleurs uniques ? On la reconduit chez elle ? Non ! On s'embarrasse pas, on la jette en prison. Y a des tas d'orklas qui crèvent dans les geôles des Couteliers !

— Érine se bat ? s'étonne la vieille qui n'a pas tout suivi.

— Ça lui arrive, si tu veux savoir, et souvent, même ! Quand elle boit, elle est infernale ! lâche Arkadi.

Moi, me battre ou être saoule ? Mais qu'est-ce qu'il raconte ? C'est lui qui a bu ! L'agacement m'a fait bouger.

— Elle est réveillée… annonce la vieille, décidément perspicace.

Avec mille précautions, Arkadi soulève le tissu qui recouvre mon visage. Sa grimace épouvantée me prouve que je suis amochée. Il se force à sourire. Du haut de ses quinze ans, il est parfois très mauvais comédien.

— Ça va, Érine ? murmure-t-il.

La vieille s'approche à son tour. Je vois son nez crochu, son visage raviné par les rides, son teint jaunâtre et terne qui contraste avec ses yeux bleus. Ses cheveux gris et épars sont tirés en arrière et ramenés en un chignon grossier. Elle est petite, ratatinée. Elle dépasse à peine la table sur laquelle je suis allongée.

— Érine, tu es en mauvais état.

Sans blague…

— Tu vas ingurgiter un remède que je t'ai concocté. Je te préviens, il est immonde, mais son action est foudroyante et il t'aidera à te rétablir vite.

Je ferme les yeux pour signifier que je suis d'accord. C'est que j'ai deux cadavres à trouver, moi.

Le jus marron fait des bulles. L'odeur me soulève le cœur mais je m'applique à l'avaler jusqu'à la dernière goutte. Il me brûle la gorge. Je me concentre, ce n'est pas le moment de vomir.

— Repose-toi, me recommande Arkadi alors que je laisse retomber ma tête sur la table.

Il replace le linge vert sur mon visage et me caresse les cheveux avec son crochet. Je ne le soupçonnais pas de pouvoir être aussi attentionné.

Je réussis à me détendre malgré le goût râpeux et amer qui s'attarde dans ma bouche. Mon souffle s'apaise. Mais intérieurement, je fulmine. Cette vieille ne me dit rien qui vaille. Certes, elle me soigne et se donne du mal. Cependant, sa curiosité déplacée et sa science sont suspectes. On ne pose pas de questions, chez les orklas. Et comme par hasard, elle arrive au moment où l'on a besoin d'elle ! Pire, j'apprends que le Conseiller Pamar en personne connaît non seulement mon existence, mais aussi celle d'Arkadi. D'où tient-il ses informations ? Y a-t-il un traître dans l'husta ? Un vendu qui nous raconte ? La vieille pourrait être une espionne, envoyée pour nous surveiller. Après tout, elle guérit. Or qui possède cette érudition, à part les membres du sixième Clan ? Il va falloir être prudente, je vais mieux cacher mes livres, mieux me cacher. J'étais si bien sur ce toit…

Je sombre dans un sommeil agité où des rêves nébuleux me montrent L'Ombre et Naria poursuivis par des hordes de korks affamés qui les dépècent sans que je puisse intervenir. C'est idiot, comme rêve. Les korks sont essentiellement végétariens.

2

Quand j'émerge, je suis chez moi. Dès que je remue, Arkadi apparaît à mon côté.

— Eh ben, on peut dire que tu m'as foutu une sacrée trouille !

Des trisses s'égosillent dehors. Leur chant mélodieux m'indique que nous sommes… le matin ! Je sursaute et me redresse d'un bond.

— Quel matin, Arkadi, on est quand ?

Je m'attends à ce qu'une quelconque souffrance me transperce… il n'en est rien. Je baisse les yeux, examine mon corps, remue les orteils : mes jambes sont couvertes de croûtes brunes mais elles ont dégonflé. Ma tête ne me fait plus souffrir et je vois normalement, ce qui signifie que mes yeux ont repris un aspect normal.

Arkadi n'a pas compris ma question.

— Ben on est le matin de cette journée…

— Non, je veux dire par rapport au moment où je suis arrivée ! Il y a combien de temps ?

— Oh, mais t'énerve pas… Je t'ai récupérée avant-hier.

Je devrais m'excuser, je n'en ai pas le temps.

— Sang de kork !

Arkadi me regarde bondir, m'habiller en hâte, échevelée.

— T'es quand même très impatiente, c'est un miracle que tu sois déjà rétablie ! Sans Rada…

— Ce n'est pas ça ! je l'interromps brutalement, notant au passage le nom de la vieille.

Je suspens mon geste, je me tourne vers lui, hésitante.

Je voudrais épargner Arkadi. Déterrer des cadavres, est-ce une activité recommandable pour un adolescent ? En même temps, j'ai commencé à dix-sept ans, moi. Parce que Malcor ne voulait pas me laisser seule dans la chambre commune la nuit, avec ces hommes concupiscents qu'il exécrait. À tel point qu'il dormait avec un couteau sous son oreiller.

Arkadi en a bavé, il a été rejeté, violenté. Ai-je le droit de l'entraîner avec moi dans ce marasme ? Le froid, la terre gelée, les cadavres, la mort…

— Érine ?

Si je suis honnête, est-ce que je ne tergiverse pas pour d'autres raisons ? Je n'ai pas l'habitude de me confier à lui. Mon alter ego, mon coéquipier, mon compagnon, c'était Malcor. Ma vie d'après-Clan, je la lui dois. C'était lui, mon binôme. Arkadi n'est pas Malcor. Il a quinze ans, il est jeune, frivole. Au fond, je ne le considère pas comme un adulte, plutôt comme un gamin écervelé. Est-ce justifié ? Il est aussi habile, débrouillard. Peut-être est-ce le moment de revoir mon jugement… D'ailleurs, ai-je vraiment le choix ?

Je m'accroupis à côté de lui et je chuchote. Je lui raconte tout. L'attente, la prison, L'Ombre. Dans notre hustissa sur laquelle le soleil cogne avec lourdeur, je lui fais promettre de ne rien révéler, à personne, jamais. J'imite Malcor, je le menace de le tuer de mes propres mains s'il me trahit. Arkadi hoche la tête, grave.

— Donc là, c'est le moment ? lance-t-il. On est le jour de la livraison ?

Je fais oui.

— Tu veux que j'aille à la Maison noire ?

Il est déjà debout.

— Arkadi, on ne réussira que si tu restes calme et mesuré.

Il se rassoit avec précaution, comme pour me montrer qu'il a compris.

— Mieux vaut éviter la Maison noire. Elle est gardée par des Couteliers, toujours les mêmes. Avec ta main, tu serais vite repéré. Je ne peux pas me permettre de faire naître le moindre soupçon.

— Excuse.

— Ce soir, tu viens avec moi. Mais avant, j'ai plusieurs choses à te demander.

Il se penche vers moi, tout ouïe.

— D'abord, tu vas aller traîner du côté des vergers et des serres du Clan des Planteurs. Je veux que tu renifles. Sens ! Tu n'auras qu'une demi-journée, et tu dois être capable de détecter l'odeur de la terre fraîchement retournée. Ça nous aidera au cimetière, on va être obligés d'y aller à l'aveugle.

— Entendu.

— Laisse traîner tes oreilles, et ouvre-les bien si tu entends parler d'un certain Lorte, du Clan des Guérisseurs.

— Lorte, d'accord.
— J'ai aussi un service à te demander.
— Facile ! sourit-il.
— Je ne veux pas de poignard. Je veux une aiguille.
— Tu vas te battre avec une aiguille ? se gausse-t-il.
J'acquiesce, alors il reprend son sérieux.
— Si possible, taillée dans de l'os de kork, c'est incassable. Environ longue comme mon avant-bras, fine. Tu crois que tu pourrais trouver ?
Arkadi se lève et hausse ses sourcils trois fois.
— Tu l'auras ce soir !
— Sois ici avant le coucher du soleil.
— Promis !
Et il détale.

3

Je me rallonge. Je dois prendre des forces et réfléchir. J'ai l'impression qu'on m'a précipitée dans un bassin d'eau trouble, je m'y noie sans pouvoir distinguer le haut, le bas, la vérité, le mensonge. Pourquoi accélérer brusquement la cadence et avoir besoin de plus de cadavres ? Pourquoi m'avoir enfermée et battue pour obtenir quelque chose qu'il aurait pu avoir en payant, en marchandant ? Qu'est-ce que Pamar fait des corps ? Est-ce pour son usage personnel, pour son Clan ? À ce que je sais, les Guérisseurs sont versés dans l'art de concocter des potions à base de plantes. Qu'est-ce qu'ils fichent avec des morts ? Ils les étudient pour mieux soigner ? Pourquoi ne pas m'en réclamer qui ont été emportés par la maladie, dans ce cas ? Et qu'est-ce que cette histoire de baumes ?

Une idée me conduit à une autre. Je repense à L'Ombre qui m'a sauvé la vie ou tout comme, en me léguant son aiguille. Il est mort lui aussi, Pamar me l'a clairement signifié. Qu'est-ce qu'il a fait de mal, où est sa faute ? Est-ce lié à Naria ?

Dans le Clan des Dresseurs, il n'y a pas de mariages arrangés. La preuve : Jinn se promène main dans la main avec Sana, lui qui vient d'une famille modeste. Est-ce différent, ailleurs ?

Les membres d'un Clan restent entre eux. Le Clan est le foyer, le lieu privilégié dans lequel se déroule l'Initiation, l'endroit où est convoquée la Magie. C'est là qu'on naît, qu'on aime, qu'on meurt. Du moins est-ce ainsi dans le Clan des Dresseurs. Peut-être d'autres coutumes régissent-elles celui des Guérisseurs. Le Conseiller Pamar avait-il d'autres projets pour Naria ? Est-ce pour cette raison qu'elle a voulu partir ? Pour… épouser celui qu'elle aimait ? Je ne peux pas y croire. Trop mélodramatique pour être vrai. Quelle que soit la direction dans laquelle je regarde, je n'entrevois que flou et confusion. Je ferais mieux de dormir.

Quelqu'un frappe trois coups secs à ma porte.

Loltar, le jumeau, passe une tête dans l'entrebâillement.

— Érine, je peux entrer ?

— Oui…

Il est aussi costaud que son frère et doit se glisser sur le côté pour faire entrer ses deux épaules de kork. Même cheveux blond très clair en bataille, même figure pâle piquée de taches de rousseur. Mais lui a dû avoir le nez cassé, et l'a biscornu, tordu sur le côté comme si l'appendice cherchait à s'enfuir. Sootar a le sien aquilin, droit, parfait.

Loltar fait deux pas et s'assoit sur ma natte, ses jambes couvertes de longs poils blancs touchant le mur. Il se penche et m'observe, la bouche tirée vers le bas.

— Ça va mieux mais t'étais sacrément arrangée, hier.

Qu'est-ce que je peux répondre à ça ?

Il baisse la tête, admire ses mains larges.

J'attends.

— Tu veux en parler ? finit-il par lâcher.

— Non…

Il soupire et se décide à me regarder dans les yeux.

— Écoute Érine, tu vis ici, tu es une des nôtres. Sootar et moi, on casse les genoux de celui ou de ceux qui t'ont fait ça, tu comprends ? C'est… C'est une question d'honneur, de territoire.

Misère, que les hommes peuvent être vieux jeu, parfois ! Je vois bien les jumeaux se présenter chez le Conseiller des Guérisseurs pour lui casser les genoux, tiens.

— C'est gentil mais ce n'est pas la peine.

— Tu ne veux pas me dire qui t'a fait ça ? On t'a menacée ?

Un peu, oui ! M'est avis que si j'évoquais seulement le nom de Pamar, je serais morte dans la journée.

— Je ne sais pas qui c'était, Loltar. Ta proposition me touche beaucoup, mais je t'assure, c'est inutile. Je préfère passer à autre chose.

Il pousse un nouveau soupir en secouant la tête, me tapote l'épaule de sa grosse paume et se lève.

— Comme tu voudras. Mais au cas où, sache qu'on est là.

— Merci !

S'il savait…

Arkadi rentre à l'heure dite, victorieux.

— Et voilà !

Il me tend une longue aiguille grise dont la tête arrondie et sculptée tient dans ma main. Elle représente des arlares dansant dans des nuages moutonneux stylisés, avec leur long cou couvert d'écailles et leurs membranes déployées. On dit que les arlares protègent des mauvais rêves. Ça tombe bien, quelque chose me dit que je vais en avoir besoin. Arkadi exhibe ensuite un étroit fourreau en cuir noir et souple. Je m'ébaubis :

— Comment tu as fait ?

— Un coup de chance : en sortant, je suis tombé sur un colporteur ivre mort. Dans son sac, j'ai trouvé un de ces onguents, là, tu sais, comme celui qui sentait le moisi. Il y avait le Marché interdit, aujourd'hui. Je l'ai revendu un très bon prix à un gros type qui suait. Tu dois attacher les deux bouts à ton avant-bras, comme ça, fait-il en nouant deux liens qui pendent de la gaine.

L'aiguille est exactement à la bonne taille. Sa tête est logée sous mon poignet. L'extrémité de l'étui s'arrête à quelques millimètres de mon coude.

— Voilà, tu peux dégainer quand tu veux ! Elle est enchantée, précise-t-il à mi-voix, fier de lui.

— Tu plaisantes ?

— J'ai l'air ? Elle appartenait à une vieille orkla qui vendait trois babioles sur un morceau de tissu. Elle m'a assuré qu'elle était enchantée, très ancienne, et qu'elle te protégerait. Je crois pas qu'elle m'ait menti.

— Merci, Arkadi.

— Je suis aussi allé au Clan des Planteurs, hein, j'ai fait tout ce que tu m'avais demandé, se dépêche-t-il d'ajouter.

— Parfait.

— Pour Lorte, en revanche…

— Il va nous falloir du temps, je sais.

— J'ai croisé les jumeaux, murmure-t-il tout à coup, penché en avant d'un air de conspirateur. Ils ont essayé de me cuisiner pour savoir ce qui t'était arrivé.

— Je sais, Loltar est passé me voir. Tu… tu n'as rien dit, j'espère ?

— Pour qui tu me prends ! s'énerve Arkadi, offensé.

— N'en parlons plus et habille-toi. Il te faut quelque chose de léger, de chaud, sans métal, sans cordelette, rien qui puisse te gêner ou faire le moindre cliquetis quand tu courras. Prends des mitaines. Enfin, *une* mitaine, je rectifie.

Une lueur d'excitation illumine son regard. Il s'exécute avec application.

4

Quand nous émergeons de sous le deuxième Mur pour nous glisser dans le cimetière, Arkadi tremble sans réussir à se contrôler. Il est pâle, le front couvert de transpiration. La peur l'essouffle et n'a pas diminué depuis que l'on marche en silence sous les fondations de la fortification.

Je me souviens de la première fois où j'ai traversé l'espace dénudé qui s'étend entre les deux Murs, de cette sensation épouvantable d'être soudain transformée en gibier : vulnérable, incapable de me défendre si un danger survenait. Prise au piège. Dans le tunnel, Malcor avait été obligé de me gifler pour que je reprenne mes esprits. Je me vois mal mettre une claque à Arkadi qui mesure une tête de plus que moi.

— C'est normal, Arkadi. Tu verras, on s'habitue, je mens. Inspire plusieurs fois, profondément. Ça va ?

Mâchoires serrées, il fait oui. Il inspecte les alentours, la voûte céleste étoilée, le sol froid.

— Pourquoi il y a de la terre ici ? m'interroge-t-il. Je croyais qu'on était au milieu du désert.

Je réalise alors qu'il n'a jamais franchi l'enceinte de la Cité des Six.

— La Magie déborde, dis-je, avançant sans bruit jusqu'aux grands arbres qui bordent les tombes. La terre d'ici est fertile, le sable est plus loin.

— Je savais pas.

Il s'apprête à avancer mais je lui fais signe de s'arrêter et il m'obéit aussitôt. Je désigne le Mur, je m'accroupis. Des voix nous parviennent. La garde du deuxième Mur passe. Nous attendons sagement qu'elle disparaisse, cachés dans notre écharpe pour masquer les petits nuages de vapeur qui sortent de notre bouche dans l'air glacial. La surveillance est plus espacée ici que sur le premier Mur. Nous avons la nuit devant nous, désormais. D'un coup de tête, je lui intime de me suivre et nous nous faufilons parmi les sépultures. Je lui montre mon nez. Nous commençons à sentir. L'odeur humide et grasse de la terre fraîche s'impose à nous.

Nous faisons halte dans le secteur réservé au Clan des Couteliers. Arkadi se met au travail et m'aide à fendre le sol durci par le gel. J'avais oublié comme il était réconfortant d'être deux, dans ces moments d'intense besogne.

Enfin, il m'aide à extirper le premier corps et je lui rappelle les règles de base.

— Ne pense pas à la personne que ce macchabée a pu être, ne cherche pas à l'identifier. Tu dois écarter de ton esprit tout ce qui se rapporte à sa vie passée, sinon, je te garantis les pires cauchemars. Envisage-le tel qu'il est : un simple corps. Mort. Utile pour nous.

Arkadi hoche la tête, livide. Courageusement, il porte avec moi le cadavre sur la planche.

— Fais attention de ne pas le cogner. Tu casserais la raideur et ça deviendrait un enfer à porter.

— Ils restent pas rigides tout le temps ? s'étonne-t-il.

— Non, ils s'amollissent au bout d'environ deux jours.

Par acquit de conscience, je soulève le linceul pour jeter un coup d'œil. C'est un homme. Rien à signaler. Arkadi a observé mon geste et fermé les yeux. J'inspecte le cou, les mains sur lesquelles j'arrache un gros anneau serti. Je le tends à Arkadi qui l'empoche. Ça a l'air de lui mettre du baume au cœur.

— Vite, il nous en faut un deuxième !

Au bout d'un temps infini, nos narines frémissantes nous conduisent dans le carré du Clan des Planteurs. Pioche et pelle entament le sol dans un bruit sourd. Maculé de miettes de terre, de grandes auréoles constellant ses vêtements, Arkadi ne faiblit pas. Nous avons tôt fait de dégager le corps. Nous l'empilons avec précaution sur le premier, veillant à leur équilibre précaire. Sans doute pour me prouver qu'il est à la hauteur, Arkadi avance sa main et soulève le linceul.

Mais il sursaute et pousse un cri étouffé en découvrant le masque de cire sous ses doigts. Je m'approche à mon tour.

Sur notre planche, ses yeux vitreux tournés vers le ciel, une riche femme.

— C'est la « grosse motte », murmure Arkadi. Celle qui m'a acheté le baume et nous a permis d'assister à la Fête des Échanges !

5. Les baumes

1

Arkadi halète et se met à greloter. Quand je pose ma main sur son épaule crispée, il tressaille.

— C'est pas possible, bredouille-t-il, ça peut pas être une coïncidence, Érine, regarde-la ! Elle est toute…

— Tais-toi et inspire un bon coup ! On n'a pas fini, ce n'est pas le moment de paniquer !

Mais Arkadi n'est plus avec moi. Tétanisé, il contemple fixement la grosse motte.

— Arkadi ? Arkadi !

Il est là, pantelant, les pupilles dilatées.

Tant pis, adieu la douceur.

Je le gifle.

Le bruit de ma main qui claque sur sa joue imberbe résonne contre les troncs d'arbres, va se perdre dans l'immensité du désert. Arkadi frotte sa pommette et me dévisage, scandalisé. Mais il s'est repris.

— Tire la planche jusqu'à l'ouverture, je dois reboucher le trou et couvrir nos traces !

— Oui, d'accord, je tire la planche, je tire la planche...

Il s'en va, cahin-caha, inspectant, horrifié, l'amoncellement de corps.

J'avais bien besoin de ça.

Pendant que je remets la terre en place, le dos trempé par l'effort, la transpiration collant mes cheveux, je réfléchis à toute vitesse. Se peut-il que ce « hasard » soit l'œuvre de Pamar ? Non, c'est grotesque. Pour quoi faire ? M'intimider ? Je chasse ces idées sans queue ni tête. Le tout-puissant Conseiller Pamar a exigé que je déterre les morts et les lui apporte parce qu'il a autre chose à faire. Diriger son Clan ou retrouver sa fille, par exemple. Et pour me demander autant de macchabées, il doit en avoir un furieux besoin. Il faudrait qu'il soit vraiment cinglé pour perdre son temps à fomenter des jeux ridicules dans l'unique dessein de m'effrayer. C'est moi qui deviens folle de penser ça.

Je tasse le sol, je termine de dissimuler les vestiges de notre passage, je rejoins Arkadi et nous nous engouffrons dans le Mur. Une fois la porte de pierre refermée, je soupire bruyamment. J'attrape le drap du bout des ongles et avec circonspection, je me penche sur la grosse motte. Elle a, en quelque sorte, implosé. La peau de son visage est déchirée à plusieurs endroits, laissant apparaître la chair boursouflée par-dessous. La pauvre a gonflé de l'intérieur jusqu'à en éclater. Arkadi verbalise le doute qui m'assaille, moi aussi.

— Tu crois que ça peut être le baume ? Rappelle-toi, il puait le moisi, il était peut-être plus bon.

— C'est possible, même si j'ai du mal à croire qu'une simple crème avariée puisse avoir des effets aussi dévastateurs. J'espère surtout qu'il ne s'agit pas d'une nouvelle épidémie...

Je me force à garder mon calme.

— Pas de panique. Les cadavres étaient très différents lors des deux premières : tachés, jaunâtres, amaigris. Pas comme… comme ça.

— Et puis personne n'a parlé d'épidémie, ces derniers temps ! renchérit Arkadi. Si c'était le cas, ça ferait un sacré ramdam !

— Tu as raison, ça doit être autre chose. De toute façon, on s'en moque. On a deux cadavres à livrer.

C'est à moitié vrai. Cette découverte m'inquiète mais Arkadi est sonné. Autant jouer les décontractées. Je réprime un frisson. Dans quoi s'est-on fourrés ?

Nous avançons sans bruit dans le couloir du Mur. Le sol rouge assourdit nos pas. Arkadi marche tête baissée, j'ai repris la planche à roulettes qui cahote derrière moi, docile. Nous évitons une pierre tombée par terre. Parfois, j'entends Arkadi qui marmonne des propos inintelligibles. Il est traumatisé.

Nous arrivons enfin à la grille. Je me tourne vers lui. Il est creusé, dépenaillé, couvert de croûtes de terre séchée. Ses yeux luisent, suintant le remords et l'incertitude.

— Arkadi, arrête de te torturer. Ce n'est pas comme si tu l'avais poignardée dans le dos de sang-froid. On n'est sûrs de rien. Si ça se trouve, c'est un hasard. Malencontreux, certes, mais un hasard. Calme-toi et concentre-toi, s'il te plaît !

Je lui montre les quatre clefs et lui explique leur rôle à chacune, la façon de les insérer, de les tourner dans les serrures. Il hoche la tête, aussi hâve que nos trépassés. Une fois la grille ouverte, je le somme de m'attendre dehors.

— Pourquoi je peux pas venir avec toi ? m'interroge-t-il, tremblant.

— Je ne sais pas qui sera là, ni de quoi mon interlocuteur sera capable.

— C'est ridicule, proteste-t-il. Je pourrais te défendre !

— Écoute, tu es venu avec moi, c'est déjà bien. Laisse-moi m'occuper de cette partie-là pour aujourd'hui. Chaque chose en son temps, d'accord ?

Il rend les armes. Il me fait pitié.

En réalité, ils sont deux, enveloppés dans une grande cape sombre identique à celle que portait L'Ombre. Le premier est râblé et respire fort. L'autre est une longue perche osseuse. Il me fait penser aux arlares qui se pendent au plafond pour dormir, leurs membranes recroquevillées sur leur ventre nu.

La procédure a changé. Ils ne me permettent pas d'entrer et me font patienter dans l'embrasure de la porte. Ils examinent les cadavres, se font un signe, les glissent chacun sur une planche pareille à la mienne et s'en vont en tirant leur fardeau. Je reste devant la porte qu'ils m'ont claquée au nez.

Ils vont me ramener ce qu'ils me doivent.

Je patiente.

Près de la grille, Arkadi continue à chuchoter pour lui-même.

Au bout d'un trop long moment, je me rends à l'évidence : ils ne reviendront pas. « Ma vie contre les cadavres. » Comment ai-je pu me leurrer à ce point ? Il n'a jamais été question de rétribution ! Depuis que je suis sortie de chez Pamar, je suis son esclave. Je n'ai plus de moyen de subsistance et je suis obligée d'obéir sinon il me tuera. Cette vérité triviale était tellement brutale et violente que j'ai refusé de la voir.

Je prends une grande inspiration pour calmer la panique qui m'étreint et je rejoins Arkadi dont les yeux fiévreux me guettent dans l'obscurité.

2

Il y a quand même un point positif : nous sommes allés plus vite à deux. Nous avons le temps de franchir l'espace entre les Murs avant le lever du soleil.

Le retour au petit matin est morose. Je suis partagée entre la rage et le désespoir. Arkadi, lui, est éreinté. Le travail sans eau, sans nourriture, ajouté à notre étrange découverte, l'a vidé de sa substance. Son grand corps en pleine croissance crie famine. Sauf qu'à part l'herbe des sables réservée aux hitotes, nous n'avons plus rien. Arkadi m'a veillée pendant ma convalescence, nos maigres économies ont été englouties.

Une fois sur le toit de l'husta, je vais toquer chez Touma. Sa porte est ouverte, je sais que je peux entrer. Le soleil n'est pas haut dans le ciel, mais il tape déjà et de minuscules bêtes vrombissent et emplissent l'air. Touma est en train de se changer et d'ôter ses luxueux vêtements. Elle m'offre deux de ses hitotes grillés. J'accepte. Au début, ce menu me dégoûtait. Pour moi, manger un hitote était inconcevable. C'était un messager, pas un repas. Mais avec le temps… Arkadi a besoin de reprendre des forces. Je me contente d'une moitié, lui tends le reste. Il avale sans un mot et s'endort. À peine me suis-je allongée que l'on frappe à ma porte.

Je suis obligée de baisser les yeux pour voir la vieille Rada pénétrer dans mon hustissa. Elle s'approche à petits pas, toujours aussi rabougrie. On dirait qu'on l'a mise à cuire dans les flammes et qu'elle se ratatine sous l'effet de la chaleur. Son chignon déplumé luit d'huile. Elle avance en laissant ses chaussures traîner sur le sol, puis s'assoit au ralenti près de moi, en poussant un faible gémissement.

— Pourquoi personne n'a-t-il pensé à me prévenir de l'inconvénient d'être vieille ? grommelle-t-elle.

— Ce n'est pas comme si c'était une surprise.

— C'est vrai !

Malgré ma défiance, je dois avouer que son rire aigrelet a quelque chose de sympathique. Un silence s'installe, ponctué par les ronflements sonores d'Arkadi.

— Érine, veux-tu parler de ce qui t'est arrivé ? risque-t-elle à voix basse.

Décidément, c'est une manie, dans le coin…

— Non.

Je l'observe : sa bouche mince, son cou qui pend, son nez recourbé ponctué de trous, son visage raviné, ses yeux bleus cachés en partie par ses paupières flasques… que cachent-ils ?

— Tu ne me fais pas confiance… constate-t-elle.

— Non.

— Arkadi me fait confiance, lui.

Elle se trompe. Il lui a menti. Il a même habilement détourné la conversation, lorsqu'elle me soignait et cherchait à en savoir plus.

— Il fait ce qu'il veut.

Rada hésite.

— Si je vous invite à dîner, vous viendrez ?

— Pas moi, je réponds du tac au tac.

Nous nous dévisageons. Son expression neutre ne laisse rien transparaître de ses émotions.

Résignée ou faisant tout comme, elle tape sur ses genoux, ses paumes à plat, et entreprend de se relever péniblement. Je la laisse faire, je n'esquisse pas un geste pour l'aider.

— Repose-toi. Tu as une tête de déterrée… lâche Rada avant de s'éclipser.

Et elle voudrait que je lui fasse confiance.

3

L'homme est sur moi, je reconnais son halètement infect, son haleine putride. Je suis dans le noir, je me débats, ses doigts se nouent autour de ma gorge, pressent, me font suffoquer, il m'étrangle et je n'ai pas mon aiguille, elle n'est plus là. Les picotements de la Magie convoquée se mêlent à ses mains tourmentées, des rires s'élèvent autour de moi.

— Je vous l'avais bien dit qu'elle était là ! glapit Rada. Elle ne peut pas m'échapper !

Ma mère se tient à côté d'elle, le visage fermé.

— Bien fait, Érine. Je t'avais prévenue de ne pas partir, je voulais te parler, tu devais m'attendre ! Petite sotte !

— Enduis-toi de baume, ça ira mieux ! m'ordonne L'Ombre qui me toise, debout, les bras croisés sur sa large poitrine.

J'essaie de repousser le fou, il me fait mal, ses ongles ouvrent ma peau, me lacèrent, Rada exulte, j'appelle

L'Ombre, Lorte, mais il ne m'entend pas, je tends les mains vers ma mère, je la supplie de m'aider, elle baisse la tête, se cache la figure dans les mains, j'étouffe, je hurle.

— Érine… Érine !

Arkadi me secoue sans ménagement et je me réveille, une grande tache de sueur et de larmes souillant ma natte. Ce n'était qu'un cauchemar. Arkadi me regarde sans un mot et je vois la compassion dans ses jeunes yeux.

— Rendors-toi, je lui fais, c'est bon.

Il rampe jusqu'à sa natte.

— Arkadi ? je murmure dans la nuit froide.

— Oui ?

— Merci…

Le lendemain matin, Arkadi revient quelques instants après avoir quitté le toit, furieux.

— Impossible de sortir ! crache-t-il, ses trois doigts difformes tout crispés.

— Comment ça ?

— Les Couteliers ont bouclé la zone sud. Un cordon de soldats barre le passage, et je peux te dire qu'ils sont nombreux ! À croire qu'ils se sont tous réunis pour nous parquer !

— Tu sais pourquoi ?

— Oui ! grogne-t-il en mâchouillant distraitement un brin d'herbe. Enfin, d'après ce qu'on dit, un ambassadeur d'Aragoa arrive dans la Cité. Ils ont cerné notre secteur pour qu'il puisse passer sans être importuné.

— Ça va durer longtemps ?

— Non, mais ensuite, une horde de Couteliers va patrouiller jour et nuit dans la Cité. On n'a pas intérêt à broncher.

— Magnifique...

— Je vais faire une sieste en attendant que sa Majesté daigne gagner ses appartements, assène Arkadi en dépliant ses longues jambes qui dépassent de la natte. Saleté d'ambassadeur... s'énerve-t-il en se retournant.

Arkadi n'a pas la rancœur tenace. Deux inspirations plus tard, il dort paisiblement.

Pas moi. Pour la première fois depuis que j'y vis, je me sens mal à l'aise dans mon hustissa. C'était mon havre de paix, dominant le quartier orkla et ses odeurs nauséabondes, me permettant d'embrasser la ville, d'admirer le Clan des Sourciers qui s'étend au loin. À présent, j'ai l'impression d'être exposée, espionnée, je m'attends à ce que des Couteliers ou des hommes en noir soulèvent la trappe, se ruent sur moi à chaque instant, me frappent, m'emmènent. Je me suis surprise plusieurs fois à guetter des bruits suspects, le cœur battant. Ce n'étaient que Sootar et Loltar qui se mettaient en route, Chiros qui ronflait sous son dais de fortune, ou Touma qui chantait une mélopée en faisant des travaux de couture. Rada, de son côté, reste souvent enfermée. Sa proximité me perturbe. Quel rôle joue-t-elle ? Elle en joue forcément un, je ne peux pas croire que son arrivée soit due au hasard. Que cherche-t-elle ? Sait-elle où je suis allée ? Dans ce cas, pourquoi avoir interrogé Arkadi et joué les ingénues ? Que pourrait-elle apprendre de plus ? Qu'est-ce qui m'échappe ?

Je quitte l'hustissa et me glisse sur le toit. Touma se repose, sa porte est close. Rien ne bouge chez la vieille Rada. Malgré la chaleur, je grelotte.

Chiros est assis par terre sous un tissu étendu entre deux hustissas pour filtrer le soleil. Le crâne rasé, nu hormis un pagne qui couvre vaguement ses parties, il est en grande conversation avec Sootar et Loltar dont la tignasse blanche flamboie. Les jumeaux ont des traits fins, des sourcils touffus qui surmontent des yeux verts, intelligents, et un masque formé d'innombrables taches de rousseur. Ils sont robustes, avec des mains comme des casseroles. À côté d'eux, Chiros, petit et malingre, a l'air d'un enfant. Je pense qu'il n'est plus tout jeune mais je serais incapable de deviner son âge.

Malgré sa stature frêle, Chiros provoque chez les deux molosses un grand respect. Penchés en avant, ils l'écoutent, attentifs. Car si le gredin roule les crédules dans la farine en leur contant la bonne aventure, nous savons tous, ici, qu'il possède un réel talent – en plus de sa volonté de fer –, celui de faire pousser n'importe quel végétal sur notre toit. La rambarde de bois branlante qui délimite la terrasse est en effet rehaussée de nombreuses jardinières, certaines tressées de mes mains. Lorsque Chiros est arrivé, les habitants du toit se sont procuré de la terre dans les Clans, poignée par poignée, puis ont entrepris de cultiver.

Chiros a toujours supervisé nos efforts. Ses bacs sont magnifiques et aucun de nous n'y touche sans son autorisation, par peur de ne plus bénéficier de ses conseils avisés. Les autres habitants de l'husta n'endommagent jamais ses plantations, d'autant que parfois, il les fait profiter de ses récoltes. Il y a longtemps, un imbécile s'y est risqué, m'a-t-on raconté, par jalousie ou par bêtise. Il a récupéré les racines de jarles et saccagé les pots. Chiros l'a démasqué lors d'une veillée et lui a prédit une mort atroce. Deux jours plus tard, on récupérait le cadavre du malheureux, suspendu à une des échelles qui montaient au toit, la bouche farcie de racines de jarles...

J'ai longtemps soupçonné Chiros de convoquer la Magie pour parvenir à ses fins. Aujourd'hui, cette idée me paraît fort improbable. D'abord, je ne l'ai jamais vu dire les incantations. Et puis, comment un simple orkla pourrait faire surgir la Magie quand, dans les Clans, il faut former des cercles, s'y mettre à plusieurs et l'appeler ?

Je m'approche, intriguée.

Chiros est en train de leur expliquer comment accélérer la croissance des jarles.

— Je vous ai déjà dit qu'il fallait engraisser la terre ! Le mieux, c'est l'organique : un hitote pilé et séché. On parsème, on mélange, on arrose... et on obtient des jarles parfaites.

— On pourrait peut-être en demander un à Érine, propose Sootar, que je reconnais à sa voix grave et posée, quand Loltar, lui, a un débit plus saccadé.

— Pour que vous le mixiez à vos pots ? Non merci !

Ils se retournent, amusés par mon ton prétendument offusqué.

— Allons, allons, ce n'est qu'un petit animal muni d'une trompe ridicule...

Loltar joue les diplomates.

— On fera sans. Une arlare dans un filet et le tour est joué !

— On peut aussi utiliser des cendres, n'est-ce pas Chiros ? j'ajoute.

— C'est vrai. Je récupère toujours les restes des veillées, affirme ce dernier en désignant la fosse à feu derrière nous.

Le rectangle grossier creusé dans l'argile du toit est le point de mire de nos soirées. Son fond est enduit d'une matière dure qui l'isole de l'husta et prévient les risques d'incendie.

Je me laisse tomber à côté d'eux, épuisée.

— Vous savez que le quartier est bouclé ?

— Oui, mais pas pour longtemps, dit Loltar en haussant les épaules. D'ici une heure ou deux, on pourra de nouveau sortir.

Les jumeaux ont leurs informations, toujours exactes. C'est pour cela que je les soupçonne de frayer avec des orklas bien renseignés. Je me conforme drastiquement aux habitudes orklas, néanmoins : ne pas poser de questions personnelles si on ne vous y invite pas.

Je les laisse deviser avant d'aborder le sujet qui me trotte dans la tête. Chiros a sorti un épais sac de toile. Les jumeaux l'ouvrent avec précaution. Il contient une poudre dans laquelle de petits bouts d'os surnagent. Sootar et Loltar se lèvent et se mettent à en verser quelques pincées dans chaque jardinière. La récolte de jarles a lieu tous les trois mois. La prochaine est dans quelques semaines. Je les suis et les imite, aidant à « engraisser la terre », comme dit Chiros.

— Dites, les jumeaux, vous… y aurait-il moyen de me dégoter un ou deux trucs à faire dans les prochains jours, décharger des charrettes, enfin, n'importe quoi ?

J'ai chuchoté. Je n'ai pas envie que Rada m'entende. Les gaillards interrompent leurs gestes, m'examinent.

— Je croyais que tes affaires marchaient… commence Sootar.

— Ça a un rapport avec l'état dans lequel tu es revenue ? termine Loltar.

— Oui.

— Ça risque d'être compliqué, Érine, lâche Loltar.

Il hésite puis ajoute :

— Diulé n'a pas besoin de main-d'œuvre en ce moment.

Je hoche la tête, détachée. Il vient de confirmer ce que je suspecte depuis le début : les jumeaux travaillent pour Diulé. La vieille dont on dit qu'elle règne d'une main de maître sur le secteur orkla sud existe bel et bien. Malcor me parlait d'elle parfois, mais il paraissait toujours douter de la véracité des rumeurs. Selon lui, une femme était incapable de diriger notre quartier. C'était forcément louche.

Je devrais peut-être m'adresser à Masséate, celui qui dirige la zone orkla nord. Mais je ne sais pas où il se terre, et encore moins s'il acceptera.

Je reprends un peu de poudre et continue ma besogne.

— Remarque, si tu nous dis ce qui t'est arrivé, on peut peut-être s'arranger…

Loltar a de la suite dans les idées, ça, c'est sûr.

— Pas grave, je vais faire autrement…

— Mais on te rachète un hitote quand tu veux ! me propose Sootar avec un clin d'œil.

Je me force à sourire. Il va falloir que je trouve autre chose. Sinon, je vais crever de faim.

4

Quand Arkadi rentre ce soir-là, il s'est promené sur le Haut Forum, a erré dans plusieurs Clans dont celui des Guérisseurs et m'annonce, tout fiérot, qu'il a participé à un « leurre ». Les leurres sont des rassemblements organisés principalement dans les quartiers orklas visant à tromper la vigilance des Couteliers. Versés dans l'art de manier les lames, les habitants du cinquième Clan patrouillent en effet sans relâche pour protéger notre bonne Cité, mais aussi pour essayer de dénicher le fameux Marché interdit. Cet endroit tenu secret est très convoité : il permet aux orklas de vendre, revendre ou acheter ce qu'ils souhaitent, si tant est qu'ils le puissent. Il s'agit d'un lieu illicite que les Couteliers traquent en vain.

L'utilisation de l'aka, notre monnaie, est proscrite dans la Cité des Six. Seul le Conclave l'utilise afin de parer aux manques éventuels. Les habitants des Clans, eux, bénéficient de la prodigalité de la ville et reçoivent ce dont ils ont besoin : eau, nourriture, meubles, outils, vêtements. Pour le reste, le superflu, il y a le troc. La coquette qui rêve d'un bijou n'aura qu'à l'échanger contre une belle couverture en poil de kork…

N'étant pas intégrés à un Clan, les orklas ne jouissent pas de ces largesses. Nous avons donc mis au point un autre système. Nous volons, maquillons, fabriquons des objets, et faisons circuler l'aka sous le manteau, avec la complicité de marchands peu regardants. Le Marché interdit est le temple de ces tractations. La Cité des Six en connaît l'existence mais n'a jamais réussi à le repérer. Logique : il est mouvant. Nous changeons d'emplacement et nous brouillons les pistes : nous formons de fausses grappes de orklas pour faire croire aux Couteliers que l'entrée du Marché interdit est toute proche… Ces « leurres » les attirent loin du véritable lieu de rendez-vous, voire les agacent et les titillent lorsque le Marché n'a simplement pas lieu ! Arkadi adore se mêler à ces attroupements et se sauver quand les Couteliers arrivent.

Il revient avec un sac rempli de racines de jarles.

— Après tout, tu m'offres le gîte, je peux bien t'offrir le couvert ! lance-t-il.

Il a mal réagi, dans le tunnel, quand je lui ai avoué qu'on ne serait plus payés. Lui aussi espérait bêtement. Parfois, la peur occulte entièrement la réalité et en l'occurrence, nous avons tous les deux été frappés de cécité. Il s'est contenu quand il a vu mes larmes monter. Il a compris à quel point j'étais blessée, déçue, en colère contre moi. Alors, il n'a plus rien dit, et se charge aujourd'hui de nous rapporter la pitance.

— Rien de neuf ?

— Non, fait-il, l'air désolé, personne n'a vu ou entendu parler d'un Lorte. En revanche, s'illumine-t-il, j'ai assisté à une bagarre dans le Clan des Façonniers, et crois-moi, ça valait le détour !

— Arrête de dire des bêtises…

— Je t'assure ! Deux mères de famille du quatrième Clan se sont tout bonnement empoignées. Elles se battaient, Érine, se rossaient à coups de bâtons de croisure, se tiraient les cheveux, vociféraient, braillaient, s'injuriaient, je n'avais jamais vu une chose pareille ! Elles s'accusaient mutuellement de s'être volé des vivres dans le panier déposé par le Conclave, soi-disant qu'elles n'avaient pas eu leur ration. Et tu sais quoi ? Un homme a fait mine de les séparer alors elles s'en sont prises à lui. Elles étaient déchaînées, il a fallu appeler les Couteliers ! On s'est aussi amusés pendant le leurre, parce qu'avec la visite de l'ambassadeur, les Couteliers sont sur les dents. Il a fallu courir vite ! sourit-il.

Ce qui est bien, avec Arkadi, c'est qu'il lui en faut peu pour oublier les soucis.

— Et cet ambassadeur, alors ? On en dit quoi ?

— Pas grand-chose. Il est venu avec une immense suite, dans des chariots luxueux tirés par des animaux incroyables, et il s'est directement rendu au Haut Forum… Autrement dit, conclut-il outré, ça servait à rien de boucler les orklas !

Arkadi est beaucoup moins timoré que lorsque je l'ai trouvé. Certes, il a grandi et me dépasse largement, détail physique qui aide à gagner en confiance. Mais je crois que son changement d'état d'esprit provient plutôt du fait qu'il s'est entraîné sans relâche au lancer de poignard. Désormais, il en porte un en permanence, dissimulé sous son pantalon au niveau du mollet. Et il est plus sûr de lui. Je ne sais si ce besoin de sentir la lame sur sa peau provient de sa personnalité, ou du fait qu'il soit né Coutelier. Il m'a expliqué que chez lui, on manie le couteau très jeune, ce que j'ignorais. D'habitude, le savoir lié à la Magie est dispensé lors de l'Initiation : on y apprend les incantations, les cercles. Bêtement, je pensais qu'il en était de même partout dans la Cité et que le principe était toujours identique : les officiants convoquent la Magie, la canalisent et la dirigent afin qu'elle imprègne et modifie la nature d'un objet, d'un animal. Chez les Dresseurs, par exemple, la Magie est surtout utilisée pour favoriser les naissances, fortifier les bébés, apprivoiser les arlares ou rendre obéissant un kork rétif, vigoureux un mâle, fertile une femelle. Chez les Sourciers, les aquacérémonies ont lieu au temple et font en sorte que l'eau soit pure et vivifiante. D'après Arkadi, l'usage de la Magie prend une tout autre allure dans le cinquième Clan. La gestuelle basique – la façon de tenir son arme et de l'utiliser – s'acquiert dès l'enfance et n'a rien de magique. Puis arrive l'Initiation. Si elle observe d'abord le cheminement classique durant lequel on aborde la Magie pure et comment l'invoquer, elle prend ensuite un tour plus individuel. À ma connaissance, peu étendue, il est vrai, on ne rencontre ce genre de pratique que chez les Couteliers. Arkadi la nomme « le rituel du double », et cela consiste à convier la Magie pour lier un Coutelier à une arme. Arkadi est un filou depuis l'enfance : il m'a avoué avoir un jour désobéi et assisté en catimini à une de ces cérémonies réservées aux élèves. À tour de rôle, chaque Initié s'allonge sur le sol au centre du cercle formé par les maîtres-Couteliers et les autres apprentis. Sur son ventre repose l'arme qu'il a choisie : poignard, épée, hache, arc… Lorsque la Magie est prégnante, le cercle se resserre et chaque membre s'approche jusqu'à toucher l'élève. Les incantations appellent alors la Magie à unir homme et lame, à tisser entre eux le cordon invisible qui permettra à l'arme de toujours tenir dans la main, d'agir comme le prolongement du corps, de ne faire qu'un avec le Coutelier. Lorsque le soldat se lève enfin, il est autre. Il n'est plus seul. Sa lame, son arc lui sont fidèles à jamais. Arkadi a été marqué par cette cérémonie. Il m'a dit avoir senti la gravité et la solennité de l'instant, du haut de ses onze ans. Je veux bien le croire, d'autant que lui n'aura pas cette chance. Quand il m'a conté cette histoire, j'ai senti son amertume. Quoi qu'il en soit, il est doué. Même son crochet est extraordinaire, lorsqu'il lance.

5

— Arkadi… j'ai pensé à quelque chose.

Il extirpe les racines du sac et les hume en connaisseur. Je poursuis :

— L'Ombre m'a parlé de baumes, tu te souviens ?

— Oui.

— Puis il m'a donné son aiguille et m'a conseillé d'y faire attention.

Il acquiesce, attendant patiemment la suite. Je me penche vers lui et chuchote :

— Ce n'était pas à l'aiguille que je devais faire attention, c'était aux baumes. L'Ombre savait qu'ils étaient dangereux…

Arkadi me lance une œillade facétieuse.

— C'est grotesque, Érine, réfléchis deux minutes : pourquoi quelqu'un irait fabriquer une pommade mortelle ? Tu embauches des assassins en claquant des doigts, ici !

— Je n'en sais rien, admets-je, décontenancée. Je dis juste que ça fait sens. L'Ombre voulait me mettre en garde, et cette piste colle assez bien avec notre découverte au cimetière…

— Qu'est-ce que L'Ombre aurait en commun avec ces baumes ? Et pourquoi te prévenir, quel rapport avec toi ?

— Écoute, j'ai conscience que ça peut paraître étrange, mais mon intuition me souffle que si L'Ombre m'a aiguillée sur cette voie, ce n'est pas en vain…

— Si tu y crois vraiment, procurons-nous d'autres baumes, essayons-les, étudions-les de plus près. J'avoue que ton idée me paraît saugrenue, mais ça mérite qu'on s'y arrête. Au moins, on en aura le cœur net, grimace-t-il.

— D'où sortaient tes baumes, à toi ?

— Je te l'ai dit, je les ai chapardés à des marchands, un peu au hasard. Mais à mon avis, il y a un endroit où on en dénichera à coup sûr…

— Le Marché interdit.

Il hoche la tête en retournant à l'inspection de ses racines.

Ça vaut le coup d'essayer. J'ai peur que la piste de L'Ombre soit une chimère. On ne le retrouvera plus. Pamar l'a tué et a dû se débrouiller pour faire en sorte que L'Ombre n'ait jamais existé.

— Et Naria, la fille du Conseiller, des nouvelles ?

— Envolée. Les affiches ornées de son joli minois pullulent sur tous les murs de la ville, y compris dans la zone orkla. Pamar remue ciel et terre, il offre une grosse récompense à qui mettra la main sur elle. Il doit paniquer. Cette histoire aussi est extravagante… et pas très juste, si tu veux mon avis. Elle a choisi de se présenter à la Fête, elle a raté son coup, elle a été bannie. Bon, c'est dommage, mais c'est la règle du jeu. Y en a eu d'autres avant elle.

Oui. Moi. Sauf que dans mon cas, personne n'a placardé d'avis de recherche lorsque j'ai disparu de la circulation.

Je me lève et je constate que mes croûtes ont disparu. À la place luit une peau neuve et rose pâle. La vieille Rada est sacrément douée : elle a réussi à me guérir en l'espace de trois jours. Je fais coulisser le panneau de bois brut qui dissimule ma bibliothèque creusée dans le sol et j'y dépose l'ouvrage que je lisais. J'ai essayé de le parcourir, sans succès. Je n'ai opté ni pour un manuel de géographie ou d'histoire, ni pour une encyclopédie de la poterie ou un bestiaire de l'Entre-Terre. Cette fois, j'ai jeté mon dévolu sur une épopée peuplée de combats et de héros. D'habitude, les histoires dans lesquelles je me plonge m'entraînent loin, me font tout oublier. Mais en ce moment, me concentrer me demande trop d'efforts…

Je décide d'inviter Touma à dîner. Quand je traverse le toit, j'ai beau lutter, je me sens oppressée. J'aperçois la silhouette rabougrie de Rada derrière sa fenêtre et j'accélère le pas.

Touma refuse. Elle brosse sa longue chevelure brune qui fait ressortir sa peau laiteuse.

— J'ai des rendez-vous cette nuit. Je revois mon Descendant… me glisse-t-elle avec un sourire.

Touma est belle, gracieuse, avec de grands yeux tristes. Elle est aussi stérile. Elle a échoué à la Cité des Six après avoir été chassée de sa tribu, des nomades qui sillonnent le Désert et commercent avec plusieurs Cités-États de l'Entre-Terre. Les femmes doivent y enfanter pour prospérer. Touma a été rejetée. Elle a transformé son problème en atout : elle vend son corps sans craindre de grossesse, et cultive la volupté, libre. Elle a vite décidé d'offrir ses faveurs aux nantis des Clans, sensibles à sa beauté exotique et inhabituelle. Elle pourrait quitter notre toit, s'installer autre part. Dans un hôtel en bordure de zone orkla, par exemple, un de ceux qui accueillent les riches marchands de passage. Mais elle ne veut pas. Touma soutient que son hustissa a la même taille que les tentes de son enfance. Et si elle apprécie les mets raffinés, elle ne se régale jamais autant qu'en dévorant du bout de ses dents blanches des hitotes grillés, comme quand elle était petite.

Touma a dû comprendre que je voulais effacer la dette des hitotes.

— Ne t'en fais pas, c'était avec plaisir, ce matin... précise-t-elle, finaude. En ce moment, j'ai de quoi faire, autant que vous en profitiez !

Penchée sur son miroir, elle accroche ses boucles d'oreilles, une cascade de pierres blanches. Elle m'embrasse avant de partir, drapée dans une robe bleue qui enserre sa taille et souligne ses formes callipyges. Ses pas sont rythmés par le tintement clair des chaînes à breloques qui pendent à ses chevilles. Sur le seuil de notre porte, Arkadi la contemple, les yeux lui sortant des orbites. Touma se retourne pour nous faire un signe et il sourit bêtement. J'ai l'impression de voir de la bave couler de sa lèvre pendante. Je le rabroue.

— Épluche les jarles, espèce d'obsédé, et range ta face de kork en rut, tu es ignoble !

Il glousse et s'installe au soleil qui décline vite, désormais. La trappe a tôt fait de se soulever. Des voisins de l'intérieur de l'husta ont envie de se changer les idées. Nous aussi. Nous décidons de veiller.

6

Quand la nuit tombe, l'odeur âcre des jarles flotte sur le toit. Nous sommes emmitouflés dans des couvertures et des peaux de kork ou de kalbursi pour les chanceux. Cet animal de rivière possède une fourrure douce, soyeuse, et très chaude, mais il est malin et difficile à attraper, même pour les Dresseurs. Une couverture en peau de kalbursi est donc rare.

Le feu éclaire les visages de la dizaine de voisins venus veiller. Les flammes y découpent les reliefs, creusent les cernes, accentuent les nez proéminents. De temps en temps, une bûche éclate dans une petite détonation et une volée d'étincelles s'envole pour se perdre dans le ciel noir.

Solite, le père d'une des familles du deuxième étage, raconte le dernier commérage qui court en ville.

— La guerre a déchiré Aragoa et Larrsa. Les Grands Blancs ont refusé de partager la jungle d'Aragoa.

Les orklas appellent ainsi les Seigneurs Blancs, dirigeants d'Aragoa, la Cité-État qui se situe dans une plaine à l'est, de l'autre côté de la grande chaîne montagneuse. On dit qu'elle s'étend au milieu d'une jungle luxuriante et se dresse fièrement vers le ciel. Je ne l'ai jamais vue, même en dessin. Mais les marchands en parlent avec beaucoup de respect et de fascination. Larrsa, quant à elle, est une des villes du Cercle des Roches, farandole de cités qui s'étendent sur les crêtes des hautes montagnes. Elles dominent Aragoa, encore plus loin à l'est.

— En quelques jours seulement, Aragoa a repoussé l'assaut de Larrsa et les Grands Blancs ont réduit à néant l'offensive des montagnards.

— Pourtant, Larrsa est connue pour être une des forteresses les plus brutales du Cercle, remarque Barssi.

Le vieux vit au troisième étage avec sa famille, soit neuf personnes. Une balafre lui coupe la paupière en deux dans le sens vertical.

— Comment ont-ils pu les faire reculer ? poursuit-il.

— Les soldats de Larrsa étaient équipés de nouvelles armes, dont la réputation était d'être soi-disant incassables… Elles se sont révélées de piètre qualité, répond Solite.

Il n'y a qu'un endroit sur l'Entre-Terre où l'on se targue de fabriquer des lames « incassables ».

Ici.

— Tu veux dire comme les lames forgées par les Klumes ? intervient Sootar en mâchant une racine mal cuite qui croque sous sa dent.

« Klumes » est l'autre nom des Façonniers, nos artisans à nous, ceux auxquels la Magie permet de fabriquer outils, tissus et tous objets aussi solides qu'inusables.

Solite hoche la tête. Cette assertion est troublante à double titre. D'abord, le Conclave a fait vœu de ne pas pourvoir à la guerre. S'il a vendu des armes à Larrsa, il s'est parjuré. Et même dans ce cas, Larrsa aurait dû remporter la bataille qui l'opposait à Aragoa : ses armes auraient dû être parfaites. Arkadi tique également puisqu'il demande :

— Tu crois que le Noyau leur a vendu nos armes ?

Arkadi s'est approprié l'argot orkla avec aisance. Il adore l'utiliser pour parler du Conclave, le Noyau. Je suppose que c'est sa façon à lui de signifier son mépris pour la Mijaurée, nom attribué par les orklas à la Cité des Six, et d'affirmer son appartenance à un groupe, même minable. D'ailleurs, il ne parle jamais autant l'argot que lors des veillées.

— Et pourquoi pas ? dit Loltar en haussant les épaules.

— Je croyais que les Klumes se consacraient exclusivement au bien-être de la Mijaurée ! Il y a assez de monde pour qu'ils se bornent à suer pour les Clans... enfin, les Klas ! se rattrape Arkadi.

— Bien sûr, les Klumes ne travaillent que pour les Klas et le Noyau, mais les pièces rares sont vendues pour acheter les denrées qui manquent, rappelle Solite.

— De là à vendre des centaines d'armes, quand même...

— Je ne te crois pas, Solite, renchérit Barssi. Comment veux-tu qu'Aragoa ait gagné si leurs adversaires avaient nos lames ?

— Tu es sourd, vieux débris ? Je te dis que les armes de Larrsa ont fait défaut ! Les soldats se sont retrouvés avec des couteaux émoussés, des épées cassantes, des poignards ébréchés qui cédaient à la moindre escarmouche. Les combats ont tourné court, les montagnards ont fui la queue entre les jambes !

Tout le monde y va de son commentaire. Des armes façonnées par la Cité des Six, brisées ? Impossible !

— C'est pour ça qu'il est là, l'ambassadeur, tiens, pour remercier le Noyau d'avoir fourni à ses ennemis des armes vérolées ! s'exclame Sootar.

— Oui, soit c'est fait exprès, soit ça vient pas de la Mijaurée ! approuve Arkadi, couvrant les conversations avec sa voix qui mue et monte dans les aigus. Le travail des Klumes est inégalé grâce à la Magie. Leurs armes ne peuvent pas faire perdre une armée ! J'en mets ma main au feu ! glapit-il en exhibant son moignon.

Les rires fusent et le brouhaha se répercute, roule sur les toits et se déploie au-delà du secteur orkla.

Chiros, lui, ne pouffe ni ne s'esclaffe. Il fume des feuilles de jarles, pensif. Il quitte enfin le feu des yeux et parle bas. Nous sommes obligés de nous courber pour l'entendre.

— Diulé m'a demandé de lire…

Je retiens ma respiration, certaine d'avoir mal entendu. Chiros est un charlatan qui berne les crédules avec ses entrailles d'arlares et ses lectures de marc de thé. Il n'aurait pas pris le risque d'entourlouper Diulé… Nous sommes pendus aux lèvres de Chiros.

— Diulé m'a consulté et a fait sacrifier son qadur pour que je devine en lui.

Je frissonne à l'idée que l'on puisse posséder un de ces répugnants animaux. De mon point de vue, c'est un signe de dérangement mental.

— Tu veux dire *son* qadur ? Le seul bestiau qui ne la quitte pas depuis sept ans ? s'étonne Sootar, sceptique.

— Je l'ai tué et ouvert moi-même, rétorque Chiros sans ciller.

Il tire sur sa pipe, faisant crépiter les feuilles qui se consument, et prend le temps de souffler un épais nuage blanc.

— Et j'ai vu.

— Qu'est-ce que tu as vu, Chiros ? demande Loltar qui ne supporte plus les pauses entre chaque phrase.

— La fin de la Cité des Six…

— Qu'est-ce que tu racontes ! s'exclame Sootar en tapant sur ses cuisses d'un air railleur. Enfin Chiros, tu as trop fumé de jarles !

L'assistance se gausse mais le malaise est palpable. Personne n'ose contredire Chiros, même quand il sort les pires énormités. Or le petit homme émacié n'a pas l'air de plaisanter et conserve sa figure sérieuse. Indifférent à l'hilarité générale, il se tourne vers Sootar goguenard et l'examine froidement.

— Interroge Diulé, si tu ne me crois pas…

Aussitôt, Sootar se rembrunit et les rires sèchent dans les gorges. C'est amusant de voir le colosse baisser sa grosse tête blanche à la pique de Chiros le gringalet.

— Non merci, je passe mon tour, même si j'ai quand même du mal à y croire, grommelle-t-il.

— Moi aussi, admet Arkadi.

— Tu as écouté ce qu'on vient de dire ? s'agace Solite. Les Façonniers forgent des lames qui cassent. Ce n'est pas un signe de… de décadence, ça, peut-être ?

— On raconte que les cercles ont besoin d'être de plus en plus grands pour convoquer la Magie… ajoute Loltar.

Arkadi m'observe, grave. Lui aussi se souvient de l'immense cercle à la Fête des Échanges. Je me risque à interroger Chiros :

— Et que dit Diulé ?

Il m'observe longuement avant de me répondre mais je soutiens son regard, paisible.

— Elle attend. Elle attend son heure…

J'aimerais savoir à quoi elle ressemble, cette vieille qui règne sur la zone sud et fait trembler les jumeaux, mais j'en ai déjà trop demandé. J'avale ma bouchée de racines et fais dévier la conversation.

— Chiros… tu peux vraiment lire dans les entrailles ?

Ils s'arrêtent tous de mâcher.

— En douterais-tu, Érine ? rétorque-t-il, et son crâne lisse luit à la lueur des flammes.

Comment Chiros parvient-il à glacer ainsi les gens sur place, d'une simple parole ? Je ne m'avoue pas vaincue pour autant.

— C'est plutôt que j'ai du mal à me représenter la façon dont tu procèdes, à imaginer par quel moyen tu arrives à voir l'avenir dans des… intestins.

— Tous les habitants de la Mijaurée, je dis bien tous, insiste-t-il, sont persuadés que la Magie est leur privilège. Il n'est jamais venu à l'idée de personne que d'autres peuples, dans d'autres régions de l'Entre-Terre, pouvaient l'utiliser… comme les Karvars, par exemple.

Je le dévisage, abasourdie. Les Karvars sont un peuple mythique dont il est censé ne plus rien rester. Les enfants de la Cité adorent ces récits qui les font frémir le soir avant d'aller au lit. Les vieilles légendes racontent en effet que les Karvars savaient utiliser la Magie, ou en tout cas, une certaine forme de Magie, pour connaître l'avenir. Lorsqu'ils lisaient, dans les entrailles d'animaux, surtout, ils ne pouvaient mentir. Ils étaient contraints, par leur nature, à révéler la vérité de ce qu'ils voyaient.

Chiros me fixe. Puis laisse sortir de sa gorge un gros rire que je n'ai jamais entendu :

— Ah ah ! Je t'ai bien eue, hein ? Tu devrais voir ta tête !

Évidemment, la veillée entière se met à glousser et je les imite. Qu'est-ce qui m'a pris d'interroger Chiros de la sorte ? Chiros dont on raconte qu'il a grandi dans une contrée inconnue même des livres de géographie ? Il me fait payer ma curiosité déplacée, et il a bien raison.

Rada apparaît soudain, les sillons de sa figure burinée accentués par la lumière du feu. Le silence est immédiat. Elle hésite, visiblement déconcertée par notre réaction, puis s'approche de Solite en traînant des pied et lui tend un flacon de terre cuite.

— J'ai entendu ta fille tousser, hier. C'est une mauvaise toux. Donne-lui trois pincées de cette poudre le matin et le soir pendant six jours. Si ça ne se calme pas, viens me voir.

Personne ne bouge. Rada est là, debout. Solite la dévisage, impassible. Une arlare nous survole en poussant un long hululement strident. Lentement, Solite prend le flacon de sa main aux ongles noirs.

— Je ne peux pas payer.

— Je ne t'ai rien réclamé, répond Rada.

Elle fait demi-tour, rentre chez elle à petits pas précautionneux et ferme sa porte. Solite considère un instant le récipient puis le fourre dans une poche de sa tunique. Nous nous observons sans un mot. Et oublions l'incident.

Sauf moi. La discussion reprend, mais je n'y prête pas attention. Rada essaie-t-elle de m'amadouer ou de nous prouver qu'elle est des nôtres, qu'elle souhaite être acceptée et faire partie de notre « mini-kla » ? Car c'est ce que nous sommes, nous, ceux de l'husta, un petit Clan à nous. Si c'est ça, c'est raté. Ce remède gratuit est trop clinquant. Pourquoi ne pas l'avoir apporté chez Solite, en toute discrétion ? Ça lui aurait évité l'humiliation d'avouer ce que nous savons tous, certes, mais qu'il n'a pas envie de reconnaître publiquement : il n'a pas les moyens de soigner sa petite.

Arkadi me fixe. Il esquisse un sourire imperceptible et fait mine d'écouter Solite, mais je comprends. Ce n'était pas un hasard s'il a menti à Rada pendant qu'elle me soignait. Arkadi sait. Il sait que la vieille n'est pas fiable.

— J'ai entendu dire que l'ambassadeur ne logeait pas au Conclave, dans la Galerie des Invités... insinue le vieux Barssi.

— C'est-à-dire ?

— Il aurait été convié à demeurer quelques jours chez le Conseiller Pamar.

Je dresse l'oreille.

— En quel honneur ? s'énerve Arkadi. Pourquoi les Guérisseurs auraient-ils le privilège de l'accueillir ? Il y a la Galerie pour ça, c'est zone neutre !

Loltar sourit.

— Depuis combien de temps as-tu été chassé de ton Clan, Arkadi ? Trois, cinq mois ? Tu en es encore tout imprégné !

Piqué, Arkadi s'apprête à riposter mais Loltar poursuit.

— Si tu connaissais la Mijaurée comme nous, si tu la voyais avec nos yeux à nous, qui sommes nés orklas, ajoute-t-il en désignant son frère du pouce, tu verrais la ville prodigue nimbée d'un voile de brume qui a pour nom « illusion »...

— Qu'est-ce que tu baragouines ? s'irrite Barssi.

— Notre mère était conteuse, justifie Sootar, ça provoque parfois des éruptions de langage fleuri. Et c'est pour ça qu'on ment comme on respire.

Son frère enchaîne :

— Je ne baragouine rien du tout, Barssi ! J'explique à ce novice que la Cité, sous ses airs magnanimes, est un ramassis de jaloux qui se détestent, s'étudient, l'œil torve et la dague au poing, le tout enrobé sous un monceau de salamalecs visqueux. Quand tu appartiens à un Clan, Arkadi, tu envisages le monde à travers son prisme. Et tu acceptes avec gratitude les dons de la Cité des Six. Si tu t'en éloignes et que tu creuses un peu, alors tu t'aperçois que les Guérisseurs se pensent les plus nobles, les Planteurs et les Sourciers les plus indispensables, les Couteliers les plus imposants. Quant aux Dresseurs, ils mettent les autres d'accord : ils puent la fange et la merde de kork !

Nos rires s'emmêlent et se perdent. Même moi, je sais que c'est vrai.

— Je vois pas le rapport avec l'ambassadeur, grogne Arkadi qui l'a mauvaise.

Le terme de novice lui déplaît.

— Ce n'est pourtant pas compliqué, termine Loltar d'un ton tranchant. Les Guérisseurs ont attiré l'ambassadeur dans leurs filets, mais les autres Clans ont dû s'y essayer avant eux. Le sixième Clan gagne le prestige… jusqu'à la prochaine fois.

6. Le Marché interdit

1

Nous nous habillons alors que les étoiles brillent encore. Pendant la veillée, un gamin de la bâtisse d'à côté est venu nous prévenir et passer le mot dans les hustas avoisinantes : le Marché interdit aura lieu dans le secteur orkla nord, au moment du lever du soleil. Sootar, Loltar et Barssi ont accepté de rejoindre le leurre organisé depuis une rue adjacente à la nôtre. Avec la visite de l'ambassadeur et la vigilance accrue, le leurre doit drainer le plus de Couteliers possible loin du Marché.

Je ne veux pas traverser le Clan des Dresseurs, j'ai peur de tomber sur une ancienne connaissance. Ça fait quatre ans que je n'y ai pas posé un orteil, quitte à faire des détours éreintants. Je n'ai pas l'intention de modifier mes habitudes aujourd'hui. Aussi avons-nous convenu, Arkadi et moi, d'emprunter un chemin qui coupe le Clan des Sourciers puis celui des Planteurs. Pendant ce temps, Sootar et Loltar feront un détour par le Clan des Dresseurs pour se faire remarquer et attirer les Couteliers dans la zone sud. Barssi partira trente minutes après eux et les appâtera à son tour.

J'ai mal dormi. Arkadi m'a encore secouée au milieu d'un cauchemar, dans lequel mon agresseur de la geôle arrachait mes vêtements. Je n'arrivais pas à me défaire de lui, je me débattais, et brusquement, ses traits se brouillaient… pour se métamorphoser en Pamar. Ce Pamar m'écorchait, m'ôtant la peau comme un manteau de ses ongles pointus, et je hurlais de douleur. Sous ma peau, j'en découvrais une autre, bleue, scintillante, irréelle. Pamar riait à gorge déployée devant ma monstruosité. Moi, je souffrais et ne souhaitais qu'une chose : en finir, disparaître.

Nous nous mettons en route en silence. Seul le gargouillis de mon estomac ponctue notre traversée du quartier orkla. Des ombres se coulent déjà dans l'obscurité. On se lève tôt, par ici.

Le point de rendez-vous du Marché change continuellement. Ce peut être une husta orkla qui se métamorphose pour l'occasion, une cave, une taverne, le sous-sol d'une auberge, un toit. On ne prend pas pour autant le chemin le plus court, on dévie, on prolonge, on brouille les pistes. Une fois sur place, la règle est simple : on fait vite, on reste aux aguets, on respecte le sens de marche obligatoire pour éviter la cohue et fluidifier le mouvement. Enfin, il existe un accord tacite, celui de déguerpir dès qu'on entend siffler les quatre coups. Ce signal nous avertit d'un danger. S'il résonne, il est temps de remballer, courir, s'enfuir.

Aujourd'hui, le Marché interdit se tient dans la grande halle, autrement dit le terrain rêvé pour nos recherches.

Car ce haut bâtiment de pisé est normalement dédié aux trocs. Après avoir vendu leur stock au Conclave et échangé avec les membres des Clans, les marchands y font en effet une dernière halte. Ils s'y délestent des résidus de leur camelote et regagnent ensuite leurs pénates respectifs, loin de la Cité. Lorsque le Marché interdit se déroule dans un lieu dédié, l'atmosphère est souvent confinée et survoltée. À la halle, des tentes et des étals légaux trônent partout, on s'interpelle, on crie, le tintamarre couvre le chuchotis des négociations, l'environnement grouillant facilite la profusion de marchandises et de trafics. Les clandestins avertis savent qu'ils peuvent payer et monnayer, prennent leur temps, repèrent, comparent. Les autres viennent échanger, en toute bonne foi, sans avoir conscience de ce qui se trame à leurs côtés. Une ruse classique mais efficace. La plupart des visiteurs sont bien sûr orklas, puisque les habitants des Clans ne pénètrent qu'avec répugnance dans les zones qui leur sont réservées.

Nous devons donc traverser la Cité tout entière, du sud au nord. Nous nous faufilons dans le Clan des Sourciers et longeons un des canaux qui chantent et acheminent l'eau vers le Clan des Planteurs. Son bruit frémissant a toujours un effet apaisant sur mes nerfs et je me laisse porter par le clapotis relaxant. J'adorerais me baigner dans un bassin chaud…

Lorsque nous franchissons la rue qui sépare les deux Clans, certains Planteurs sont au travail et inspectent les champs, les serres. Le ciel s'éclaire à peine, flambeau qui rougeoie sur l'horizon dans la nuit finissante. De rares galets de lumière brillent à l'intérieur des maisons végétales des Planteurs. Elles ont aussi leur charme avec leurs terrasses hérissées de feuilles qui se fondent dans de magnifiques camaïeux verts ou bleus, leurs murs de branches entrelacées, leurs bourgeons jaunes ou orangés, leurs plantes grimpantes lourdes de fleurs.

Les hustas du premier Clan sont massives, communiquent entre elles par des ponts suspendus rehaussés de verdure et des passerelles mouchetées de pétales multicolores, s'habillent de longues lianes qui dansent dans le vent. Des jardinières sont incrustées dans chaque parcelle disponible, les ramures pleuvent, les pistils odorants embaument, les troncs s'enlacent pour former des fondations solides. Les odeurs sucrées et entêtantes des fruits mûrs dominent.

Les hustas sont regroupées en hameaux, grimpant les unes sur les autres, ici construites en escalier, là posées au milieu de champs vastes, à l'abri de vergers moussus ou adossées aux gigantesques serres. De partout surgissent des rameaux, des buissons, des halliers. Le monde végétal règne en maître ici, mangeant les maisons consentantes, se répandant sur le sol, attaquant le ciel comme autant de bras tendus.

Arkadi marche juste devant moi, sa grande silhouette dégingandée courbée en deux pour mieux passer inaperçu.

Tout à coup, les picotements de la Magie m'envahissent. J'attrape son bras.

— Tu sens ? Il y a une cérémonie, pas loin…

Il fait mine de renifler. J'insiste :

— Mais non ! Les picotements ! Tu ne sens pas ?

Arkadi me regarde comme si j'avais fumé un kilo de feuilles de jarles.

— Tu m'avais pas dit qu'on t'avait cogné la tête, en prison !

Impatiente, je fais claquer ma langue sur mon palais et l'entraîne. Je me repère facilement : plus nous progressons, plus les fourmillements s'intensifient. Nous courons quelques instants, nous glissant entre les hustas, longeant une prairie verdoyante, et enfin, près d'un champ parsemé de longues tiges écarlates, nous apercevons un cercle. Des hommes et des femmes se tiennent par la main. Au centre, une pyramide de galets diffuse sa lueur opalescente. Arkadi ralentit, médusé. Nous nous tassons instinctivement et approchons à pas feutrés.

Bientôt, les incantations nous parviennent dans la langue de la Magie, celle où les syllabes se heurtent en un foisonnement de sonorités rocailleuses et gutturales. Les officiants psalmodient, reprennent après un sifflement qui ponctue une phrase. Je n'ai pas été initiée, je ne comprends pas cette langue, mais je ne suis pas certaine qu'ils la comprennent non plus. Elle a dû beaucoup changer depuis les temps immémoriaux où les Six Patriarches ont fondé la Cité. J'aime sa musicalité, sa rudesse. Je sens qu'elle contient du pouvoir, qu'elle appelle la Magie et l'attire à elle. Les picotements sont tellement forts qu'ils me démangent.

Soudain, les incantations cessent dans un grand cri et les Initiés se lâchent la main. Des silhouettes se détachent du cercle et inspectent les grandes tiges pourpres. Dans la semi-obscurité, je ne discerne pas le miracle de la Magie. Je sais seulement que sous son influence, les champs se mettent à fleurir, les grappes poussent, les fruits s'arrondissent et deviennent juteux. Pourtant, un filet de voix entremêlées nous parvient, aux accents mécontents. Le cercle se reforme et… les incantations reprennent. Curieux. Il est temps de partir. Nous nous éclipsons.

— J'ai l'impression qu'il y a de plus en plus de cérémonies de nuit, fais-je tout haut, aussitôt que nous avons gagné une rue tranquille.

Elle mène à proximité du secteur orkla nord. Je continue :

— Ce n'est pas la première fois que j'en remarque.

— Qu'est-ce que tu sens, exactement ? s'enquiert Arkadi, un sourcil relevé.

— Des fourmis, des picotements qui remontent le long des jambes jusqu'à ma nuque... comme tout le monde !

— Il faut croire que je suis pas seulement handicapé de la main, alors. Moi, j'en ai jamais senti des picotements, et pourtant, il y avait des cérémonies dans mon Clan !

Attention, terrain glissant...

— Écoute, je ne sais pas, Malcor aussi les sentait, ça ne m'a pas l'air d'être si extraordinaire que ça.

— Bon, bon, si tu le dis... bougonne-t-il, se murant dans un mutisme froissé.

2

Le soleil a attaqué l'ascension du ciel, qui change à chaque instant et passe du jaune au bleu, mouvant comme le lit d'une rivière. Heureusement, nous atteignons la limite du Clan des Planteurs. Nous dépassons une serre majestueuse. Derrière ses parois de verre, je distingue de larges feuilles orange aplaties contre la paroi gorgée d'humidité. Des galets de lumière se déplacent à l'intérieur. La Cité des Six s'éveille.

Je n'aurais jamais cru pouvoir affirmer une chose pareille mais c'est indéniable : je me sens plus en sécurité une fois dans la zone orkla. Les Couteliers n'y sont pas les bienvenus, même s'ils patrouillent souvent. Et ici, personne ne s'attache à l'ourlet de votre tunique, on se fiche de savoir à quel Clan vous appartenez.

Après quelques rues sombres, la halle apparaît, imposante dans son torchis bleu marine et mat.

Un groupe de Couteliers se tient assis sur un muret et surveille les allées et venues. Arkadi se contracte en les voyant mais d'une pression sur son avant-bras, je lui fais comprendre qu'il ne doit rien laisser paraître. L'un des Couteliers m'interpelle. J'inspire sans bruit pour paraître nonchalante.

— Oui ?

— Où vas-tu ?

— À la halle…

— Tu as quelque chose à échanger ? interroge-t-il.

J'exhibe de petites nattes tressées, celles que j'emporte à chaque Marché interdit et qui tiennent dans la main. Le Coutelier les observe d'un air dégoûté. Elles sont ignobles, mes nattes. Sales et mal fichues. Qui en voudrait, franchement ? Pas moi ! Mais elles font « vrai ». J'ai une tête à faire des nattes pitoyables et à essayer d'aller les échanger contre un quignon de pain. Ils me croient toujours.

— C'est bon, lâche-t-il.

Soulagé, Arkadi a le menton déformé par l'envie de rire.

— Je ne te connaissais pas ces talents, Érine. Décidément, tu es un modèle pour moi… murmure-t-il, sachant que je ne peux pas lui écraser le pied pour me venger.

Les marchands ont la possibilité d'entrer dans la Cité deux fois par semaine. Ils y demeurent entre trois et cinq jours, pas plus – pour ne pas tisser de liens avec les orklas, je suppute. Ils doivent en permanence porter un brassard rouge portant le sceau du Conclave et sont tenus de se déplacer avec leur laissez-passer qui précise la durée de leur séjour. La première chose qu'ils font en arrivant est de se rendre auprès du Conclave. Ils y vendent le gros de leur stock, négocient et achètent des armes enchantées, par exemple, qui atterrissent ensuite dans les mains de Larrsa. C'est le moment où ils utilisent l'aka ou toute autre monnaie d'échange acceptée par nos instances. S'il leur reste du chargement, ils s'accordent ensuite une halte à la grande halle avant de repartir. Ils ont le droit d'y échanger entre eux ou avec quiconque aurait quelque chose à leur offrir… De magnifiques nattes tressées, au hasard. Du moins, c'est ce que croient les Couteliers. Depuis le temps, les marchands sont de mèche avec certains d'entre nous et ils ne se cantonnent pas à la halle. C'est ainsi que le Marché interdit perdure.

Nous entrons. Le sol dallé se disloque par endroits et oblige à être vigilant pour ne pas se prendre les pieds dans un trou. Des ouvertures sont percées dans les hauts murs et laissent entrer la lumière blafarde du petit matin, dans laquelle volent une multitude de grains de poussière. Et il règne un joyeux raffut. Le brouhaha est presque palpable tant il est épais.

— Demandez ma soupe d'orviés ! Elle est fraîche ma soupe !

— Queues d'arlares, lézards des neiges, têtes de nolites !

Colporteurs et boutiquiers s'installent, font claquer les meubles et les fournitures, s'interpellent dans un chahut bon enfant, leurs cris résonnant sous le spacieux toit de chaume. Ici, une grosse femme vante les mérites de ses « couvertures en véritable poil de zamba » ; là, une fillette saute par-dessus une table, renverse une caisse et se fait rattraper par un marchand qui lui tire l'oreille en beuglant. Des galets de lumière s'entassent, s'enchâssent, renvoient les ombres sur les murs de torchis sombre et rugueux. Des tonneaux et des caisses s'amoncellent, des tables démontées reprennent vie.

— Brochettes et farfelettes, goûtez aux plats d'Aragoa !

Des effluves d'herbes grillées, de teintures, de bêtes de somme, de sable sec se répandent.

— Maman, regarde ce drôle d'animal ! s'exclame un garçonnet en désignant de son index potelé un étrange bestiau.

Je repère le salva qui l'étonne tant, animal rare qui m'arrive à la hanche, râblé, avec ses moignons d'ailes sur l'arrière-train et son groin retroussé pourvu de petits tentacules. Il sent le renfermé et le mouillé.

— Je ne sais pas, répond sa mère, je n'en ai jamais vu ! Va demander au monsieur si tu veux…

Le petit fait « non » et se cache dans sa jupe.

Des arlares dorment déjà, suspendues aux poutres, tandis que leurs congénères retardataires regagnent leur abri avant le jour cuisant, brassant l'air de leurs ailes translucides.

Nous avançons lentement, le temps de nous repérer. J'avise quelques marchands que je connais, des orklas aux visages familiers. J'essaie de voir si des Couteliers sont dissimulés parmi la foule, incognito. À chaque pas, la populace se densifie. Je risque de me retrouver prise au piège, d'être piétinée en cas de grabuge. J'ai toujours une petite boule d'angoisse quand vient l'heure du Marché interdit. En territoire orkla, les Couteliers ont tous les droits, y compris celui de tuer s'ils le jugent utile. Mais je veux en savoir plus sur ces baumes. Ils sont forcément importants.

3

Nous nous dirigeons vers la tente de Diho, le spécialiste des pierres. En fin connaisseur des entrailles du sol, il sillonne l'Entre-Terre et amasse des gemmes précieuses ou indispensables à certaines pratiques. Il propose toutes sortes de pierreries, fossiles, roches concassées. Mais sa vraie marchandise, celle qui lui rapporte, il l'a depuis longtemps vendue au Conclave. Car Diho est un des plus fameux fournisseurs de minerai de la ville. Le sous-sol de la Cité est connu pour être pauvre, il n'y a rien à en tirer. Le Conclave accueille donc à bras ouverts les marchands de ce bien rare, souvent grassement rétribués. Le matériau est ensuite distribué aux Façonniers pour fabriquer armes, outils, poutres, roues, etc. La renommée de Diho est tellement immense que lorsqu'il arrive avec ses charrettes, on lui ouvre un passage jusqu'au Haut Forum et il pénètre dans le bâtiment réservé aux achats sous les murmures. Aucun marchand ne se risque à proposer des prix exorbitants au Conclave, sauf Diho. Il vend d'abord son cher minerai. Puis il propose aux Façonniers ses joyaux magnifiques. Enfin, il fait un détour par la halle. Il reste souvent plusieurs jours supplémentaires à la Cité, bricolant je ne sais quoi. On lui fiche la paix. Parce que c'est Diho.

Arkadi est abasourdi par l'opulence de l'étal. Il en salive presque. Les pierres débordent de leurs boîtes en bois, dégradé infini de textures et de reflets, rondes, taillées, brutes, transparentes, polies, vives ou ternes, minuscules billes éclatantes ou gros cailloux en apparence vulgaires. Un trésor pour l'œil… et pour la bourse.

C'est Malcor qui m'a présenté Diho, qui me reconnaît aussitôt qu'il m'aperçoit, sa figure grise transpirant sous l'effort d'avoir mis en place sa marchandise. Néanmoins, je me conforme aux usages et j'observe le salut rituel.

— Qu'est-ce que c'est ?

Mon majeur enroulé autour de mon index désigne une pierre carmin semblant abriter une flamme. Ce geste en apparence anodin signifie que l'on vient pour le Marché interdit.

— Un œil-de-qadur, jeune fille, répond Diho en s'approchant. Ça soigne les rhumatismes…

Ses jambes minces sont surmontées d'une grosse bedaine, et il porte d'énormes verres sur ses yeux myopes.

— Que les arlares protègent tes nuits, Érine, tu cherches quelque chose en particulier ?

J'entre dans la tente et réponds à voix basse, même s'il n'y a personne.

— As-tu remarqué des marchandises inhabituelles, Diho ? Je suis en quête de curieux baumes.

— Mais qu'avez-vous tous avec ces baumes ? s'exclame-t-il un peu trop fort à mon goût.

— Qu'est-ce que vous voulez dire ? intervient Arkadi qui s'est approché.

— Diho, voici Arkadi.

Diho le salue d'un signe de tête.

— Un peu jeune pour toi, insinue-t-il. Ça change de Malcor.

Je le transperce d'un regard mauvais et il se met à rire.

— Oh, si je ne peux plus te taquiner, maintenant…

— Réponds plutôt à ma question ! je siffle, impérieuse.

— Avez-vous ces pierres vertes que l'on appelle des émelyres ? demande une voix flûtée derrière moi.

Pas de doigts croisés. Engoncée dans une épaisse cape marron foncé, la femme qui interroge Diho ne connaît pas le code. Le marchand s'approche et lui décoche son plus beau sourire.

— Bien sûr ! Je vais vous chercher la cassette.

Il replonge dans le fond de la tente et nous chuchote en serrant les dents, le nez dans ses boîtes :

— Allez voir Tanote, le pelletier au fond de la halle !

Je m'éloigne sans demander mon reste.

Je contourne une table et, dans ma précipitation, je bouscule la cliente à la cape marron. Mon « pardon ! » reste pourtant coincé dans ma gorge : en la déséquilibrant, j'ai aperçu un bracelet… et sa tunique ! Cette dernière est brodée de mauve. La cliente appartient au Clan des Guérisseurs. Que fabrique-t-elle dans la zone orkla ? Quant au bracelet, il est fin, ouvragé, rehaussé de perles. Une femme riche dans le Marché interdit, à l'aube, et qui prétend chercher des émelyres ?

— Tu n'as rien vu ? je grogne en entraînant Arkadi par le bras.

— Non, dit-il en évitant de justesse un gros homme grisonnant qui avance d'un pas pressé.

La foule est dense.

— La femme qui voulait des pierres vertes : elle portait une tunique du Clan des Guérisseurs.

Arkadi fait une petite moue suspicieuse.

— Impossible, aucun membre des Clans ne vient ici. Personne n'en a besoin. Ils ont tout, assure-t-il, un brin condescendant.

— Dis donc, monsieur Je-sais-tout, puisque je te dis qu'elle vient du sixième Clan ! Et elle n'est pas à plaindre, je t'assure ! Elle avait un bracelet qui aurait pu acheter notre husta, que dis-je, la zone orkla sud tout entière !

— T'énerve pas, tu as peut-être raison… En fait, c'est pas ça que je regardais, moi, avoue-t-il avec un sourire en coin. Tu comprends, elle avait… elle avait une de ces paires de seins ! admet-il, hilare.

— Arkadi, je vais finir par aller prier un Guérisseur de mettre tes ardeurs d'adolescent tourmenté en veilleuse !

La halle se remplit. J'ai de plus en plus de mal à discerner les tissus brodés, les flacons de sables colorés, les ustensiles inconnus de notre ville. On s'affaire, on farfouille, on renifle. Ça caquette et ça parlote dans les recoins. On ouvre son manteau pour dévoiler qui un livre, qui un outil bizarre, qui un panier aux formes farfelues. Habituellement, j'aime flâner au Marché, mais aujourd'hui, l'ambiance est électrique. Le mouvement circulaire est assez respecté, malgré quelques ignares qui marchent à contre-sens, affolés par la cohue.

L'affluence est bientôt à son comble.

Arkadi est à la bonne hauteur. De mon côté, en revanche, c'est moins facile : je me cogne contre les épaules, les poitrines, les aisselles et les gorges grasses ou poilues. Arkadi finit par m'attraper fermement et fend la plèbe, exhibant son crochet qui en fait reculer plus d'un.

4

Devant l'emplacement de Tanote, il fait plus sombre car la lumière de l'entrée s'est depuis longtemps dissoute dans les profondeurs de la halle.

J'avise le marchand, reconnaissable à son chapeau conique en peau d'arlare et à sa barbe broussailleuse. Je n'ai jamais eu affaire à lui, mais Tanote est réputé pour la qualité exceptionnelle de ses peaux et produit une multitude de pièces rares. Son échoppe est bondée, les gens s'y bousculent, palpent les fourrures, les plumes chatoyantes, les couvertures en poils tressés. Une ribambelle de merveilles que la Cité des Six ne peut ni se procurer ni fabriquer, par manque de temps ou de matière première. Hommes et femmes trifouillent, l'interpellent, se parlent à voix basse, les yeux passant avec avidité d'une caisse à l'autre. Tanote est célèbre, certes, cependant, je n'ai jamais assisté à un tel déferlement de clients dans sa tente. Cette effervescence est anormale.

Alors que je m'apprête à l'apostropher, le marchand se tourne et, penché en avant pour se soustraire aux regards, glisse un pot dans la main d'un petit homme. Exactement le même que celui qu'Arkadi a fourni à la grosse motte. L'acquéreur ravi le fait disparaître sous son manteau. J'envoie un coup de coude à Arkadi qui suit mon regard. Avec ses yeux aguerris de voleur patenté, il remarque immédiatement le baume et après m'avoir fait un clin d'œil, emboîte le pas à l'acheteur.

Dans la tente de Tanote, le tohu-bohu est à son comble. Comment me procurer un pot ? Je me fraie tant bien que mal un chemin jusqu'à Tanote et lui susurre :

— D'où viennent les baumes ? À quoi servent-ils ?

Il s'écarte d'un mouvement brusque et me toise.

— Déguerpis !

Il parle avec un fort accent du sud, mangeant les *r*. Je reste calme. Ça fait partie du jeu. Je transpire, j'ai chaud, je sens les haleines de mes voisins dans l'air déjà vicié, on me bouscule.

— Encore là ? Dégage, je te dis ! me fait Tanote, lèvre retroussée.

Seulement, je sais où je suis.

— Je veux une information, pelletier, cesse de t'agiter ! je souffle en croisant les doigts et en relevant furtivement ma manche gauche, le temps de lui laisser apercevoir l'étui que j'y cache.

Tanote ne sait pas que c'est une aiguille, mais il saisit le message. Je suis au Marché interdit et je ne suis pas une débutante. J'en connais les usages, j'ai une arme, je me contrefiche de m'en servir. Je suis une orkla, sans foi ni loi, je connais ma place : celle que je prends, jamais celle que l'on me donne. Je lui dis aussi que je ne suis pas vendue, je fais partie de ce monde. Il peut me faire confiance, au moins dans une certaine mesure.

Tanote transpire. Nombreux sont ceux qui ne respectent pas la règle et s'arrêtent, peu discrets, fouinant, soupesant, retournant. Je vois une autre tunique brodée, aux couleurs des Façonniers, cette fois. Il y a des débutants. C'est mauvais, les débutants.

— Pas ici, pas maintenant… Trop de monde, marmonne-t-il dans sa barbe.

Je capte une lueur paniquée dans son regard. Oui, il a raison, il y a trop de monde. Ils s'empressent, se collent. Quelqu'un lui tire la manche pour attirer son attention. Je ne le lâche pas.

— Tanote, j'ai besoin de savoir ! je le presse.

Je suis repoussée vers le fond de sa tente mais je continue :

— Qui te fournit ?

— Un élixir, je veux un élixir ! aboie un homme chauve en exhibant une lourde bourse.

Tanote l'empoigne et le repousse sans ménagement, tape sur une main qui l'agrippe.

— C'est vous ? C'est vous ?

La voix flûtée a réapparu dans mon dos. La riche femme qui cherchait des émelyres chez Diho a perdu son capuchon, rejeté en arrière dans la bousculade. Elle doit avoir une cinquantaine d'années. Son visage parcheminé entouré de boucles blondes observe Tanote. Quelqu'un me laboure le dos pour passer, j'essaie de m'écarter mais je suis bloquée contre un poteau qui soutient la tente. Je crève de chaud, j'ai la bouche sèche.

— Sang de kork, soyez plus discrète ! éructe Tanote à la Guérisseuse.

Écrasée, celle-ci se cogne, recule, rajuste son manteau et brandit son bracelet.

— J'en veux un !

Tanote le lui arrache, l'examine, plonge la main dans un sac accroché à sa ceinture caché sous son long manteau, et en sort un pot d'onguent.

La foule l'aperçoit et les clients se ruent sur lui. Tanote hurle mais le vacarme avale ses injonctions. Des bras se lèvent, des mains se tendent, des cris fusent. Assailli, le marchand perd l'équilibre tandis que la Guérisseuse vocifère et s'extirpe de la mêlée. Soudain, c'est la bagarre. Des hommes s'empoignent, crachent, frappent. Tout le monde cogne, jure, beugle, piétine Tanote qui disparaît, englouti sous les membres furieux et les jacassements ahuris. Un pot vole, retombe, un homme se plie en deux, essaie de le retrouver, se jette à quatre pattes, bien vite enseveli lui aussi sous la rixe incontrôlable. Je recule, effarée, effrayée, je veux m'extraire de cette folie, mais d'autres se déversent, s'agglutinent, arrachent le sac de la ceinture de Tanote. Je me retrouve coincée.

— Je le veux ! Il est pour moi ! Sang de kork, arrière ou je t'étripe !

Une lame pointe. Quelqu'un s'effondre, mais la bataille ne s'arrête pas pour autant. Un autre pot se met à circuler, giclant de main en main. Les nez sont en sang, la tente tremble, débordée de l'intérieur. Je vais finir poignardée, piétinée !

Quatre coups de sifflet retentissent.

Entre ceux, affolés, qui comprennent le signal et les autres, perdus, c'est un capharnaüm sans nom. Des cris s'élèvent. Les arlares se réveillent, leurs piaillements stridents crèvent la halle. Je serre les dents, je dois sortir de ce piège sans perdre un instant.

Je heurte la table du fond, je ne réfléchis pas, je plonge dessous avant qu'elle soit balayée, soulevée, je la remonte dans le sens de la longueur pour gagner l'extrémité de la tente, que je déchirerai si besoin. J'ai presque atteint le rebord quand devant moi, un pot roule. Je l'attrape. Une grosse main aux ongles rongés s'abat sur mon poignet et je découvre un homme aux yeux brillants, à genoux.

— Celui-là, il est pour moi, beauté !

Il lève une dague noire. Je recule d'un mouvement brusque, les doigts serrés autour du pot, et le frappe en pleine figure. Puis je me précipite, toujours à quatre pattes, avant d'être violemment happée en arrière. L'homme m'emprisonne, il retient mon mollet droit dans sa main charpentée. J'essaie de me dégager et secoue furieusement la jambe mais il n'y a rien à faire. J'aperçois un éclair lumineux sur son torse : un collier de Descendant. Ce bijou est réservé aux familles de Descendants. Autrement dit, mon agresseur vient d'un Clan ! Ces baumes tuent. Pourquoi se les arrachent-ils tous ? Comment en ont-ils eu vent ? Il me fait mal. Je dois faire vite. J'attrape le tréteau devant moi, le tire d'un coup sec, et pendant que la table s'effondre avec fracas, je frappe l'homme en pleine face d'un coup de talon et quitte cet enfer, serrant convulsivement le pot dans ma main aux jointures blanchies. Lorsque je me redresse, pantelante, des Couteliers arrivent, toutes lames dehors.

J'enjambe un homme, en percute un autre sans ménagement. La transpiration macule mon dos, je pousse quiconque sur mon chemin. D'autres se carapatent comme moi, et nous courons, le souffle court, les Couteliers aux trousses, qui brandissent leurs armes et nous somment de nous arrêter.

Mais si je m'arrête, je suis morte.

Je connais un trou dans le mur, de l'autre côté de la halle. Il faut que je me dépêche. Des marchands remballent prestement leurs étals, des trappes s'ouvrent, les akas sont cachés, les brouettes se mettent en travers des allées mais les Couteliers sont forts, entraînés. J'entends une lame qui siffle. Le garçon qui détale à côté de moi s'effondre, son corps emporté par sa course, rebondissant sur un tas de poteries qui se brise dans un abominable vacarme. Ils sont juste derrière. J'accélère, éreintée, ma respiration emplissant ma tête, j'essaie de courir en zigzag. Le chuintement d'une lame toute proche me fait dresser les poils sur les bras.

— Les Couteliers ! Les Couteliers ! Sauve qui peut !

Je hurle aux gens de me laisser passer, ils se figent, je bondis entre eux. Une fillette décharnée me talonne. J'avise son épaule en sang, son regard apeuré. Je lui fais signe de me suivre. Je saute au-dessus d'un petit tonneau, m'accroche à un poteau qui fait s'effondrer une tente. Des rugissements s'élèvent. Vite, vite ! Je ne me retourne pas, j'entends leurs pas légers. Tchac ! Un poignard s'encastre dans une toile à un doigt de mon oreille. J'y suis presque. Sans ralentir, je m'engouffre sous la tente d'un inconnu et, la main crispée sur le pot, je me jette à plat ventre sous une table chargée de bijoux, la gamine juste derrière moi. Je me râpe contre le sol pierreux, je rampe en un éclair. Je me retourne pour voir la fillette se couler à ma suite, je lui tends la main, puis je remarque ses yeux écarquillés, et son dos d'où surgit une lame aussi grande que son bras, qui dessine une tache rouge sur sa petite robe en haillons.

Je ne peux plus rien faire. Je me redresse, je prends à gauche sans réfléchir, et je cours, je cours. Le charivari derrière moi s'estompe. Je serre le pot.

Je l'ai.

7. L'erreur

1

Les jours suivants, Arkadi et moi avons deux activités principales : étudier et creuser. La première s'avère infructueuse. Nous avons beau multiplier les expériences, le mystère reste entier. Nous n'avons aucune idée de ce que contient le baume si chèrement acquis, ni de ce à quoi il sert. Que voulait dire L'Ombre ? Pourquoi me mettre en garde ? Quel est le secret de ces onguents ? Quel rapport avec Pamar, Naria ou mes virées nocturnes ?

Je n'ose interroger mes voisins. Quand je repense à l'hystérie déclenchée par ces pots au Marché interdit, au bracelet hors de prix que la femme a lancé à Tanote et à la bousculade qui s'en est suivie, je me dis que si quelqu'un apprend que j'en ai un, et en sait plus que nous, il m'assassinera pour l'obtenir.

Arkadi a suivi le premier acheteur mais n'a rien appris de probant, à part le fait qu'il s'agissait d'un Descendant du Clan des Façonniers, autrement dit un riche artisan. Arkadi a été parfait, il est resté à faire le guet devant la magnifique maison – une husta rien que pour l'homme et les membres de sa famille –, il a entraperçu sa femme, deux filles. Il a laissé traîner ses oreilles. Mais il est rentré en grommelant qu'il avait perdu sa journée.

De mon côté, je ne me suis pas hasardée à toucher le baume. J'ai trop peur. Cette chose est maléfique, j'en suis sûre. J'ai préféré en badigeonner une once sur une touffe d'herbe des sables, à l'aide d'un bâtonnet. L'herbe s'est mise à verdir et à briller… J'ai réitéré l'opération sur un hitote qui en a reçu une bonne noisette sur le bout du museau. Le lendemain, il était mort, sa fourrure trempée des fluides que son corps exhalait. J'en ai étalé sur les murs. Rien n'a bougé. L'herbe des sables a grandi, s'est fortifiée. Bref, le mystère reste entier.

Nous avons déterré quatre nouveaux cadavres. La première fouille s'est bien passée, et j'ai vraiment cru qu'Arkadi allait envisager le travail avec plus de sérénité… jusqu'à la fois suivante. Mes espoirs se sont évanouis à l'instant où j'ai examiné le corps que nous venions d'extirper du sol : il avait, lui aussi, la peau déchirée sous la pression interne. Arkadi s'est aussitôt remis à trembler. Il est allé vomir à l'ombre d'un grand arbre. J'ai dû terminer toute seule. J'ai apaisé Arkadi mais je doute qu'il tienne longtemps.

Nulle part, sur le Haut Forum, on n'évoque une épidémie.

J'ai ressorti mes vieux gants en peau d'arlare, ceux que m'avait offerts Malcor. Ils ont été enchantés et sont censés protéger des maladies contagieuses. Je ne sais si c'est à cause de mon état d'esprit, de mon pessimisme ou de la fatigue, mais je me mets à douter de tout, y compris de leur efficacité.

Les deux muets encapuchonnés ont réceptionné les cadavres sans broncher et m'ont claqué la porte au nez, sans l'ombre d'une contrepartie.

Et le voilà, le principal problème : nous devons manger. Or sans l'argent des cadavres, nous n'avons plus rien. Arkadi a recommencé à chaparder, mais il est installé chez moi depuis un moment et il est désormais connu dans le quartier. Il ne peut plus faucher à droite à gauche, au petit bonheur. Il doit se rabattre sur les nouveaux marchands, et encore, en dissimulant son crochet si repérable. En prime, les Clans sont sur les dents. Arkadi raconte qu'on n'y a jamais vu autant d'empoignades, les larcins sont de plus en plus fréquents, et les Couteliers ont arrêté des maraudeurs... issus des Clans, détail pour le moins dérangeant.

Et puis, deux cadavres tous les deux jours... Nos excursions trop rapprochées au cimetière sont éreintantes. Je suis percluse de courbatures, mon dos me brûle quand je me lève le matin, mes paumes sont couvertes de cloques qui n'ont pas le temps de cicatriser, la chair à vif. Arkadi, de son côté, se réveille toujours plus tard et il a la figure criblée de boutons. Il est épuisé.

Peut-être est-ce l'objectif de Pamar : ma mort par inanition. Quel intérêt, sinon ? Soit nous crevons de faim, soit nous finissons exténués et abattus par une sentinelle entre les deux Murs. C'est la seule alternative. Parfois, la nuit, j'étouffe, la poitrine comprimée dans un étau. Je n'ose pas évoquer la chose avec Arkadi. La fatigue aidant, je me sens seule, démunie. Quel choix ai-je ?

Dans l'hustissa, la chaleur est étouffante. L'air aride assèche la bouche, les yeux, les narines. J'ai soif. La rumeur de la zone orkla s'élève, tellement lointaine qu'il règne sur le toit une forme de silence, calme typique de la canicule qui accable. Je décide pourtant de sortir. Arkadi est parti en quête d'un petit quelque chose pour nous sustenter. Moi, je veux fureter du côté des belles auberges, savoir si Tanote est encore en ville… et vivant. Il n'a pas répondu à mes questions. Si je le débusque, il le fera.

Je m'habille d'une tunique blanche et légère à manches longues, trouvée dans une poubelle chez les Sourciers, reprisée par mes soins – le résultat est acceptable –, et d'un pantalon gris trop large qui m'arrive aux mollets. Par habitude, je vérifie que la cachette aux livres est fermée, puis, rassurée, j'ouvre la porte de l'hustissa.

Devant moi, tête nue sous le soleil assommant, il y a Rada. Courbée, elle réfléchit, le pouce et l'index enserrant ses yeux clos. Elle ne m'a pas entendue. Que fabrique-t-elle ? Cette vieille est décidément bizarre.

Quand je claque la porte derrière moi, elle sursaute en poussant un cri.

— Érine ! Tu m'as fait peur ! miaule-t-elle, les mains sur le cœur.

Je hausse les épaules en guise de réponse et m'approche de la trappe. Je sais que Rada ne me quitte pas du regard, m'étudie, m'ausculte.

— Bonne journée, essaie-t-elle.

— Ouais.

Je disparais dans le ventre de l'husta. À chaque palier, je retiens ma respiration et guette bruits ou mouvements suspects. Les étages n'ont aucune cloison, ici. Leur vaste étendue se partage entre les habitants, séparés par un morceau de tissu, par des feuilles séchées glanées je ne sais où. N'importe qui peut s'y faufiler. Depuis mon incursion dans la geôle de Pamar, je suis maladivement sur mes gardes. Je m'efforce de ne pas renverser les tabourets, casseroles, vasques, meubles, de ne pas marcher sur les matelas de fortune. Le sol de bois et d'argile est parfois éventré et je fais attention à ne pas passer au travers.

Plus bas, je saute de l'échelle qui mène au rez-de-chaussée et je manque de renverser Solite. Il sourit devant mon air contrit.

— Que les arlares protègent tes nuits, Érine ! Pourrais-tu passer un message à la vieille du toit ?

— Rada ? fais-je, interloquée.

— Oui, ça m'évitera de grimper les étages. Dis-lui merci. La petite va mieux.

— Je n'y manquerai pas ! je lui crie en sortant.

Mais je n'en ferai rien. Cette nuit, j'ai encore senti la Magie et je suis sûre que ça vient de chez elle. Qu'est-ce qu'elle fabrique ? J'ai menti, tant pis pour Solite. Je veux éviter la vieille.

2

Pourtant, un matin, tandis qu'Arkadi et moi rentrons moulus d'avoir creusé – et qu'un des macchabées était encore tout boursouflé de l'intérieur –, je me surprends à hésiter, au bord de revenir sur ma décision. Je suis fatiguée, si fatiguée…

Je tourne en rond et mes forces s'amenuisent. Si mon salut est dans ces baumes, ils demeurent hermétiques. Alors une pensée m'effleure. J'ai une aide sous la main.

La seule, au final. Rada. Elle maîtrise la science des Guérisseurs, j'en suis sûre. Et j'ai un prétexte pour aller la voir : le message de Solite. Je pourrais surmonter ma défiance, jouer la carte de l'amitié, tenter de lui soutirer des informations…

N'importe quoi. Autant me jeter dans la gueule d'un qadur. L'épuisement me fait délirer. Il faut que je dorme. Recroquevillée sur ma natte, je m'assoupis dans mes vêtements maculés de terre.

Après une courte sieste peu réparatrice, je décide d'aller me réchauffer sur la terrasse. Touma est assise par terre et s'enduit le visage d'un onguent… Je plisse les yeux. Le pot, posé sur le sol, est identique à celui que j'ai volé à Tanote ! Je me précipite, m'emmêle les pieds, m'étale, m'écorche les genoux, me redresse, la rejoins d'un bond et lui arrache le pot des mains.

— Qu'est-ce que tu fais ? me demande-t-elle avec un cri strident.

— Je…

J'observe mieux le pot. Il est en fibre tressée et contient une crème qui sent Touma.

— Excuse-moi, je bafouille, j'ai cru…

Touma éclate de rire.

— Eh bien, on dirait que tu as vu un esprit-voleur ! C'est juste mon baume, il ne va pas te mordre !

— Celui… celui de d'habitude ?

— Oui, celui que j'utilise matin et soir, qui sent bon mon pays, ma famille, avec son essence de fleurs, ses pierres concassées, et qui me rend belle.

Elle me considère.

— Qu'est-ce qui t'arrive, Érine ? Tu restes enfermée chez toi, tu es pâlotte, soucieuse. Je ne t'ai pas vue lire sur le toit depuis plusieurs jours. Et tu as maigri.

Je me laisse tomber à côté d'elle. L'hustissa jaune est vide, Rada n'a pas l'air d'être là.

— Je me suis laissé entraîner dans une sale histoire…

Oui, je suis embourbée. Jusqu'au cou.

Soudain, une idée me traverse l'esprit.

— Dis-moi Touma, ton baume, qui te le prépare ?

— Barssi, le vieux du troisième. Il est assez doué avec les plantes. Pas autant que la vieille jaune, se reprend-elle en donnant un coup de tête en direction de l'hustissa de Rada, mais il se défend. Il était marchand avant, il a été grièvement blessé et il est resté coincé ici, tu le savais ?

Non, mais vu l'état de sa paupière fendue en deux, j'aurais pu deviner.

— Il sillonnait l'Entre-Terre, d'Aragoa à Larrsa, a écumé les contrées du Nord, celles des peuples Djolls. Sa spécialité, c'était les potions. Avec le temps, il a appris à fabriquer de nombreux onguents et pommades.

— Mais sans Magie… me crois-je obligée de préciser.

— Bien sûr, sans Magie. Je ne sais pas s'il existe de la Magie ailleurs qu'à la Cité des Six… réfléchit-elle tout haut.

J'élude la question ouverte pour mettre en doute ses belles paroles.

— Il n'a pas été capable de fabriquer un remède à la petite de Solite, tout de même.

— J'ai plutôt tendance à penser qu'il n'en avait pas envie, rectifie Touma.

Ses yeux se font durs.

— Barssi a neuf personnes à charge. Il a perdu sa femme pendant l'épidémie et lui a survécu par miracle.

Sa fille se marie bientôt à un marchand qui viendra la chercher. Barssi a besoin d'argent alors je lui achète ses baumes, à bon prix, précise-t-elle en exhibant son pot. Il a perdu un de ses fils il y a peu, il l'a vu crever sans pouvoir rien y faire.

— Tu veux dire qu'il n'a pas été foutu de soigner son propre fils ?

— Ne sois pas de mauvaise foi ! me houspille Touma. Tu sais bien que sans Magie, les philtres ne sont pas aussi efficaces. Il a fait ce qu'il a pu, je l'ai vu, j'étais là. J'ai vu sa souffrance, sa résignation. N'est pas Guérisseur qui veut !

Oui, j'en sais quelque chose. Inutile de discuter ce point avec elle.

— Tu crois que… qu'il pourrait m'aider si je le lui demandais ?

Touma hausse les épaules.

— Pas si tu n'as rien à lui offrir. Il est comme ça, il ne fait pas la charité. Mieux vaut lui proposer un petit paquet d'akas. À moins que tu aies envie de lui céder ton corps. Il a l'air croulant mais crois-moi, ça fonctionne entre ses jambes…

Me figurer le vieux Barssi turgescent, avec sa paupière fendue, dépose un goût de bile dans ma bouche.

— Je suis incapable de faire ça… je grogne.

Touma éclate de rire.

— Tout le monde en est capable, il suffit de le vouloir.

Comment fait-elle ? Elle affronte les événements avec tant de naturel. De force, même.

— Tu ne veux pas me dire ce qui te tracasse, alors ?

Je souris.

— Ne t'inquiète pas, ça ne me tracasse plus ! Tout plutôt que subir les assauts du vieux Barssi édenté !

Je reste un moment à somnoler à côté d'elle. Rada passe la trappe, nous salue, hésite, s'éclipse. Je ne lui ai toujours pas transmis le message de Solite.

3

Arkadi rentre en pleine nuit, empestant la fumée de jarles et l'alcool. Il me secoue de son crochet, empressé de me narrer sa soirée.

Il a fait ami-ami avec une jeune orkla qu'il a vue pénétrer chez l'acheteur du Marché interdit. Lorsque la fille est sortie à la tombée de la nuit, Arkadi l'a suivie, elle l'a repéré, ils se sont battus, elle avait un poignard dans une ceinture, mais il l'a maîtrisée et l'a invitée dans une taverne du quartier orkla nord. Pas farouche, elle a accepté. Il me raconte la chose, bombant le torse, son duvet pointant sous son nez, et j'ai envie d'exploser de rire… Je le soupçonne d'avoir essayé de l'entraîner dans une arrière-cour mais il n'en dit pas un mot. Dans sa version, il lui aurait conté fleurette et l'aurait fait boire. Elle a fini par lui lâcher du bout des dents que le Descendant a offert le fameux pot à sa femme bien-aimée. Cette dernière le conserve dans sa chambre, au fond d'un tiroir fermé à double tour.

— Visiblement, elle se gêne pas pour y fouiner et elle a pas l'air rongée par le remords ! s'esclaffe Arkadi.

— Sois un peu reconnaissant, ta copine nous fournit une information importante : le baume est pour sa femme et suffisamment inestimable pour être mis sous clef. Remarque, étant donné la frénésie au Marché interdit, on aurait pu s'en douter.

— Ça nous dit pas à quoi il sert.

Il se tait, pensif. Puis croasse :

— Elle veut peut-être se suicider. Ou alors, elle sait pas qu'il tue. Personne les mentionne jamais, ces pots, c'est motus et bouche cousue. Tu en as entendu parler, toi ?

— Non mais si le baume a autant de valeur, ce n'est pas étonnant. On le garde pour soi et on en fait bénéficier ses proches. Il est l'apanage d'une poignée de chanceux, en gros.

— Chanceux, c'est vite dit…

— C'est vrai… Et puis je te rappelle qu'il circule sous le manteau, il est sûrement interdit. Personne ne se vante de s'en procurer.

— Tu crois que je devrais la prévenir ? Elle va probablement en crever comme les autres ! réalise-t-il.

Une suée me couvre le dos.

— Je ne sais pas…

— C'est une vieille peau mais je m'en voudrais, sachant qu'elle risque de finir la figure éclatée, elle aussi.

— Quand bien même tu le lui dirais, tu crois qu'elle t'écouterait ? Elle ne t'accordera aucun crédit, Arkadi, tu n'es qu'un petit orkla de rien…

— Si au moins j'avais des arguments, qu'on savait ce qu'il y a dedans !

Il s'arrache un ongle de pied.

— Elle a eu de la visite, la vieille Rada ?

— Non, je ne crois pas, pourquoi ?

— J'ai vu une ombre dans son hustissa, en rentrant. Je peux te dire que de profil, c'était pas une grand-mère… Elle avait de ces seins !

— Tu veux dire qu'il y a une femme toute nue chez Rada ?

— Ben oui, t'es sourde ou quoi ?

— Sois aimable. Elle la soigne peut-être… émets-je, dubitative.

— Tu as raison, en plein milieu de la nuit, c'est d'une logique implacable !

— Je suis sortie sur le toit aujourd'hui, et il n'y avait aucune jeune femme en vue.

Je lui rapporte alors ma conversation avec Touma et son allusion au vieux Barssi. Arkadi se lève, scandalisé, et dans son empressement, se cogne contre le plafond. Il a vraiment grandi…

— Tu vas pas aller t'offrir à ce vieux dégueulasse, Érine !

— Toi-même tu veux savoir ce que contient le baume ! Tu as une meilleure idée ? Tu veux y aller à ma place ?

Je regrette aussitôt ma phrase. Arkadi me lance un regard meurtrier et fait mine de sortir. À moi de me lever d'un bond.

— Excuse-moi ! Arkadi, je suis désolée !

Je l'attrape et m'approche de lui.

— Je suis maladroite, ce n'est pas ce que je voulais dire, pardon…

Avec ce qu'il a enduré dans la ruelle, j'aurais pu être un peu plus élégante. Des types dégueulasses, il en a déjà goûté. Il me prend dans ses bras maigres et enfouit sa tête dans mon cou. Son cœur cogne violemment contre moi.

— Excuse-moi, je suis vraiment désolée, je murmure en lui caressant le dos.

Il finit par se détacher en reniflant, les yeux rougis.

— T'as vraiment des épaules de garçon… grince-t-il pour reprendre contenance. Je te trouvais musclée, avec tes abdos plats, mais là, je me rends compte que tu es toute sèche et toute carrée.

— Quel compliment ! Merci, je me sens appréciée dans ma glorieuse féminité !

Arkadi glousse. Le sale moment est passé. Comme pour finir de détourner la conversation, mon estomac pousse un grognement.

— Tu as mangé ? demande-t-il.

Je secoue la tête.

— Demain matin, j'irai te chercher quelque chose de consistant. Il nous faut au moins ça avant de partir creuser… assène-t-il sans pouvoir réprimer un haut-le-corps.

Je voudrais m'excuser de l'avoir entraîné dans cette histoire. Je n'en ai pas la force. Le ventre creux, je me pelotonne sur ma natte.

— Érine… tu dors ? chuchote Arkadi.

— Non… je réponds sur le même ton.

— Je peux venir te faire un câlin ?

— Arkadi ?

— Oui ?

— Couché !

Je l'entends qui se retourne en bougonnant sur sa natte. Sa respiration s'apaise, se fait régulière, sonore, et il sombre. Je me tourne, je l'observe dans la pénombre et souris. Il ressemble à un animal mouillé.

Je songe à Malcor, à cette façon qu'il avait de s'endormir le ventre calé sur mon dos, ses mains calleuses posées sous ma tunique. Son souffle ample chatouillait mon oreille et j'oubliais la promiscuité, la puanteur, l'avidité, le désespoir. Je n'avais plus peur. Dans le noir de l'husta, je rêvais de suspendre le mouvement des étoiles, le bouillonnement infect de la vie. Je voulais arrêter le temps, rester dans ses bras pour toujours. Les vœux des petites filles sont naïfs. Dérisoires. Malcor est un souvenir. Il a été dépecé, vendu, calciné, que sais-je... Je ne sentirai plus son torse tiède contre moi. Je ne le verrai plus creuser la terre, se redresser et essuyer son front d'un revers de manche. La Cité continue d'enfler, de palpiter. Et Malcor n'est plus là.

Je vais seule. Arkadi, mi-homme, mi-enfant, dort à côté de moi. Pas contre moi.

J'ai froid sous ma natte.

Qu'est-ce qu'on va devenir ?

4

Mon galet de lumière est moins vigoureux et Arkadi a oublié le sien.

— Érine...

Nous sommes seuls dans le tunnel mais il parle à voix basse, comme s'il craignait de réveiller un monstre endormi. Pourtant, il n'y a rien ici, à part lui, moi et le tunnel chaud.

— C'est quoi ces signes ? demande-t-il en désignant les inscriptions qui ornent certaines parois.

— Aucune idée.

Il s'arrête, s'avance, gratte le mur. Aussitôt, la pierre rouge s'effrite et les traces noires s'estompent. Je hausse les épaules.

— Je n'y ai jamais réfléchi. Ils sont là, ils font partie du décor.

Cette écriture ne ressemble à rien de connu.

— J'imagine que ça date de l'époque où les Patriarches ont bâti la Cité. Des lettres dans un alphabet ancien ou des indications sur la construction du tunnel, par exemple, la signature des tailleurs de pierre, que sais-je…

— C'est si vieux que ça ?

— Qu'est-ce que tu veux que ce soit d'autre ?

— Je sais pas. On est à l'intérieur du Mur, là ?

— Dessous. Le tunnel est trop profond pour être dans les fondations du Mur. Il le longe, mais je ne pense pas qu'il en suive exactement le tracé. La pente qu'on remonte ensuite pour ressortir est raide et longue, elle ne monte pas directement de sous le Mur.

— Je te trouve pas très curieuse, sur ce coup-là, remarque Arkadi.

Nous reprenons notre marche. Je soupçonne que le stress lui donne envie de parler. Arkadi fait des cauchemars peuplés de visages distendus, de corps mutilés. Il redoute désormais de creuser avec moi. Je poursuis notre petite discussion. Si ça le rend plus calme…

— Malcor déterrait les cadavres depuis peu lorsqu'il m'a emmenée ici, la première fois. C'est son frère qui lui a parlé du tunnel mais il n'a jamais voulu lui révéler comment il l'avait découvert. Je crois qu'ils ne s'entendaient pas bien.

— Tu ne vas jamais au cimetière nord ? s'enquiert Arkadi, décidément prolixe.

— Non, je ne pense pas que ce soit possible. Tu as vu, il n'existe qu'un point d'entrée, aucun embranchement et la grille est un cul-de-sac. À croire que la Cité a toujours extirpé des cadavres du cimetière sud et qu'elle a bâti ce passage exprès.

L'idée me fait tressaillir. C'est vrai ça, pourquoi y a-t-il un tunnel sous le deuxième Mur ? Qui l'a construit, et dans quel but si ce n'est pour permettre de déterrer ?

Arkadi traîne légèrement des pieds derrière moi. Plus nous nous rapprochons du cimetière, plus sa respiration s'accélère. Enfin, le tunnel s'élargit et l'ouverture sur la gauche apparaît. Nous remontons la pente vers la sortie. Arkadi ralentit. Je m'aperçois qu'il tremble. J'essaie de m'exprimer avec douceur :

— Il faut t'y préparer, il y aura d'autres cadavres mutilés, d'autres victimes du baume.

Il se plante devant moi et chuchote :

— Jusqu'à quand, Érine ?

Je le regarde droit dans les yeux.

— Qu'est-ce que tu veux dire ?

— Je suis pas aussi débile que j'en ai l'air, je sais qu'on va pas tenir. On a les mains en sang, le dos cassé. Sans argent, avec un rythme pareil, on va y laisser notre peau. Alors on fait quoi ? On continue, on se crève à la tâche jusqu'à tomber d'épuisement, comme les gentils petits pions de Pamar qu'on est ? Dis-moi que tu as une idée derrière la tête, Érine !

Il a raison. Fuir ne sert plus à rien. Il est temps de faire face.

— J'ai connu un garçon avant, chez les Dresseurs. Je l'ai entraperçu récemment. Il est fiancé ou marié à la fille du Conseiller Barl, celui de mon ancien Clan, je commence à débiter sans y avoir réfléchi. Si on a des preuves que ces baumes sont mortels, si on arrive à savoir ce qu'il y a dedans, peut-être qu'il nous aidera, le temps de découvrir d'où ça vient.

Arkadi serre les dents.

— Tu vas pas… commence-t-il, atterré.

— Tu vois une autre solution ? Tu crois que ça m'amuse de me faire fourrager par ce vieux dégueulasse de Barssi ?

Je m'énerve, je gesticule, comme si l'insulter à haute voix allait laver l'humiliation que les mots contiennent.

— Il doit y avoir un autre moyen !

— Lequel ? Vas-y, je t'en prie, Arkadi, si tu en as un, je suis preneuse !

J'ai les larmes aux yeux.

— Voilà ! Aucune autre solution, Arkadi !

— Tu as été bannie de ton Clan, Érine, ton Conseiller te méprise ! En plus, comment tu vas impliquer Pamar ? On sait même pas s'il a un rapport avec les baumes ! L'Ombre est mort, t'as pas de témoin, tu délires !

— Dans ce cas, j'amènerai Barl ici, on vérifiera si le tunnel aboutit chez les Guérisseurs. Je lui dévoilerai mes secrets, je lui raconterai que je déterre pour Pamar, je lui montrerai les fosses vides. J'en ai des arguments !

— Mais tu pourras plus jamais déterr…

— Arkadi, enfin, ouvre les yeux ! On ne me paie plus, ce tunnel est aussi mort que les cadavres que j'y tire, il ne me sert plus à rien ! Je ne veux pas passer le restant de ma vie à vendre mon cul pour une poignée de racines !

J'ai crié sur la fin, les poings serrés, le visage déformé. Il faut que ça sorte, que je crache ma peur, ma colère.

Arkadi me contemple, le torse légèrement penché en arrière, la bouche tirée vers le bas dans une mimique ridicule, les sourcils relevés par la stupéfaction. Quand je croise son regard halluciné, je soupire… et je me mets à rire. C'est irrépressible, je ne me contiens plus. Le fou rire me prend. Arkadi m'examine d'un œil rond qui semble appeler à l'aide : « Elle est folle, je l'ai perdue, au secours ! », et le voir si désemparé me donne encore plus envie de rire. Je suis là, au bord du cimetière, je m'apprête à déterrer de nouveaux corps bouffis, à les faire rouler sur ma planche comme des meubles alors qu'ils ont vécu, aimé, pleuré, et Arkadi me dévisage avec sa bouille d'enfant scandalisé, et la situation me paraît soudain comique, comme si je la découvrais de loin. Quelque chose lâche en moi et je ris, je ris, la gorge crispée, je ne peux pas me retenir, je commence à me plier en deux, je ris, des larmes perlent et coulent. Entre deux hoquets, je prends de grandes inspirations pour ne pas m'étouffer, la tension s'en va et je ris encore, les épaules tressautant, le ventre douloureux.

Pendant un long moment, seul mon ricanement nerveux résonne dans le tunnel. Puis, à bout de force, j'avale une goulée d'air et me redresse. Un sourire étire ma bouche sur toute la largeur, je pouffe encore mais je finis par me calmer. Je me sens mieux. Ça faisait longtemps que ça ne m'était pas arrivé.

— Désolée, n'aie pas peur, ça va aller, je renifle. Tiens, attrape la planche, on a du travail.

Arkadi m'emboîte le pas, secouant la tête d'un air ahuri. Je l'aime bien.

5

J'avais raison. Le premier cadavre est celui d'une femme entre deux âges. Elle a implosé, le visage figé dans une mimique de calvaire, la bouche tordue sur le côté. Elle est affreuse. Je replace le drap avec précaution, heureuse d'avoir pris les devants : j'ai prié Arkadi de s'éloigner. Il n'a pas protesté. Il n'est plus capable de les voir.

Nous nous dirigeons à présent vers la zone réservée au Clan des Guérisseurs. La terre fraîche nous y appelle et nous nous remettons au travail sans un mot. Mes paumes brûlantes glissent contre le manche de la pioche, mes doigts sont gonflés par l'effort, mes cloques à vif. Je serre les dents et je continue à fracasser la terre gelée. Je voudrais que Pamar meure, je rêve de le découvrir dans une tombe, la figure entaillée et difforme. Qu'il crève et me laisse en paix. Je retiens des « han » pathétiques quand j'enfonce ma pioche dans le sol. Mes jambes flageolent, la soif me tiraille la gorge, une douleur lancinante me déchire le dos et la nuque. Finalement, nous touchons le corps. Je pousse un soupir de soulagement. Arkadi s'avance, attrape les pieds, je l'imite, je saisis le torse. Mais mes forces m'ont quittée. Est-ce mon genou qui flanche, la terre glacée qui glisse ? Je dérape, je lâche le corps, le drap s'ouvre.

Nous reconnaissons la femme au bracelet.

— Sang de kork !

Arkadi s'éloigne à grands pas en inspirant bruyamment. Je m'empresse de remettre le tissu et de recouvrir le visage tuméfié.

Hélas, je n'ai pas fini de pester. Je l'ai heurtée sur la nuque et la raideur a disparu. Sa tête se met à brinquebaler tandis que je m'efforce de la traîner jusqu'à la planche. Elle est si lourde ! Je fais des petits pas chassés pitoyables quand tout à coup, je distingue une multitude d'étoiles... et je m'écroule. Arkadi me rejoint et se jette à mes côtés.

— Ça va ?

— J'ai juste besoin de reprendre mon souffle. On y est presque, Arkadi, on a fait le plus gros... dis-je pour l'encourager autant que moi.

— Je vais remettre la terre en place et nettoyer nos traces, va te reposer !

Inutile de protester : j'en suis incapable. Je regarde la grande carcasse décharnée d'Arkadi s'activer près de la tombe, hypnotisée par le bruit pierreux de la pelle qui s'enfonce, ses bras qui la soulèvent, son corps qui pivote, le son sourd de la terre qui s'amoncelle. Je suis hagarde. Je ne sais pas combien de temps s'écoule. Arkadi revient, tirant derrière lui la planche où les linceuls tressaillent à chaque aspérité du sol.

Nous nous glissons à l'intérieur du tunnel. Je suis moite et transie.

— Si on arrête, Pamar va nous tuer. Il ne t'épargnera pas.

— Je sais... dit Arkadi.

À la grille, il chuchote pendant que je fais pivoter les clefs dans leur serrure.

— C'est la dernière fois, Érine.

— Il est Conseiller, Arkadi, c'est un des plus puissants personnages de la ville. Si on le défie, on ne peut pas rester.

— Eh bien on s'en va ! Je me débrouille pour extorquer suffisamment d'akas et on rejoint une caravane. Qu'est-ce qui nous retient ? T'as pas vu ta famille depuis quatre ans et la mienne me méprise. On n'a plus rien, ici !

J'essaie de l'arrêter d'un geste mais il attrape ma main et la broie sous le coup de la colère.

— Je te l'ai pas dit, Érine, mais j'ai croisé ma mère, l'autre jour, sur le Haut Forum. Elle m'a vu, m'a regardé, et elle a passé son chemin. Elle s'est même pas retournée ! Moi, je suis resté confit sur place… et j'ai eu envie de lui courir après pour la cogner.

— D'accord.

— D'accord quoi ?

— C'est la dernière fois ! j'assène avec un coup de menton résolu. Demain, on vend l'hustissa, on trouve un convoi, on se débrouille et on s'en va pour de bon.

Mes paroles ont jailli toutes seules. Oui, j'aurais dû partir depuis longtemps. À quoi bon croupir dans cette fange ? Malcor n'est plus là. Je refuse de mourir en esclave, de céder à Pamar. Je veux partir et être libre. Arkadi me sourit et me tend un de ses trois doigts difformes pour conclure notre accord.

— Serre pas trop fort, il m'en reste plus beaucoup… coasse-t-il.

Galvanisée, je frappe à la porte. J'attends, soudain mue par un sentiment de victoire. J'ai pris ma décision, je suis légère, mon dos me fait moins souffrir. Je vais partir, c'est dit.

Comme d'habitude, Arkadi est resté près de la grille. Je sourirais presque, n'était-ce la solennité du moment où je remets les corps. Les derniers, ne puis-je m'empêcher de songer, les derniers !

La porte s'ouvre à la volée, dévoilant les deux hommes en cape noire.

Derrière eux, assis dans un fauteuil sculpté, le Conseiller Pamar.

8. Demi-tour

1

Les sbires m'arrachent la corde des mains, s'empressent de me faire entrer avec ma planche et claquent la porte. Aussi immobile qu'une statue, Pamar me dévisage de ses yeux bleus coupants pendant que ses hommes soulèvent les linceuls et dégagent les macchabées.

— Avance, déterreuse… murmure le Conseiller.

Je voudrais faire demi-tour, m'enfuir à toutes jambes, appeler Arkadi au secours mais je reste paralysée. Les deux brutes m'attrapent par le poignet et me tirent d'un coup sec vers Pamar. Je perds l'équilibre, tombe face contre terre. Non, ça ne va pas recommencer. Ils ne vont pas encore me battre, me traîner là-bas, dans cette geôle puante et abominable, ils ne vont pas me laisser pourrir dans ce cul de basse-fosse, me faire exploser la chair, les os, non ! L'affolement se mêle à la rage. À genoux, je prends appui sur mes paumes et je relève la tête.

Pamar est penché sur la planche. Le drap mortuaire dévoile le visage éclaté de la Guérisseuse. Le Conseiller me fusille du regard.

— À quoi joues-tu, déterreuse ?

Moi… jouer ?

— Pourquoi nous ramènes-tu ces corps mutilés ? Tu y prends un malin plaisir, je le vois bien, tu ne choisis que ceux-là ou presque. Est-ce Naria qui t'envoie ?

— Naria ? De quoi parlez-vous ?

Le petit trapu me lance son pied dans la mâchoire. Sa semelle est dure, froide. Je voudrais rester droite mais ma vue se constelle de petits points blancs lumineux et je vacille. Un goût salé se répand dans ma bouche, je me redresse… et je lui crache dessus. Sans un mot, l'homme me décoche un nouveau coup, au même endroit. Je voudrais hurler.

Pamar admire la scène comme s'il assistait au découpage d'un kork dans ses cuisines. Sans un grain de compassion.

— Où est Naria ? poursuit-il d'une voix égale. Je sais que ce n'est pas une coïncidence. Est-ce que tu la protèges ? T'a-t-elle demandé de m'amener en priorité les victimes du baume ? L'as-tu traquée, torturée, fait parler ? C'est toi, c'est forcément toi, elle n'oserait pas…

Il fronce les sourcils.

— Tu ne lui as rien fait de mal, j'espère… J'ai besoin de savoir où elle est, il faut qu'elle rentre. J'aurais dû l'enchaîner quand je le pouvais encore, j'aurais dû me méfier de Lorte, marmotte-t-il pour lui-même.

Je pisse le sang et il parle tout seul. Cet homme est complètement fou.

— Réponds ! hurle-t-il soudain. Où est ma fille ?

— Conseiller Pamar…

Je n'arrive pas à articuler correctement, ma bouche a gonflé alors je bafouille tant bien que mal :

— Je ne connais pas votre fille, je ne l'ai vue qu'une fois, à la Fête des Échanges, je ne choisis pas les corps que je déterre, vous nous avez donné des délais très courts et je fais ce que je pe…

Cette fois, Pamar fait signe aux hommes. Le grand me décoche son talon dans l'omoplate, je m'affale et leurs bottes pleuvent sur moi, pilonnent mes cuisses, mon dos, mes côtes. Ils me rouent encore et encore. Je me recroqueville pour leur laisser le moins de place possible. Il faut que je tienne. En tombant, je l'ai sentie. Mon aiguille est là, dans son étui. Je sais que je n'ai aucune chance de les vaincre, mais je ne les laisserai pas me cogner dessus et me traiter comme ça. Ma vie de orkla a autant de valeur que la leur.

Je prends une grande inspiration.

Je repousse la douleur, je saisis mon arme sous ma manche, saute sur le premier et lui plante mon aiguille dans le creux poplité, juste derrière le genou. Il se raidit, beugle, m'agrippe par les cheveux, me relève comme un pantin, mais la porte s'ouvre. Ils n'ont pas fermé la porte à clef ! Un torrent poisseux m'inonde, je lève les yeux et retiens un gémissement en voyant le poignard d'Arkadi planté dans l'œil du grand type. Le petit se jette sur Arkadi, je les rejoins, je le frappe, n'importe où, dans le cou, dans l'oreille, partout, je ferme les yeux, j'enfonce sans prêter attention aux os qui craquent, au bruit visqueux de la chair lacérée, je fiche, je plante aveuglément.

— LES QADUUUURS ! Faites descendre les qadurs ! tonne Pamar derrière nous.

Le trapu s'effondre, j'empoigne Arkadi et je déguerpis. Pas le temps de fermer les grilles à clef, j'entends déjà le grondement des immondes bêtes qui descendent l'escalier, leurs griffes qui dérapent sur le dallage. La main d'Arkadi me lâche, la peur m'éperonne, j'accélère, il fait noir, je trébuche, je me rattrape de justesse au mur.

Ils se rapprochent.

Je fouille ma poche, en extirpe mon galet de lumière. Arkadi va plus vite que moi, il détale devant et j'essaie de ne pas me laisser distancer, mon galet serré convulsivement dans la main.

Les grognements résonnent dans le tunnel.

Soudain Arkadi bifurque. Il tourne vers le cimetière ! Qu'est-ce qu'il fait ? J'hésite, je le suis, on est plus forts à deux, je tourne, je le vois, je comprends. Il tient une pelle.

Il a raison. C'est la seule issue. Faire face. On n'aura jamais le temps de rejoindre l'escalier. Ils nous rattraperont avant. Je fonce, jette mon galet dans un coin, attrape une pioche et m'y cramponne, genoux pliés, la poitrine martelée par mon cœur affolé.

Les qadurs arrivent.

Ils sont deux, énormes, leurs épaules m'arrivent à la hanche. Leurs yeux orange aux paupières translucides luisent dans l'obscurité, leurs griffes aiguisées lacèrent le sol sous leur corps long et puissant, et toujours, ils gardent le museau au ras du sol, nous fixant par en dessous. Je coince mon aiguille dans ma bouche et j'affermis ma prise sur ma pioche. Je n'ai jamais autant serré une pioche de ma vie. Les qadurs sont tout proches, maintenant. J'aperçois leurs dents pointues, les motifs de leurs écailles couleur rubis.

— Érine, merci de m'avoir trouvé, tu es une sœur pour moi, je…

Mais je n'écoute pas les pépiements épouvantés d'Arkadi, il n'est plus là, je suis concentrée, tournée vers mon unique but : survivre.

Comme dans un rêve, je vois les qadurs se tasser sur le sol. Leur dos se contracte, leurs pattes avant se ramassent, ils bandent leurs muscles pour mieux s'élancer…

Et se détendent dans un saut parfaitement coordonné.

Chacun le sien.

2

Les deux mains crispées sur le manche, la pioche remontée sur l'épaule, je me baisse, tendue vers mon objectif.

Je dois frapper sur le côté. Je n'aurai qu'une chance.

J'attends, je tiens bon, et quand le qadur est presque sur moi, je me décale d'un bond et lance la pioche de toutes mes forces dans ses flancs. Je hurle, je sens la pointe qui entaille la peau, pénètre la chair, casse les os, découpe le ventre. Le qadur retombe lourdement, grogne, se contorsionne, se remet debout, une lueur folle dans son œil orangé. Je ne réfléchis pas. Je lâche la pioche, me précipite sur lui et les deux poings serrés sur la tête de mon aiguille, je la plante dans sa gueule béante, au milieu de la mâchoire inférieure. L'aiguille transperce la langue. J'appuie, j'appuie, les dents serrées à en éclater. Le qadur se débat, sa langue s'agite. Il tente de fuir, ses griffes raclent frénétiquement le sol, il referme la mâchoire pour me broyer mais j'affermis ma prise, et j'enfonce encore l'aiguille. Ses crocs touchent mon poignet, commencent à le traverser, à le briser, mais je ne faiblis pas, j'appuie, je sais qu'il souffre plus que moi, et il peut bien m'arracher la main, je vais lui arracher la vie, je ne le laisserai pas, je ne lâcherai pas. Tout à coup, l'aiguille cède, je perfore la peau de sa gorge, alors je tire vers moi, je gémis et je la lui ouvre, cette gorge qui voulait m'avaler, je la déchire sur toute la longueur et il m'aide tandis qu'il essaie désespérément de reculer, il agrandit le trou. Finalement, je pousse un cri et je retire ma main meurtrie. Le qadur s'éloigne en grondant, se plaque contre le mur. Je ramasse la pioche, je la lève haut, et lui assène un dernier coup. Je me redresse, laissant la pioche fichée dans son corps qui s'amollit.

Ce n'est pas fini.

Arkadi est assis sur le sol, la pelle brandie devant lui. Il tient son qadur blessé à distance, mais sa cuisse droite est ouverte dans un amas de chair sanguinolent. Je titube, j'attrape l'autre pelle qui traîne par terre, je l'oriente comme il faut et j'en frappe l'ignoble bête avec le tranchant. Le qadur plie, se retourne. Mais je suis prête. Je frappe. Je frappe encore. Encore. Il s'effondre.

Je suis maculée de sang, de salive de qadur, de terre rougeâtre. Je n'ai pas le temps de reprendre mon souffle. Des voix se font entendre dans le tunnel.

— Vite, Arkadi !

Je saisis le galet de lumière.

— Je ne peux pas… geint Arkadi.

J'avise la planche de secours, celle que l'on garde si l'autre casse, je vais la chercher, je le hisse sans ménagement dessus, mon poignet droit en lambeaux, et je dévale la pente. Je cours de nouveau, remorquant Arkadi. Sa main et son crochet s'accrochent tant bien que mal, sa jambe est dans un état épouvantable.

Après un temps infini, je distingue l'escalier et je secoue Arkadi.

— Les hommes de Pamar sont à nos trousses, bouge !

— Même si j'arrive à me lever… reste à atteindre le premier Mur…

— On y va, c'est clair ?

Je soulève ce grand benêt d'Arkadi et passe son bras autour de mon épaule. Il gémit, cerné, couvert de transpiration mais je ne l'écoute pas et je le traîne.

La montée de l'escalier dure une éternité. Marche après marche, je tire Arkadi. Nous arrivons enfin en haut.

— On a une chance. Une. On la prend, d'accord ?

Arkadi hoche la tête. Je range le galet dans ma poche.

— Je ne te lâcherai pas alors cours, sinon, tu me tues aussi.

J'ouvre prudemment le battant de pierre. Il fait noir, le rempart est désert. Nous avançons à tâtons, clopin-clopant, pitoyables, puant la mort. Arkadi saute à cloche-pied plutôt qu'il ne marche, mais il se cramponne à moi.

Nous avons franchi la moitié de la distance. J'ai bon espoir. Je raffermis ma prise autour de son torse maigre, encore un tout petit effort.

Brusquement, des voix éventrent le silence de la nuit et l'air cingle du sifflement d'une flèche.

Les sentinelles du premier Mur nous ont repérés.

— Allez !

— On va crever…

— Tais-toi ! Viens !

Je tire Arkadi, je le pousse, nous y sommes presque. Une flèche se plante avec un bruit mat à côté de mon pied, une autre déchire la terre sans nous atteindre. J'entrevois les contours de la porte dans le premier Mur, c'est notre sortie, notre salut, elle est juste là. Plus que quelques pas. Perchés sur le chemin de ronde, les archers doivent maintenant se pencher au-dessus du parapet pour nous viser, ils vont peut-être nous rater… Je veux y croire ! Mais j'oublie qu'il s'agit de Couteliers. Ils sont liés à leurs arcs, utilisent des flèches imprégnées de Magie.

J'entends le claquement de la corde qui lâche. Le chuintement de l'air. Et avec un son glaireux, une flèche se fiche dans la plaie d'Arkadi. Il pousse un cri étranglé et s'effondre.

À la porte du deuxième Mur, nos poursuivants drapés dans leurs capes noires font irruption du tunnel. Ils lèvent leurs galets pour nous localiser. Les sentinelles les voient et ne discernent en eux que des intrus surgissant du Mur pour pénétrer dans la Cité des Six. Elles les criblent de flèches. Les hommes de Pamar se fâchent, apostrophent, répliquent.

Je profite de cette diversion pour prendre Arkadi sous les aisselles.

— Bouge ta grosse carcasse, Arkadi !

— Je ne suis pas gros…

Il pourrait grogner, il préfère échapper à la souffrance en faisant de l'humour, mon Arkadi… Il roule à plat ventre, se met à ramper. Et s'évanouit. La pluie de flèches continue à tomber dru. Je le soulève et le juche sur mon dos. Heureusement que j'ai déterré des cadavres toute seule, les corps lourds, ça me connaît. Courbée sous le poids d'Arkadi, je franchis les derniers mètres qui me séparent de la porte et m'y engouffre. Il y a un cadenas, de l'autre côté. Je le verrouille, les mains tremblantes. Arkadi gît sur le sol, inconscient. Les archers ont vu où je me réfugiais. Ils vont descendre, nous traquer. Tôt ou tard, ils trouveront l'entrée. Je n'ai que peu de répit.

Qu'est-ce que je vais faire ?

9. Le retour

1

— Diho ! Diho ! Réveille-toi !

Sous ses fourrures, le marchand ronfle comme un sonneur. Alors que je le secoue une fois de plus, il se tend soudain et, d'un geste vif, vient loger contre ma gorge la dague dissimulée sous son oreiller. Je ne bouge pas, je ne respire plus, je reste ainsi suspendue pendant un temps qui me paraît infini. Puis Diho prend enfin conscience de la situation et se ressaisit.

— Érine ? lâche-t-il, éberlué.

Il s'écarte, baisse sa lame, et me découvre dans toute ma splendeur.

— Qu'est-ce qui… Sang de kork, mais d'où viens-tu ?

Diho dort toujours au même endroit, à la limite du secteur orkla et du troisième Clan. Il se pelotonne à l'intérieur d'une superbe tente tissée dans un fil que je n'ai jamais identifié. La paroi en est fine, légère comme un cheveu, et increvable. Un jour, il m'a mise au défi de la déchirer. J'ai eu beau m'escrimer, impossible d'en abîmer le moindre brin. Aujourd'hui, j'ai réussi à la découper. Diho regarde, hébété, le tissu déchiqueté. Je ne lui laisse pas le temps de se fâcher.

— J'ai besoin de toi, Diho ! fais-je d'une voix pressante.

Pas besoin de me forcer, je dois avoir l'air aux abois.

— Ta charrette, la petite… tu me la prêtes ?

— Tu me la rapporteras ?

— Dans la journée ! promets-je.

— Prends-la.

— Est-ce que tu peux m'aid…

— Tu te débrouilles, m'interrompt Diho. Si tu te fais prendre, je dirai que tu me l'as volée.

— Merci… je souffle, reconnaissante malgré tout.

J'attrape sa petite charrette, je prends la place du kork qui la tracte d'habitude, et je m'échine à éviter les ornières, contournant les tas de sable et les déchets. Quelques rues plus loin, je me glisse dans l'husta qui mène au passage traversant le premier Mur. Les pupilles dilatées par les ténèbres, je plonge dans la cave, vérifie qu'Arkadi est toujours en vie. Il respire. Avec difficulté mais il respire. Je pose son ventre contre mon dos et j'entame l'ascension de l'escalier. Dehors, je le renverse dans la charrette sans prendre le temps d'essuyer mon front dégoulinant et me remets à courir.

Je slalome entre les monceaux de pierres, au milieu des hustas en décomposition rafistolées avec les moyens du bord. Je manque de rouler sur un cadavre vieux d'environ deux semaines, négligé par les Couteliers. Je l'esquive. La charrette m'écartèle les épaules, étire mes bras. Je meurs de soif, mes lèvres sont craquelées… Il y a de l'eau sur le toit, je vais pouvoir me désaltérer. Je redouble d'efforts. Arkadi geint doucement, ballotté par mon allure inégale.

Je m'apprête à passer le coin de notre rue quand je me ravise. Mieux vaut être prudente. J'abandonne la charrette avec précaution, me plaque contre le mur d'une husta voisine, passe la tête... et mon sang reflue brutalement de mes membres.

Mon intuition était juste.

Des hommes en noir sont en faction devant notre husta.

Leurs capes sombres se découpent sur les murs blêmes, que les dernières étoiles éclairent. Ils pestent et s'agitent, visiblement agacés de ne pas m'avoir encore récupérée. Dans la charrette, Arkadi, toujours inconscient, se remet à râler. Je lui colle ma main sur la bouche pour le forcer à se taire. Pourvu qu'il se calme ! Lorsqu'il cesse enfin d'émettre sa plainte étouffée, je le lâche et me risque à observer la rue de nouveau, ma respiration oppressée bourdonnant à mes oreilles.

Barssi est là, en pagne. Il fait de grands gestes et montre une direction, celle d'où je viens, la rue où je suis. Ce bâtard me livre. Il ne sait pas où je vais travailler mais il connaît la direction, il m'a vue partir un nombre incalculable de fois. Une bouffée de haine me prend, j'ai envie de lui arracher son index tendu de sale mouchard, de lui faire payer sa trahison. Mais je suis impuissante.

Les hommes en noir se consultent, s'impatientent. Je recule, j'empoigne la charrette et je cours sur la pointe des pieds, le plus vite possible, je bifurque, fais des circonvolutions au petit bonheur pour les semer, continue jusqu'à me perdre... Je m'arrête.

Quand le jour se lèvera, c'est-à-dire bientôt, on me verra avec mon mourant. Les langues se délieront et il suffira d'un affamé pour me vendre.

Je ne peux plus rentrer chez moi.

Je suis seule.

J'ai besoin d'aide.

Je reste indécise, avec l'envie de frapper les murs à m'en écorcher les poings.

Tout ça pour ça ?

Je regarde Arkadi. Il est livide. Des bestioles volètent autour de sa plaie béante. Je ne peux pas le laisser crever, je n'en ai pas le droit.

Il est bête, obsédé, mais je l'aime.

Alors j'inspire un grand coup et je me décide.

Advienne que pourra.

2

Plus j'avance, plus mon estomac déjà éprouvé se tord et se révulse. À quelques pas de la fin de la zone orkla, la nausée me prend, j'ai une suée, je salive, je me mets à trembler et je vomis contre une palissade branlante.

Un homme qui marche dans la rue m'observe. Je m'essuie la bouche d'un coup de manche et poursuis ma route, pas vraiment soulagée.

Comme dans un rêve, je passe dans le Clan des Dresseurs.

Dans le jour naissant, mes jambes me soutiennent à peine. La charrette avance silencieusement dans le paysage flou et je me demande si elle est enchantée... N'importe quoi, je divague, mon esprit m'entraîne sur des chemins de traverse, m'incite à ne pas affronter la réalité, le présent, le lieu vers lequel je me dirige inexorablement. Cependant, c'est vrai, la charrette ne grince pas, même sur les pavés propres des ruelles. J'ai joué toute mon enfance sur ces pierres bleues, je les ai quittées il y a quatre ans et je les retrouve intactes. Je les regarde mieux. Non, elles sont identiques et néanmoins différentes...

Mes narines se remplissent de l'odeur des animaux et des étables aux senteurs âcres. Je reconnais les maisons de terre dont les fenêtres endormies sont comme des yeux morts, les contours de la mer Intérieure dans laquelle Dresseurs et Sourciers unissent leurs savoirs pour élever les animaux aquatiques.

Je m'enfonce dans le Clan. Les korks paissent dans les prés verts qui ondoient, les volières sur les toits sont assoupies. Je laisse derrière moi une des célèbres fermes à romotes. Ces petits vers dodus produisent la soie utilisée pour fabriquer notre monnaie. Ils font leurs nids avec, on la recueille et elle est ensuite tissée par les Façonniers. L'étoffe fabriquée est très rare et présente la particularité de ne pas brûler. Ces fermes sont protégées par de hauts murs et il s'en dégage des effluves sucrés caractéristiques, que je n'avais pas sentis depuis quatre ans...

Quand je dépasse les maisons de mes anciens « camarades », une volée de souvenirs me submerge. Je les chasse, je ne veux pas être nostalgique, je n'ai pas voulu de cette vie, je ne veux pas la regretter.

J'accélère, je suffoque. Je suis écrasée par un sentiment d'exultation aussi inattendu que déplacé : la joie d'être de retour. J'en ai la tête qui tourne. Un kork lève son gros museau et nous observe d'un œil mou, moi et ma charrette. Je cours à petits pas épuisés, mes jambes pèsent chacune le poids de mille seyeks. Je bifurque à gauche entre deux vastes enclos de korks, nos korks, ceux de mes parents, les plus beaux.

J'y suis.

L'husta est là, trapue, chaleureuse, avec ses murs ocre troués d'alcôves pour accueillir animaux rampants ou volants, ses poutres brunes apparentes qui émergent des murs et offrent autant de perchoirs, ses haies foisonnantes, bruissant de vie. Sur son toit hululent et caquettent toutes sortes de bêtes : les trisses au pelage noir qui chantent joliment le matin, avec leurs doigts ventouses, les hitotes curieux, les musens et leurs plumes écarlates si réputées, en cage, libres, perdues dans la végétation luxuriante entretenue avec l'aide des Planteurs. À gauche, un haut et large treillis de bois abrite une nuée d'arlares qui sifflent avant de se rouler dans leurs membranes pour s'endormir, à l'abri de l'ombre formée par les nichoirs. Elles vont et viennent, liées à l'husta par la Magie.

Les fenêtres du cinquième étage, celui de mes parents, sont allumées. Au premier, la fenêtre de la cuisine de Jinn brille également. Sa mère doit être aux fourneaux. Je me demande s'il s'est installé avec Sana, la fille du Conseiller, ou s'il habite encore ici, s'il se réveille avec la même tête emmêlée, dans sa chambre aux murs rehaussés de soleils que nous avions peints ensemble.

Une singulière émotion me gagne.

Je me sens… chez moi. Comment est-ce possible ?

Je ne m'arrête pas. Je ne prends pas la peine de poser la charrette, je pousse le portail d'un grand coup de hanche qui fait résonner le bois et la barrière avec.

Dans l'embrasure de la porte principale, un galet de lumière à la main pour éclairer mon chemin, mon père me contemple.

Son visage est un masque indéchiffrable. Cette vision me stoppe net dans ma course effrénée.

Je l'observe. Il a vieilli en quatre ans. Des rides se sont creusées autour de ses yeux, de sa bouche, courant des ailes de son nez jusqu'à son menton. Ses cheveux grisonnent. Il est si jeune, pourtant ! Il ne dit rien, immobile. Puis il s'avance, prend délicatement Arkadi dans ses bras et s'en retourne chez nous, laissant la porte ouverte, invitation muette et limpide à lui emboîter le pas.

Je me suis trompée.

Mon père est là. Il n'a jamais cessé de m'aimer, malgré sa colère le jour de la Fête des Échanges, il y a quatre ans, une éternité, une vie. Comment ai-je pu renoncer à cela ?

3

Ma mère ouvre la porte de l'appartement et aussitôt, l'odeur de notre maison envahit mes narines : le feu de bois, la terre, la soupe, les herbes. Elle fait signe à mon père de l'accompagner dans leur chambre et je m'apprête à les suivre quand je remarque la silhouette assise à table. Le bras suspendu en l'air, elle enfourne dans sa bouche un morceau de pain trempé dans du lait de kork.

Palo.

J'ai failli ne pas la reconnaître. Évidemment, elle a grandi, elle a sept ans ! Je retrouve ses yeux en amande ourlés de longs cils, aussi noirs que les miens au point qu'on n'en distingue pas les pupilles, son menton pointu, ses fossettes. En revanche, ses cheveux de bébé, soyeux et vaporeux, ont disparu. Désormais, elle arbore fièrement la magnifique tignasse brune et bouclée de ma mère. Moi, je fais mon maximum pour porter beau les cheveux fins et châtain clair de mon père… J'esquisse un pas vers elle et je lis de la crainte dans ses yeux. Je me rends compte que je la regarde durement. Qu'est-ce qui m'arrive ? Si je suis franche, au fond, je suis jalouse. Oui, j'éprouve de la jalousie envers elle qui a vécu ces quatre années au chaud, bien nourrie, à l'abri de notre husta, de notre Clan, avec mes parents aux petits soins pour elle seule. Quelle sorte de monstre suis-je donc pour concevoir des sentiments aussi grotesques ? Je suis stupide et injuste. Palo est petite, elle n'a rien à voir dans mon départ dont je suis l'unique responsable. Elle est innocente. Elle est née quand j'avais quatorze ans et ne me reconnaît pas. Un univers nous sépare. Elle ne comprendra jamais ma souffrance.

Je suis perdue dans ces pensées sans queue ni tête quand ma mère revient. Comme si on l'avait délivrée d'un sort d'immobilité, Palo se décide enfin à mâcher sa bouchée.

Mes jambes se dérobent sous moi mais je ne m'effondre pas, cette fois. Ma mère est là, qui me rattrape à temps.

— Elle a faim, assène Palo qui se lève de son tabouret et m'apporte une de ses tartines.

Sa voix aussi s'est transformée.

— Et elle est sale, ajoute-t-elle, une mimique dégoûtée retroussant son petit nez.

Mon père passe derrière nous.

— Je vais ranger la charrette dans l'étable et voir Botor…

— Sois prudent avec elle, répond ma mère. Elle est douée mais a la langue trop pendue. Dis-lui que je me suis ouvert le pied et que la plaie cicatrise mal.

Botor est une voisine qui concocte des cataplasmes pour les korks. Elle n'est évidemment pas Guérisseuse mais fait montre d'un certain talent dans la confection de mixtures et de potions. Peut-être pourra-t-elle aider Arkadi. Je l'espère.

Mon père hoche la tête, sort, puis se ravise, fait demi-tour, se penche vers moi à tel point que je distingue les irrégularités de sa peau bistre, et sans crier gare, ouvre les bras pour me serrer à m'en étouffer. Quelque chose casse en moi, une digue se fend, se rompt et à mon tour, je l'agrippe, je l'attrape, ce père auquel je ne croyais plus. Dans cette étreinte, je renoue tout à coup avec mes racines, ma vie d'avant. Je suis de nouveau sa fille, sa toute petite fille qu'il consolait quand elle avait du chagrin, qui comptait sur lui comme sur un roc, l'île sur laquelle la peur n'avait aucune prise parce qu'il en défendait les rivages avec la férocité dont seul un père est capable. L'espace d'un instant, je m'y oublie, je me libère. Mon père m'aime, je l'avais occulté.

Quand il se détache de moi, les battements de mon cœur ressurgissent dans mon poignet broyé, mes lèvres boursouflées me font mal, la dure réalité reprend corps. Mais une fraction de seconde, j'ai touché l'infini qui s'étend devant nous lorsque nous sommes enfant, cette éternité que la vie se charge de dévorer et qui finit par ne plus être qu'un monde étroit dans lequel nous nous débattons jusqu'à la mort.

— Tu ne trouves pas qu'elle sent mauvais ? assène Palo, boudeuse.

— C'est vrai mais je m'en fiche, dit mon père en riant. Et il s'en va.

Je croque dans la tartine dont le fromage crémeux me réchauffe. Chaque bouffée que j'inspire est chargée de souvenirs. La table devant laquelle ma mère me place est la même que lorsque j'étais petite. Tout a changé. Rien n'a changé.

— Va t'habiller, Palo, dit ma mère.

Ma sœur – j'ai une sœur, sang de kork, je l'avais presque oublié – se lève avec docilité et pousse une des portes qui longent la salle à manger. Mon ancienne chambre. Ma mère a suivi mon regard.

— Tu es partie, Érine, j'ai fini par me faire à l'idée que tu ne reviendrais jamais.

— Moi aussi…

— Qui est ce garçon ?

Ma mère ne perd jamais de temps. Je lui raconte de façon succincte comment j'ai trouvé Arkadi et ce qu'il représente pour moi. Palo ressort, proprette dans sa tunique brodée aux couleurs du Clan des Dresseurs. Cette vision m'écarte automatiquement d'elle, d'eux.

— Palo, tu pourrais monter sur le toit et nourrir les trisses ?

Palo est une petite fille intelligente, aussi opine-t-elle en précisant :

— D'accord mais après, vous me raconterez de quoi vous avez parlé.

— Promis !

Elle disparaît sans rechigner.

Je ne sais pas jusqu'à quel point je peux me confier à ma mère. Peut-elle concevoir que sa fille a profané des tombes pendant quatre ans, déterré des cadavres pour les vendre à un inconnu ? Sans parler de la prison, des coups, du fait que j'ai tué des hommes… Comment réagira-t-elle ? Dois-je l'épargner ou lui livrer la vérité crue ? J'en suis là de mes hésitations quand elle m'apostrophe.

— Qu'est-il arrivé à Malcor ?

J'ouvre des yeux ronds qui valent tous les discours.

Malcor ?

D'où vient cette familiarité dans le ton de ma mère, comme si elle le connaissait ? Mon père entre sur ces entrefaites, un petit sac en tissu dans la main.

— Il faut en saupoudrer la plaie… annonce-t-il.

Je me lève mais ma mère m'arrête.

— Je m'en occupe. Le bain est libre ?

— Je crois…

— Mange, Érine, ne t'inquiète pas, je prends soin de ton ami Arkadi. Ensuite, je t'emmène au bain, tu as besoin de te décrasser.

Bizarrement, je suis soulagée de savoir qu'Arkadi est là, tout près, mais que ma mère prend le relais.

Qu'est-ce que c'est que cette histoire avec Malcor ?

— Tu veux une infusion ? me demande mon père de sa voix grave un peu cassée.

— Merci, je veux bien.

Je me fais une autre tartine. Je crève de faim.

4

Un filet de vapeur s'extirpe du bec de la bouilloire en volutes paresseuses. Mon père rompt enfin le silence.

— Tu as des ennuis.

J'acquiesce.

— On va t'aider. Érine... Quoi que tu aies fait, je... enfin, ta mère et moi, on est contents que tu sois là.

Il pose sa main sur mon épaule, une main lourde de travailleur, maladroite, qui en dit beaucoup. La dernière image que j'ai gardée de lui, c'est son visage enragé lors de la Fête. Je réalise aujourd'hui ce que sa colère exprimait : la fureur de me perdre, l'impossibilité d'intervenir alors que j'étais seule, humiliée sur cette estrade, objet de tous les quolibets. Pourtant, à ce moment précis, j'ai cru que mon père avait honte de moi et qu'il souhaitait que je débarrasse le plancher... Ai-je vraiment tout compris de travers ?

Les petits pas de Palo résonnent dans le couloir.

— Ça y est ! dit-elle fièrement. Tout le monde a mangé ! Mais il n'y a plus beaucoup de graines bleues...

— Les Planteurs n'ont pas été très efficaces et il faudra exiger un nouveau cercle plus rapidement que prévu. On verra ça plus tard ! sourit mon père en se levant. Viens avec moi Palo, on va traire les korks.

— J'ai oublié de te dire, la charrette n'est pas à moi. Je l'ai empruntée à un marchand du nom de Diho et j'ai promis de la lui rendre très vite.

— Un problème après l'autre, tempère-t-il. D'abord ton ami, ensuite, la charrette. Allez Palo, il faut que je t'explique quelque chose...

L'escalier de l'husta tremble sous leur cavalcade.

Dès qu'ils sont sortis, ma mère va écouter à la porte, retenant sa respiration.

— Comment va Arkadi ? je demande en la rejoignant dans l'entrée.

— Mal, la plaie est immonde et il est brûlant. J'ai appliqué le remède, j'espère qu'il sera efficace. En attendant, enlève tes chaussures.

Je m'exécute du bout des doigts tant elles sont répugnantes. Ma mère les saisit, les lance dans le feu. Je les regarde flamber et se rabougrir au milieu du brasier qui les digère.

— Suis-moi et ne fais aucun bruit, m'ordonne ma mère à voix basse.

Elle emporte, pliés sur son avant-bras, une serviette et un tas de vêtements propres. Au rez-de-chaussée, ma mère ouvre une petite porte encastrée sous les marches. Elle la referme soigneusement après avoir sorti son galet de lumière.

L'humidité est prégnante ici, mais elle est saine, rien à voir avec l'odeur des caves moisies et renfermées. Nous empruntons encore une volée de marches et débouchons sur l'avant-salle du bain. Sur le sol, une grande mosaïque ronde dessine un kork couronné, entouré de trisses et de musens au plumage chatoyant. Des bancs sont posés en carré, contre les épais murs de pierre.

Car l'husta est en pierre et non en torchis, et l'une des rares à bénéficier de bains particuliers. D'après ma mère, cela prouve que l'husta est très ancienne et abritait sans doute des Descendants aux premiers temps de la Cité. Aujourd'hui, les fils des Patriarches vivent de préférence en bordure du Haut Forum, mais la Magie est intacte et la maison en a conservé les bénéfices. Mes parents sont privilégiés : la majorité des habitants de la Mijaurée utilisent des citernes de fortune et se lavent aux bains du Clan des Sourciers deux ou trois fois par semaine.

Je me déshabille vite. À l'approche de l'eau, mes vêtements m'apparaissent dans toute leur saleté et je ressens un furieux besoin de m'en débarrasser. Je roule mes affaires en boule, détache mon fourreau vide, puisque mon aiguille gît désormais quelque part dans le tunnel, m'en déleste.

Nue, goûtant l'air tiède et moite sur ma peau, je traverse la pièce de la grande mosaïque et j'arrive au bassin. Il est large, carré, éclairé par une farandole de galets qui réfléchissent l'eau en éclats miroitants. La voûte d'ogive suspendue au-dessus donne l'impression de pénétrer dans une grotte. L'eau chaude est amenée par une rigole qui surgit d'un mur et chante une mélopée cristalline en se déversant, tandis qu'un trou dans le fond du bassin la chasse et crée un mouvement perpétuel. L'œuvre du Clan des Sourciers est parfaite.

Une fine vapeur stagne sur la surface et quand j'y pénètre, le clapotis de l'eau se répercute sur la voûte. Mon corps se détend, je m'immerge jusqu'aux épaules, enfonce ma tête sous l'eau et me coupe du monde. Le bassin distord les sons et m'enveloppe. Je suis sereine, libérée de la pesanteur, mon corps flottant à l'abri de cette eau salutaire et magnanime qui m'absout de mon passé. Mes cheveux dénoués me chatouillent la nuque et oscillent comme des algues qui dansent dans le lent roulis de la mer. Juste le temps de gonfler mes poumons d'air et je retourne dans ce havre de paix liquide. Je voudrais y rester des heures.

L'eau est trouble autour de moi : ma crasse se sauve. Qu'elle s'en aille, le plus loin possible !

— Viens, je vais te savonner, me lance ma mère depuis la margelle où elle s'est assise, son pantalon retroussé sur ses mollets bruns.

La tête renversée sur le sol, je la laisse frotter mes cheveux avec son savon qui sent l'herbe coupée et les fleurs fraîches. Ses mains sur mon crâne sont celles de l'enfance effleurée, presque retrouvée. Je me sens bien, je ne veux penser à rien.

— Attention Érine, me secoue doucement ma mère, ne t'endors pas dans l'eau…

J'attrape le savon et termine de me nettoyer, j'insiste sur mes avant-bras, racle sous mes ongles. Je me place au centre du bassin, là où le courant est palpable, et je le laisse emporter les vestiges de ma nuit de cauchemar.

La fatigue finit par me gagner alors je m'extirpe de l'eau bienfaisante, monte les marches qui s'échappent du bassin et m'enroule dans l'immense serviette que me tend ma mère. Au passage, elle observe mon corps amaigri et musculeux, les bleus, les plaies qui s'étalent partout, les cicatrices sur mes jambes, mon poignet ouvert et gonflé. Elle ne dit rien, cependant, et m'entraîne sur un banc en frottant mes omoplates avec des gestes tranquilles.

La cave du bassin est chaude. Je m'allonge sur un banc, et ma mère entreprend de peigner mes cheveux. Je voudrais m'assoupir mais la question qui m'avait brûlé les lèvres me revient à l'esprit.

— Maman…

Ça me fait bizarre de prononcer ce mot.

— Tu connaissais Malcor ?

— Tu dois bien le savoir…

Je me redresse sur les coudes.

— Qu'est-ce que tu racontes, comment je le saurais ?

Elle fronce les sourcils.

— Parce qu'il te l'a dit… Ou du moins, ajoute-t-elle en pâlissant soudain, il aurait dû… Malcor ne t'a jamais parlé de notre rencontre ?

C'est comme si elle venait de me gifler.

— De… de quoi tu parles ? je bafouille, sonnée.

Nous nous regardons un moment en silence, aussi abasourdie l'une que l'autre. Puis d'une voix émue, ma mère me relate l'impensable :

— Je savais que tu ne pouvais pas avoir quitté la Cité après la Fête des Échanges : tu n'avais pas un aka en poche et la traversée du désert coûte une vie. J'ai supposé que le seul endroit où tu te terrais était la zone orkla nord, le plus loin possible de nous.

Erreur, j'étais allée au sud…

— Pendant des semaines, j'ai ratissé les rues de la zone nord, me levant avant l'aurore et fouinant chaque recoin. Je cherchais… partout : derrière les tas de bois, les monceaux d'ordures, sous les tentes miteuses. Quand je trouvais une porte ouverte, je la poussais. Je gardais sur moi ton portrait, une petite esquisse griffonnée par Jinn, assez ressemblante, et je la montrais aux gens, je les questionnais…

Mon ventre devient froid, mon dos se couvre d'une fine pellicule de sueur. Ma mère a passé des semaines à écumer les quartiers orklas et je ne l'ai jamais su. Pire, je ne l'ai jamais supposé.

— J'ai fini par abandonner cette piste, poursuit-elle, je me suis rabattue sur la zone sud. Une partie de moi était sûre que tu n'étais pas morte… mais plus le temps passait, plus l'autre partie doutait. Chaque fois que j'apercevais un corps sur lequel grouillaient des hitotes, je m'arrêtais de respirer, je m'approchais… et j'éprouvais un soulagement indicible en découvrant ces visages putrides qui n'étaient pas le tien. Je n'ai jamais renoncé mais je ne te trouvais pas. Et puis un jour, avec mon portrait désormais chiffonné, je suis tombée sur un homme, brun, carré d'épaules…

— … Malcor, je termine pour elle.

Elle hoche la tête, grave. Le bassin est redevenu immobile mais les galets de lumière continuent à renvoyer leur lueur blafarde sur la surface de l'eau, zébrant parfois d'un scintillement infime le plafond voûté.

— Il m'a retenue par le bras, je me souviens de sa poigne ferme, qu'il a relâchée dès lors que je me suis tournée vers lui. Il m'a expliqué que vous viviez ensemble et que… que tu allais bien, qu'il veillait sur toi.

— Malcor n'a pas menti, il m'a sauvée et protégée.

— Peut-être mais il ne t'a pas tout dit, déplore ma mère. Je voulais que tu rentres, Érine. Ton père et moi avions décidé de tout faire pour lever le bannissement, quitte à déménager et laisser la Cité derrière nous. Quand j'ai évoqué cette idée devant Malcor, il a refusé de me mener à toi. Il a avancé toutes sortes d'arguments et je dois admettre que ses propos étaient cohérents : tu avais tourné la page, tu avais une vie difficile mais tu étais heureuse, tu avais construit, mûri, et… tu ne voulais plus nous voir. Il avait l'air désolé et sincère. Je t'ai imaginée forte, fière d'assumer ta décision et j'ai estimé que si tel était le cas, mieux valait te laisser mener l'existence que tu avais choisie ; peut-être un jour nous reviendrais-tu.

— Mais c'est faux ! je m'insurge. Je n'ai jamais dit que je ne voulais plus vous voir. C'est lui qui m'a conseillé de tourner la page. D'après Malcor, mon Clan n'était plus ma place…

— Ce n'est pas le pire, Érine. Je lui ai demandé de te le dire, ajoute ma mère avec un mélange de compassion et d'horreur. Si quoi que ce soit changeait, je voulais que tu saches que nous serions là pour toi. Il m'a assuré que je pouvais aller en paix, qu'il te répéterait mot pour mot notre conversation, que tu déciderais par toi-même. Et moi, pauvre sotte, je l'ai cru !

Je ne peux pas le croire, je pensais le connaître... Malcor m'a-t-il vraiment trahie ?

— Il ne te l'a jamais dit ?

— Non.

— Et tu es revenue quand même.

Ma mère se penche vers moi, m'étreint et... se met à pleurer. D'abord déstabilisée, je la prends dans mes bras et la sens fragile, tout à coup. Elle est mince, fine, je pourrais la casser, elle qui était autrefois un pilier indéfectible sur lequel je m'appuyais, qui m'a cherchée sans répit dans les zones orklas, enjambant les cadavres pour me retrouver, qui aurait probablement soulevé le monde pour moi et a reculé devant la croyance que je ne voulais plus d'elle. Ma mère hoquette et je l'aime, cette mère que j'ai remisée loin dans mes souvenirs pour grandir, je la serre contre moi pour effacer ses doutes, les miens.

En même temps, ma colère enfle. J'avais foi en Malcor et j'ai eu tort. Il m'a manipulée, il m'a menti. Était-il le plus grand égoïste de l'Entre-Terre, désirant me garder comme un trésor dans un coffre ? Non : sans lui, ma mère aurait retrouvé mon cadavre mutilé dans une venelle. Malcor m'aimait et m'a permis de survivre, il m'a légué sa clef, son histoire, son corps. Alors comment expliquer son attitude ? A-t-il voulu me préserver à sa façon brutale ? Était-il sincère ?

Je ne le saurai jamais.

Ma mère se détache, essuie son nez et me sourit, gênée.

— Tiens, enfile ça, dit-elle en me tendant une culotte, un pantalon et… une tunique.

Je saisis les vêtements, les observe avec attention : la tunique est brodée aux couleurs du Clan des Dresseurs. Je dois faire une drôle de tête car ma mère ajoute :

— Ce sont de simples fils cousus sur un tissu, Érine…

Mais je sais moi, le prix de ces fils chez les orklas et dans la Cité.

Le tissu sent le propre et me fait prendre conscience de la crasse dans laquelle je croupis depuis quatre ans. Je ne peux m'empêcher de soupeser, comparer. Qu'ai-je gagné à partir ? Qu'ai-je appris ? Les questions se bousculent pendant que je m'habille. Ma mère me presse.

— Dépêche-toi, la traite est bientôt finie et pour l'instant, il vaut mieux que personne ne te voie.

Elle exhibe mon tas de vêtements miteux.

— Tu es d'accord pour les mettre au feu ?

Je fais signe que oui, et je me demande ce que je jette en même temps que ces vêtements… Je suis fatiguée, à présent, j'ai envie de dormir. Mais je ne suis pas au bout de mes peines.

5

Quand nous remontons, mon père est assis dans la cuisine et inspecte des outils.

— Où est Palo ? demande ma mère.

— Elle joue dans la cour, enfin, elle « surveille la madame kork »… sourit-il, attendri.

Il se tourne vers moi et m'observe.

— Ah, je te reconnais mieux, maintenant !

Trois coups sonores ébranlent la porte, qui s'ouvre avec fracas sans attendre de réponse. Je me raidis. De grandes enjambées décidées font trembler le sol et amènent... Jinn.

— C'est vrai ! s'exclame-t-il, éberlué.

Ma mère se précipite et vérifie que la porte est fermée.

— Moins fort, Jinn ! s'énerve-t-elle.

Arrêté dans son élan, il s'approche avec précaution, comme s'il avait peur que je me jette sur lui pour le mordre. Et ma première pensée n'est pas : « C'est bien lui que j'ai vu sur le Haut Forum, l'autre fois ! », ni : « Pourvu qu'il n'ameute pas les voisins ! », mais : « Heureusement que je viens de me laver ! » Je pourrais me baffer.

Je reconnais ses yeux gris, son visage doux et volontaire. Avec le sourire franc qui le caractérise, il m'attrape les deux bras, se rapprochant encore.

— C'est toi, Érine, tu es... c'est toi et tu es différente et... C'est fou, je n'en reviens pas !

Je le dévisage, muette, décontenancée par son enthousiasme, et il se sent soudain embarrassé de m'ausculter ainsi. Il toussote et se tourne vers ma mère.

— Je ne voulais pas vous déranger, reprend-il d'une voix posée et polie. C'est juste que... vous ne devriez pas laisser Palo raconter sa vie à la « madame kork », s'amuse-t-il.

Avec un grognement agacé, mon père se lève et descend l'escalier quatre à quatre.

— Tu...

Je ne sais pas ce que je dois lui dire. Il me tend une perche.

— C'est toi, n'est-ce pas, que j'ai vue sur le Haut Forum. Maintenant que tu es là, j'en suis sûr, pourquoi tu t'es enfuie ?

Parce que j'avais assez envie que tu me trouves dans mes guenilles alors que tu étais avec ta fille de Conseiller, imbécile…

— Je ne vois pas de quoi tu parles, je mens, un sourcil haussé.

— Aucune importance, c'est bien de te revoir. Il faut que je te présente Sana, tu vas l'adorer ! s'émerveille-t-il, parangon de naïveté et de « tout le monde s'aime dans cette ville enchanteresse ».

— Je ne suis pas sûre que ce soit une bonne idée, l'interrompt ma mère, froide comme une nuit désertique.

Jinn lève des yeux étonnés vers elle.

— Sana est discrète, Fréelya, en quoi ce serait un problème ?

Sa candeur est touchante, vraiment.

— Alors laisse-moi être plus explicite, Jinn. Ta fiancée est la fille du Conseiller de notre Clan. Érine en a été bannie par son rejet de la Fête des Échanges. Si on sait qu'elle est là, je n'ose imaginer ce qu'on lui fera. Donc je t'interdis d'en parler à quiconque.

Jinn a l'air assommé.

— Oui, bien sûr, tu as raison, je n'y avais pas pensé, c'est juste que…

— C'est juste que c'est comme ça, cingle ma mère. Jinn, je compte sur toi. À présent, si tu veux bien, Érine va se reposer, elle est éreintée.

Au moins, la chose est claire : je suis chez ma mère, et c'est elle qui commande. J'admets qu'en l'occurrence, ça m'arrange. Pour la suite, je ne veux pas me poser de question. Une lassitude terrible m'envahit. Jinn me regarde en train de bâiller, s'excuse avec un sourire penaud et me glisse un :

— Je passe après ?

— Oui, bien sûr, ça me ferait plaisir, je m'entends répondre.

Là, il faut vraiment que je dorme…

Je ne sais combien d'heures se sont écoulées depuis que j'ai sombré, mais lorsque ma mère me tapote gentiment l'épaule, il fait nuit et mon oreiller est trempé de… salive.

— Érine, murmure-t-elle un doigt sur la bouche, pas de bruit, Palo dort…

Je suis dans mon ancienne chambre, sur une natte. Ma sœur est lovée sous d'épaisses couvertures en peau de kork. Dans la cheminée, les braises exhalent une chaleur douillette. Depuis combien de temps n'ai-je pas expérimenté ce mot dans ma chair : douillet ? Ma mère interrompt mon monologue intérieur et m'enjoint à sortir de mon lit de fortune. Alors qu'il y fait si bon ! Je rouspète en me levant. J'ai des courbatures partout, je suis rompue, mon dos me fait mal, mes jambes sont brûlantes et une douleur aiguë me rappelle que j'ai un poignet : il a quintuplé de volume. J'étouffe un juron tandis que tout me revient, la course folle, les qadurs, le sang, la souffrance, Arkadi. Arkadi ! Ma mère referme la porte de la chambre et chuchote.

— Érine, le remède de Botor n'a aucun effet. Ton ami ne va pas bien, il est brûlant de fièvre, déshydraté. Je… Sa plaie est épouvantable.

Je bondis dans leur chambre. Mon père ronfle, exténué par sa journée de travail. Arkadi gît sur une paillasse confortable installée devant la cheminée. Je m'agenouille. Je n'ose pas soulever la couverture posée sur sa cuisse. Son corps est désormais décharné et il émane de lui un parfum pestilentiel, mélange de sang, de maladie, de putréfaction. Ses lèvres blanches sont agitées de spasmes, il grelotte et de la transpiration macule son front.

— Arkadi, réponds-moi… je l'implore.

— Il ne peut pas t'entendre, Érine, il est inconscient, mais il t'a appelée dans son délire.

— Qu'est-ce qu'il a dit ?

— Rien, enfin, un charabia incompréhensible. Il va vraiment mal, tu sais, reprend-elle après un instant, il vaudrait mieux te préparer au pire…

Je me tourne vers elle, médusée.

— Il ne passera pas la nuit, lâche-t-elle en pinçant la bouche.

Comment ai-je pu me baigner, me savonner et dormir pendant qu'Arkadi est en train de mourir ? Mon Arkadi, qui accompagne chacun de mes jours depuis que je l'ai trouvé et m'a offert mon aiguille, le grand dadais que j'ai délivré des griffes du qadur, qui m'a aidée à déterrer des morts et partage mon quotidien avec sa carcasse poussant trop vite, ses boutons rouges, ses cheveux sales et son crochet tordu !

— Il ne peut pas mourir, maman ! Si tu savais ce qu'on a traversé, affronté… Il m'a nourrie, c'est comme mon frère, je ne peux pas le regarder succomber sans rien faire.

Ma mère pose une main désolée sur mon épaule.

— Tu dois lui dire au revoir. J'ai essayé de le retenir, mais je n'y arrive pas.

Qu'est-ce qu'elle raconte ?

Je ne suis pas seulement bouleversée, je suis révoltée. Si Arkadi appartenait à un Clan, on invoquerait l'Entraide, on courrait chercher un Guérisseur et il serait sauvé. Mais la porte de chez mes parents est marquée du symbole du Conclave et le sceau indique qu'ici vivent deux adultes et un enfant. Seuls ses habitants sont en droit de recevoir ce qui est nécessaire à leur survie comme à leur bien-être. Je n'y figure pas, Arkadi encore moins.

Je le revois dans la ruelle sombre avec l'homme qui l'agressait, ses yeux hagards quand il l'a tué, draguant Touma et ses formes girondes, m'offrant un livre comme un gamin avec un sourire si large qu'il lui coupe le visage en deux, me faisant une démonstration de danse pitoyable dans notre hustissa trop petite...

L'hustissa.

Je me relève d'un coup, manquant de renverser ma mère.

— Tu me prêtes tes chaussures ? je la presse.

— Oui mais...

Ma mère va chercher ses chaussures en cuir et je les enfile, fébrile.

— Érine, je t'en conjure, ne fais rien de dangereux, tu n'es pas seule et...

— Je sais, maman, mais je connais quelqu'un qui peut m'aider. Qui m'aidera, je renchéris.

Oui, si j'y arrive à temps, Arkadi sera sauvé. Je dois vite ramener Rada. La vieille va enfin servir à quelque chose. Qu'elle nous espionne, qu'elle manigance ! Aujourd'hui, le rapport de force s'inverse, je vais la contraindre à soigner Arkadi. J'ai tué plusieurs fois et je suis prête à lui faire mal si je suis obligée de l'effrayer. Je ne veux pas qu'Arkadi meure. Elle veut se mêler de mes affaires ? Eh bien elle va s'en mêler.

Ma mère s'affole devant mon air résolu et hargneux.

— Érine, je dois absolument te parler !

Je dépose un baiser sur son front inquiet.

— Je reviens avant le lever du soleil, tu auras le temps de me dire ce que tu veux !

— Promets-le-moi ! souffle-t-elle dans le noir.

Pas le temps de répondre, je dévale les escaliers.

10. La Révélation

1

Je traverse le Clan des Dresseurs au pas de course. Mes courbatures cuisantes diminuent au fur et à mesure que mon corps s'échauffe sous l'effort. Je ne m'arrête que lorsque j'atteins les alentours de notre rue. C'est la nuit, je suis frigorifiée malgré le gilet en peau de kork que ma mère m'a lancé. Le ciel sombre laisse filtrer une lumière bleutée qui auréole chaque tas d'immondices. Parvenue au pied de notre husta, je reprends mon souffle, apaise ma respiration et me faufile à l'intérieur. Pour une fois, l'absence de porte cochère constitue un atout et me facilite la tâche. J'ouvre grand les yeux, les pupilles dilatées par l'obscurité. L'husta entière vibre du sommeil lourd de ses occupants. Un bébé chouine, se rendort. J'avance à tâtons, attaque l'échelle sur la pointe des pieds, m'efforçant de ne pas la faire grincer ; je m'arrête à chaque barreau pour vérifier que je n'ai pas perturbé le calme ambiant.

Au premier étage, j'ausculte le plancher et les trous qui le jonchent. Je contourne la rambarde, saisis la deuxième échelle et poursuis mon ascension avec des gestes lents et mesurés.

Les hommes de Pamar sont-ils encore là ? Ont-ils fouillé et retourné mon hustissa ? Comment Rada va-t-elle réagir ? Elle est âgée, fragile, sans défense, à ma merci… enfin, j'espère.

J'entrebâille la trappe. Le toit est désert. Mon hustissa est sombre, vide. Si on l'a visitée, la porte en est close. Je repose la trappe en douceur, me hisse, bras tendus et reste un instant au sol, accroupie, le souffle suspendu…

Rien.

Alors je m'élance et j'entre sans frapper chez Rada. Je me suis à peine demandé comment la réveiller sans qu'elle se mette à hurler quand sa voix chevrote :

— Qui est là ?

Je bondis, plaque ma main sur sa bouche, sens sa peau molle et sèche de vieille femme. Son corps se tend et se tortille sous la panique, elle se débat en poussant des petits gémissements étouffés mais ma paume les éteint dans sa gorge.

— Rada, c'est Érine ! je murmure.

Elle m'agrippe, me repousse, ses doigts crochus se plantent dans mon avant-bras.

— Rada, ça suffit !

Elle continue de gigoter.

Je suis épuisée. Je dois couper court à la lutte. Je serre les dents.

Et je lui assène un violent coup de poing dans le plexus.

Rada expulse son air dans un râle et se courbe en deux, raidie par la douleur. Je profite de ce répit pour entraver ses poignets. Je m'apprête à la frapper de nouveau quand mes yeux habitués à l'obscurité croisent les siens.

Ils sont un discours à eux seuls, ces yeux. Terreur, incompréhension, vulnérabilité, désarroi... Je devais avoir ce regard-là quand l'homme au gant de fer m'a traînée devant Pamar et m'a battue comme un animal de trait rétif. Maintenant, c'est moi qui suis la plus forte, Rada est chétive, rabougrie. Dois-je pour autant l'anéantir, l'humilier ? Je ressens une immense pitié pour elle.

Lorsqu'elle comprend mon geste suspendu, mon poing qui se détend et s'abaisse, Rada cesse de se débattre avec ses geignements pathétiques, ses pupilles se rétrécissent. Oui, dans la nuit, je distingue jusqu'à ses pupilles. Ai-je seulement réalisé à quel point ma vie de déterreuse m'a modelée ? Si je pouvais entrer dans ces yeux et y creuser comme on creuse une tombe, comprendre ce qu'ils recèlent, je saurais quoi faire, comment me comporter.

— Je vais retirer ma main et tu vas venir avec moi. Si tu cries, je te tue, dis-je en approchant mon visage du sien, si près qu'elle doit sentir mon haleine.

Elle ferme les yeux en signe d'assentiment. Je prends une longue inspiration, puis je décolle ma paume de son visage. Nous ne nous quittons pas du regard.

Ça y est, j'ai retiré ma main.

Rada me fixe. Ne moufte pas.

— Très bien... je soupire, autant pour elle que pour moi. J'ai besoin de toi.

— Je peux savoir pourquoi ?

Je suis vraiment minable, comme kidnappeuse.

— Arkadi est en train de mourir et tu vas le sauver.

Elle se lève et se dirige dans la direction opposée à la porte.

— Reviens ici tout de suite ! je siffle.

— Calme-toi, je prends des herbes, viens donc m'aider au lieu de perdre ton sang-froid.

Rada fait un bruit de feuilles froissées en farfouillant dans des bocaux.

— Je dormais, Érine, était-il nécessaire de me cogner ? lâche-t-elle en enfouissant des ingrédients dans un petit sac.

Je ne réponds pas. Elle a raison. Ce n'était pas nécessaire.

— Désolée… je finis par lâcher du bout des dents.

Quelques minutes plus tard, elle estime avoir empaqueté tout ce dont elle aura besoin, alors je la hisse sur mon dos et nous sortons sur le toit.

Devant nous, il y a Barssi.

— Pose-la ! m'ordonne-t-il de sa voix éraillée par l'âge.

— Sinon quoi ? Tu vas m'empêcher de passer ? je raille, sûre de moi.

Soyons sérieux, c'est un papi.

— Lui peut-être pas, mais moi…

Derrière lui, je n'ai pas vu Touma. Le vieux Barssi éclate de rire.

— Tu t'y attendais pas, hein ? Je ne sais pas ce que tu as fait, mais tu n'as pas idée de ce qu'ils offrent pour te retrouver…

Touma avance d'un pas. Instinctivement, je recule. Ses yeux brillent de convoitise. J'ai l'impression d'être une des boucles d'oreilles qu'elle accroche avant d'aller travailler. Dans sa main, elle brandit un poignard.

— Je croyais que tu n'avais besoin de rien et que tes affaires marchaient bien ! C'est moi, Touma, tu m'as donné des hitotes pour que je ne crève pas de faim !

Elle se rapproche et se place à côté de Barssi.

— Comment une fille aussi naïve peut-elle se fourrer dans un pétrin pareil ? J'ai du mal à comprendre, débite-t-elle. Tu sais ce qu'ils nous ont promis ?

Je secoue la tête, sidérée. Une lueur clignote dans la quatrième hustissa. Tout le monde est en train de se réveiller. Et tout le monde va vouloir m'attraper. Je dois décamper fissa. Les mains de Rada se serrent autour de mes épaules.

— Un Clan… souffle Touma, transfigurée par l'excitation. Un Clan, Érine ! La fin de l'à-côté, l'Initiation, même à notre âge ! Ne plus avoir ni peur ni faim, ne plus endurer la respiration grasse d'un Descendant excité, ses mains dégueulasses, ne plus attendre, ne plus dépendre !

Rada éclate de rire et me perce les oreilles.

— Et tu y crois ? Ah ah ! Ils vont initier le vieux Barssi ! C'est toi qui es naïve, ma pauvre fille, la crédulité faite pute ! Ah ah ah !

Tant de fiel dans une si petite bouche. Je ne comprends plus rien. Elle pourrait s'enfuir, les rejoindre, profiter de leur intervention. Que fait-elle ?

La silhouette de Chiros se découpe sur ma droite. Il crie et la porte des jumeaux s'ouvre à la volée.

— Dépêche-toi sinon l'husta entière va débarquer… susurre Rada à mon oreille. Fonce, je te dis ! glapit-elle alors que Touma s'élance vers nous.

Je me rue sur la trappe. Touma arrive en face, Sootar et Loltar accourent, médusés.

Je me dis que je suis fichue, faite comme un hitote.

Et soudain, je le sens.

Le flux de Magie est puissant, il se rassemble dans mon dos et enfle à une vitesse vertigineuse. Au moment où Touma m'atteint, son joli visage aux dents parfaites déformé par un rictus, le flux se libère avec une intensité dévastatrice. Arrêtée net dans son élan, Touma se cabre et tombe à la renverse.

— Attrapez-la ! hurle Chiros.

— Érine, attends ! crient Sootar et Loltar qui se précipitent à ma poursuite.

Je lance ma paume dans le menton de Barssi, saute dans la trappe et dévale au galop l'échelle, faisant frémir la charpente de l'husta dans ma course folle.

— Mais rattrape-la ! braille Loltar à son frère qui nous file le train.

Je contourne l'étage, j'atteins la deuxième échelle ; Sootar est là ! Je plonge dans l'échelle, glissant sur ses côtés, je ne suis pas en bas que Sootar se jette à ma suite.

Sans prévenir, Rada s'accroche à un barreau, le tire de toutes ses forces, arrache l'échelle et Sootar s'étale par terre dans un bruit de bois brisé.

Je ne m'arrête pas. À peine entends-je Loltar furieux qui crache à son frère un étrange :

— Sang de kork, elle va nous tuer !

Je voudrais demander à Rada des explications sur ce qui vient de se produire, pourquoi elle est venue de son plein gré mais je me tais, je garde mes forces et je n'interromps ma respiration oppressée que pour coasser un :

— Ne serre pas mon cou, tu m'étrangles !

Son étreinte se desserre aussitôt et je m'enfuis, aiguillonnée par la peur que nous soyons poursuivies. Mais il n'y a rien ni personne derrière nous.

2

Arkadi est au bord, tout au bord de sa vie. Un pas et il bascule.

Je suis éreintée mais je trottine inexorablement vers lui, Rada rivée comme un parasite sur mon dos. Au moment où je passe dans le Clan des Dresseurs, le soleil n'a pas commencé à éclaircir le ciel. Je reviens avant l'aurore. Allez Arkadi, il faut que tu tiennes…

Mes parents ne me posent aucune question. Ma mère conduit Rada à leur chambre pendant que mon père s'éclipse pour se recoucher dans celle de Palo. Devant les braises incandescentes de la cheminée, Arkadi est allongé, exsangue. Je tends l'oreille. Il respire, il n'est pas encore mort. Il ressemble vraiment à un cadavre, pourtant. Rada l'inspecte… et j'ai un haut-le-cœur lorsqu'elle soulève la couverture. La puanteur est intenable, la plaie béante suinte, elle est rouge, noire, jaune, des fluides gras et épais s'en écoulent, se répandant sur les poils, la peau marbrée. On dirait un animal tapi, une chose horrible qui a entaillé les tissus et installé son nid, une bête vorace qui ronge Arkadi de l'intérieur.

Rada me fait signe et je lui apporte le sac avec les ingrédients pendant que ma mère lui tend un bol, un pilon. Avec des gestes minutieux, Rada commence son travail. Elle choisit une feuille, effrite une écorce, dilue une poudre dans un crachat, ajoute, touille, bat et fouette jusqu'à obtenir une mixture noirâtre. Lorsqu'elle paraît satisfaite du résultat, elle s'accroupit, soutenue par ma mère, et verse le liquide directement sur la plaie, le faisant couler comme une sauce sur un ragoût.

Ensuite, elle se lève et se campe droit, les bras tendus au-dessus d'Arkadi. Mon corps picote aussitôt et je sens de nouveau ce flux éblouissant qui monte du sol. Yeux clos, Rada se met à scander des mots, la vague de Magie afflue, puissance étourdissante qui me parcourt comme un ressac… et à ma grande surprise, ma mère s'avance à son tour. Elle s'installe en face de Rada et mime sa posture à l'identique, les paumes de mains au-dessus d'Arkadi, dans une symétrie parfaite. Rada tressaille mais ne s'interrompt pas. Et le flot enfle.

La Magie jaillit dans toute sa splendeur, immensité dévastatrice canalisée par les deux femmes. Elle baigne leur corps, le mien, s'étend, s'enracine, sature la pièce, pousse les murs, virevolte, s'éparpille, se rassemble et se jette sur Arkadi avec une force telle que les fourmillements s'intensifient jusqu'à me faire mal.

Je n'ai jamais vu ma mère faire ça. D'habitude, la Magie se convoque dans des cercles lors de cérémonies, au bénéfice du seul Clan, de la communauté. Les Initiés se doivent d'être nombreux et unissent leurs appels pour que la Magie obéisse.

Ici, elle est docile, elle s'engouffre dans nos êtres fragiles et les fait rayonner, exploser. Oui, alors que ma mère et la vieille Rada se tiennent fières, bras tendus au-dessus de mon cher Arkadi, la Magie s'insinue, sublime, se déploie, s'élargit. L'air se constelle d'une multitude de petits points bleus et lumineux qui se mettent à danser, ronde étrange, tourbillon irréel. Fascinée, j'observe ma mère et Rada enveloppées dans cette auréole ondoyante de clarté. Et plus je les regarde, plus j'ai envie de m'approcher de ce halo chatoyant, de le toucher, de m'y immerger, de m'y fondre. Une énergie invisible me pousse et j'avance, je rejoins ma mère parce que c'est la seule chose à faire.

Ma mère sent ma présence, me prend la main et m'oblige à la tendre, comme la sienne, devant moi. Je l'imite, mon autre bras suit. Je ferme les yeux et je me concentre, entourée, cernée, plongée subitement dans cette nuée d'éclats bleutés minuscules qui s'enroulent et rebondissent les uns sur les autres en un chaos magnifique et enivrant. Ma tête tourne, je souris, les picotements disparaissent ou plutôt, n'en sont plus. Soudain, je suis happée et je sens la Magie, pure, se déverser en moi, m'avaler. Elle envahit mon corps comme si on y précipitait un torrent fougueux, impétueux, et ce flux continu déferle, me traverse de bas en haut, presque « solide », palpable, aspiré par mes pieds, relâché dans mes mains. C'est bouleversant, étourdissant et je dois serrer les dents pour rester debout tant la sensation est violente.

Seule Rada marmonne, ce sont ses mots, son verbe qui asservissent la Magie, mais ma mère et moi amplifions sa puissance, la démultiplions jusqu'à la rendre visible, ostensible…

Comment est-ce possible ?

3

Un bruit sourd me distrait, le flux crachote, ma mère lâche ma main, je vacille. Seule Rada reste immobile.

Hagard, mon père fait irruption dans la chambre.

— Il y a des hommes en noir dans la cour ! Une dizaine !

Ma mère, désormais lucide, enjambe prestement Arkadi, étendu sur le sol, inconscient. Je lui emboîte le pas et referme la porte de la chambre sans bruit.

— Emmène Palo chez Jinn, vite ! dit-elle à mon père.

Il s'engouffre dans la chambre, en ressort aussitôt avec Palo ensommeillée dans les bras. Je l'entends dévaler les escaliers en murmurant des « chut, chut » à ma petite sœur affolée...

Des voix éclatent dans l'husta. Le martèlement des bottes crève le silence du petit matin et bientôt, on tambourine à la porte. Ma mère me regarde. Mais nous n'avons pas les moyens de lutter, ça ne sert à rien. Autant ouvrir sans rechigner. Elle n'a pas fait un pas, cependant, que la porte vole en éclats. Deux hommes en noir se ruent sur nous, emportés par leur élan. L'un d'eux m'attrape sans ménagement par le col et me balance face contre le mur. Ma mère essaie de s'interposer avec un cri mais l'autre lui assène un coup de coude dans le nez qui l'envoie valser sur la table où elle s'effondre. Je tire pour me dégager, courir vers elle, mais l'homme me retient.

— Arrêtez ! hurle Rada qui vient d'entrer dans la pièce.

Un homme en noir la saisit par la chemise et, d'un brusque mouvement du bras, l'amène à ma hauteur. Le tissu craque, dévoilant un pan de la poitrine flétrie de Rada qui observe la scène, les yeux exorbités.

Les hommes s'écartent.

Et pendant que ma mère pantelante gémit en reprenant conscience, le nez ensanglanté, le Conseiller Pamar s'avance, hautain, ses yeux bleus perçants examinant chaque recoin de la maison. Rada se fige.

Je sais que je n'ai aucune chance face au Conseiller, alors je fais la seule chose plausible, je me jette à ses genoux.

— Pardon, je vous prie de m'excuser, j'ai eu peur, je ne comprends pas, je ne connais pas votre fille, je...

Son genou dans mon menton fait claquer ma mâchoire avec un son mat.

— Comment as-tu osé ? Où est ma fille ? Tu t'es enfuie dans le tunnel, tu as signé ton crime et je suis sûr que tu sais où elle est ! Si tu lui as fait quelque chose, ça va aller très mal !

— Sortez d'ici, vous n'êtes pas Couteliers, vous n'avez aucun droit ! le somme ma mère qui se tient à la table le plus dignement possible.

Mais elle n'aurait pas dû. Pamar esquisse un geste du doigt. Je sais ce qui va advenir et je refuse que ma mère soit frappée à cause de moi. La rage me prend, je me débats, un homme en noir lève la main sur elle... et mon père surgit de l'escalier.

Échevelé, il aperçoit ma mère, saisit en un éclair une lame pendue au mur, bouscule les intrus et rugissant de fureur, se rue sur son assaillant. Brusquement, c'est un déluge de poings, de grognements, de bras levés, de coups sourds lancés à l'aveuglette.

Rada se terre dans un coin, épouvantée, ma mère recroquevillée se protège le visage de ses avant-bras, mon père plante sa lame dans l'épaule d'un homme sombre, ma mère éclaboussée par le sang qui gicle hurle, se pousse, une nuée d'hommes comme des bêtes en chasse s'abattent sur mon père.

L'un d'eux lui enfonce son coutelas dans le ventre et appuie, appuie, appuie.

Mon père s'écroule.

Ses mains écarlates se crispent, essaient de retenir son abdomen. Ma mère le voit, se démène, écarte les hommes, se fraie un passage jusqu'à mon père, se jette sur lui et le serre convulsivement dans ses bras, une expression égarée sur la figure. Elle n'y croit pas, comme moi, c'est impossible, c'est allé trop vite, mon père ne peut pas être là, poignardé, agonisant.

— Emmenez la déterreuse ! ordonne Pamar.

Je n'arrive pas à me tourner vers lui.

Je suis hypnotisée par le spectacle de mon père baignant dans son sang, mon père qui s'est interposé pour protéger sa femme et qui contemple maintenant d'un air absent son ventre se répandant au sol. Son esprit est déjà confus. Pourquoi personne ne fait rien ? Les sanglots et la colère m'étouffent. Mon père est en train de mourir ! Pourquoi Rada n'envoie-t-elle pas son flux pour les chasser, les annihiler, les faire souffrir ? C'est tout ce qu'ils méritent !

— La mère aussi !

Des hommes me soulèvent, agrippent ma mère qui se débat. Des glapissements s'élèvent, encore.

À genoux, mon père vacille. Ses jambes se dérobent sous lui. Il a le regard vitreux, mais il est toujours là. Que quelqu'un lui vienne en aide, le ranime !

— Ça suffit ! crie alors Rada à côté de moi. Ça suffit, père, arrêtez, c'est monstrueux !

...Père ?

Le silence est ponctué par les râles d'agonie de mon père et les sanglots de ma mère qui murmure son prénom. L'homme qui me tient, décontenancé, desserre la main qui broie mon bras et j'en profite pour me dégager, je rampe jusqu'à mon père.

Trop tard.

Il a les yeux vides. Inhabités.

Il est mort.

Par ma faute.

Les voix derrière moi semblent émaner d'un cauchemar.

— Na… Naria ? hésite Pamar.

— Père, quelle folie allez-vous encore commettre ?

Mon corps se met à picoter une fois de plus, signe de Magie, et au travers de mes larmes, la tête tournant comme si j'étais saoule, j'assiste à un spectacle monstrueux : Rada grimace, s'agrandit, se défripe, son corps craque, claque, se disloque pour s'agencer autrement, ses cheveux poussent, ses pommettes remontent, ses oreilles reculent, ses mains se détendent, son dos se remet d'aplomb… et en quelques instants, à la place de Rada, il y a Naria. Je reconnais son visage oblong aux pommettes hautes et aux joues rebondies de fille bien nourrie, sa longue chevelure noire et bouclée, ses yeux bleus vifs, et je comprends pourquoi ils me paraissaient familiers, ces yeux qui ressemblent tellement à ceux de son père, le Conseiller Pamar.

Je suis sonnée. Rada est devenue Naria. Naria était Rada.

Pamar, lui, s'élance et l'embrasse avec fougue.

Il me dégoûte avec sa figure enchantée, ruisselant d'amour et de vénération. On dirait un fou mais sa folie n'est plus teintée de cruauté, elle se nourrit d'une tendresse répugnante, il s'accroche à Naria, un sourire extatique sur les lèvres, comme si rien ne s'était passé avant, comme s'il ne venait pas d'assassiner un père. Il a brisé une famille, il a essayé de me tuer parce que je ne lui avais pas révélé où se terrait sa chère progéniture et il est là, rayonnant. J'ai envie de lui faire du mal, lui qui méprise la vie avec autant de dédain et qui se vautre dans une étreinte passionnée avec sa fille…

Sa fille qui le gifle sans semonce, le regard empli seulement de haine et d'écœurement.

Le masque de Pamar se fissure. D'abord interloqué, il devient dur comme une lame de faux. Il recule et se détourne.

— EMMENEZ-LES, J'AI DIT !

Les hommes nous saisissent, ma mère et moi, nous traînent. Ma mère ne veut pas quitter mon père, elle se cramponne à lui, alors ils la tirent par le col, les manches, manquent de l'étrangler, et elle lâche.

Pourvu qu'ils ne cherchent pas Arkadi. Ni Palo. Je tremble à l'idée que la situation pourrait être pire.

Je vais franchir la porte quand j'ai une idée fulgurante. Je freine, je résiste à l'homme encapuchonné :

— Il l'a tué, Naria, j'étais avec lui dans le cachot, je l'ai vu partir ! Ton père a tué Lorte !

Le soldat me flanque un coup d'avant-bras sur la nuque et je chancelle, dégringolant les marches de l'escalier dans lequel il me fait basculer.

11. L'atelier

1

Je n'ose pas ouvrir les yeux, j'ai peur de découvrir où je suis. Il fait jour car la lumière nimbe mes paupières closes de rouge. Je tâtonne. Je gis sur un matelas, étendue sur le flanc. Je renifle. L'odeur est normale, pas putréfiée. À peine ai-je esquissé un mouvement que ma mère se précipite, collant son visage au mien.

— Érine ! murmure-t-elle.

Je me redresse. Ma mère est pâle, creusée, les yeux cernés et bouffis.

Je me souviens de la mort de mon père.

Ma mère m'attrape, me ramène vers elle et me serre dans ses bras.

— Pourvu que Palo aille bien, pourvu qu'elle soit en vie… chuchote-t-elle. Ma toute petite…

Elle s'écarte, relève une mèche de ses cheveux et inspire profondément.

— Palo est en vie. Si ce n'était pas le cas, je le saurais. Elle a le sang…

— Le sang ? je répète, perdue.

Oh ! je le vois, le sang, celui de mon père, sur son ventre, ses mains, dans ses yeux mourants puis éteints.

J'inspecte la pièce dans laquelle nous sommes. Elle est sommaire : deux lits en bois, un pot de chambre, une fenêtre encastrée haut dans un épais mur de pierres blanches. Les mêmes pierres que là où j'avais rencontré Pamar.

— Tu sais où on est ?

— Chez le Conseiller Pamar, dit ma mère. Pourquoi crois-tu qu'ils nous ont emmenées ? C'est anormal, et interdit, qui plus est !

Elle a raison, quel besoin avaient-ils de nous enlever ? Pamar a récupéré Naria, que veut-il de plus ?

Je me remémore Naria… qui était Rada. Je frémis.

— Tu as vu comment elle s'est transformée ? Je l'ai eue sous mon nez pendant des jours et je n'aurais jamais imaginé une chose pareille ! Je ne savais même pas que c'était possible !

— Naria fait preuve d'une maîtrise insensée de la Magie pour son âge, admet ma mère. Non seulement ce genre de métamorphose est extrêmement difficile à mettre en œuvre, mais je pensais que plus personne n'en était capable, qu'il s'agissait d'un savoir disparu. Quelqu'un lui a appris des choses qu'elle n'aurait pas dû savoir.

Une fois de plus, j'ai interprété la situation de travers. Si Rada était aussi inquisitrice, à fouiner pour débusquer la moindre information sur mon compte, ce n'était pas pour m'espionner ou me livrer en pâture à Pamar. C'est parce qu'elle était perdue en territoire inconnu, avide de contacts et d'alliés. Et le soir de la veillée, lorsqu'elle a apporté la potion pour la fille de Solite, je l'ai jugée manipulatrice et exhibitionniste, mais je faisais de nouveau fausse route. Sa gaucherie découlait de son âge : Rada, dix-sept ans, s'efforçait de trouver un biais pour intégrer notre husta, collectivité close et étrangère. Rada, ridée comme un fruit trop cuit, présentait seulement les défauts de la jeunesse : spontanéité, maladresse. Une ingénuité insoupçonnable dans un corps de vieille femme…

— Je ne comprends pas, s'agace ma mère, me tirant de ma méditation. Ces hommes en noir n'étaient pas des Couteliers. Qu'est-ce que l'influent Conseiller Pamar a à voir avec toi ?

— C'est tellement embrouillé… Je ne sais pas par quel bout commencer, je bafouille.

— Dis-moi tout, Érine, me supplie-t-elle. Et ne crains rien. Je ne suis pas née d'hier. Je me doute que tu as fait des choses peu recommandables ou avilissantes pendant ces quatre années. C'est le lot de ceux qui survivent.

Alors je m'évertue à lui dépeindre mon cheminement dès l'instant où je suis sortie de la Fête des Échanges. Comment j'ai erré et rencontré Malcor, ce qu'il m'a appris. J'ai vécu en déterrant des cadavres. La disparition de Malcor il y a quelques mois, ce qu'il m'a légué. L'hustissa. Arkadi. Le jour où tout a basculé avec l'absence de L'Ombre, la geôle infâme, les paroles mystérieuses de L'Ombre, la torture, les morts suspects. Les baumes. Pamar qui me commande toujours plus de cadavres et recherche sa fille. Rada dont je me méfie et qui est en réalité Naria. Notre course folle dans le tunnel, notre combat contre les qadurs. J'évoque aussi les hommes en noir, les habitants des hustissas. Je parle vite, avec un débit saccadé, à voix basse. J'ai honte de révéler ces horreurs. Je me sens sale sous le regard de ma mère, mais elle ne bronche pas, elle encaisse, sans mot dire.

Quand je me tais enfin, elle se masse le front du bout des doigts.

— Tout est forcément lié… marmonne-t-elle.

— Qu'est-ce qui est lié ?

— Le baume, la disparition de ce Lorte qui connaissait Naria, sa fuite à elle, le fait qu'elle soit venue soigner Arkadi sans résister, les cadavres implosés…

Je pense à Arkadi étendu sur sa paillasse dans la chambre de mes parents. Il n'a pas réagi pendant les horribles événements, il n'a pas bougé. Est-il mort, lui aussi ?

Un froid glacé me saisit et me donne soudain envie d'emplir mes poumons d'air car je vais étouffer. Mais j'ai beau inspirer, la sensation demeure, j'ai l'impression de me noyer.

Et puis je comprends.

Pour la deuxième fois, je suis orpheline. J'ai perdu mes parents après la Fête des Échanges, c'en était fini, je ne devais plus jamais les revoir. Je suis restée quatre ans avec en tête l'image d'un père distant et détaché. J'ai renoncé à ma famille et j'ai avancé. J'ai mis le temps mais j'ai effectué mon travail de deuil, ou en tout cas, je croyais l'avoir fait. Mon retour prouve que j'ai échoué. L'espoir était là, niché quelque part, il m'a poussée à retourner auprès d'eux, mue par le souhait enfantin que mes parents seraient là pour moi.

Désormais, j'ai perdu mon père pour toujours.

Un déclic dans la serrure nous fait sursauter. Un homme en noir nous fait signe de le suivre. J'avise la hache plantée dans sa ceinture. Inutile de faire la maligne.

2

Les couloirs, éclairés par de gros galets de lumière, sont agrémentés de fauteuils et de tables garnies de fleurs uniques ; sur le sol, de lourds tapis assourdissent nos pas. Nous sommes dans le Clan des Guérisseurs, comme le confirment les blasons ornementant certaines pierres en relief – un homme droit, robuste et fier, tient un scion dans sa main droite, un alambic dans l'autre. L'homme en noir se dirige vers une porte en bois rouge surmontée d'une voussure sculptée. Les deux gardes qui la surveillent s'écartent pour nous laisser passer.

L'endroit dans lequel nous pénétrons est un donjon. La salle ronde est immense – on pourrait y faire entrer une centaine d'hommes – et n'a pas de plafond. Ses murs montent jusqu'à une énorme vitre que transperce la lumière du jour, à la place du toit. Au rez-de-chaussée, des tables épousent la forme circulaire du mur en pierre nue, des consoles sont chargées de terre, d'outils, de bocaux, de vases, d'ustensiles de jardinage, de récipients en terre cuite, fuselés, larges, carrés ou ventripotents. La touffeur et l'humidité sont écrasantes.

En face de nous, un escalier raide grimpe jusqu'à une coursive qui se déroule le long de la paroi. Elle se déploie en large spirale jusqu'au sommet du donjon et des pots sont accrochés sur toute sa longueur. La verdure y pousse, déferlement de feuilles larges, oblongues, dentelées. La rampe est flanquée d'une quantité invraisemblable de plantes, de jardinières touffues ou clairsemées, certaines tournées vers le puits de lumière, d'autres abritées par des auvents de tissu pour bloquer la lumière directe. Tout là-haut, des gerbes de fleurs bigarrées passent par-dessus bord et s'élancent dans le vide, retenues par leurs tiges minces.

C'est vertigineux.

Ma mère me tire par la manche et sur notre droite, j'aperçois enfin une table rectangulaire à moitié dissimulée par des meubles jonchés de livres, de fioles, de cahiers ouverts et griffonnés.

Naria, blême, est en train d'y prendre son petit déjeuner en compagnie de son père.

— Venez, venez ! lance ce dernier.

Naria marmonne :

— Qu'est-ce qu'elles font là ?

— J'ai pensé que tu serais heureuse d'avoir de la compagnie. Allons, approchez, pas de simagrées ! nous appelle Pamar.

Ma mère m'empoigne brusquement et je redoute qu'elle se rue sur lui, le morde ou l'étrangle. Elle le dévisage comme un animal venimeux et ses mâchoires se contractent en faisant saillir les muscles sous ses oreilles. Mais nous nous arrêtons de l'autre côté de la table.

On ne s'approche pas d'une bête enragée.

Naria, elle, n'a pas levé le nez de son assiette.

— Prenez place, je vous dois bien ça... s'excuse Pamar.

Ma mère me pousse dans une chaise. Je remarque que les quatre gardes en noir sont postés à chaque angle. Cependant, c'est surtout la table elle-même que je lorgne, chargée de soupes, de viandes... et de fruits uniques. Le festin, que je croyais réservé à la Fête des Échanges, trône sur la table de Pamar qui s'en gave, le jus d'un gros seyek dégoulinant sur son menton. Malgré l'atmosphère malsaine, je salive. Pamar s'essuie, pique son couteau dans un pain moelleux et me le tend en levant un sourcil.

Je le prends et ma mère m'imite. Je dois manger alors je mâche et j'avale ma bouchée en dépit du goût de sable qui encrasse mon palais.

— Vous avez pu vous reposer ? Les dernières heures ont été… pénibles, vous m'en voyez sincèrement désolé.

Naria se résout à plonger ses yeux dans les miens. Je n'y lis que de la peur.

— J'espère que le petit déjeuner vous revigorera, il est délicieux. Qu'en penses-tu, ma chérie ? demande Pamar en se tournant vers elle.

— Oui, très bon, souffle-t-elle.

Sa main tremble.

— Tu vois que je sais me montrer généreux.

Naria ne répond pas.

— N'est-ce pas ? insiste-t-il.

— Oui.

J'ai lu le mot sur ses lèvres, je ne l'ai pas entendu.

— Tes amies ont été bien traitées, et le resteront, cela ne dépend que de toi…

Silence.

— Alors tu vas faire ce que je t'ai demandé ? termine Pamar.

Naria redresse la tête d'un coup.

— Non !

— Tu vas recommencer, s'il te plaît, et cette fois, pas de bêtise, parce que les premières sur lesquelles on les testera, ce sera elles !

Tester quoi ?

— Je ne veux plus, sanglote Naria.

— Tu n'as pas le choix, ma petite fille. Et moi non plus.

— S'il vous plaît, père !

— Naria, je t'en prie, ne m'oblige pas à en venir à de pareilles extrémités !

— Je vous ai dit que je ne le ferai plus… renifle-t-elle.

— Naria…

Pamar soupire et se tourne vers ses hommes. L'un d'eux me soulève de ma chaise, la fait valdinguer à grand fracas, un autre attrape ma mère. Naria est pétrifiée tandis que ma mère essaie d'échapper à l'homme qui la retient par la nuque. Les hommes en noir nous traînent, nous obligent à contourner la table et nous arrêtent à quelques pas de Naria.

L'un d'eux part chercher quelque chose et se retourne.

Dans sa main, il tient un tisonnier.

Un tisonnier chauffé à blanc.

Je ne parviens pas à me contrôler, je me mets à grelotter, mes bras et mes jambes agités de soubresauts. Mon gardien serre mon bras à le briser. Je me débats, la panique m'ordonne de fuir, vite, de déguerpir à toutes jambes ! Ma mère se contorsionne, alors le soldat glisse la lame d'une dague sous sa gorge. Elle cesse de bouger, une veine de son cou gonflée par l'angoisse.

L'homme au tisonnier s'arrête entre ma mère et moi, si près que je peux sentir la chaleur du métal qui rougeoie.

— Non, père, je vous en supplie !

Naria claque des dents, le visage déformé par la terreur autant que la pitié.

Moi aussi.

— Ma chérie, j'aimerais ne pas le faire, tout dépend de toi. Que décides-tu, Naria ?

— S'il vous plaît, père…

— Moi ! implore ma mère. MOI !

— Naria ?

— Je ne veux pas, je ne peux pas…

Pamar ferme les yeux.

Et les rouvre en se tournant vers moi.

Le bourreau attrape mon poignet gonflé, celui broyé par le qadur, resserre sa prise. Mes os craquent. Avec la rage du désespoir, j'appuie mes pieds sur le sol, je tends les jambes, je bande mes muscles, je veux m'éloigner, m'écarter, m'échapper ! Le soldat ne bronche pas.

L'homme se rapproche.

Je serre les poings, mes ongles pénètrent ma paume.

— Non !

Je tire, je pousse, ma mère rugit. Son cri retentit dans le donjon pendant que l'homme remonte ma manche, met mon avant-bras à nu.

— S'il vous plaît, non !

Je pleure, je supplie. Un liquide coule entre mes jambes.

La chaleur est insupportable avant même que le métal ne me touche.

Je n'existe plus.

Le monde a disparu.

Je ne suis que douleur. Je suis une souffrance sans nom, je me dissous dans cette souffrance, je suis annihilée. Ma peau grésille. Je hurle. Je hurle pour essayer de faire diminuer cette abomination qui me réduit à n'être plus qu'une boule de chair carbonisée dont l'odeur est à vomir.

Je me rends compte qu'il a enlevé le tisonnier.

— Je vais le faire, père, je vais le faire, arrêtez ! glapit Naria.

La suite a lieu dans une sorte de brouillard vaseux. L'homme en noir me laisse tomber, celui qui tenait ma mère la lâche aussi. Tous deux ont dû croire qu'elle allait se précipiter sur moi, m'empêcher de m'écrouler par terre, me prendre dans ses bras et me souffler que chut, c'est fini.

Elle n'en fait rien.

Ma mère saute vers la table, saisit un couteau, attrape Naria par les cheveux, l'attire dans ses bras, et avant que Pamar ou quiconque ait pu intervenir, enfonce la lame de quelques millimètres dans la gorge de Naria.

Ma mère si douce et si… normale est au bord de tuer quelqu'un. Car je vois dans son regard farouche qu'elle est prête à tout, oui, s'il le faut, elle ira jusqu'au bout. Je n'en crois pas mes yeux.

Naria couine mais ma mère ne lui prête aucune attention. Hors d'elle, elle recule et vient se placer près de moi.

Un des hommes en noir fait mine de s'approcher et aussitôt ma mère appuie. Du sang coule et Naria émet un gémissement étouffé.

Silence de mort.

Je me redresse et me hisse debout, essayant d'occulter l'atroce douleur qui rayonne dans mon bras. Je m'accroche à la table. Naria s'y agrippe aussi, d'une main dont les jointures ont blanchi.

Pamar dévisage ma mère. Il va nous laisser passer, j'en ai l'intime conviction. Mais au lieu de ça, il se cale dans sa chaise et la toise.

— Vous ne ferez rien, vous n'en aurez pas le cran.

Comment ose-t-il encore l'humilier, l'accuser de faiblesse ?

Il ne me laisse pas le choix.

Je m'empare d'un couteau et le plante d'un coup sec dans la main de Naria. Elle pousse un cri bref, Pamar se lève d'un bond mais ma mère l'arrête, déchaînée :

— Recule ! Tout de suite !

Le Conseiller a perdu de sa superbe.

— Dis-leur de s'écarter !

— Papa… murmure Naria, sonnée.

Ma mère enfonce un peu plus le couteau dans son cou. Moi, je retire le mien. Cette fois, Naria hurle.

Chacune son tour.

— Reculez ! ordonne Pamar.

— Sur la passerelle ! dit ma mère. Toi aussi !

L'homme au tisonnier laisse tomber son instrument sur le sol dans un claquement métallique. Pamar contourne la table et rejoint ses acolytes. On entend le chuintement des capes noires sur les dalles du sol, les petites respirations saccadées de Naria.

Elle me regarde, suppliante. Mon avant-bras continue à battre.

— Allez ! s'impatiente ma mère.

J'avance, mon couteau à la main.

— Dépêche-toi, Érine !

Sans quitter Pamar des yeux, je me traîne, collée à ma mère qui a placé Naria devant elle comme un bouclier, au cas où l'un des hommes aurait l'idée folle de… de lancer une hache, par exemple.

J'ouvre la porte. Nous sortons. Je la referme.

— Et maintenant ? je lâche, abasourdie par la scène qui vient de se produire.

— Par ici ! chuchote alors Naria.

Ma mère n'hésite pas une seconde et la suit, tenant toujours Naria d'une main ferme. Je leur emboîte le pas, avec mon avant-bras mort et pourtant si douloureusement vivant.

Naria nous conduit vite dans sa chambre, grande comme vingt fois mon hustissa. Dans le couloir, les hommes accourent et quelqu'un secoue la porte. Ma mère entreprend de pousser une lourde armoire devant.

— Naria, je n'avais pas le choix, je ne te veux aucun mal, dit-elle.

Naria est en train de s'affairer et enfourne des plantes séchées dans un petit sac.

— Je sais.

Les coups sur la porte sont réguliers, le bois grince. Il faudrait quand même que je m'excuse. Je commence à intégrer qu'il n'y a rien de pire qu'un non-dit.

— Naria, à propos de ta main, j'ai réagi d'instinct, il fallait faire vite et je n'ai pas réfléchi, c'était le seul moyen de le faire céder…

— J'aurais dû accepter tout de suite, je ne pensais pas qu'il irait jusqu'à… J'ai de quoi nous soigner toutes les deux, poursuit-elle calmement.

— Érine, arrête de bavasser et viens m'aider ! me presse ma mère. C'était idiot de nous amener ici, ajoute-t-elle, acerbe, on est coincées.

Naria secoue la tête.

— Laissez l'armoire tranquille…

Elle se dirige vers un bas-relief, une sculpture de femme versant de l'eau. Je ne vois pas où elle appuie, mais les jambes de la femme pivotent dans un crissement et livrent passage à un tunnel bas de plafond. On peut y tenir à quatre pattes.

— C'était la chambre de ma mère, avant. Visiblement, elle avait des secrets…

La porte se fendille, les gonds gémissent.

Ma mère et Naria s'engouffrent dans le boyau et je me précipite à leur suite, le bras recroquevillé contre ma poitrine.

La porte de la chambre craque, vole en éclats. Mais le bas-relief est déjà en place.

12. Naria

1

L'étroite galerie baigne dans un noir opaque. Je rampe, me raclant le coude sur le sol rugueux, incapable de prendre appui sur mon poignet meurtri.

— Où mène ce tunnel ? demande ma mère à voix basse.

— Je ne sais pas, avoue Naria, je n'ai jamais osé l'emprunter jusqu'au bout. Il n'y a que Lorte qui venait par ici.

Ils avaient donc une relation, ils étaient amoureux. Cette histoire sans queue ni tête m'excède. Je voudrais la gifler, m'amputer le bras, faire quelque chose. Tout m'est insupportable.

— Ça doit bien déboucher quelque part, grommelle ma mère.

Nous continuons notre périple, les pupilles dilatées dans ces ténèbres absolues. Je me repère au son que font ma mère et Naria devant, le chuintement de leur corps contre les pierres. Le sol s'infléchit au détour d'un angle et nous descendons, nous laissant glisser sur le ventre.

Je finis par me heurter aux chevilles de ma mère qui s'est relevée. Elle me tend la main. Le plafond est suffisamment haut pour tenir debout mais nous ne discernons toujours rien.

— Ça va Érine, tu tiens le coup ? chuchote ma mère.

— Oui…

— Allons-y, alors.

Naria ouvre la marche. J'entends ses paumes frôler les parois lisses. Je tends ma main valide pour repérer les éventuels obstacles. Et puis des cris nous signalent qu'un des hommes a trouvé les jambes du bas-relief.

— Vite ! nous exhorte ma mère dont les pas précipités m'indiquent qu'elle s'est mise à trottiner.

C'est une sensation étrange que de courir dans l'obscurité la plus complète, dépourvue de repères, les yeux écarquillés sans rien déceler. J'en suis là de mes réflexions quand le sol s'incline. Nous grimpons une pente raide.

— Oh ! s'exclame brusquement Naria, il n'y a rien, c'est un cul-de-sac !

Mais elle a parlé trop tard, je n'ai pas le temps de m'arrêter, je fonce dans ma mère qui la bouscule… et un « bong ! » creux nous prévient que si, il y a quelque chose.

— C'est quoi ?

— Aucune idée, répond Naria.

— Cherche au ras du sol ! je m'impatiente.

Elle tâte, tape. J'entends le raclement d'un battant de porte sur le sol et nous pénétrons dans une cavité où une faible lueur nous éclaire. Nos respirations saccadées ne réussissent pas à couvrir le brouhaha étrange qui nous entoure : bruit de rue, de roues qui grincent, de cris, d'apostrophes joyeuses.

— La halle ! On est sous la grande halle ! je m'écrie.

Les voix des hommes se rapprochent.

— Ne perdons pas de temps !

Nous poussons une autre porte et débouchons sur une cave basse de plafond dans laquelle sont stockés des tonneaux de diverses tailles et des bouteilles.

— Un entrepôt de marchand ! Et c'est de l'alcool… On doit être sous le côté gauche, près de la rue.

— Ils arrivent ! s'affole Naria.

J'avise la trappe au plafond. Ma mère saisit ma tunique et en déchire les broderies d'un coup sec, fait pareil avec la sienne. Naria comprend et l'imite.

Voilà, nous sommes des orklas, désormais.

Dans la zone orkla nord.

Pendant que j'ouvre la trappe, Naria avale une petite boule marronnasse, convoque la Magie et change de visage. Elle se tasse, se ride.

Nous nous extirpons de la cave et ignorons le marchand qui nous dévisage, éberlué.

— Qu'est-ce que… bégaie-t-il.

— Suivez-moi, ordonne ma mère, dépêchez-vous !

Elle soutient Rada, enfin, Naria, comme si c'était sa vieille mère. Dans ce corps de grand-mère ratatinée se cache une jeune fille de dix-sept ans… N'étaient les circonstances, ça en serait presque drôle. Nous quittons l'étal sous l'œil médusé du vendeur de spiritueux et nous fondons dans la foule.

2

C'est le matin. Je prends d'instinct mes repères grâce au vol endormi des dernières arlares et à l'affluence grandissante. Pourvu que Diho ne soit pas là ! À priori, il a dû quitter la Cité, maintenant. Sans sa charrette… La masse de badauds nous protège. Pourtant, je me retourne sans cesse et, à chaque instant, je m'attends à voir survenir des hommes en noir ou des Couteliers. Mais nous traversons la halle sans incident.

Lorsque nous atteignons la limite de la zone orkla, ma mère nous entraîne sans un mot dans le Clan des Façonniers. Elle a clairement pris la tête de notre trio. C'est étrange, car depuis la mort de Malcor, personne n'a jamais décidé pour moi. Bien sûr, il s'agit de ma mère et non d'une étrangère. Et puis, elle nous a sauvées. Chez Pamar, j'étais dans un état second et je ne sais pas si j'aurais pu réagir, seule. Mais peut-être que si. Or je ne l'ai pas fait. Pourquoi ? En retournant chez mes parents, j'ai régressé, m'abandonnant à leur bienveillance, me laissant dorloter et cajoler comme une petite fille. Oui, c'est exactement ce que j'ai fait, et c'est probablement le genre de comportement que redoutait Malcor : que je m'amollisse, que j'oublie, que je fuie la réalité. Je regarde ma mère à la dérobée, qui soutient toujours Rada-Naria. Ses mâchoires se contractent sans discontinuer, dénotant son intense concentration. Au fond, il y a autre chose qui me dérange : en faisant preuve de brutalité autant que de courage, ma mère s'est dévoilée sous un jour que je ne soupçonnais pas. Est-ce parce que je garde d'elle une image tronquée, portrait déformé d'un visage maternel empreint seulement de dévouement et de bienveillance ?

Ou bien n'ai-je jamais pris le temps de connaître ma mère ? Un peu des deux, peut-être…

Où nous emmène-t-elle de cet air résolu ?

Il règne dans le Clan des Façonniers un bruit omniprésent et confus de machines, de labeur, de mains qui travaillent, cousent, découpent. Le glissement des métiers à tisser emplit l'air, le souffle des forges gronde, le cliquetis des ciseaux tintinnabule. La musique des Façonniers ronronne dans un bourdon ininterrompu. Ici, les rues sont plus étroites qu'ailleurs, dominées par de massives hustas grises dont le rez-de-chaussée s'ouvre sur des ateliers où l'on s'affaire, tête baissée, appliqué. L'atmosphère est chargée de relents de teinture, des copeaux et de la poussière du bois sculpté, du métal chaud, des vernis.

Des gouttelettes de transpiration perlent sur le front de Naria. Je la revois avec son père, tremblant de peur, courant se réfugier dans sa chambre. Et ce passage chargé de souvenirs dans lequel elle n'a jamais mis les pieds… Elle me fait de la peine.

Ma mère s'engage dans une ruelle et toque à une porte basse peinte en vert. Il me semble attendre une éternité avant que le battant s'entrouvre. Une petite ombre s'efface pour nous laisser entrer et je soupire en entendant le « clac » sécurisant de la clenche qui s'abaisse derrière nous.

3

Notre hôtesse est si vieille qu'à côté, Rada-Naria a les traits d'une jeune première : son crâne dégarni est semé de rares cheveux blancs, ses seins flasques tombent sur son ventre, ses yeux noisette sont délavés et son nez est piqué de trous profonds. Quant aux os de ses mains, ils saillent d'une drôle de façon, les phalanges difformes. À mon grand étonnement, ma mère, qui fait deux têtes de plus qu'elle, lui tombe dans les bras.

— Ma très chère Fréelya, marmonne la vieille et sa voix est plus claire que je ne l'aurais imaginé, je suis désolée…

— Je vous présente Mrone, annonce ma mère en relevant une mèche de ses cheveux. Cette amie de longue date a survécu aux redoutables épidémies qui ont frappé la Cité !

« L'amie de longue date » me fait tiquer. Est-ce une formule de politesse propre aux Façonniers ?

— Enchantée, répond Mrone en s'inclinant. Vous êtes la relève !

— La relève de quoi ? demande Naria avec sa bouche flétrie qui est une illusion.

— On a du boulot… lâche Mrone en se retournant.

Et elle s'enfonce dans la maison. L'endroit est sombre, avec des tentures rouges aux murs, une épaisse fumée stagne dans l'air. La sensation d'étouffement est pénible. Naria marche à petits pas et entame sa transformation tandis que nous franchissons le vestibule exigu. La voir fondre et se réajuster constitue une expérience assez déstabilisante et j'ai besoin d'une grande maîtrise pour ne pas arborer une moue de dégoût. Je me demande si ça fait mal.

— Ça va ? risque-t-elle en désignant mon bras mutilé.

— Et toi ? je réponds en montrant sa main.

— Oui…

La maison de Mrone est une bicoque biscornue d'aspect minable enserrée entre deux hustas imposantes. Tout y est à taille réduite. Je pensais que nous nous arrêterions dans le petit salon encombré de pelotes de laine et de papiers dans un désordre épouvantable, mais Mrone nous fait traverser la cuisine. Au passage, ma mère y chipe un biscuit sans demander la permission. Ce geste en apparence anodin m'en apprend plus que de longs discours : elle se sent ici comme chez elle. « L'amie de longue date » est donc authentique, ce qui m'intrigue au plus haut point, puisque je n'avais jamais entendu parler de Mrone.

Nous pénétrons dans un cagibi bourré d'ustensiles, balais, fagots, caisses abîmées d'où surgissent des bouteilles vides. Un galet de lumière en fin de vie pulse lamentablement dans un coin.

— Ça fait un moment que je ne suis pas venue traîner ici, s'excuse la vieille femme.

Elle écarte d'un coup de pied fatigué les objets qui encombrent le chemin et j'évite de justesse un seau qui roule dans un bruit de ferraille. Sans prêter attention au raffut qu'elle provoque, Mrone avance jusqu'au mur du fond. Un panneau de bois y est enchâssé et elle le fait basculer en actionnant un mécanisme dissimulé dans la sculpture du panneau. Derrière, une volée de marches mène à une cave en pierre. Je dois me baisser pour entrer. En son centre trônent une grande table ovale et des chaises. Au mur, des étagères croulent sous les livres.

Tout est enseveli sous une couche de poussière et je perçois une odeur curieuse. Une odeur de… Magie. C'est la première fois qu'une idée pareille me vient à l'esprit. Comment la Magie pourrait-elle sentir ? Pourtant, c'est une évidence. Ma mère remarque ma figure interloquée.

— Qu'est-ce qui se passe, Érine ?

Je me laisse tomber sur une chaise. Que quelqu'un me coupe le bras…

— Rien, c'est juste qu'il y a une drôle d'odeur… je bafouille.

Ma mère esquisse un sourire las.

— Ça me fait plaisir que tu le remarques ! Mrone, enchaîne-t-elle, j'ai un service à te demander, le plus grand que tu m'aies jamais rendu.

4

Mrone nous quitte d'un pas résolu. Elle a promis d'aller chercher Palo et de la ramener ici. Ma mère doit avoir une foi prodigieuse en la vieille pour lui confier ce qu'elle a de plus précieux. La relation qu'elles entretiennent ne cesse de m'étonner.

Assise à deux chaises de moi, son sac posé sur la table, Naria est en train de confectionner un emplâtre. Ma mère pile les ingrédients qu'elle lui désigne et les touille avec soin. J'observe la main de Naria dans laquelle on voit, au milieu de la chair gonflée et déjà bleue, le trou croûteux laissé par le couteau.

Je me perds en pensée dans les récents événements... et j'aboutis à un point crucial que nous n'avons pas encore abordé.

— Et Arkadi ? Est-ce que ton père l'a emmené, lui aussi ?

— Non, nous avons quitté l'husta avec les derniers hommes, peu après vous.

— Ça ne signifie pas qu'il a survécu, je maugrée.

— Bien sûr qu'il a survécu ! s'exclame Naria, offensée. Je l'ai guéri. D'ailleurs, se reprend-elle, nous l'avons guéri, toutes les trois !

Elle nous examine comme si elle nous voyait pour la première fois.

— Qui êtes-vous ?

— Désolée, je crois que tu inverses un peu les rôles ! je me hérisse. La question est plutôt : qui es-tu ? Pourquoi ton père réclame-t-il des cadavres, qu'est-ce qu'il en fait ? Et quel est le rapport avec les baumes ? C'est en voyant les morts causés par ces baumes que ton père est devenu fou. Il m'a parlé de toi, il était persuadé que nous étions de mèche, d'une façon ou d'une autre. Donc tu es mêlée à cette histoire, c'est forcé ! Tu sais pourquoi ces baumes tuent, à quoi ils servent ?

Naria me dévisage, mutique. Je m'apprête à poursuivre ma diatribe quand ma mère fait glisser le récipient contenant les plantes écrasées en direction de Naria. Cette dernière se penche dessus, les renifle, en prélève un petit tas et l'étale du bout des doigts sur sa main. Elle ne desserre pas les mâchoires.

— Enfin Naria, tu n'as pas le droit de te taire ! Les cadavres étaient difformes, ils avaient implosé, la peau crevée... Je sais que l'origine de ces horreurs, c'est le baume. Qu'est-ce que ton père fabrique avec, qu'est-ce qu'il veut ?

Naria continue de s'enduire.

Je coule un regard vers ma mère qui se mordille l'intérieur de la bouche comme pour mieux réfléchir. Elle esquisse un imperceptible « non » de la tête. Je lis entre les lignes : « Laisse-la tranquille, chaque chose en son temps. » Mais avons-nous le temps ? Combien de morts le baume va-t-il encore faire ? Combien d'heures avons-nous avant que Pamar nous retrouve ?

Satisfaite de son cataplasme, Naria se lève et se dirige vers moi. Elle s'assoit dans la chaise à ma gauche et entreprend d'enduire de pâte verdâtre mon poignet fracassé et ma brûlure. J'ai envie de la frapper. Sa scène de la fille éplorée qui refuse de parler m'exaspère au plus haut point.

— Ces baumes ne sont pas anodins, intervient ma mère. Si tu connais leur provenance, leurs effets, leur fonctionnement, tu dois nous le dire et nous permettre d'empêcher qu'ils se répandent dans la Cité.

Comme une gamine butée, Naria fait semblant de ne pas avoir entendu. Le silence est pesant. Je me demande ce qu'elle ferait si je lui remettais un coup de couteau. J'avoue que ça me démange.

Naria pose sa main trouée à côté de la mienne, tend son autre main au-dessus et la Magie répond aussitôt à son appel. Les picotements déferlent et la pâte « travaille », comme si, au contact du flux, elle s'enfonçait, s'immisçait dans chaque pore de ma peau, pénétrait la plaie, les os brisés. Ça chauffe, ça refroidit. L'activité de mon corps, que je ne commande pas, est intense. Lui aussi obéit à la Magie, se répare sous son injonction, par son intermédiaire. Mon poignet dégonfle, la brûlure s'estompe, la peau noire devient rose. La Magie fait son œuvre.

Naria enlève enfin sa main. On dirait une poupée au bord d'être désarticulée : un souffle d'air et elle tombe en morceaux.

— Désolée, marmotte-t-elle, je suis trop fatiguée, je n'arrive pas à faire mieux. On recommencera tout à l'heure.

— Comment tu fais une chose pareille ?

— Naria, est-ce que tu te souviens de ta mère ? intervient la mienne sans lui laisser le loisir de me répondre.

La question désarçonne la jeune fille.

— Bien sûr, elle est morte quand j'avais dix ans.

— Est-ce qu'elle t'a déjà parlé des Enfants-Sortilèges ?

Naria fronce les sourcils, sonde sa mémoire, fouille à la recherche de ce mot vide de sens. Moi aussi. Aussi loin que je me souvienne, je n'ai jamais entendu parler d'« Enfants-Sortilèges », même dans les contes traditionnels de la Cité.

— Ça ne me dit rien.

Ma mère se racle la gorge.

— Sais-tu d'où vient ton affinité avec la Magie ?

Naria secoue la tête.

— Ce que je vais te révéler, ta mère aurait dû te le dire le jour où tu serais tombée enceinte. Je regrette du fond du cœur de devoir le faire à sa place, et maintenant.

— Me… me révéler quoi ? bafouille Naria.

— Car la vérité meurt et ce n'est pas permis, poursuit ma mère sur sa lancée. Et cette vérité vous concerne toutes les deux.

— Quelle vérité ? j'interroge à mon tour, hallucinée par la tournure de la conversation.

— Et dire que je te révèle le Secret dans de telles conditions, ma chérie… chuchote ma mère avec une grimace amère. Érine, je vais bouleverser un peu plus ton univers, mais je n'ai pas le choix. Je n'en aurai peut-être plus l'occasion.

— Quelle vérité ? j'insiste.

— Tu es une Kashusha, une Enfant-Sortilège.

13. Enfant-Sortilège

1

— Vous connaissez l'histoire de la Cité des Six, n'est-ce pas ? répète ma mère, patiente.

Tous les enfants apprennent la comptine qui retrace les origines de notre Cité, alors je sors de mon état de choc, je hoche la tête et la récite. Naria bouge les lèvres en même temps que moi :

« En des temps lointains, du plus profond de l'Entre-Terre, six Clans foulèrent le sol vierge du Désert.

« Le premier, le Clan des Planteurs, avait le don de féconder la terre.

« Le deuxième, le Clan des Sourciers, commandait à l'eau.

« Le troisième, le Clan des Dresseurs, savait charmer les animaux.

« Le quatrième, le Clan des Façonniers, pouvait à sa guise modeler pierre et métal.

« Le cinquième, le Clan des Couteliers, excellait dans l'art de manier la lame.

« Le sixième, le Clan des Guérisseurs, connaissait les secrets des plantes et confectionnait des remèdes contre tous les maux.

« Les Six s'installèrent sur une colline désolée.

« Ainsi naquit la Cité des Six. »

— Eh bien c'est faux, conclut ma mère.

Je reste coite, attendant la suite avec appréhension. J'ai peur que ma mère soit devenue folle.

— La version officielle a été inventée par les Patriarches. La réalité est tout autre. La Cité des Six a été bâtie sur un mensonge et un carnage dont elle ne pourra jamais être lavée.

À côté de moi, Naria se raidit. Nous ne pipons mot.

— Il y a bien longtemps, un groupe de nomades errait dans l'Entre-Terre, une tribu constituée de gaillards aguerris au combat, de bergers, de cueilleurs, de femmes et d'enfants. Ils décidaient de planter leurs tentes en peau de bête en fonction du terrain, du gibier, des points d'eau et des rencontres, laissaient paître leur bétail et s'installaient pour une durée indéterminée. Ils vidaient les alentours, repartaient. C'était un peuple fruste, brutal et illettré. À sa tête, une poignée d'hommes punissaient et régnaient en maîtres.

« Un jour, ils entreprirent la traversée d'un désert ocre, aride et sans fin. Ils s'y abîmèrent de longues semaines et s'y perdirent. Alors qu'ils étaient épuisés et décimés, ils arrivèrent en vue d'une minuscule cité. Élevée sur une colline, cernée par un épais mur d'enceinte, elle comptait peu de gens, tous grands, minces, la peau brune. Un éclaireur fut envoyé. Il rapporta que les familles qui vivaient là étaient fantasques. Elles faisaient voler des objets, soignaient les blessures avec des onguents étranges, disaient des incantations pour éclaircir l'eau et teindre leurs tissus.

« D'abord effrayée, la troupe famélique s'approcha. Des habitants de la cité descendirent à leur rencontre et prirent soin d'eux. Ils pansèrent leurs blessures, étanchèrent leur soif avec l'eau pure et abondante de leur source, leur offrirent des vêtements doux et confortables. Leurs animaux étaient resplendissants de santé, les enfants riaient et jouaient, épanouis. Les nomades eurent du dégoût pour eux-mêmes, si maigres et fragiles. La jalousie s'ancra en eux.

« Choyés, ils reprirent des forces. Ils s'aventurèrent dans la cité dont les portes restaient ouvertes, le mur protégeant seulement des bêtes sauvages nocturnes. Ses occupants leur enseignèrent l'art de guérir, de chanter des berceuses aux enfants et aux animaux, leur apprirent à lire et à prononcer des enchantements. Les femmes tombaient enceintes et donnaient naissance à de beaux bébés. Partout, la vie soufflait, belle, riche, souveraine.

« Les habitants de la cité attribuaient ce pouvoir de vie bienheureuse à la colline. Leurs sortilèges millénaires ne faisaient que magnifier ses effets, affirmaient-ils. C'était un Don divin qu'ils appréciaient à sa juste valeur et partageaient avec générosité.

« Le cœur des nomades, lui, était dévoré par l'envie. Ils savaient qu'ils devraient partir. Ils ne le voulaient pas.

« Un soir, le chef des nomades, robuste et belliqueux, réunit les plus vaillants et leur fit part de son plan. La traversée du désert avait mis en relief leur précarité, leur faiblesse. Il était temps de s'installer. Or jamais ils ne trouveraient terre plus fertile et prodigue que celle de la cité des Enfants-Sortilèges. Ils étaient six hommes dans sa tente ce jour-là. Tous jurèrent de mener à bien l'offensive à condition d'en obtenir bénéfice pour eux et leur famille. La nuit suivante, ils constituèrent un groupe de guerriers, entrèrent dans la cité et massacrèrent ses habitants jusqu'au dernier, hommes, vieillards, femmes, enfants, nouveau-nés, à l'exception de quelques sorcières et rats de bibliothèques. Ces derniers furent sommés de livrer l'ensemble de leur savoir, de consigner les formules magiques, les rites et les mystères dans une écriture phonétique facile à retenir et à lire.

Je me rends compte que je mords frénétiquement mes lèvres.

— Au petit matin, la tribu stupéfaite découvrit que la ville avait été nettoyée de ses habitants, et que la cité était leur. Les cadavres furent vite brûlés et oubliés.

« Chacun des six hommes choisit un lopin de terre et une spécificité. Les Six s'installèrent, édifièrent des barrières pour se protéger, agrandirent les maisons, et construisirent à tour de bras pour transformer leurs tentes en habitations solides.

« Ils gardèrent les incantations, les secrets, et oublièrent le reste pour prendre possession d'une ville qui n'était pas la leur, une ville qu'ils avaient anéantie en une nuit.

« Lorsque les prisonniers eurent livré l'essence de leur être, de leurs connaissances, ils furent achevés et leurs corps offerts aux charognards.

« Désormais, la tribu n'était plus nomade. Les Six Clans sans pouvoir, contrairement à ce que clame le poème, étaient établis sur une terre magique qui allait leur assurer une prospérité millénaire. Ainsi naquit la Cité des Six.

Ma mère déglutit et continue avant que Naria ou moi ne puissions l'ensevelir sous les questions.

— Il existait cependant une poignée de nomades capables de pitié. Quelques bébés furent épargnés. Ils grandirent au sein des Clans, dissimulés parmi les meurtriers de leurs familles. Les dernières Kashushas les reconnurent et leur confièrent la terrible vérité. Avant de mourir, elles leur léguèrent des carnets, des bouts de papier, quelques rares objets, tout ce qui pouvait les rattacher à leur culture d'origine. Et depuis des millénaires, les filles des Enfants-Sortilèges se passent le secret. Pour une raison que nous n'avons pu déterminer, le Don ne se transmet que de mère en fille, et nous sommes très peu désormais.

— Le Don ?

— L'affinité avec la Magie, la capacité à percevoir son énergie, à la canaliser comme aucun habitant de la Cité des Six, jamais, ne le pourra, car son empreinte est en nous. Tu en as découvert les infinies possibilités, dit-elle à Naria, et tu as appris à les ciseler malgré ton jeune âge. Toi, Érine, tu la devines, n'est-ce pas ?

— Il y a ces picotements dès que l'on convoque la Magie près de moi, mais Malcor en avait aussi… je me risque.

Ma mère secoue la tête avec vigueur.

— Mensonge. Seules les Kashushas ressentent la Magie dans leur chair.

— Tu en es sûre ?

L'œillade de ma mère vaut tous les discours. Je n'en reviens pas : une autre trahison de Malcor ? Mais dans quel but ?

Et cette révélation… J'ai beau tenter d'y croire, de faire prendre corps à la réalité que ma mère vient de nous décrire, je n'y arrive pas. Cela ressemble à un conte, lointain et désincarné. Je suis Érine, orkla bannie. Je ne suis pas une Kashusha, une Enfant-Sortilège.

Et pourtant… Je songe à Naria lorsqu'elle a soigné Arkadi, à mon immersion inattendue dans la Magie. Partager cette puissance était une expérience troublante et merveilleuse. Je n'ai pas été initiée, je n'ai donc jamais fait partie d'une invocation, mais j'ai assisté à des cercles chez les Dresseurs. J'ai vu mes voisins se donner la main et appeler la Magie pour faire accoucher une femelle kork en difficulté ou accélérer l'éclosion des œufs des trisses car on en manquait. J'ai épié des aquacérémonies, tapie dans un coin, et observé hommes et femmes du Clan des Sourciers appeler la Magie pour purifier l'eau, fortifier le courant des rivières qui traversent la Cité, augmenter le niveau des puits ou empêcher la mer Intérieure de s'évaporer trop vite. Leur visage n'a jamais exprimé la plénitude, la félicité que j'ai éprouvées en compagnie de Naria et de ma mère. Ce vécu fait-il de moi une Kashusha ?

2

J'observe la pièce dans laquelle nous nous trouvons, les murs couverts de carnets, de tablettes, de rouleaux de papier jauni. Ma mère acquiesce d'un air entendu, anticipant ma réaction.

— Tout est vrai, Érine, et je vous ai conduites ici parce que je savais que j'y trouverais de l'aide. Cette salle abrite les vestiges de notre histoire. La plupart de ces notes sont indéchiffrables, retranscrites dans une langue que nous avons oubliée, mais nous essayons de comprendre : qu'est devenu le Sanctuaire qu'évoque la tradition orale, comment le découvrir, que nous apprendra-t-il ?

— Depuis quand sais-tu que tu es une Kashusha ? je l'interromps.

— Ta grand-mère me l'a dit quand je te portais dans mon ventre. Elle est morte peu après.

— Papa…

Ma voix meurt dans ma gorge.

— Non, ton père ne l'a jamais su.

— Tu ne te sers pas de tes… pouvoirs ?

— Si, mais pas comme tu l'imagines. J'appartiens à un Clan, je maîtrise son art et lui seul. Aussi fou que cela puisse te paraître après ce que je vous ai confessé, j'y suis attachée. Nous avons construit quelque chose, ton père et moi. Je n'ai eu ni le loisir ni le désir d'explorer d'autres voies. J'ai utilisé mes capacités au mieux : j'ai soigné nos bêtes comme personne, renforcé les cercles et insufflé ma force partout où elle pouvait être utile. Je suis aussi restée discrète. Je ne voulais pas attirer l'attention.

Naria est abasourdie. Moi, j'essaie de mesurer les implications de ces aveux. Ils me plongent dans une confusion extrême.

Je suis quelqu'un qui n'a jamais deviné ce qu'elle était…

Naria, elle, fait preuve d'une science et d'une maîtrise étonnantes pour son jeune âge. Elle est censée débuter son Initiation mais je suis sûre qu'elle en sait plus que beaucoup de Guérisseurs.

Elle émerge enfin de son état de choc.

— Ma mère… ma mère était une Enfant-Sortilège ?

— Oui.

— Tu… tu la connaissais ?

— Ta mère et moi nous réunissions fréquemment, comme nos mères avant nous, et les mères de nos mères, et nos tantes, et nos sœurs, parfois.

— Ici ?

— Oui, sourit ma mère. J'ai d'ailleurs tout de suite su à quoi servait le passage secret par lequel nous nous sommes enfuies…

Naria hoche la tête.

— Aujourd'hui, nous formons un noyau réduit dont Mrone est la doyenne, précise ma mère. Mais il n'en a pas toujours été ainsi. On ne sait pas quand et comment mais les Enfants-Sortilèges épargnées se retrouvèrent et lièrent des liens forts, d'amour et de mémoire. Les Kashushas se racontèrent les anciennes histoires, partagèrent leurs connaissances, les consignèrent dans des carnets. Et continuèrent à vivre dans la clandestinité, au sein des Clans. Hélas, peu à peu, les spécificités des Enfants-Sortilèges se diluèrent dans la Cité des Six. L'héritage ne se transmettant que de mère en fille, l'Équilibre et le contrôle des naissances provoquèrent d'importants dégâts dans notre communauté, la culture des Kashushas se perdit…

Ma mère s'arrête un instant et la tristesse altère ses traits d'habitude si rayonnants. Elle se reprend, s'adressant à Naria.

— Lorsque ta mère était encore en vie, nous étions plus nombreuses, et notre vœu le plus cher était de comprendre d'où vient la Magie, comment elle fonctionne. Des bribes de poèmes et de récits oraux font mention d'un Sanctuaire, un endroit sacré où la Magie s'enracine. Nous ne l'avons jamais trouvé. Et maintenant, notre groupe est moribond.

Naria pince les lèvres.

— Il sait ? Mon père ? Il est au courant ?

— Je ne pense pas… Ta mère n'aurait pas trahi le Secret.

Tout cela n'a ni queue ni tête et m'agace.

— Je suis désolée mais je ne vois pas le rapport. Certes, la Cité a été bâtie dans le sang, les Six Patriarches et leurs Descendants sont des imposteurs et des meurtriers. La justice exigerait qu'ils soient punis et que l'on instaure un autre genre de gouvernance à la tête de la Cité. Entendu. Mais ça n'a rien à voir avec les baumes, les cadavres, ou Pamar. Ça n'explique pas ce qui se passe aujourd'hui.

— Pas directement, tu as raison, acquiesce ma mère. Mais je ne pense pas que ce soit totalement déconnecté.

— C'est-à-dire ?

— Avez-vous entendu les rumeurs ?

— Lesquelles ? Il y en a tellement ! s'exclame Naria.

Je sens aussitôt bouillonner un souvenir flou dans un lieu non identifié de mon cerveau. Il exige de sortir, se fraie un passage jusqu'à ma conscience. Lancée, Naria égrène les ouï-dire sur ses doigts.

— Le Conseiller Luska, du Clan des Sourciers, préférerait la compagnie des hommes, la Tour du Ciel serait farcie de souterrains qui permettent aux Conseillers de fouiner dans les bureaux de leurs opposants, les orklas utiliseraient la Magie en loucedé… Quelle rumeur ?

J'y suis !

3

Je murmure :

— La Magie diminue.

— Exact, confirme ma mère, et si vous voulez mon avis, ce ne sont pas de simples racontars. La Magie perd vraiment en intensité. Les cercles sont moins efficients, le pouvoir s'amoindrit. J'ai d'abord cru qu'il s'agissait de commérages sans fondement propagés par les orklas pour déstabiliser les Clans. Mais la dernière fois que les Planteurs sont venus s'occuper de nos arbres et de nos prairies, ils n'avaient jamais été aussi nombreux. Ils sont restés plusieurs jours, ont psalmodié longtemps. Or le résultat du cercle était décevant. Les nichoirs sont moins luxuriants, certains arbres se déplument tellement que des familles d'arlares sont parties, nous manquons de grains pour nourrir les bêtes. Sans parler des denrées déposées par le Conclave parfois abîmées, voire pourries. Ces faits disparates n'ont aucune explication plausible, à part la baisse notable de la Magie. J'en ai parlé à des voisins, j'ai écouté les doléances des Sourciers et des Façonniers : tous affirment avoir eu des soucis d'approvisionnement. Autrement dit, les récoltes ne suffisent plus à subvenir aux besoins de la population.

— Lorte avait évoqué des émeutes chez les Couteliers, se rappelle Naria. Il disait qu'ils se plaignaient d'avoir faim. Mais je n'y ai pas prêté attention. Nous n'avons jamais manqué de rien et je pensais que c'était des inepties…

L'évocation de L'Ombre la plonge dans un long silence. D'infimes détails me reviennent à l'esprit : le cercle qui se reformait, mécontent, le matin où je suis allée au Marché interdit avec Arkadi, celui de la Fête des Échanges et les fruits uniques gâtés dès le lendemain, les femmes dont Arkadi a rapporté l'altercation, chacune accusant l'autre d'avoir volé ses provisions, les membres de Clans arpentant les allées du Marché interdit…

Ma mère poursuit :

— Sans Magie, nous ne pouvons survivre dans le désert.

— Comment quelque chose d'immatériel peut-il manquer ? s'agace Naria. On la convoque par les mots, elle est partout, dans l'air, dans le sol, autour de nous !

— Tu oublies le Sanctuaire… intervient ma mère. Le lieu sacré de la Magie pour nos ancêtres. Le découvrir nous permettrait d'éclaircir les récents événements.

— Mais Fréelya, toi-même tu dis que personne ne l'a jamais trouvé. C'est peut-être un mythe, une figure symbolique, déformée, amplifiée et modifiée avec le temps…

— Qu'en pense votre petit groupe ?

Ma mère affiche un air désolé.

— Notre « petit groupe », comme tu dis, est réduit à la portion congrue. À cinq pour être exacte.

— Tu veux dire… fais-je, consternée.

— Moi, vous deux, Mrone… et Palo. Nous sommes les dernières Enfants-Sortilèges, oui.

Je nous regarde. Nous, les trois dernières Kashushas sur cinq. Ce tableau a quelque chose de triste, comme une joie qui s'éteint, une nuit qui tombe.

— Je suis désolée de paraître entêtée, reprend Naria, mais je pense qu'Érine a raison : quel rapport avec mon père ?

— Ton père a peut-être découvert pourquoi la Magie décroît…

— Que viendraient faire les baumes dans cette histoire ? Ça n'a aucun sens ! je réponds.

— Tu as raison, concède ma mère.

— Tu sais quelque chose, Naria, alors parle ! je la supplie. Qu'est-ce que ton père voulait t'obliger à faire, quand nous étions là-bas, dans ce donjon ?

Naria ne dit rien.

Je suis fatiguée.

Je voudrais sortir, savoir où sont Palo et Arkadi.

Au moment où je formule ce souhait, des bruits se font entendre de l'autre côté de la paroi. Ma mère glisse la main sous la table et en sort un poignard dissimulé dessous. Je tâtonne à mon tour et trouve une dague logée dans un fourreau fixé à la table. Je la tire, l'agrippe. La paroi bascule et la voix monocorde de Mrone grince :

— Pas de bêtises avec les dagues, mesdames !

Ma mère ne peut s'empêcher d'éclater de rire en remettant la lame en place. Derrière Mrone arrive Palo, les yeux fiévreux. Lorsqu'elle aperçoit ma mère, elle bouscule les chaises et se jette dans ses bras.

— Maman !

Elle la serre, enfouit sa tête sur son ventre.

Je remarque alors les deux hautes silhouettes qui émergent à sa suite : celle dégingandée d'Arkadi, ses cheveux sales toujours aussi emmêlés, les oreilles rentrées dans les épaules comme s'il était gêné en permanence. Et derrière, celle de Jinn.

14. La résolution

1

Arkadi contourne la table, vient se planter devant moi et m'entoure de ses bras maigres et trop grands, son crochet frottant mon dos.

— Ma sauveuse !

Il a un ton rigolard mais je perçois son émotion. Je voudrais sourire. Je ne fais que grimacer. Je l'attrape, je l'agrippe, mon Arkadi que j'ai vu mort, ma boule de cheveux gras qui a failli y rester.

— Ne prends pas non plus tes aises, je te trouve déjà collant, je ris en le repoussant gentiment.

Disant cela, je lève les yeux vers Jinn qui me dévisage, et dont je ne parviens pas à interpréter le regard pénétrant. Il avance, circonspect, à grands pas lourds. Arkadi est allé remercier Naria et je l'entends qui blague.

— T'es carrément mieux roulée que la vieille Rada, hein… C'était toi que j'ai vue, une fois ! Je croyais que Rada avait de la visite mais en fait, non !

Jinn me prend dans ses bras lui aussi, je lui arrive au torse, il enfouit sa tête dans mon cou et murmure à mon oreille :

— J'ai eu très peur…

En d'autres temps, sentir ainsi son corps contre le mien m'aurait enchantée. Réconfortée. Pas aujourd'hui. Son attitude me met mal à l'aise et je comprends brutalement pourquoi. Si j'ai été troublée en retrouvant Jinn chez mes parents, c'est parce qu'il incarne un pan de mon adolescence dont je suis nostalgique, une époque où j'étais insouciante et où je croyais en mon avenir. Ce passé est définitivement mort. Jinn est un étranger, désormais. J'inspire son odeur : il sent bon ce chez-nous qui n'est plus chez moi. Nous n'appartenons plus au même monde. Il est lointain ou plutôt, c'est moi qui me suis éloignée. Son étreinte me laisse de marbre.

Arkadi m'observe, sourcils froncés. Il vient se placer à côté de moi et me donne un coup de poing sur l'épaule, obligeant Jinn à reculer.

— Alors, t'as vu ? Je pète le feu !

Puis il avise mon avant-bras encore roussi.

— C'est quoi ça ?

Jinn fait mine de l'attraper pour l'inspecter mais je m'écarte et vais m'asseoir.

— Peu importe.

Palo a grimpé sur les genoux de ma mère qui l'enlace. Elle a attrapé un cahier dans une pile poussiéreuse et commence à dessiner dessus avec un bâton d'encre séché qu'elle imbibe de salive.

— Bien ! s'exclame Arkadi. C'est pas que je m'ennuie, mais on fait quoi ?

Bonne question. Mrone la chasse cependant d'un ton sec :

— On mange.

Sur ce, elle bloque le panneau pivotant avec le seau sur lequel j'ai failli tomber et part s'affairer dans la cuisine. Mon estomac gargouille, je n'ai rien mangé depuis deux jours (le « petit déjeuner » en compagnie de Pamar ne compte pas). Très vite, des bruits de casseroles résonnent et une délicieuse odeur de ragoût vient titiller mes narines.

2

En attendant, et pour meubler le silence embarrassé qui s'installe, je relate aux nouveaux arrivants nos supputations sur le fait que la Magie baisse.

— Un ramassis de ragots ! s'irrite Jinn. Je ne vois pas pourquoi la Magie diminuerait ! Les Clans l'ont toujours domptée, en vertu de quoi n'en seraient-ils plus capables ? Il y a eu des épidémies mais l'Équilibre est maintenu, la population reprend de la vigueur, enfin, comment y croire ?

— Je ne parle pas de croyance mais de constat, assène ma mère, cinglante. Les signes sont multiples : les arbres poussent mal, les potions fonctionnent moins bien, l'eau se tarit. Même toi, tu as dû expérimenter ce genre de phénomènes.

Palo s'arrête, son bâton d'encre stoppé en pleine courbe. Elle observe ma mère fâchée, nous regarde, puis se remet à dessiner, le bout de sa langue dépassant de sa bouche.

— Balivernes ! rit Jinn.

Je ne me souviens pas de Jinn comme d'un fat imbu de sa petite personne. Or c'est exactement ce qu'il vient de m'évoquer. Comme s'il prenait ma mère de haut… Mais cette dernière n'en démord pas.

— La vie dans la Cité repose sur les bienfaits de la Magie. Sans elle, elle meurt de faim, de soif. Elle est engloutie.

— Enfin Fréelya, ne sois pas ridicule ! s'obstine Jinn qui a cependant perdu son ton ironique et satisfait. Quelles preuves possèdes-tu ?

— Pas de preuve tangible, tu as raison, simplement des faits disparates qu'il faudrait compiler jusqu'à fournir une liste assez importante pour être probante.

— Est-ce qu'on a le temps ? demande Naria.

— Aucune idée… avoue ma mère.

Je les recadre.

— Il y a plus pressant : prévenir le Conseiller Barl, lui expliquer que des baumes empoisonnés circulent dans la Cité. Qu'il les débusque et les confisque pour éviter de faire d'autres victimes !

Je n'entre pas dans les détails et j'évite d'insister sur la façon dont je m'en suis rendu compte, mais je récapitule succinctement la situation. Arkadi en connaît une partie. Il ne dit rien, gardant ses connaissances pour lui, discret comme le sont les orklas.

Jinn, lui, hallucine.

— Tu as… forcément accès au Conseiller Barl, n'est-ce pas ?

Qu'il ne me dise pas non : je l'ai vu suintant d'amour pour la fille de Barl, Sana.

— Sans problème, affirme-t-il.

— Tu crois qu'il pourrait intervenir ?

— Oui, d'autant qu'il risque d'y avoir du grabuge lors du prochain Conclave. L'incursion de Pamar chez nous a été remarquée.

— Comment ça ? tressaille ma mère.

— J'ai tenu Palo à l'écart… de tout, précise Jinn, nous faisant ainsi comprendre que ma petite sœur n'est pas au courant de la mort de mon père. Mais aussitôt après le départ de sa troupe, j'ai couru voir Sana et j'ai tout expliqué au Conseiller Barl. Il m'a accompagné chez toi, Fréelya. Je… Il y avait des preuves frappantes, tout était resté en… euh, en l'état. Je m'en suis chargé, ajoute-t-il à voix basse.

Jinn a donc pris soin du corps de mon père. Je ferme les yeux, je le revois se tenant le ventre…

— Merci, murmure ma mère.

— Le Conclave se réunit demain après-midi, reprend Jinn d'une voix neutre. Le Conseiller Barl a prévenu ses alliés, Planteurs et Sourciers, ils ont promis d'exiger des éclaircissements. Si les trois Clans font pression, Pamar devra s'expliquer.

Comme s'il allait accepter ! Bon sang mais dans quel monde vivent-ils ? Celui des Clans, me souffle une voix aux accents dédaigneux. Ils ne connaissent ni la misère, ni la faim, ni le meurtre, ni les coups… la survie, en somme. Dans leur univers opulent, on ne fait pas de mal impunément, sinon on paie. Conseillers et Couteliers font la loi, on obéit à l'Équilibre et on profite des bienfaits de la Cité. Sans broncher.

— Vous pensez vraiment qu'il va avouer écouler des baumes empoisonnés dans toute la Cité ? Ne soyez pas stupides, sans preuve, il esquivera.

— Pas si l'audience a lieu en public, me rétorque Jinn.

— Comment ça ?

— Demain est le jour des audiences publiques. Le Conclave se réunit et ensuite, il prend place à la table et ouvre ses portes aux griefs…

Enfin une bonne nouvelle.

— Surtout si nous fournissons un témoin, je m'emballe. Nous pourrions amener Arkadi, il connaît les baumes, il a…

Je m'apprêtais à ajouter « déterré les morts avec moi » mais je ravale mes mots et enchaîne :

— Il a eu l'occasion de constater, de visu, les dégâts que les baumes causaient, et surtout, il était chez nous lorsque Pamar est venu… Ça fait de lui un témoin idéal !

— Érine, tu es sûre ? couine Arkadi.

Pressé par mon œil fiévreux, il est contraint d'ajouter, boudeur :

— C'est vrai, je n'étais plus inconscient, j'ai entendu les cris, les…

Arkadi jette un œil à Palo et se tait. Je lui sais gré de passer les horreurs sous silence.

— Il faudrait aussi recueillir le témoignage de familles dont un membre a été tué par les baumes… je réfléchis à voix haute.

— Je connais d'emblée deux personnes à qui j'ai… enfin, qui ont succombé à l'élixir, se rattrape de justesse Arkadi.

Mrone entre et pose avec fracas une grosse marmite fumante sur la table.

— Sur ce dernier point, je pense pouvoir vous aider, déclare-t-elle. Être une grand-mère comporte de nombreux inconvénients, comme celui de trembler en portant cette cocotte, mais aussi des avantages. On se lamente volontiers dans les bras d'une petite vieille de mon espèce, quand bien même elle serait d'un autre Clan. Je propose donc de rendre visite aux hustas éplorées, j'y poserai les questions qu'il faut et ramasserai les informations nécessaires. J'irai aussi voir tes voisins, Fréelya…

— Il va falloir contourner une difficulté, intervient Jinn.

— Laquelle ?

— Arkadi est un orkla, il n'a pas le droit de se présenter devant le Conclave. Cela dit, je ne vous apprends rien si je vous dis que Dresseurs et Guérisseurs ne sont pas les meilleurs amis du monde. Pamar n'est qu'arrogance envers les trois premiers Clans et Barl ambitionne de le démettre. Il cherche depuis longtemps une faille dans la posture de Pamar. Nous lui en fournissons une de taille. Je suis sûr qu'il acceptera de nous aider… voire de régler ce détail.

Quel ramassis d'hypocrites. Chacun prône le respect de la loi, sauf quand ça l'arrange.

— On devrait donc pouvoir faire entrer Arkadi au Conclave, conclut ma mère.

Mrone verse une pleine louche de son ragoût dans une assiette et la fait glisser vers Naria. Je l'attrape au vol et sans un regard pour les autres, je commence à dévorer. Tenir ma cuillère me fait mal mais j'ai si faim que je fais taire la douleur. Comme le laissait présager le divin fumet, le plat est délicieux et je n'ai pas encore dégluti que je m'empresse d'en enfourner une deuxième bouchée. Une goutte de sauce tombe sur mon menton, je ne prends pas la peine de l'essuyer, trop heureuse de sentir la viande fondre dans ma bouche, le jus salé et râpeux. Je lève la tête. Jinn m'observe, horrifié par mes manières. Ma mère l'arrache à sa contemplation épouvantée.

— Voici ce que je propose : Mrone va tenter de débusquer le plus de témoins possibles. Toi Jinn, tu emmènes Arkadi et tu le présentes au Conseiller Barl. S'il vous prête une oreille attentive, il se débrouillera pour faire franchir à Arkadi les barrages de la Tour du Ciel.

— C'est un homme occupé… Allons-y.

Arkadi lève les yeux au ciel, peu friand de chichis. Pourtant, contrairement à son habitude, il ne proteste pas et emboîte le pas à Jinn. J'essuie vite mon menton luisant de gras.

— Attendez, je viens avec vous !

— Non ! me somme ma mère, catégorique et j'ai l'impression d'avoir dix ans.

Elle se radoucit aussitôt.

— Tu vas m'aider, Érine…

Révéler les récents événements à ma petite sœur de sept ans risque en effet d'être un moment pénible.

Jinn fait signe à Arkadi.

— On ferait mieux d'y aller…

Ils sont en train de sortir quand Jinn semble avoir une illumination et se retourne.

— Fréelya, sang de kork ! J'allais oublier… Euh…

Jinn hésite puis finit par lâcher les mots comme s'ils étaient des brandons brûlants :

— L'enterrement a lieu ce soir.

J'ai l'impression de recevoir une gifle. Mon père va être enterré, il est mort, tué par Pamar et ses hommes en noir. Il ne s'agit pas d'un cauchemar, c'est la réalité, la vraie vie. Je me contiens, j'en ai vu, tellement vu… Je ne veux pas pleurer, pas encore, j'inspire, j'essaie de me retenir, mais la digue cède lorsque j'entends la petite voix de Palo demander :

— L'enterrement de qui ?

3

Dans la cuisine, je tente de faire la vaisselle d'une seule main pendant que Naria essuie à côté de moi. Je voudrais dormir et me réveiller loin d'ici.

— Je suis désolée, Érine, souffle Naria.

Je lui tends une assiette en terre cuite.

— Tu ne m'as pas obligée à me présenter à la Fête des Échanges il y a quatre ans, tu ne m'as pas conduite chez les orklas, tu ne m'as pas emmenée chez mes parents avec Arkadi.

— Non mais je suis venue chez toi, et…

— Arrête, Naria. C'est comme ça.

Cependant, elle n'est pas seule à culpabiliser. Moi aussi, je porte mon fardeau et une pensée me hante : voilà deux fois que Naria évoque L'Ombre… Je ne peux plus me taire.

— Naria, à propos de Lorte, je ne t'ai pas menti. Ton père l'a vraiment fait assassiner… je murmure.

Elle me fixe, une muette supplication dans le regard.

— Tu te souviens quand je suis rentrée blessée à l'husta et que tu as soigné mes jambes ? J'étais enfermée dans la même cellule que lui. Je l'ai croisé quelques instants seulement mais il m'a demandé de veiller sur toi, et il m'a sauvé la vie. Il m'a laissé son aiguille, qu'il avait réussie à garder par je ne sais quel miracle, pour que je puisse me défendre... Des hommes en noir sont venus le chercher et il les a suivis, il savait qu'il serait exécuté. Ton père me l'a confirmé, après.

Naria cligne des yeux. Et redouble d'effort pour astiquer son assiette.

J'entends le panneau coulisser. Ma mère vient chercher un verre d'eau pour Palo. Ma petite sœur sait, désormais, qu'elle est orpheline de père. Elle doit essayer de comprendre ce que ce mot signifie : qu'elle ne le verra plus jamais, qu'elle ne pourra plus le toucher, lui parler. Seulement le rêver et se souvenir.

Elle est assise dans une chaise trop grande face à l'immense table, les yeux rougis. Si je n'étais pas revenue, si je n'avais pas...

Je voudrais la prendre dans mes bras mais je n'ose pas. Elle doit me haïr.

— J'ai préparé une infusion, venez ! nous lance Mrone.

Nous rejoignons Palo qui descend de sa chaise et vient se planter devant moi.

— Tiens Érine, je t'ai fait un dessin. Il est pour toi, dit-elle en me tendant son carnet.

Je m'attendais à tout sauf à ça. Je voudrais lui hurler que je suis désolée, que si j'avais pu, j'aurais préféré mourir à sa place et lui laisser un père. Je reste silencieuse et dépose un baiser maladroit sur son front. Puis j'observe le dessin. C'est une famille. Avec un papa, une maman, et deux filles... J'ai besoin d'air, j'ai besoin de sortir, de sentir le dehors, j'étouffe.

Mais je suis coincée, Palo me barre le passage.

Je la regarde et je ne lis que de la tristesse dans ses grands yeux noirs. Ni colère ni accusation. Elle esquisse un sourire désolé en haussant une épaule.

La résolution

L'enfance est un monde curieux où l'on pardonne avec des dessins.

Je soupire.

Je ferme le carnet.

Et j'avise sa couverture.

Dessus, des signes. Un alphabet illisible.

Le même que dans le tunnel sous le deuxième Mur.

15. L'enterrement

1

Alors je la revois.

La pierre du tunnel que j'ai évitée à plusieurs reprises lors des derniers trajets. Elle gisait sur le sol. Elle n'y était pas lorsque je venais avec Malcor.

Comment ai-je pu passer à côté ?

— Je sais ! je glapis.

Palo fait un pas en arrière, apeurée.

— Pardon Palo ! Maman, le Sanctuaire n'est pas un mythe, il y a quelque chose sous terre !

Personne ne s'inquiète du fait que la fillette assiste à notre conversation. Je m'exalte :

— À l'intérieur du tunnel qui mène au cimetière sud, il y a des signes tracés sur la pierre… Ce sont les mêmes que sur les cahiers !

— Tu en es sûre ? balbutie ma mère.

— Oui ! Et ça ne peut vouloir dire qu'une chose : il s'agit de l'alphabet des Enfants-Sortilèges… Autrement dit, ce tunnel a été construit par les anciennes Kashushas !

Personne d'autre n'aurait pu utiliser leur écriture ! Toi-même tu m'as dit que les nomades étaient illettrés et que les Patriarches avaient ordonné aux dernières Kashushas de retranscrire leur savoir dans une écriture phonétique très simplifiée !

— Dans ce cas, pourquoi Pamar le connaît-il ?

— Lui ou ses ancêtres ont peut-être trouvé dans leur sous-sol un passage qui menait au cimetière, et l'ont exploité. Ça ne signifie pas qu'ils l'ont creusé ! Et ce tunnel pourrait n'être qu'un boyau, au sein d'un dédale plus vaste, nous mener à des vestiges.

— Tu n'en sais rien, assène Naria.

— Ce n'est pas tout : je suis certaine qu'une pierre s'est écroulée du tunnel.

— Et alors ?

— Qu'est-ce qu'il fait là, ce tunnel ? je riposte, agacée par sa réaction. Pourquoi est-il si vain ? Il court sans but, débouche dans le Mur, repart et atterrit dans une cave. Et s'il avait été rebouché à la va-vite, il y a si longtemps que plus personne ne s'en souvient ? Si cette pierre dissimulait quelque chose ?

— Quoi ? De la terre ?

— Je me rappelle avoir senti un courant d'air, mais je l'ai vite occulté. Quand je vais au cimetière, je suis concentrée, j'essaie de me détacher de mon environnement, de ne plus penser.

— Continue… m'encourage ma mère.

— Je n'ai peut-être pas été initiée mais j'ai lu ce qui me tombait sous la main : des précis de poterie, de géographie, des ouvrages de couture ou d'architecture… Et je sais ceci : on ne bâtit pas une Cité en détruisant la précédente, on construit sur les fondations, on enterre, on piétine. Tous les envahisseurs font ça. Si les Six Patriarches ne possédaient que leurs tentes et leurs peaux, ils ont utilisé les maisons existantes, réquisitionné les caves pour bâtir et ont édifié leurs demeures sur la base des anciennes.

— Ils auraient érigé le deuxième Mur au-dessus d'un tunnel ? lance Naria, décidément négative.

— Le deuxième Mur était déjà là, ils l'ont consolidé, agrandi.

— Et quel est le lien entre tunnel et Sanctuaire ?

— Si ce lieu était à ce point sacré, je ne crois pas que les Kashushas y ont conduit les nomades. C'est une chose d'accueillir un nouvel arrivant, de se montrer poli, affable, de lui dévoiler son quotidien et sa façon de concocter une soupe, même avec de la Magie. C'en est une autre de le mener à ce que l'on a de plus inviolable.

Je sais que j'ai raison.

— Tout ce dont nous avons besoin, c'est d'un point d'entrée pour y parvenir, je poursuis. Le tunnel pourrait en être un.

— Ou pas… grogne Naria.

— Ça vaut le coup d'essayer ! je maintiens.

— À supposer que tu aies raison, ça servirait à quoi ? On trouve le Sanctuaire, bravo, et après ? Tu ne crois pas qu'il y a plus urgent ? Mon père va faire des ravages, nous devons l'arrêter avant qu'il ne soit trop tard, je…

Naria serait-elle au bord de nous révéler enfin le pourquoi du comment ?

Raté. Elle se ressaisit et renifle, faussement détachée. Pourquoi se tait-elle ? Je m'agite sur ma chaise, au comble de l'exaspération, et ma mère me fait signe de respirer : rien ne sert de contraindre Naria, ce n'est pas la bonne méthode. Je serre les poings. Les desserre. D'accord, d'accord.

Ma voix est calme quand je reprends :

— Le Sanctuaire contient sans doute l'explication du déclin de la Magie. Le trouver nous permettrait de découvrir un moyen de l'empêcher. Si nous faisons vite, nous serons même de retour avant l'audience du Conclave, nous dirons ce que nous avons vu.

Naria me lance un regard noir.

— Notre parole gagnera en crédibilité, Naria, il ne faut pas laisser filer cette opportunité. Si nous arrivons avec des preuves, ne penses-tu pas qu'on nous écoutera avec plus d'attention ? Je sais que tu veux faire payer ton père, mais justement : être accusé par un orkla est une chose, l'être par des témoins possédant des informations primordiales sur le sort de la Cité des Six en est une autre…

— Comment comptes-tu retourner dans le deuxième Mur après ce qui s'est passé ? m'interrompt ma mère, qui caresse les cheveux de Palo. Ils ont dû condamner les entrées, poster des qadurs.

— Ils ont bouché l'accès de la cave dans le premier Mur, mais pour le reste, rien n'est moins sûr. Et nous avons une occasion tout indiquée de nous faufiler jusqu'à l'ouverture extérieure.

Nous nous dévisageons.

L'enterrement.

2

Ma mère est partie avec Palo, nous la verrons dans le cortège. Elle règle les derniers détails de l'inhumation. Avant de disparaître, elle m'a soufflé : « Ne sois pas méchante avec elle… » en désignant Naria d'un mouvement de tête. Je ne pense pas l'être et n'ai l'intention ni de la torturer ni de la harceler. Je suis juste excédée par son silence. Mais peut-être que la visite dans le tunnel sera propice aux confidences…

Mrone s'active devant son métier à tisser. Avec toutes sortes d'instruments barbares, elle confectionne à la hâte deux tuniques brodées aux couleurs du Clan des Dresseurs, pour Naria et moi, ainsi que des voiles noirs pour l'enterrement. Son manège m'intrigue. Je pensais qu'elle n'userait pas de Magie pour de simples vêtements de secours, or depuis qu'elle s'affaire, les fourmillements n'ont pas cessé. Naria étant occupée à essayer de déchiffrer les carnets, je m'approche de Mrone :

— Pourquoi convoques-tu la Magie ?

Elle émet un gloussement :

— Ah, ah, Kashusha, comme cela m'est agréable de savoir que tu la ressens dans ta chair, toi aussi !

Elle s'installe mieux sur son tabouret, et tout en poursuivant sa tâche sur l'engin, passant le fil, le repassant, et s'interrompant pour dire une incantation, elle s'explique :

— Depuis toujours, les Façonniers lient leur travail à la Magie, Kashusha, je ne fais pas exception. D'habitude, nous réalisons nos objets dans nos ateliers. Ensuite, nous nous rassemblons par corps de métiers, les forgerons avec les forgerons, les ébénistes avec les ébénistes, et ainsi de suite. Nous formons des cercles et soumettons la Magie afin qu'elle renforce et sublime notre travail. Grâce à elle, les lames deviennent incassables, les tissus éclatants ou aériens. La Magie est une couche supplémentaire qui parfait notre œuvre.

— En l'occurrence, nous n'avons besoin que de deux malheureuses tuniques…

— Oui, mais je mêle la Magie à mon fil afin que ces tuniques soient prêtes rapidement. Regarde-le de plus près, Kashusha…

Je me penche sur le grand métier à tisser, qui occupe une pièce entière dans une salle attenante au salon, et l'observe. Effectivement, là où Mrone passe son fil, il réapparaît plus épais, comme si elle avait utilisé un autre fil, ou plusieurs brins entrecroisés. C'est surprenant.

Mrone sourit en hochant la tête.

— La Magie est puissante mais docile, Kashusha. Quand on la contrôle, elle prend la forme qu'on lui demande, quelle que soit la forme… Va retrouver ton amie, vous partirez bientôt.

Naria vient avec moi et je lui en sais gré. Sa maîtrise de la Magie pourrait se révéler utile. Si l'entrée côté orkla a été murée, c'est peut-être aussi le cas de celle qui donne sur le cimetière. Dans ce cas, je préfère ne pas me retrouver seule. Nous pouvons aussi nous casser les dents et ne rien débusquer, que ma brillante idée ne se résume qu'à une fausse piste… Nous aviserons sur place. Nous avons prévu de regagner la Cité par la porte des Arlares, la voie officielle, et de rejoindre Mrone chez elle. Elle nous a confié une clef.

Naria et moi examinons les carnets, essayant d'y grappiller des indices. Mais les caractères dansent devant mes yeux, parfaitement abscons, et je n'y distingue rien d'autre qu'un galimatias de courbes, ronds, points et traits vides de sens.

Quand Naria me réveille d'une pression sur l'épaule, j'ai la tête posée sur mon avant-bras, la joue aplatie contre la table. Mrone a terminé son œuvre. Nous enfilons nos vêtements, glissons un poignard dans la jolie ceinture tressée que la vieille a ajoutée à notre tenue. En outre, un petit sac, dissimulé sous ma tunique, contient des biscuits et une outre d'eau. J'ai du mal à maîtriser mon appréhension.

— J'espère que nous pourrons nous fondre dans la masse…

— Jinn et Arkadi ont promis de battre le rappel, la foule sera suffisamment dense pour que nous passions inaperçues, me rassure Naria.

— Moi, je pars en quête de témoins, ajoute Mrone qui enroule un châle autour de ses épaules malgré la température de cette fin de journée. N'ayez crainte, je remplirai à merveille ma mission et je ferai également en sorte que l'audience du Conclave soit bondée. Plus vous aurez de public assistant à ces révélations, plus vos accusations trouveront écho. Que les Enfants-Sortilèges vous protègent…

3

Les murs et le sol exhalent la chaleur emmagasinée pendant la journée et j'ai beau essayer de marcher à l'ombre, je transpire. Les gens ne nous prêtent aucune attention. Accoutumé aux tuniques brodées, leur inconscient s'apaise à leur vue. Quand nous pénétrons dans le Clan des Dresseurs, Naria et moi revêtons nos voiles. Mon souffle rebondit contre le tissu et vient tiédir ma peau. Je discerne le monde sous une gaze opaque et sombre, je vois les contours, les contrastes, mais pas les détails.

— Je n'ai pas pu le porter pour Lorte… souffle Naria.

Je passe mon bras sous le sien. Nous croisons des Dresseurs qui portent autour du cou le large foulard noir du deuil, rehaussé des insignes de leur Clan. Des Planteurs et des Sourciers affluent également, avec le voile, signe qu'ils participent à la cérémonie funèbre. Tous convergent vers la porte des Arlares. Bientôt, j'aperçois l'attroupement, plus conséquent que je ne l'aurais imaginé. Les jambes amollies, je m'avance.

Une charrette décorée de rubans et de fleurs à larges pétales noirs est attelée à un kork. Dessus, un linceul blanc enveloppe mon père. Je reconnais à proximité la silhouette élancée et l'épaisse cascade de cheveux de ma mère qui discute avec des voisins. Palo, elle, n'a pas mis le voile. Les enfants n'y sont pas contraints. Absorbée par son chagrin, les yeux perdus dans le vague, ma sœur est enfermée à l'intérieur d'elle-même et ne me voit pas. Petit bout… Ma mère ne bronche pas mais elle m'a aperçue. Je le sais au léger picotement dû à la Magie qu'elle convoque quand je passe à sa hauteur. Son clin d'œil en forme d'encouragement pourrait presque me faire sourire.

J'entraîne Naria. Nous nous frayons un passage et nous mêlons à la foule. Nous dépassons Sana, Jinn et le Conseiller Barl qui parlent à voix basse. Ce dernier est encore plus énorme que dans mon souvenir, ses doigts sont des boudins que des bagues encerclent comme des menottes. Et il arbore cette attitude suffisante typique des Descendants, relevant son voile de temps en temps pour éponger sa grosse figure ronde où perlent des gouttes de sueur.

Les gens parlent, murmurent, rient parfois. Je scrute les statures, j'essaie de deviner qui est là et surtout, je guette. Depuis la mort de mon père, je suis hantée par une idée tenace : que Pamar envoie ses sbires à notre poursuite, qu'ils terminent ce qu'ils n'ont pu achever.

— Il n'osera pas… chuchote Naria à mon oreille comme si elle avait lu dans mes pensées. Pas ici et dans ces circonstances.

À peine a-t-elle prononcé ces paroles qu'une série de vociférations fait frémir le cortège. Les voiles noirs se braquent tous vers ma gauche. Je distingue vaguement une ruelle qui sépare deux hustas débordant de verdure. Des cris d'animaux. Des exclamations, encore. Je me hausse sur la pointe des pieds.

Cinq hommes en noir soulèvent sans ménagement les voiles, au hasard.

— Il est vraiment dérangé… gémit Naria.

Y a-t-il des Couteliers de garde devant la porte des Arlares ? Oui, bien sûr, de là où je suis, je peux voir des lances pointer vers le ciel. Alors quoi : dois-je courir les chercher, appeler au secours ? Mais les hommes en noir sont tout près, si je m'agite, ils vont me découvrir !

Ma mère se redresse, fait un signe à Jinn. Le Conseiller Barl siffle, trois petits coups secs qui font trembler son menton. Rapidement, une troupe d'hommes jouant des coudes se masse tant bien que mal à ses côtés. Des Dresseurs mais aussi des Sourciers et des Planteurs. Dans la ceinture de l'un d'eux, je remarque les dents pointues d'une petite fourche.

Les hommes en noir s'arrêtent et Barl vitupère :

— Vous êtes ici sur le territoire des Planteurs et troublez le recueillement de notre communauté ! Quittez ces lieux !

Je pourrais écouter la suite mais je n'en fais rien, attirée par une apparition glaçante : au milieu du flot de têtes noires émergent deux tignasses blondes à la limite du blanc. Sootar et Loltar furètent parmi la procession.

4

— Sang de kork, qu'est-ce qu'ils font là !

Naria me tire par la manche.

— Viens…

Nous slalomons entre les Dresseurs, le souffle court. Nous tâchons de marcher lentement, l'air de rien. Pas facile. Je me tords le cou pour connaître la suite des événements. Le Conseiller Barl s'est avancé, escorté par sa garde menaçante, et les hommes en noir reculent.

— Arrête de gigoter comme ça, ils vont te repérer ! grogne Naria.

Bouche ouverte, j'essaie d'inspirer pour apaiser la panique qui s'empare de moi. Sootar et Loltar me traquent. Pourquoi ? Pour la récompense promise par Pamar ? Impossible, ils ne sont pas idiots !

Ils se rapprochent, dodelinant, paisibles, massifs.

Sur l'autre front, plusieurs voix se mêlent mais les hommes en noir cèdent du terrain. Lorsqu'ils disparaissent enfin dans la ruelle sans qu'il y ait eu la moindre escarmouche, le Conseiller rejoint la charrette, visiblement satisfait, et lève le bras. Les Couteliers en faction devant la porte des Arlares entreprennent d'en ouvrir les larges battants de métal.

Les conversations reprennent, la rumeur feutrée de la foule s'étoffe. Sootar et Loltar sourient. Immobiles, ils sont tout près, plantés sur leurs immenses guibolles. Ils ne craignent rien, il n'est pas interdit aux orklas d'assister à un enterrement clanique. Ils s'en abstiennent parce qu'ils n'ont généralement aucune raison de le faire. Et quand bien même ils seraient liés au défunt, ils ne veulent pas risquer d'être lynchés si leur présence incommode. Mais les jumeaux s'en fichent. Il faudrait plus qu'une petite troupe de Planteurs armée de fourches pour les effrayer.

Le convoi s'ébranle et je constate avec effroi que les jumeaux se mêlent au cortège, serrant de près la charrette. Ils savent que mon père y repose.

Comment font-ils pour être si bien informés ?

Lorsque les jumeaux franchissent la porte, les Couteliers les toisent d'un air suspicieux. Mais Sootar et Loltar poursuivent leur chemin, décontractés, observant la foule tels des oiseaux juchés sur un arbre. Je frissonne. Et s'ils m'empêchent d'atteindre le deuxième Mur, qu'ils me poignardent, ni vu ni connu ?

Nous nous rapprochons peu à peu du centre du cortège, à une distance raisonnable de la charrette. Mes pas crissent sur le sol sableux de la route, je sens l'air torride du désert, la présence imposante de la ville derrière moi. J'essaie de ne pas quitter des yeux les deux têtes blanches qui chatoient sous le soleil de fin de journée.

— Comment fait-on, après ? me chuchote Naria.

— On va passer devant le grand caveau du Clan des Sourciers, il faudra nous y faufiler pour disparaître.

Elle opine, serrant un peu plus mon bras.

Le cimetière est mon domaine, je le connais par cœur. Aujourd'hui, j'y entre pour la première fois en plein jour et je suis décontenancée. Les ténèbres altèrent le paysage, en avalent les couleurs et la légèreté pour souligner ce que le monde a de plus froid. La morsure de l'obscurité se lit dans chaque ombre. Or les arbres d'habitude si intimidants, masses lugubres et grinçantes, sont brusquement joyeux, diaprés de lumière, et bruissent avec douceur. Les cailloux sont dorés, la terre est chaude, son parfum sec et épicé est différent de celui de la nuit. Les tombes me paraissent petites aussi, voire dérisoires. Ce n'est plus mon cimetière, c'est un lieu étrange où les morts reposent en paix sans être dérangés par les coups de pioche.

Les jumeaux marchent en tête. Ils espèrent sûrement me cueillir près de la tombe, en compagnie de la famille du défunt.

Ils rêvent.

Je me décale peu à peu et, lorsque nous atteignons l'endroit fatidique où bifurquer, je laisse filer la procession et m'échappe, courant sur la pointe des pieds. Mon petit sac ballotte contre mon ventre alors je le bloque, j'entraîne Naria dans mon sillage, me glisse entre les pierres tombales et les monuments. Nous arrivons essoufflées au carré des Sourciers et je m'accroupis sous la majestueuse plaque qui représente le blason du Clan. Nous sommes à deux pas du deuxième Mur.

La cérémonie a commencé et la voix du Conseiller Barl nous parvient, portée par la brise. J'essaie de ne pas penser à mon père posé sur la terre froide. Il n'est plus qu'un corps sans vie comme les autres, désormais. Je ferme les yeux et me reprends.

Aucun Coutelier ne s'est attardé sur le rempart. Tout va bien, la voie est libre.

Soudain, une ombre surgit, Naria retient un cri, se redresse en dérapant, mais je me tiens déjà la dague à la main, face à… Chiros. En signe d'apaisement, le petit homme tend vers moi ses mains vides.

— Pas de bêtise, Érine, on n'est pas là pour te faire du mal. Je suis content de te savoir vivante.

— Sans rire.

Chiros n'a pas d'arme visible mais je connais sa réputation. Il a éventré le qadur de Diulé et coupe en morceaux ceux qui osent s'attaquer à ses plantes. Un autre cinglé. Nous n'aurons pas deux chances.

Il fait un pas et je me crispe un peu plus.

— Tu te trompes sur nos intentions, je t'assure. On a eu peur quand tu es partie avec Rada, on t'a cherchée. Écoute-moi, s'il te plaît, plaide-t-il. C'est Diulé qui nous envoie.

Qu'est-ce que c'est que ce charabia ?

Deuxième pas. Je siffle :

— Va-t'en, Chiros !

Comme les qadurs dans le tunnel, je me tasse. Mon mouvement est imperceptible mais Naria le comprend. Elle fonce tête la première dans le ventre de Chiros, qui se recroqueville par réflexe. Je bondis aussitôt et abats le manche de mon poignard sur sa nuque.

Inconscient, Chiros s'effondre dans un bruit mat. Son corps inerte soulève un petit nuage de poussière.

— Il faut disparaître, maintenant !

Haletante, je cours jusqu'au Mur.

— Qu'est-ce que tu fais, Érine, il n'y a pas de porte ! s'affole Naria sur mes talons.

Je ne prends pas la peine de lui répondre, je m'élance et me jette sur la pierre à l'endroit exact où la porte pivote. Je commence à m'y enfoncer mais une puanteur abominable me paralyse.

— C'est quoi cette horreur ? s'étrangle Naria en reculant.

Pas le temps de tergiverser. Je l'agrippe fermement, bloque ma respiration et me force à pénétrer dans les entrailles du deuxième Mur.

16. Le Sanctuaire

1

Les cadavres des qadurs sont toujours là, en train de se décomposer dans une odeur pestilentielle qui mêle pourriture, viande avariée et sang séché. Voilà au moins un problème écarté : vu l'infection, j'imagine mal un homme en noir posté dans le coin. Mais je ne peux m'empêcher de tiquer : l'endroit n'a pas l'air d'avoir été investi non plus par les Couteliers… Or, ils nous ont surpris en train d'émerger du Mur. Que signifie cette défection ? Pourquoi ne pas avoir fouillé le tunnel et clos toutes les ouvertures ? J'inspecte les lieux avec circonspection.

— Pitié Érine, allons-y, je vais m'évanouir… geint Naria, son voile noir roulé en boule sur son nez. En plus, si ça se trouve, les jumeaux nous ont vues pousser la porte, ils pourraient arriver d'un moment à l'autre.

— Attends, je veux vérifier quelque chose !

Je sors le galet de lumière que Mrone m'a donné et du bout de la chaussure, je tapote un amoncellement de bestioles grouillantes qui animent les qadurs. Je ne parviens pas à réprimer un frisson. La bouillie informe émet un son humide, les chairs putrides exhalent des vapeurs atroces mais je continue à marteler le sol. Je veux la retrouver.

— C'est ça que tu cherches ? demande Naria.

Elle exhibe mon aiguille. Cette dernière est couverte d'une croûte répugnante, elle pue, mais elle est intacte.

— Merci !

Naria entreprend de la frotter avec vigueur sur la terre rouge pour la débarrasser de sa crasse.

— C'est mon arme de prédilection, je lui explique en la récupérant.

Je note qu'elle n'a pas de mal à ramasser un objet maculé de fluides. Bizarre pour une fille de dix-sept ans...

Satisfaite, je glisse mon aiguille à peu près propre dans un repli de mon pantalon. Naria soupire.

— Lorte affectionnait beaucoup ce genre d'armes désuètes...

— C'est par là, je la coupe en indiquant la pente qui mène au tunnel.

Nous descendons et tournons à gauche. Je suis sur mes gardes et guette le moindre bruit suspect. J'ai du mal à croire que personne ne s'intéresse au tunnel, au vu des récents événements. Mais au bout de quelques minutes, je me rends à l'évidence : il n'y a pas âme qui vive aux alentours. Seule la tranquillité ouatée du souterrain nous enveloppe.

Je commence à me détendre quand Naria s'arrête sans prévenir. Je me raidis, à l'affût.

— Qu'est-ce qui se passe ?

— Tu ne sens pas ? chuchote-t-elle.

— Quoi ?

— L'air vibre…

L'air vibre ?

— Je n'ai pas pensé à prendre de la ficelle pour t'attacher si jamais tu m'attaques… je plaisante, histoire de détendre l'atmosphère.

— Ce n'est pas une blague, Érine ! répond-elle, fâchée. Ferme les yeux, campe-toi droit dans le sol et tourne tes paumes vers la terre…

Je m'exécute. Non seulement Naria a une expérience supérieure à la mienne mais c'est une Kashusha. Je suis une ignare, à côté d'elle. J'écarte donc légèrement les pieds, me redresse et, bras tendus, offre mes paumes à la terre rouge du tunnel.

Il ne se passe rien. J'attends, rouvre un œil, croise le regard courroucé de Naria.

— Tu veux apprendre ? Alors vas-y !

— D'accord mais sois aimable !

— Pardon… concède-t-elle avec une moue exaspérée.

Je me concentre sur ma respiration, visualise mes plantes de pied, me détends. Je dois m'être habituée à l'odeur des qadurs car elle me dérange moins, elle s'éloigne, se dissout. J'entreprends de m'abstraire de notre environnement. J'écoute, j'essaie de m'ouvrir à cette fameuse vibration.

Et peu à peu, je sens. Oui, le fourmillement est infime mais il est indéniable. Comme si une multitude de minuscules bêtes pareilles à celles qui pullulent sur les qadurs émergeaient du sol, grimpaient le long de mes chevilles, de mes mollets, escaladaient mes genoux avec leurs millions de petites pattes. À une différence près : cette multitude est bénéfique, lumineuse.

— Voilà… chuchote Naria qui a vu mon sourire.

Je les cherche et les attrape ces infimes traces, je m'y fonds, je ne suis plus dans le tunnel chaud mais en symbiose avec elles, imprégnée de leur présence, de leur lumière. Je me remémore la sensation éprouvée lorsque je me suis rangée aux côtés de ma mère et de Naria pour soigner Arkadi, et soudain, mon corps se souvient. Il aspire le bouillonnement de la Magie. Le picotement se transmue et je capte le flux prodigieux auquel j'ai goûté alors. Il se fraie un chemin le long de mes membres, s'épanouit, me baigne d'une clarté éblouissante qui embrase mes paupières et me réchauffe de l'intérieur, comme si le monde s'ouvrait à moi et que je le comprenais avec une acuité renversante. Bientôt, j'ai l'impression de voir, de savoir. L'énergie est partout autour de moi, m'envahit… Et l'air vibre, vivant, ardent, regorgeant de ce flux merveilleux.

— Ouvre doucement les yeux, Érine, me recommande Naria dans un souffle.

Je prends mon temps, je ne veux pas le perdre. Mais lorsque mes paupières se soulèvent et que j'aperçois mes mains, je manque de perdre l'équilibre. Car autour de mes paumes volettent cette infinité de points bleutés incandescents, éclats de Magie pure.

L'image est trop choquante.

Je me déconcentre, je perds le flux.

Naria me tapote l'épaule.

— Tu viens de convoquer la Magie, Érine…

Je ne réponds d'abord rien, sonnée. Puis je me mets à penser tout haut, tandis que nous remontons de nouveau le tunnel.

— Je commence à saisir à quel point la Cité est dégénérée : aujourd'hui, les Clans appellent la Magie et la façonnent par le truchement du Verbe. Pourtant l'essence de la Magie est plus simple, c'est un flux d'énergie brute, primitive, absolue. Si j'en crois ma mère, nos ancêtres l'avaient découverte, et les incantations sont un vieux reste de cette science. Mais je pense que les mots ne leur étaient pas nécessaires. Les Kashushas les réservaient probablement à la création de choses complexes nécessitant minutie et subtilité. Pour le tout-venant, ils convoquaient la Magie dans leur chair, d'instinct. C'était naturel.

— Oui, la Cité est bien laborieuse…

Je désigne du doigt des inscriptions sur le mur et Naria hoche la tête. Il n'y a plus aucun doute possible quant à leur origine.

— Attention, on approche de l'endroit dont je vous ai parlé mais aussi de la grille qui donne chez… chez ton père.

Nous ralentissons, tendant l'oreille, nos pas assourdis par le sol poussiéreux.

— Elle est là ! s'exclame Naria, étouffant sa voix.

Je prends une profonde inspiration.

La pierre est par terre. Rectangulaire. Insignifiante. Elle s'est détachée du sommet du mur et y a laissé un trou béant qui me fait penser à un sourire auquel il manque une dent. Nous l'étudions sous toutes les coutures, comme si elle pouvait se mettre à parler.

— Érine… murmure Naria qui a reculé et observe le mur. C'est une porte !

— Comment ça ?

— Regarde, ajoute-t-elle en tendant le doigt et en décrivant une arche hypothétique. Un passage a été muré. C'est tellement bien fait qu'il faut s'arrêter pour le remarquer !

Je plisse les yeux mais je sais déjà qu'elle a raison. Maintenant qu'elle a attiré mon attention, je distingue l'irrégularité du mur. La forme d'une arche.

— Allez, grimpe !

Je joins mes mains pour lui faire la courte échelle et d'un bond souple, Naria se hisse sur mes épaules. Elle s'agrippe au mur, s'approche.

Pourvu qu'elle ne me dise pas qu'il y a de la terre, pourvu qu'elle ne me dise pas qu'il y a...

— Un trou !

— Tu pourrais être plus précise ?

Naria gigote, glisse son galet de lumière à l'intérieur du mur. Ses chaussures me blessent les doigts. Mes jambes flageolent. Je lève le nez et constate que son bras passe entièrement au travers de la paroi.

— Il y a un autre tunnel Érine, perpendiculaire au nôtre...

Elle essaie de détacher une autre pierre, tout là-haut.

— Naria, qu'est-ce que tu fiches ? Je suis juste en dessous, tu vas m'assommer !

— Désolée, je n'ai pas réfléchi... grimace-t-elle.

Elle s'appuie sur mes épaules et descend, surexcitée.

— Tu avais raison, Érine ! Nos mères ont cherché ce passage pendant des générations ! Et nous y sommes !

J'entraperçois l'espace d'un instant l'adolescente rieuse et insouciante qu'elle aurait pu être et j'ai de la peine pour elle. Mais je ne m'apitoie pas. Nous avons un problème à régler : les pierres solidement scellées.

Je récupère mes outils restés dans le ventre boursouflé des qadurs, et j'entreprends de percer le mur à grands coups de pioche. Nous n'aurons pas besoin d'une ouverture très large, alors je me contente d'agrandir celle de la pierre.

Quelques instants plus tard, Naria s'y faufile la première. Je grimpe à sa suite, glissant mes doigts dans l'interstice des pierres, une douleur aiguë cisaillant mon poignet encore amoché. Je retiens mon souffle.

De l'autre côté, il y a bien un tunnel.

Taillé dans la même roche rouge, il descend en pente douce et se perd dans le noir opaque. Ça sent l'humidité. Pas vraiment le renfermé, mais l'humide. Et le chaud…

Naria se tourne vers moi, je saute pour la rejoindre.

— Allons-y, je réponds à sa question muette.

2

C'est un tunnel jumeau, je pourrais être sur le chemin du cimetière : même pierre rouge, mêmes signes dessinés sur la paroi. Cependant, notre descente dure si longtemps que je me surprends à m'inquiéter : sur quoi allons-nous déboucher ? Je garde mes réflexions pour moi, je ne veux pas alarmer Naria.

La touffeur s'épaissit. Nous faisons une pause pour boire, repartons, nos galets de lumière brandis pour crever l'obscurité. Pourquoi fait-il si chaud ? Je suis sur le point de proposer à Naria de rebrousser chemin quand le plafond monte et les parois s'écartent. Je ralentis. Devant nous, un espace béant s'ouvre et une chaleur accablante s'en exhale. J'avance mais un éclair aveuglant zèbre les ténèbres et nous cloue sur place. J'attrape Naria et l'oblige à se baisser, le cœur tambourinant.

— C'était quoi ? chuchote-t-elle après un moment.

— Aucune idée…

Rien ne bouge.

Que peut-il y avoir ici ? Un homme, un animal ? À cette idée, je ne peux réprimer un frisson. Nous n'avons fait que descendre… je refuse d'imaginer un être vivant à cette profondeur. Finalement, comme aucun bruit ne résonne, je me risque à lever prudemment mon galet. Quelque chose renvoie sa lumière, la réfracte et brille de mille feux.

— Allons-y…

Nous marchons à pas précautionneux, mais très vite, je m'arrête, incapable de poursuivre, sciée par le spectacle prodigieux qui s'offre à nous. Car loin des horreurs que j'ai pu fantasmer, nous nous tenons sur le seuil d'une grotte féerique.

La cavité entière est couverte de cristaux magnifiques, épais bâtons translucides et pointus dont les faces planes réfléchissent la lumière. Certains sont des bouquets fragiles, s'élancent en corolles dans toutes les directions, dessinant de petits soleils minéraux. D'autres sont larges comme des troncs centenaires, épées monumentales abandonnées par un géant oublié. Ils surgissent du sol ou des murs, s'élèvent, s'enchevêtrent en un maillage imposant, bloquent le passage, saillent ou tombent en diagonale, s'arrêtent au milieu du vide, pointant leur dard minéral aussi aiguisé qu'une lame, s'adossent aux parois ou transpercent le plafond, parés de mille facettes scintillantes dès lors que la lumière les frôle. Nous ne savons pas où donner de la tête. J'en oublie même la température épouvantable.

— C'est… c'est sublime ! bafouille Naria, dont la voix trahit le respect qu'impose ce décor.

Le sol couleur grenat et les parois légèrement incurvées adoucissent l'ensemble.

Une roche différente constelle la grotte. Il s'agit de petits monticules composés de morceaux grisâtres, empilés les uns sur les autres jusqu'à former des amoncellements de tailles variées, dont certains atteignent une hauteur vertigineuse. Je me demande ce que c'est. Ces tas sont-ils le fruit d'une main humaine ?

— Attention de ne pas tomber, je préviens. Sinon, on est sûres de finir empalées…

Je pose avec précaution un pied derrière l'autre, essayant de prendre appui sur le sol cramoisi qui affleure entre les cristaux nacrés. Le plus proche m'arrive à la cuisse, menaçant, prêt à m'attaquer. Ses flancs sont lisses comme la surface d'une eau morte, chaque sommet aussi effilé qu'une aiguille. Inutile de toucher, je sais qu'il est dur, froid.

Au centre de la grotte se dresse une forêt de cristaux démesurés. On dirait les canines d'un monstre d'une autre ère. Je lève le galet de lumière et le place tout contre l'un de ces colosses. La lumière le traverse, révélant un réseau de veinules bleues et iridescentes qui le parcourent, petits canaux ondoyants se déplaçant à l'intérieur de la roche transparente. La magnificence de ces cristaux bruts, masses éternelles dont on capte, dès lors que l'on s'approche, la complexité, la finesse, la délicatesse… je pourrais rester des heures à les admirer.

Un sourire extatique sur les lèvres, je me tourne vers Naria.

Mais elle n'est plus avec moi. Pâle et hagarde, elle tremble de la tête aux pieds. Qu'est-ce qui la bouleverse autant ? Je m'apprête à la secouer quand je me ravise. Naria fait preuve d'une réceptivité exacerbée et a dû sentir quelque chose. Plutôt que de l'arracher à sa perception, j'essaie de l'imiter, de ne pas me restreindre à ma pensée ébahie et rétractée, mais d'écouter, de sentir.

Et sa réaction devient mienne.

L'air vibre avec une telle intensité que si j'avais eu un peu de pratique, je l'aurais immédiatement remarqué. Maintenant que j'en prends conscience, je sens les battements de ce flux magique qui se répercutent sur les colonnes de pierre et sur chaque parcelle de la grotte mystérieuse.

— C'est ici... murmure Naria.

Je hoche la tête.

— C'est le berceau.

Sans un mot, elle attrape ma main.

— Garde les yeux ouverts, chuchote-t-elle.

Le bouillonnement de la terre est violent, mais plus étonnant encore, l'énergie afflue de partout, formidable, fendant l'air, la matière, irradiant tous azimuts. Je tends la main et je sens que moi aussi, je l'appelle, je lui commande de venir, de me servir, de se soumettre.

En même temps que nous convoquons la Magie, un des cristaux tout proche se met à étinceler. Sa clarté augmente, puis s'intensifie jusqu'à devenir aveuglante. Très vite, il illumine le plafond comme en plein jour, fait grandir les ombres, accentue les trous et les aspérités, m'oblige à plisser les yeux.

Je prends peur. Mon corps se gonfle de l'intérieur, la Magie est trop puissante, elle déborde, et je ne lui demande pas d'agir sur un objet précis ! Je voudrais arrêter, appeler Naria, la supplier de cesser, mais je suis paralysée, tétanisée par la Magie. Au prix d'un effort incommensurable, je réussis à me tourner vers elle et la découvre, figée, nimbée d'un halo bleu, les cheveux dressés sur la tête. Tout est lumière.

Le cristal luit dans un dernier sursaut éblouissant puis explose avec fracas. Le bruit de verre brisé me déchire les tympans, je chancelle et me mets à hurler, incapable de contenir l'énergie emmagasinée.

Mon cri n'est pas humain. On le croirait sorti de la gorge d'un monstre, il résonne de mille voix, à la fois graves et stridentes, il grossit et me brûle.

Dans la pénombre revenue, je finis d'expulser mon air et reprends mes esprits. La grotte n'est plus éclairée que par le chétif galet de lumière.

— Tu as vu ça, Érine ! s'extasie Naria.

Courbée en deux pour reprendre mon souffle, je lui fais signe de me laisser le temps.

Je n'ai pas la force de parler mais c'est évident : la Magie n'est ni évanescente ni dans toute chose. Elle est contenue dans ces cristaux et repose ici. Le Verbe extrait des roches la formidable énergie que nous appelons Magie. Grâce aux incantations, les hommes la libèrent et l'attrapent au vol pour modeler, créer.

Je montre d'un index tremblant les tas épars de roche grisâtre.

— Les cristaux se meurent ! je crache, toujours pantelante. La Magie n'est pas inépuisable, elle est finie et s'éteint.

Nous sommes petites au milieu de cette grotte majestueuse et pourtant, elle est notre esclave : Naria et moi pourrions la drainer jusqu'à épuisement, en quelques mois seulement. Qui est fort ? Qui est faible ?

— Au lieu d'organiser de somptueuses Fêtes des Échanges, de ciseler des bijoux et des fruits uniques pour le prestige, les Six feraient mieux de s'atteler à préserver la Magie, je continue.

— Ça ne changera rien, elle disparaîtra quand même, rétorque Naria. Ce n'est qu'une question de temps. La Cité va mourir…

— Nous devons fournir des preuves au Conclave, Naria, son rôle est de préparer la Cité à affronter l'avenir autrement… Avec ou sans Magie.

En grattant la terre avec mon aiguille, je réussis à extirper trois petits cristaux, longs comme ma main. Je les glisse dans la besace donnée par Mrone.

Mes vêtements sont trempés. Nous avons l'habitude de la chaleur, dans la Cité, mais celle-ci est moite, dense. J'essuie mon front dégoulinant, mes joues écarlates.

— On fait demi-tour ? s'enquiert Naria.

— Il y a un autre passage au fond et nous avons la nuit devant nous. Explorons tout notre saoul avant de quitter les lieux, tu ne crois pas ?

Face à nous s'ouvre effectivement un tunnel identique à celui que nous avons suivi. Naria acquiesce. Après avoir fait halte pour nous désaltérer, nous reprenons notre expédition.

3

Nous n'avons pas mesuré l'ampleur de notre tâche. En réalité, le sous-sol de la Cité des Six est truffé d'un inextricable réseau de grottes hérissées de cristaux. Certaines se réduisent à un amoncellement gris et drainé, d'autres resplendissent. Les tunnels se croisent, bifurquent… et toujours, aboutissent à une nouvelle grotte, étroite, large, haute, bosselée. Comme le supputait ma mère, la Cité leur a arraché la majeure partie de la Magie, mais il demeure des cristaux vaillants, des cavités chatoyantes. Un peu.

Je prends soin de marquer chacun de nos passages et trace de petites encoches à l'entrée des tunnels, pour faciliter notre retour.

La chaleur est tellement suffocante que je ne sens pas l'air entrer dans ma gorge quand j'inspire. Mes pieds ont gonflé, mes mains aussi, mes cheveux sont mouillés.

De temps à autre, nous tombons sur des squelettes alignés dans des positions insolites. Leurs poignets encore ornés de bracelets me titillent mais je refoule mes réflexes de pilleuse. Je ne veux pas profaner les cadavres de mes ancêtres.

La trouvaille la plus surprenante se situe dans la dixième ou onzième grotte : au pied d'un monticule, j'avise sept statuettes hautes comme mon index. Elles ont une forme étrange que je n'arrive pas à identifier, ni humaine, ni animale, ni végétale. Elle sont raffinées et ouvragées, et chaque sculpture affiche une légère variation : un trait, un angle, un bombé.

— Tu as déjà vu ça ? m'interroge Naria.

— Non… Sans doute un vestige de la Cité des Enfants-Sortilèges. Ils ont laissé des corps, des messages, des statuettes… Ils devaient chérir la Magie, l'adorer. Nous ne faisons que la voler. La Cité est un monstre qui avale sans penser.

— Érine, tu as encore beaucoup d'eau ? demande tout à coup Naria.

— Oui, je me rationne. Habitude orkla. Avec parcimonie, pas de gâchis, petit à petit… ce genre de choses.

— Je viens de vider ma gourde, avoue-t-elle, honteuse.

— Fille de riche !

— On devrait peut-être rentrer, Érine, on ne doit pas rater l'audience du Conclave.

— Continuons encore, Naria. Peut-être n'aurons-nous jamais plus l'occasion de descendre ici. Une fois que les Conseillers connaîtront l'existence de ces merveilles, ils en bloqueront l'accès…

Pour achever de la convaincre, je lui tends ma gourde en souriant.

J'avance en traînant les pieds. J'ai mal au crâne, mes vêtements collent à ma peau. Les murs diffusent une chaleur moite et brûlante, mon corps gonflé est lourd et fourbu… j'essaie de penser à autre chose.

— Dis-moi, Naria, entre être Guérisseuse et se transformer en une vieille femme, il y a un monde. Comment faisais-tu pour devenir Rada ?

— Détrompe-toi, guérir et se métamorphoser revient au même : il s'agit d'influencer les tissus. Chez nous, l'utilisation de la Magie consiste à sélectionner des plantes et à démultiplier leurs effets pour accélérer le processus de guérison, mais pas seulement. Un Guérisseur exerce aussi une influence sur le corps, il lui ordonne de s'adapter à l'urgence de la situation, il le contraint à se transformer. En tout cas, c'est ce que je me figure.

— J'imagine que les Guérisseurs capables de se transmuter comme toi sont peu nombreux. Je ne savais même pas que c'était faisable !

— De mon point de vue, l'Initiation est assez rudimentaire. La plupart de mes frères se cantonnent aux bases : ils récitent les formules, réparent un os cassé, chassent une toux, atténuent la douleur… mais rares sont ceux qui s'éloignent des chemins balisés.

— Toi, tu sais.

Nous traversons une grotte ébouriffée de cristaux vierges et opalescents sous la lumière de mon galet.

— Oui, mais je ne l'ai pas appris. J'ai expérimenté. Sur des plantes, sur des petits animaux… enfin, sur tout ce que je trouvais ! Me transformer en Rada n'est rien d'autre qu'une façon de forcer mon corps à s'arranger différemment, à s'aménager. Tu changes juste les meubles de place, affirme-t-elle en haussant les épaules.

— Tu veux dire que tu n'es qu'une sorte de contorsionniste… de l'intérieur ?

— Voilà. Au début, pour m'aider, je confectionnais des boulettes de plantes imprégnées de Magie. Mais ensuite, je n'en ai plus eu besoin, ou seulement quand il y a urgence, comme lorsque nous sommes sorties du Marché interdit, avec ta mère. Il m'est plus facile de reprendre mon apparence normale que l'inverse, j'ai parfois besoin d'un coup de pouce.

— J'aimerais bien apprendre ça !

— Si on avait plus de temps…

4

Je ne m'en étais pas rendu compte, mais j'avance penchée en avant, le nez au sol. Or nous sommes au milieu d'une intersection. Plusieurs tunnels se déversent dans une vaste allée pavée, une route devrais-je dire. Les inscriptions recouvrent les murs, des niches creusées dans la paroi dévoilent de multiples statuettes, figurent des visages euphoriques, des mains et des cristaux.

Sans un mot, nous poursuivons notre chemin.

Et le tunnel débouche sur une apothéose.

L'immensité du lieu est époustouflante : haute comme cinq hustas, large comme le Haut Forum, la grotte somptueuse a des proportions telles qu'il en émane une solennité pesante. Malgré la petitesse de mon galet de lumière, je distingue le plafond froncé de stalactites luisantes, longues ou naissantes. Partout, des cristaux monumentaux s'élèvent et crèvent le ciel de la grotte. Je dois lever la tête pour apercevoir les plus impressionnants d'entre eux, dont le diamètre équivaut à un cercle formé par vingt hommes se donnant la main. La matière minérale est majestueuse.

— Nous sommes dans le Sanctuaire ! s'exclame Naria avec un sourire en coin à cause de sa bouche sèche.

Les Enfants-Sortilèges révéraient une force ineffable, une merveille enfouie, que les Patriarches ont méprisée. Ils n'ont réussi à en comprendre ni la beauté ni l'éblouissant potentiel. Les Clans me font pitié. Leur ignorance crasse est inversement proportionnelle à leur arrogance.

La grotte abrite aussi des sources, petits puits d'eau claire délicieuse qui étanche notre soif. Nous buvons à grandes gorgées et remplissons nos gourdes.

Nous déambulons parmi les cristaux, rassérénées. Des vasques de pierre dans lesquelles il reste des traces de suie sont posées sur des colonnes. Sans doute des brasiers pour créer des courants d'air.

De l'autre côté de la grotte s'ouvrent quatre passages, orifices noirs trouant la paroi.

Alors que nous tergiversons pour savoir si nous devons revenir ou nous engouffrer dans l'un d'eux, d'intenses picotements me transpercent. Je me retourne : un des immenses cristaux s'allume, palpite et irradie. La caverne s'embrase, les reliefs se découpent, les ombres s'agrandissent, se meuvent, l'air crépite.

— Vite, vite ! Partons !

À peine avons-nous plongé dans un des tunnels qu'une violente déflagration me projette contre le mur. Le sol tremble sous l'avalanche de milliers de cristaux qui s'effondrent les uns sur les autres, cassent et crissent avec le fracas du miroir qui se brise, démultiplié par l'écho. Un nuage opaque pénètre le tunnel et je me mets à tousser, la gorge attaquée par les fines particules expulsées de la caverne, mes yeux piquent et pleurent.

La poussière se dissipe et Naria se risque à rebrousser chemin, les cheveux auréolés d'une fine couche de terre rouge. Mais c'est inutile. Je sais qu'un des principaux cristaux vient de se désagréger. Et le passage est bouché.

17. Le Conclave

1

Depuis quand marchons-nous ? J'examine les parois à la recherche d'un indice qui pourrait me fournir une piste. Mon corps entier est douloureux, mes pieds ont doublé de volume, mes chaussures me blessent. Je rêve d'un bain tiède, d'une brise nocturne. Je déglutis avec peine. Ma gorge est un désert.

Visiblement, Naria a besoin d'éloigner sa peur. Je la lis dans ses traits tirés.

— Tu te rappelles ce qui s'est passé sur le toit quand Touma et le vieux nous ont foncé dessus ? chuchote-t-elle, incapable de parler plus fort.

— Bien sûr, je croasse, la bouche pâteuse.

— Tu sais, ce jour-là, je n'ai pas cherché à convoquer la Magie, elle est venue à travers nous. Tu m'as aidée à la canaliser et je n'ai fait que la libérer. J'aurais pu…

Elle passe une langue blanche sur ses lèvres gercées.

— Érine, je te demande pardon, j'aurais dû être capable de recommencer quand les hommes en noir se sont précipités sur ton père.

— Je m'en doute.

— Pause… supplie Naria.

— D'accord mais on ne s'assoit pas, sinon on ne se relèvera plus.

J'humecte ma bouche avec ma gourde et la tend à Naria qui m'imite.

Aucune n'ose formuler ce que nous savons toutes les deux : nous sommes perdues, prisonnières des entrailles de la terre. Et avec cette chaleur, nous ne tiendrons pas longtemps.

— Allez…

Nous traversons encore et encore des grottes, remontons des tunnels, descendons, tournons en rond sous cette foutue terre.

Je ne me rappelle pas le moment où nous avons vidé nos gourdes. Mes pieds sont difformes, écorchés. J'ai dû retirer mes chaussures. Je ne fais plus attention aux cristaux, désormais. Mon attention est entièrement concentrée sur les éventuels puits, flaques, n'importe quoi qui contiendrait de l'eau… Les cristaux n'existent plus, ils n'ont aucun intérêt, leur beauté ne m'émeut plus. Tout ce que je veux, c'est boire. Je ne pense qu'à ça, de l'eau. Si j'avais grandi chez les Sourciers, peut-être pourrais-je la faire venir à moi, m'en délecter, la faire couler dans ma gorge à vif, ma langue épaisse qui me gêne… J'ai si soif.

Naria est en piteux état, elle aussi.

— On va mourir ici, Érine…

Je voudrais lui dire qu'elle doit convoquer la Magie, elle qui est si douée, et faire venir l'eau à nous, cette satanée eau, même un dé à coudre me suffirait, mais je n'y arrive pas. L'intérieur de ma bouche ne contient plus une once de salive.

Je me laisse tomber sur le sol, éreintée, appuyée au mur du dixième, centième, millième tunnel que nous parcourons. Naria a raison. Nous allons mourir ici.

Elle s'écroule à côté de moi.

— Je croyais qu'il ne fallait pas s'arrêter…

Je glisse, incapable de tenir assise, m'étale, m'allonge sur le dos, à bout de force.

Je regarde droit devant moi.

Et je les remarque.

Les traces sur le plafond du tunnel. Une ligne bleu foncé, continue, fine, presque indétectable. Je secoue Naria qui grogne et m'observe, ahurie, le visage bouffi par la chaleur. Alors je pointe un doigt victorieux vers le haut.

Guidées par la ligne, nous suivons le tunnel qui sinue, et après un temps infini… nous entamons une montée. La température diminue, les parois se couvrent d'humidité. Je dérape sur le sol suintant, m'étale de tout mon long, je le lèche, ce sol bienfaisant, me relève en tremblant et continue, bouche ouverte pour y faire entrer l'eau stagnant dans l'air. Derrière moi, Naria ahane sous l'effort.

Enfin, j'aperçois une volée de marches en pierre et pousse un soupir de soulagement. Nous avons quitté le dédale des grottes.

Après un escalier à vis interminable dans lequel je pense rendre l'âme, nous débouchons sur une porte encastrée dans le mur. Elle pivote gentiment sous la pression et s'ouvre sur un canal souterrain dont l'eau noire et lisse coule avec paresse au milieu de deux étroites berges pavées.

Je m'apprête à me ruer dedans pour me désaltérer, mais Naria me retient.

— Impossible de savoir si cette eau est pure, Érine, il peut y avoir plein de cochonneries là-dedans, dit-elle de sa voix éraillée. Nous en aurons bientôt à foison, viens !

Rien à faire. Ce n'est plus tenable. Je la repousse d'un coup de coude, me jette à l'eau sans réfléchir. Heureusement, j'ai pied… Je m'y enfonce jusqu'à la taille, la température fraîche apaise les douleurs de mes jambes. Je le note dans un coin de mon esprit mais je ne m'y attarde pas, j'avale à grandes rasades le liquide sombre. Je pourrais m'y noyer, je n'ai rien bu de si bon de toute ma vie.

— Elle est divine, Naria, je t'assure, je finis par dire, béate.

Elle esquisse un geste fatigué et ni une, ni deux, me rejoint. Oui, l'eau est exquise et Naria m'imite, ravie, y plongeant ses cheveux.

Quand nous avons étanché notre soif, nous remontons lentement le canal, toujours dans l'eau noire. Il aboutit à une grille. De l'autre côté, la lumière du soleil tombe du ciel.

— Il fait jour… je constate, abasourdie.

— Tu crois qu'il est quelle heure ? demande Naria, anxieuse.

— L'heure de se dépêcher…

Pourvu que nous n'ayons pas raté l'audience !

Je secoue la grille. Naria m'aide, faisant trémuler les gonds de métal. Rien à faire. Je finis par attaquer la serrure avec mon aiguille. Après un temps infini, le verrou saute dans un claquement sec. Nous sommes dans le fond d'un puits. Sous le Clan des Sourciers, donc.

Au-dessus de nous, un rond de lumière crue. La sortie. Pour y parvenir, il nous faudrait escalader le mur haut d'une vingtaine de mètres.

— Que faire ? C'est la catastroph…

Je n'ai pas le temps d'avertir Naria. Un seau tombe, ricoche sur la paroi et vient la frapper à l'épaule avant de crever l'eau dans une gerbe sonore.

— Hé, doucement ! hurle Naria.

Une série de têtes ahuries s'encastrent dans le petit cercle de lumière…

2

Quelques contorsions plus tard, nous nous extirpons du puits, les yeux plissés par le trop-plein de soleil, au milieu d'un attroupement effaré. Je saute sur le premier venu.

— Quelle heure est-il ?

— Ça a sonné dix coups après le déjeuner… tremble le Sourcier, effaré par mes manières.

L'après-midi. L'audience a lieu en ce moment même !

Malgré notre piteux état, nous arborons des tuniques aux couleurs d'un Clan et on nous laisse passer sans exiger de plus amples explications.

Naria et moi courons comme des folles, échevelées, sales, et les gens s'écartent devant ce tableau apocalyptique. Nous atteignons enfin les arcades qui bordent le Haut Forum. Ici, le bruit est permanent. Je jette un œil sur l'immense place, cœur administratif de la Cité. Elle est toujours animée. Des bêtes tirent des chariots chargés de grains, de vivres, de sacs, de tissus, les chargements s'en vont vers les entrepôts, en sortent. Hommes et femmes s'affairent, trottinent, portent, déplacent.

Certes, nous portons des tuniques brodées, mais je préférerais que nous restions discrètes. Or avec nos vêtements détrempés, la chose s'avère compliquée… Nous faufilant sous les arches, nous avançons, fébriles.

— On ne va jamais nous laisser entrer, je maugrée en étudiant l'accoutrement désordonné de Naria.

Soudain, je suis violemment tirée en arrière, lève aussitôt les bras pour me protéger du coup qui va pleuvoir… et découvre le vieux visage fripé de Mrone collé au mien.

— Vous êtes en retard, Kashushas !

Elle nous tend des tuniques propres et sèches, que nous enfilons à la sauvette au milieu du passage.

— Vous avez trouvé. Je le vois à vos visages, vos yeux. C'est bien… Une bonne nouvelle. Moi, j'ai rencontré des témoins, des voisins Dresseurs et une famille de Descendants chez les Façonniers. Hélas, aucun n'a accepté de se rendre à l'audience. Ils ont peur. Arkadi est seul. Ça s'annonce complexe. En revanche, il devrait y avoir foule ! Filez ! nous ordonne-t-elle.

Je passe la main dans mes cheveux pour les lisser, esquisse un dernier petit signe en direction de Mrone, et me mets en route. Nous devons faire vite. Si Arkadi est l'unique témoin face à Pamar, je ne donne pas cher de sa peau.

La Tour du Ciel est prise d'assaut, une marée humaine s'étale devant ses portes. Le vestibule est si bondé qu'il déborde et se déverse sur le Haut Forum où des curieux se pressent. Ils sont peut-être deux ou trois cents à patienter, incapables d'entrer. Notre premier objectif est d'y pénétrer. Ensuite, il nous faudra remonter le vestibule et atteindre la grande salle…

Les audiences publiques suivent un rituel précis. Le Conclave fait ouvrir les portes de la Tour. Le demandeur dépose son nom auprès d'un huissier, et il est appelé si sa requête est jugée digne d'être présentée au Conclave. Les refus sont rares car aucun habitant de la Cité ne considère l'événement à la légère. Les problèmes exposés ont souvent trait à la justice (un cousin ou un frère emprisonné « par erreur »), ou à des dissensions entre Clans.

Pour l'occasion, le hall de la Tour du Ciel, volume vide et imposant de plusieurs centaines de mètres de long, devient la « salle d'audience ». La fameuse table des Six, meuble mythique en forme de demi-lune derrière lequel siège le Conclave, est installée au milieu du vaste rez-de-chaussée. Le demandeur s'en approche et, debout, formule ses doléances en public. Les six Conseillers l'écoutent, l'interrogent, et votent pour valider leur verdict, qui tient lieu de décision irrévocable. Cette tradition immuable, issue des Patriarches, est connue de tous et respectée. Mais ne soulève jamais un tel enthousiasme… Mrone a excellé dans sa tâche. Il y a des Planteurs, des Dresseurs à foison. Des Façonniers aussi. Qu'a-t-elle dit, qui a-t-elle contacté ? Je remarque des orklas. Ils sont même nombreux ! Comment ont-ils atterri ici, que cherchent-ils ? Font-ils les poches ?

La densité de spectateurs est si compacte que je doute un instant de réussir à la traverser. Cependant, pas après pas, nous progressons, jouant des coudes, poussant, tirant, nous excusant. Dans ma besace, les cristaux sont indemnes. Je craignais qu'ils aient explosé, eux aussi. J'ai bien l'intention de les montrer au Conclave, à la Cité tout entière.

Nous touchons enfin au majestueux portail sculpté qui marque l'entrée de la Tour. Des portraits de Conseillers parent ses murs de pierres blanches et une myriade de galets de lumière illumine le plafond telle une voûte céleste. La rumeur des bavardages s'y répercute, amplifiée. Des Couteliers hagards tentent de maintenir ce petit monde à distance et de maîtriser les débordements. L'un d'eux me retient brutalement pour vérifier que je porte une tunique brodée. Mon état le fait tiquer mais dépourvu d'argument, il me laisse avancer. Naria sur les talons, je fends une foule sérieuse et attentive, ponctuée de « qu'est-ce qu'il dit ? » et de « chut ! » agacés.

Les bribes de conversations que je capte attisent ma curiosité.

— Le Conseiller dit que la femme a tort. Les Planteurs ne fournissent pas de nourriture avariée, elle a dû se tromper, mal voir ou faire quelque chose qui la détériore.

Tiens, tiens, un nouveau problème de nourriture… Tant mieux, les Conseillers ne pourront plus feindre l'ignorance et occulter le problème. Oui, la Magie diminue à tel point que les habitants des Clans viennent désormais s'en plaindre aux audiences publiques. Ils accusent le Clan des Planteurs, certes, mais en sous-main, c'est le puissant Conclave qui est montré du doigt, censé pourvoir aux besoins de chacun. La situation est inédite, est-ce qu'elle explique l'affluence ?

— La femme n'en démord pas. Elle dit que les Planteurs l'ont flouée, le Conclave aussi ! s'étonne un homme. Le grain était moisi, elle tient bon… Les Conseillers sont furieux.

Le mot se passe de bouche à oreille.

— Son enfant a été malade. Elle dit qu'elle a faim.

— Ses voisins aussi, ajoute un autre, c'est pareil pour eux.

Tous opinent.

Naria et moi continuons notre lente remontée. J'ai beau me hisser sur la pointe des pieds à intervalles réguliers, je ne distingue que le haut de la salle d'audience. La table des Conseillers et les demandeurs restent dissimulés par la multitude de cheveux, fichus, chapeaux, lances.

Un coup de gong retentit et une voix de stentor crie : « Suivant ! »

Autour de moi, des grognements.

— Ils ont rejeté sa demande ?

— Oui.

Les sourcils se froncent, les commentaires vont bon train.

— Soi-disant qu'ils vont essayer de comprendre comment ses grains ont pu pourrir en une nuit !

— Pourquoi ils ne lui donnent pas un autre sac pour compenser ?

— Peut-être qu'ils n'en ont plus…

— Ils veulent la punir !

— La punir de quoi ?

— D'avoir menti et accusé les Planteurs pour rien !

— Parce que vous n'avez pas eu de problèmes d'approvisionnement, vous, peut-être ? s'agace un Façonnier.

— Non, chez les Planteurs, tout va bien !

— Bien sûr, vous vous gardez le meilleur !

On m'écrabouille les pieds, on me bouscule en grondant.

Je m'enfonce dans la foule et perds le fil de la discussion. Sale ambiance.

3

Encore quelques mètres et nous atteindrons le cordon de Couteliers qui barre l'accès à la magistrale salle d'audience. Je vois mieux, désormais. Une rangée de soldats impassibles est alignée le long du mur de la salle, depuis les spectateurs massés sur le seuil jusqu'à la table des Conseillers. L'endroit est tel que dans mon souvenir : grandiose. Dallé d'immenses carrés de pierres noires et blanches agencées en damier, le sol donne le vertige ; il crée une illusion d'optique qui fait se sentir insignifiant. Un avantage certain pour le Conclave lorsqu'il siège en public. Le plafond est élevé, rehaussé de motifs végétaux et animaux entrelacés, de sculptures qui s'élancent dans le vide comme des gouttes prêtes à tomber. Le mur du fond, en face de moi, est percé de fenêtres étroites et d'une monumentale cheminée. De chaque côté, des escaliers à vis s'élèvent et aboutissent à une large coursive qui fait le tour de la salle. Elle surplombe les loges attribuées aux six familles de Descendants qui souhaitent assister aux audiences publiques. Ces niches sont luxueuses, ornées de pierres scintillantes, parées de chaises tendues de tissu noir. Les portes closes protègent les espaces privés réservés aux Clans. Chaque habitant de la Cité peut s'y rendre et demander à rencontrer son Conseiller, mais rares sont ceux qui osent, rebutés par la magnificence du lieu, intimidés par son atmosphère grandiloquente. Les pièces indépendantes destinées aux seuls membres du Conclave se situent aux étages supérieurs et sont interdites d'accès.

Dans la loge des Dresseurs se détache la chevelure rousse de Sana.

Au milieu de la grande salle trône la table en demi-lune, avec ses célèbres pieds en griffes d'arlare. Les Conseillers y siègent avec noblesse, assis dans leurs somptueux habits de brocart, des bijoux ornant leurs doigts, leur cou, leurs oreilles. À l'extrême gauche, Domur, le Conseiller des Planteurs, porte un gilet vert foncé et un collier en forme d'arbre. Ses épaules larges remplissent entièrement le dos de son fauteuil en bois. Il a une soixantaine d'années mais affiche une bonne forme, et comme à son habitude, arbore un visage placide. À ses côtés, je reconnais Luska, le Conseiller des Sourciers, sa longue figure pâle plissée par la concentration. Il est fin, tout en os, ses grandes mains immobiles posées devant lui. Dans le quatrième fauteuil se tient Tala, le Conseiller des Façonniers, son visage buriné par le soleil dissimulant mal un certain malaise. La cinquantaine portée haut, sa chevelure argentée attachée en une tresse qui lui tombe sur l'épaule, il lance des coups d'œil furtifs à son voisin, le Conseiller Adin, des Couteliers. Ce dernier ressemble à une statue, tant il est concentré, scrutant avec une attention animale les deux orateurs. Au bout de la table, à droite, il y a Pamar. Je n'arrive pas à discerner son visage, caché par les têtes qui me bouchent la vue.

Mais je distingue nettement Jinn et Arkadi, face à eux. Le Conseiller Barl, fort rouge, a délaissé son fauteuil. Il se tient debout et hoche la tête pendant qu'Arkadi, bras ballants, se dandine sur place. Il a l'air encore plus filiforme à côté du gras Conseiller et marmonne des paroles inaudibles de là où je suis.

Je dois vraiment accélérer l'allure.

— Doucement ! s'agace quelqu'un.

— Mais c'est mon frère ! je m'énerve en désignant Arkadi.

On me regarde, on rentre le ventre pour me laisser passer.

Ça y est, j'entends enfin ! Barl encourage Arkadi :

— Continue mon garçon…

Mes épaules sont comprimées, j'essaie de me mouvoir mais je fais du surplace, écrasée par mes voisins immédiats. Armés de lances et d'épées rangées dans des fourreaux de cuir, les Couteliers font front pour endiguer l'assistance qui pousse comme une excroissance indomptable. Malgré leur nombre, ils sont désemparés. L'un d'eux grommelle :

— Qu'est-ce qui se passe aujourd'hui ?

Sa main nerveuse serre et desserre la garde de la lame qu'il porte à la ceinture.

— Tu n'entends pas ce qu'il dit ? s'agace son voisin. Le gamin accuse Pamar d'avoir tué un Dresseur !

La phrase se murmure, se répète.

— Silence ! crie un homme posté entre deux niches.

L'huissier, je suppose.

Le brouhaha s'estompe, des raclements de gorge fusent. La voix d'Arkadi monte dans les aigus, je l'entends parfaitement, maintenant.

— Ils sont partis, ils ont emmené Érine et sa mère. J'ai attendu un peu, je me suis levé. Et j'ai trouvé le corps.

Le Conseiller Barl acquiesce.

— Tu peux nous le décrire ?

— Il gisait par terre, au milieu d'une flaque de sang, il avait été poignardé dans le ventre. J'ai trouvé des traces de bottes aussi, et les meubles étaient renversés.

Barl se tourne vers la table en demi-lune.

— De quel droit avez-vous tué l'un des miens et saccagé une husta sur mon territoire, sans en informer les

Couteliers chargés d'assurer la sécurité dans notre Cité ? Au nom de mon Clan, j'exige des explications !

La rumeur enfle. Chacun y va de son commentaire. Complot ourdi par les Dresseurs ? Traîtres chez les Guérisseurs ? On n'a jamais vu des accusations aussi graves.

L'auréole blonde du Conseiller Adin, chef des Couteliers, mousse autour de son visage anguleux. Il ne semble ni surpris ni offusqué. Les autres sont tournés vers Pamar. Ce dernier se redresse. Les sillons qui barrent chaque côté de sa bouche se creusent, ses yeux bleus plus durs que jamais.

— C'est une plaisanterie, n'est-ce pas ?

La niche des Dresseurs s'agite.

— Vous êtes sérieux, Conseiller Barl ? Vous estimez réellement que je devrais répondre aux allégations d'un adolescent manchot et hors-clan, déguisé pour accéder à cette audience ?

Le Conclave se tourne comme un seul homme vers Barl. Mais le Conseiller reste muet, désarçonné, j'imagine, par l'outrecuidance de Pamar. Je pourrais le gifler tant il m'insupporte.

— Car oui, reprend Pamar triomphant, cet enfant des rues a probablement tué lui-même cet honnête père de famille, pour trois pains et une tunique ! Avez-vous perdu la tête, Barl ?

— Ce n'est pas vrai ! se défend Arkadi.

— À moi d'exiger des explications ! s'énerve Pamar. Que fabrique un hors-clan dans notre salle d'audience ?

Un murmure d'assentiment secoue la loge des Guérisseurs.

Le Conseiller Adin approuve d'un hochement de tête vigoureux et esquisse un signe. Aussitôt, l'un des Couteliers proches de la table s'avance et saisit Arkadi par le bras. Je joue encore des coudes pour atteindre le cordon de Couteliers. Et Jinn foudroyé qui reste sans intervenir !

Le Coutelier écarte rudement Arkadi qui essaie de se libérer. Pamar se lève et harangue les spectateurs.

— Je ne puis tolérer un tel comportement !

Je décide de pincer l'homme devant moi. Il hoquète, se retourne, s'écarte. Forte de ma victoire, je dégaine mon aiguille et pique sans distinction ceux qui entravent ma route.

— Dépêche ! m'exhorte Naria.

Pamar continue à pérorer, l'index pointé vers Barl qui a perdu de sa jolie couleur rubiconde. Nous arrivons au barrage de Couteliers.

— Je vous somme de fournir des preuves plausibles, sans quoi je vous accuserai à mon tour de mensonge et de diffamation contre mon Clan ! Jour après jour, il guérit et protège les habitants de notre belle Cité, y compris vos dresseurs de korks ! Je ne suis pas un meurtrier, Barl ! tonne Pamar.

La voix suraiguë de Naria perce soudain la foule bruissante.

— Faux !

Je m'écarte d'elle et me bouche les oreilles.

— C'est faux ! s'époumonne-t-elle en agitant les bras.

Les Couteliers la dévisagent, éberlués.

Impatiente d'accéder à la salle ronde, Naria s'empresse d'exhiber le collier des Descendants caché sous sa tunique. Mais c'est inutile. Avec ses portraits placardés dans toute la Cité, les Couteliers l'ont reconnue et s'effacent pour la laisser passer. Lorsqu'elle me prend la main pour que je la suive, l'un d'eux me retient mais Naria siffle, mauvaise :

— Pas touche, elle est avec moi !

Le Coutelier recule. Je suis effarée. Aucune Magie là-dedans. Juste son ton condescendant, son air sûr d'elle, son ascendance.

Tout le monde nous observe, je me sens minuscule, mais je me tiens droite malgré mes pieds cabossés.

— Naria ! s'écrie Pamar, extatique.

Il est bouleversé, ses yeux bleus brillent. Arkadi me dévisage, un soulagement indicible vissé sur la figure.

— Vous n'avez pas demandé audience, mademoiselle ! s'étonne le Conseiller Adin.

Ses cheveux blonds tressautent alors qu'il remue la tête de mécontentement. Le Conseiller Barl, lui, cille en nous voyant approcher.

— Je suis Naria, fille de Pamar, et je viens témoigner… N'est-ce pas, Conseiller Barl ?

— Euh… oui, voilà, bien sûr, bafouille le crétin.

— Naria, tu as l'air fatiguée, viens te reposer à la maison et on discutera de cela plus tard, souffle Pamar.

— J'étais présente le jour où mon père a fait assassiner l'homme dont vous parlez, poursuit Naria, ignorant ouvertement son père, le menton relevé dans une attitude de défi. Le jeune hors-clan dit vrai.

Ses paroles déclenchent une tempête autour de la table. Les Conseillers parlent tous en même temps, Barl fait de grands gestes qui laissent apparaître des auréoles sous son habit de velours. Un instant, je crains qu'on ne puisse pas les arrêter.

Naria y réussit très bien, cependant.

— Ce n'est pas tout ! crie-t-elle d'une voix ferme que je ne lui connais pas et qui fige les Conseillers, peu habitués à ce que l'on s'adresse à eux sur ce ton. Je suis venue témoigner d'autres faits, bien plus graves !

Sans attendre une invitation à s'exprimer, elle se tourne vers la foule massée à l'entrée de la salle.

— J'accuse mon père, le Conseiller Pamar, d'avoir condamné et fait exécuter un membre de mon Clan sans qu'il ait été jugé, le dénommé Lorte !

Le bourdonnement de la foule augmente dangereusement, Pamar essaie d'intervenir.

— Adin, arrêtez-la, vous voyez bien qu'elle se sent mal !

Les Couteliers s'avancent, mais Domur, Conseiller des Planteurs, et Luska, celui des Sourciers, bondissent pour les arrêter.

— Au nom du Conclave, laissez-la finir !

— J'accuse mon père, le Conseiller Pamar, d'être à l'origine des deux épidémies qui ont frappé la Cité des Six et provoqué tant de morts !

Pardon ? Ma mâchoire est prête à se décrocher.

Une rafale de cris indignés explose.

— C'est faux ! rugit Pamar qui se redresse sous le coup de la colère.

Naria fait trois pas en arrière, s'éloigne, mais… continue !

— Je le sais car c'est moi qui, sous ses ordres, ai créé les épidémies ! glapit-elle.

Impossible.

J'ai dû mal entendre, mal comprendre.

Naria ? À l'origine des épidémies ?

Près du vestibule, le vacarme est assourdissant et le cordon de Couteliers se tend sous la pression de la foule, accompagné du cliquetis caractéristique des armes qui sortent de leur fourreau.

Pamar fait basculer sa chaise et fonce sur sa fille.

— Naria, ma chérie, reviens ! crie-t-il.

Naria s'enfuit à toutes jambes et Pamar se précipite à sa poursuite. Luska saute à son tour au-dessus de la table, fond sur le Conseiller des Guérisseurs, saisit un pan de sa cape et le fait s'affaler sur le sol. Des Couteliers accourent pour séparer les Conseillers, dont celui qui tenait Arkadi, qui se retrouve projeté par terre.

Je l'aide à se relever. Il a l'air aussi estomaqué que moi.

Je ne quitte pas Naria des yeux.

Haletante, elle observe son père aux prises avec Luska, les Couteliers qui les relèvent et les éloignent. Domur et Tala rejoignent Luska et Pamar. L'un a l'œil poché, l'autre saigne de la pommette. Naria les guette, sur la défensive, fait demi-tour et revient vers moi en prenant soin de les éviter.

Elle a dix-sept ans.

Si ce qu'elle dit est vrai, elle a commis des crimes abominables.

Combien de morts a-t-elle sur la conscience ?

Comment aurais-je pu seulement imaginer une chose pareille ?

Près du vestibule, la foule est furieuse. Le cordon de Couteliers finit par se rompre. Dans la précipitation générale, des gens vacillent, hurlent, s'écrasent sur le sol, se font piétiner, s'accrochent et en font sombrer d'autres.

— Couteliers ! Couteliers ! appelle Adin, impérieux.

Une horde de soldats surgit d'un escalier qui encadre la spacieuse cheminée. Ils traversent la salle au pas de course, attrapent les récalcitrants, les repoussent, les frappent. La masse indésirable fait marche arrière. Les Couteliers, arme au poing, se serrent, et finissent par contenir les intrus sous les huées.

— Mettez-les dehors ! mugit Adin.

— Non ! riposte aussitôt Luska. Ils ont le droit de savoir ! C'est jour d'audience publique ! La vérité doit éclater, maintenant !

Adin et Luska se défient du regard. Je m'attends à ce qu'ils en viennent aux mains à leur tour, mais Adin prend une inspiration.

— Nous n'avons qu'à voter, suggère-t-il avec un sourire mielleux. Je suis pour l'audience privée !

— Moi aussi ! embraie Pamar qui se recoiffe.

— Publique ! contre Luska.

— Publique ! enchaîne Domur.

— Publique… dit Barl.

Adin, toujours affable, se tourne vers Tala. Lorsqu'il lit l'indécision sur le visage tanné du Conseiller des Façonniers, il se contracte.

— Eh bien, Tala ?

Mais ce dernier suinte l'hésitation.

— Qu'est-ce que c'est que cette histoire d'épidémie ? lâche-t-il au grand dam d'Adin. Je…

Sa tresse argentée à moitié défaite dans l'énervement général lui donne un air de bébé trisse. Il cligne des yeux, puis assène un timide : « Publique ! »

Je cherche Jinn et le localise enfin : il a escaladé l'encorbellement et s'est réfugié dans la niche des Dresseurs.

Je crois que je le méprise.

4

La foule ondule, concentrée, rivée à la table en demi-lune. Les Conseillers reprennent place, réajustent leurs vêtements et tentent de regagner un semblant de dignité. Pamar ne quitte pas sa fille des yeux. Cette dernière se colle à moi, tout comme Arkadi qui glisse son crochet difforme dans ma main droite. Les Couteliers enjoignent au public de se taire. Avide d'explications, il s'exécute comme un gâteau qui sort du four et dégonfle au contact de l'air frais.

Le silence se fait.

— Conseiller Pamar, votre fille vient de vous mettre en cause dans une affaire très grave, finit par clamer Luska, qui a pris la tête des « opposants ». Qu'avez-vous à répondre ? Êtes-vous à l'origine des épidémies ?

— Non !

— Il ment et je peux vous le prouver ! réplique Naria. Je peux les recréer !

Bruissement nerveux de la foule.

Tête consternée des Conseillers.

Le masque de Pamar se fissure.

— Naria, ma toute petite, murmure-t-il, tu sais que j'ai toujours agi pour le bien de la Cité…

— Donc vous ne niez pas ? intervient Tala qui a blêmi.

Pamar continue de s'adresser à sa fille comme si Tala n'existait pas.

— Rentrons et discutons, Naria, ma chérie…

— Vous… s'étrangle Tala ahuri, vous avez vraiment assassiné des centaines d'habitants ?

Près du vestibule, des insultes. Les spectateurs perdent leur sang-froid.

Pamar se résout à répondre au Conseiller des Façonniers.

— Oui, j'ai voulu supprimer des vieillards, mais pas pour mon bénéfice personnel, pour celui de la Cité des Six ! J'ai voulu l'alléger de bouches inutiles et ça n'a pas suffi. Maintenant, sa fin est inéluctable…

— Vous avez fomenté ces horreurs pour notre bien ? articule Luska, son long visage atterré.

Le vestibule gronde d'exclamations, de commentaires, d'invectives venimeuses et déchaînées.

— Votre Équilibre a vécu ! s'emporte Pamar. La Cité va mourir, Luska, vous comprenez, mourir !

— Vous êtes complètement fou ! éructe Luska.

Je n'en suis pas si sûre.

Je voudrais me retenir.

Je ne peux pas.

Je m'entends intervenir dans la conversation des puissants malgré moi :

— Comment le savez-vous ?

Pamar plante ses yeux bleus dans les miens. Et il voit que j'ai compris. Il me considère, intrigué, pose ses coudes sur la table, son menton sur ses mains, et se penche en avant.

— Toi aussi, tu le sais, petite déterreuse…

— Qu'est-ce qui vous permet d'affirmer une chose pareille ? interroge Luska.

Autour de la table, chacun attend.

— J'ai fait lire le destin de la Cité par un Karvar…

Les Conseillers s'enflamment.

— Impossible !

— Comment ça ?

L'image de Chiros lors de notre veillée me revient en mémoire. Se pourrait-il que…

— Ça suffit ! intervient Domur, qui se lève pour couvrir le tapage ambiant. Je ne sais pas ce que vous trafiquez, ajoute-t-il en m'observant, mais je ne permettrai pas que l'on se joue de nous une fois de plus. Récusez-vous les accusations portées contre vous, oui ou non ?

— Mais il a raison ! j'insiste. La Magie est en train de disparaître et sans elle, la Cité connaîtra un sort funeste !

Suspendu dans son geste, un doigt menaçant en l'air, Domur se tourne vers moi, yeux plissés, puis, à ma grande stupeur, interpelle Adin :

— Faites-moi sortir ces gamines, qu'elles cessent une fois pour toutes d'intervenir dans nos conversations !

— Dehors ! confirme Adin avec un geste à ses Couteliers.

La rage me prend.

— ÉCOUTEZ-MOI !

Ma voix est immense, infinie, elle est toutes les voix. Elle roule sous la voûte du plafond, fait trembler les murs, secoue la table. Je suis encore imbibée de Magie. Un silence déconcerté m'offre le répit que j'attendais. Je brandis haut les cristaux.

— Regardez tous ! Ceci est la Magie ! Et la Magie se meurt…

18. Le séisme

1

Je viens de terminer mon récit. Les Conseillers en restent cois. Ils savent désormais que la forme brute de la Magie est contenue dans des grottes débordant de roches translucides. Ils observent les petits cristaux posés devant eux sur la table, avec des mines mêlant scepticisme, effarement, convoitise. Quelle va être leur réaction ? Le sort de la Cité en dépend. Celui de ma mère, de Palo, de ce poltron de Jinn, d'Arkadi…

Le murmure discret de la foule me dit que tout le monde est subjugué et attend la suite des événements avec impatience. Aussi la réaction d'Adin me cloue-t-elle sur place. Il éclate en effet d'un rire sonore :

— Ah ah ah ! C'était donc ça, le but de la manœuvre, tu veux nous vendre tes pierres ?

— Pas du tout ! je m'étrangle, choquée. C'est la vérité, les habitants de la Cité le savent : la Magie diminue et…

— Embarquez-moi cette vermine ! fulmine Adin.

Hors de question.

Un Coutelier armé d'une courte épée s'avance.

Sans réfléchir, je tends la main et aussitôt, les cristaux se mettent à briller. Je convoque la Magie comme si j'avais fait ça toute ma vie, je l'appelle et l'aspire, je sens sa houle me traverser, m'emplir. Des cris ébahis, des « oh ! » stupéfaits fusent alors que les cristaux luisent intensément. Un léger grésillement me prévient que le cristal a livré sa substantifique moelle et, dans un bruit argentin, il éclate, bientôt réduit à un petit tas terne. Je l'ai entièrement drainé. Mais cette fois, je ne garde pas l'énergie magique pour moi. Je lui ordonne d'obéir à mon injonction, la dirige vers le plafond... et les centaines de galets de lumière incrustés s'en détachent. Une pluie bleutée fracassante choit sur la table, les statues et les Couteliers en faction. Les galets explosent, roulent, se dispersent, obligeant les soldats à se protéger la tête du déluge minéral.

Le Coutelier se reprend, se rue sur moi et me balance par terre. Ma tempe heurte violemment le sol, Arkadi jaillit toutes dents dehors et lui mord l'oreille, je l'écarte à mon tour d'un coup de genou. Les Conseillers rugissent, un boucan sans nom me laisse à moitié sonnée sur un carreau blanc, le dos percé par les galets épars. Autour de moi, des hurlements hystériques, un raffut invraisemblable.

Des jambes. Des tas de jambes !

Arkadi me relève et j'aperçois la plus immense cohue qu'il m'ait été donné de voir. Le barrage a cédé, tout grouille autour de nous. La foule vocifère, piétine les Couteliers et afflue dans la salle d'audience en beuglant, comme si un bouchon venait de céder, laissant se répandre un liquide composé d'hommes et de femmes enragés et gesticulants.

Les picotements de la Magie me prennent et avant que j'aie pu réagir, une gigantesque vague d'eau monte de nulle part et s'abat sur les Conseillers Pamar, Tala et Adin. Des Sourciers se regroupent rapidement autour de Luska qui entraîne à sa suite Barl et Domur.

— Vite Érine, faut pas rester là ! piaille Arkadi.

Je n'ai aucun repère, les gens se précipitent dans un fatras de corps désarticulés, les Conseillers s'enfuient, entourés d'une garde rapprochée dont des éléments, rattrapés par certains spectateurs en furie, s'écroulent. Une nuée courroucée poursuit Pamar trempé. Devant moi, un orkla abat un gourdin sur la tête d'un Coutelier et lui fait éclater le crâne dans une gerbe rouge. J'appelle Barl, mais il ne nous attend pas. Il s'élance vers un escalier au fond de la salle, talonné par Naria qui détale à perdre haleine. Arkadi et moi les poursuivons, effarés. Nous dépassons des hommes qui se battent à la fourche et arrachent des tentures, contournons d'un bond une femme qui fracasse une chaise sur le dos d'une autre commère, deux adolescents qui dépècent la table à coups de hache acharnés. Le sol est brisé en maints endroits, j'évite, je saute mais je dérape sur des débris de galets de lumière et m'étale. Quand je me relève, une main de fer me saisit par les cheveux mais une silhouette imposante s'interpose et la repousse d'une pichenette. Je lève les yeux pour apercevoir Sootar, auréolé de sa tignasse blanche, qui vient de me sauver la mise.

Un autre homme se jette sur lui, le déséquilibre. Arkadi qui m'a dépassée m'aperçoit, fait demi-tour. Je clopine vers lui dans la panique générale. Ils ont tous perdu la raison, tapant et tuant le premier qu'ils rencontrent. Des voix essaient de se faire entendre, mais la foule est aveugle, écumante, emballée. Je me retourne : Sootar achève un homme à la barbe noire, ne perd pas un instant et bondit à ma suite.

— Érine ! hurle-t-il.

— Vite ! nous presse Naria.

J'attrape la main tendue d'Arkadi, je voudrais le remercier mais je garde mon souffle. La houle de la Magie est partout, ricochant sur moi, fourmillant. Nous rejoignons Barl, Domur, Luska, Sana et Jinn tremblant qui ont entamé la montée d'un des escaliers à vis. Un petit groupe de Planteurs tente de nous bloquer mais Luska crache en grimpant les marches quatre à quatre :

— Laissez, je veux les entendre !

Les Planteurs s'écartent. Sootar se rapproche. Au loin, je distingue la silhouette jumelle de Loltar aux prises avec un groupe de Couteliers qu'il massacre.

Nous nous engouffrons dans l'escalier et les Planteurs psalmodient aussitôt. Dans un craquement sourd, des tiges vertes percent le dallage, grossissent à vue d'œil, s'élargissent, des feuilles apparaissent, se rejoignent, les branches s'épaississent en grinçant, grandissent à vitesse accélérée jusqu'à former un entrelacement de troncs bruns et robustes. La grande main blanche de Sootar jaillit au travers du feuillage, m'agrippe. Je crie, je me débats. Mais le bois pousse si vite que Sootar est obligé de retirer sa main sous peine d'être broyé.

— Érine, sang de kork !

La barrière végétale enfle encore et finit par obstruer hermétiquement le passage.

— On est là pour te protéger ! s'énerve Sootar, impuissant.

Les troncs me bouchent la vue.

Naria me tire par le bras et nous gravissons l'escalier, dépassant prestement le premier étage déjà investi par des grappes de gens qui ont escaladé les niches des Descendants. Ils fouillent sans vergogne les pièces réservées aux Clans, font voler la paperasse, brisent les vases, démolissent les cloisons. Nous continuons de monter dans une folle cavalcade, le bruit de nos pas saccadés résonnant contre les parois de pierre. Mes poumons vont éclater.

Au deuxième, un groupe de Couteliers nous saute dessus. Je me défends comme je peux, en repousse un d'un coup d'aiguille dans les côtes. Dans la mêlée, Jinn a le bras entaillé et le Conseiller Luska manque de peu de se faire embrocher. Les Sourciers déchaînent une pluie torrentielle qui fait reculer les Couteliers pendant que nous fonçons vers le dernier étage.

Nous nous ruons les uns derrière les autres dans une pièce sans porte et dès que j'y suis entrée, les Planteurs en bouchent l'accès avec de larges troncs inextricables.

2

La salle est grande, tapissée de tentures. Une vaste cheminée vide et noircie s'ouvre sur le mur de gauche. Le plafond lambrissé confère au lieu une atmosphère étouffante. Elle contraste singulièrement avec notre galopade effrénée et la cacophonie extérieure : détonations, cris, crépitations, coups métalliques.

J'essaie de me rassembler.

Tout est allé trop vite.

Chez les orklas, je suis focalisée sur ma survie, reléguant le sort de la Mijaurée en arrière-plan. La Cité des

Six est un décor que j'utilise, un panier dans lequel je pioche et je prends. Je n'ai pas perçu la détresse de ses habitants. Je n'ai pas mesuré la gravité des faits, ni su analyser les propos rapportés par Arkadi concernant les disputes entre voisines, les échauffourées subites, pas su comprendre que cette multitude de détails recelaient une dose immense de colère et d'amertume. Même lors de la veillée, nous évoquions le déclin de la Magie comme une chose lointaine et anodine. En réalité, elle baisse depuis un moment, et les conséquences sont désormais patentes et dramatiques.

Les Conseillers ont repris leur souffle, sauf Barl, au bord de l'apoplexie avec ses joues suantes et empourprées. L'inquiétude et le trouble se lisent sur leurs traits d'habitude empreints de certitude dédaigneuse.

— Ne bougez pas, vous trois, c'est clair ? ordonne Luska en nous désignant, Naria, Arkadi et moi.

Je hoche la tête. Je n'ai pas l'intention de me carapater.

Les Conseillers se rassemblent dans un coin et se lancent dans un conciliabule agité. J'en profite pour observer la vingtaine d'hommes arrivés avec nous. Aucune femme parmi eux, que des visages inconnus, même chez les Dresseurs. Ils se répartissent pour surveiller l'entrée et les deux larges fenêtres en ogive qui trouent le mur du fond, si hautes qu'il faudrait une échelle pour les atteindre.

Sana examine la blessure de Jinn. Le teint cireux, il est assis sur un banc. Je ne peux m'empêcher de penser qu'il lui en faut peu. Chez les orklas, il se ferait mettre en pièces. Dire que j'ai un jour projeté de m'enfuir avec lui…

Arkadi se laisse tomber par terre, ruisselant. Je fais de même.

Où sont ma mère et Palo ? Sont-elles à l'abri ? Et Mrone ? A-t-elle été prise dans la tourmente ?

Arkadi n'a pas l'air préoccupé, lui.

— La Magie diminue, si bien qu'on commence à manquer de vivres et que les lames des Klumes se cassent comme des brindilles. D'accord, alors expliquez-moi comment cinq petits Planteurs font surgir des arbres du sol en un battement de cils…

Je lui lance un regard torve, Naria prend le relais.

— Il doit y avoir des subtilités dans l'usage de la Magie, suggère-t-elle. Faire grossièrement pousser une barrière végétale ne nécessite peut-être pas la même quantité d'énergie que faire mûrir des fruits en continu, sans saison…

Leur bla-bla est le cadet de mes soucis.

Naria fuit mon regard, mal à l'aise. Forcément, après son aveu public, difficile de jouer la jeune fille de bonne famille. Je me rends compte que je ne sais pas comment aborder le sujet mais Arkadi est là.

— Alors comme ça, tu as buté des centaines de petits vieux ?

Naria ouvre la bouche et je ne peux réprimer un sourire. Je retrouve mon Arkadi. Il scrute les alentours et finit par lancer :

— Vu qu'on a tout notre temps, tu vas pouvoir nous raconter !

Je perds mon sourire.

— Pourquoi tu dis ça ?

— On est dans un cul-de-sac, Érine, on est coincés. Ils ont un instinct de survie assez déficient, dans les Clans…

Effectivement, mis à part l'entrée bouchée par les troncs, aucune issue n'est visible. Les fenêtres perchées au sommet de la Tour du Ciel sont bien trop élevées pour que l'on envisage de s'enfuir par là.

Ayant terminé leurs messes basses, les Conseillers se dirigent vers nous. Je me relève. Pas question de rester assise alors qu'ils sont debout. Arkadi m'imite et tend un crochet secourable à Naria, qui ne le prend pas. Arkadi hausse les épaules.

— Jeune fille, dit Luska à Naria, maintenant que tu as fait ces révélations brûlantes et pour le moins surprenantes, accepterais-tu de nous en livrer les détails ?

Naria l'observe, butée.

— C'est important pour la suite, argue-t-il. Nous ne pouvons nous permettre d'agir à la légère et nous avons besoin d'un maximum d'éléments…

— Quelle suite ? Nous voulons savoir ce que vous savez, j'interviens.

Inutile de compter sur un renversement du rapport de force : je suis orkla, il est Conseiller. Mais nous détenons l'information importante. Autant profiter de notre avantage et tenter le tout pour le tout.

— De quel droit pourriez-vous prétendre à…

— Luska, inutile de jouer les offensés ! tranche Domur qui se tourne vers moi. Nous nous doutions que Pamar trafiquait quelque chose.

Le Conseiller des Sourciers roule ses yeux verts et furibonds.

— La Cité des Six s'embrase, poursuit Domur, et nous n'avons aucune idée de ce qui va advenir. Si Pamar et ces gamines disent vrai, c'est la fin de la vie que nous connaissons. Il nous faut élaborer des stratégies, savoir où nous allons et déterminer le meilleur moyen de nous en sortir.

J'acquiesce tandis que Luska gratte son nez fin et courbé, soupire et enchaîne.

— Sans preuves, impossible de nous opposer à Pamar et de l'attaquer. Or nous avons eu beau en chercher, jusqu'à présent, nous avons échoué. Pas facile de savoir ce que les Trois manigancent…

— Les trois quoi ? le coupe Arkadi.

— Les trois autres Clans, intervient Barl dont la peau rubiconde me fascine. Il existe une division entre les Clans, une frontière quasi « naturelle », avec d'un côté ceux qui produisent grâce à la terre, Planteurs, Sourciers, Dresseurs, dit-il en montrant les Conseillers tour à tour, et de l'autre, ceux qui parasitent…

— Bonne ambiance ! se gausse Arkadi.

Luska fait claquer sa langue sur son palais, agacé. Dehors, le tintamarre est abrutissant.

— Ça se castagne sur le Haut Forum, commente Arkadi.

On dirait qu'il est à la maison. Les Conseillers n'en reviennent pas, mais Luska maîtrise son énervement et poursuit.

— Tout était suspect : les réunions plus ou moins clandestines entre les Trois…

— Plus ou moins ? s'enquiert Naria, concentrée.

— Ce n'est pas interdit mais ces derniers temps, elles étaient légion, précise Domur qui se montre plus coopératif que je ne l'aurais imaginé. Des familles de Descendants des Trois dînaient ensemble à une fréquence inédite. Nous avions des soupçons sur une éventuelle convergence d'intérêts, sans avoir les moyens de déterminer laquelle…

— Vous n'avez pas d'espions ? s'étonne Arkadi avec une moue déçue.

Cette fois, même Luska ne peut s'empêcher de sourire.

— Si mais ils n'ont pas été très efficaces.

— Ton témoignage a provoqué la folie de la ville, accuse Luska, revenant à son objectif.

Naria baisse la tête.

— Tu n'as pas seulement mis ton père au pied du mur, tu nous y as tous mis. Il faut que tu t'expliques, intime-t-il.

— C'est une longue histoire… se défend-elle avec raideur.

— Pas de chichis, princesse, c'est trop tard ! la rabroue Arkadi.

— Tu détiens les dernières pièces du puzzle, Naria, je l'encourage.

Elle passe une main crispée sur sa figure.

— Ça ne changera rien au cours des choses.

— Nous devons comprendre pour nous adapter… dit doucement le gros Barl dont l'attitude paternaliste me laisse pantoise.

Naria prend une longue inspiration, hésite, puis va s'asseoir dans un des fauteuils disposés devant la cheminée. Nous nous massons autour d'elle, hormis Sana restée sur le banc auprès de Jinn.

— Vous ne me laisserez pas partir vivante si je vous dis tout, essaie-t-elle encore.

— Mais si, mais si ! balaie Barl d'un revers de main impatient.

La jeune fille fixe l'âtre mort, ses parois noires, la cendre, les braises froides. Une clameur monte dehors. Les hommes de garde entreprennent d'empiler des meubles, des chaises et tout ce qu'ils dénichent, pour atteindre une des fenêtres.

La voix de Naria est un murmure.

— Ma mère est morte quand j'avais dix ans. À l'époque, mon père a craint de me voir sombrer dans le chagrin, il redoutait que je connaisse aussi un sort funeste. Il a décrété que je devais me changer les idées et m'a proposé d'être initiée à la Magie, en secret. Il disait que je ressemblais à ma mère et elle était douée.

Évidemment, elle était Kashusha, elle bénéficiait donc d'une affinité magistrale avec la Magie ! Comme moi... D'ailleurs, les picotements ne me quittent pas : tout le monde la convoque, à l'extérieur...

— Dans la plus grande discrétion, j'ai donc entrepris de suivre la formation classique que l'on dispense habituellement aux élèves de dix-sept ans. Mon père a aménagé un donjon pour que je puisse y cultiver des plantes et m'exercer à l'aise. J'ai appris les bases, consulté des maîtres, pratiqué sans relâche. À treize ans, je contrôlais parfaitement la Magie, la convoquais avec aisance. Je passais mes jours et mes nuits enfermée à distiller, malaxer, écrire, inventer, et j'ai rapidement surpassé mes professeurs. Je voulais toujours plus : étudier, progresser, explorer. Mon père n'y a opposé aucune résistance. Au contraire, il était fier. Un beau jour, Lorte a été mandaté pour m'apprendre la dissection.

— La dissec...

Naria hoche la tête, me signifiant que j'ai bien compris.

Des cris, des bruits mats de murs qui s'écroulent et des coups sourds. Le sol vibre parfois. Je n'ose imaginer ce qui se passe dans les rues de la Cité... Les hommes ont réussi à accéder à une fenêtre et guettent les environs, préoccupés. Les trois Conseillers sont penchés en avant, attentifs. Seul Barl a pris place dans un fauteuil.

— Oui, la dissection de cadavres. Tes cadavres, Érine, ceux que tu apportais avec Malcor.

Jinn lève la tête et me dévisage, un drôle d'air sur la figure. Je sais ce qu'il pense. Je m'en fiche. Oui, j'ai survécu en déterrant des cadavres. La petite fille qui l'aidait à peindre des étoiles dans sa chambre est bien loin. Elle est morte, elle aussi.

— Lorte était un expert malgré son jeune âge. Ce n'était pas un Descendant, mais il était digne de confiance et doué. Très bon pédagogue…

Je repense à notre virée dans le tunnel, à la façon dont elle a ramassé sans broncher mon aiguille recouverte de miasmes. Voilà pourquoi ça ne l'a pas dérangée !

— À quoi ça te servait ? la presse Arkadi. Je croyais que les Guérisseurs fondaient leur science sur les bienfaits des plantes.

Un Sourcier saute depuis le bric-à-brac adossé au mur, s'approche, chuchote un mot à l'oreille de Luska et l'entraîne vers la fenêtre.

— Je ne savais pas ce que je faisais, se justifie Naria. J'imitais, je tâtonnais, je découvrais. J'ai appris comment ouvrir un corps, le découper, retirer les poumons, les organes les uns après les autres. En les mélangeant à des plantes, on obtient des philtres et des potions remarquables. La Magie décuple leur effet.

— On appelle cela le harsh, interrompt Luska, sévère, alors qu'il escalade l'enchevêtrement de chaises et de tables basses. Je ne savais pas qu'il était encore pratiqué.

— Oui, on en conserve la trace dans d'anciens ouvrages érudits, précise Barl. Le harsh a été proscrit pour des raisons évidentes d'éthique…

— J'ignorais que cette discipline était interdite et qu'elle avait un nom, répond Naria, gênée. À aucun moment je n'ai pensé qu'elle pouvait être mauvaise.

J'ai envie de lui dire que ça paraît évident, pourtant, je m'abstiens.

— D'ailleurs, en réalité, c'était pire, car non seulement je ne mesurais pas les implications de ces manipulations, mais j'en étais enchantée. On ouvrait une porte multidimensionnelle rien que pour moi, j'entrais dans un univers fascinant où je devenais puissante, j'explorais les chemins de la guérison, de la mort, de l'amour… J'ai rendu folle une servante de mon père qui me détestait, obligé une voisine à se prendre pour une arlare et teint les cheveux d'un cuisinier en bleu jusqu'à la fin de sa vie, tout cela grâce à un soupçon de sang séché, du foie pilé et quelques plantes ! J'étais seule, je ne côtoyais pas d'autres enfants. Je trouvais là un terrain de jeu infini et propice à me distraire. Les seuls liens que j'avais avec le monde extérieur étaient mon père et Lorte. J'ai mis du temps avant d'apprivoiser ce dernier. Il était doux, compréhensif, drôle…

Je manque de m'étouffer en l'entendant. L'Ombre, compréhensif et drôle ? Incroyable comme on peut se faire une idée diamétralement opposée de quelqu'un…

Luska a atteint le sommet du monticule de meubles et observe, sourcils froncés, ce qui se passe dehors. Il se tourne vers nous.

— Il faudra être prudents quand on va sortir, c'est un massacre, lâche-t-il avec une bordée de jurons.

— Parce qu'on peut sortir ? s'étonne Arkadi.

— Nous nous faufilerons à la nuit tombée, promet Barl, sûr de lui. Reprends, Naria !

— Il y a quelques mois, mon père m'a passé sa première vraie commande. Il m'a convoquée un soir dans son bureau – j'en ai été flattée – et m'a expliqué qu'il se trouvait face à un dilemme crucial. D'après lui, il y avait trop de vieillards dans la Cité des Six, ils menaçaient l'Équilibre. Le Conclave souhaitait réduire de façon drastique le nombre de naissances, mais ce ne serait pas suffisant. La Cité risquait de disparaître, engloutie par les générations à venir. Il usa de mots persuasifs, il avait l'air inquiet du danger encouru, sincèrement tourmenté. Alors, j'ai consenti à créer une potion qui s'attaquerait aux vieux, sans souffrance, quelque chose de fulgurant. Pour sauver la Cité des Six.

J'en reste soufflée, la mâchoire prête à se décrocher. Le spectacle de cette jeune fille en apparence si fragile qui prépare de quoi anéantir des dizaines d'innocents parce que son père le lui a demandé…

— Le poison, foudroyant, a été déversé dans un bassin du Clan des Sourciers alimentant une grande partie de la ville. Il s'est répandu dans l'eau et l'a contaminée. La première prétendue épidémie était née.

Nous la dévisageons comme une bête répugnante et tentaculaire extirpée brusquement de sa peau de jeune fille.

— Les Guérisseurs ont activement cherché un remède, précise Naria, mais lorsque le nombre de décès a été jugé correct, mon père a dégainé l'antidote de ses jupes. En fait, il était prêt dès le départ. J'étais inconsciente, plaide-t-elle, je n'ai pas cherché à comprendre, j'ai agi, seulement agi… Peu après, mon père est revenu à la charge avec une autre requête, singulière : créer un élixir de jeunesse. Le fameux baume, précise-t-elle à mon intention. L'idée me plaisait alors je me suis mise à travailler frénétiquement. Je ne me suis jamais demandé si c'était bien, mal, ou à quoi cela pouvait lui servir.

Cette fille est aussi cinglée que son père.

— Dans la foulée, il m'a priée de concevoir une autre épidémie. Les vieux pullulaient, m'a-t-il assuré, on n'avait pas assez attendu la première fois et le précieux Équilibre était vacillant. D'après lui, il me fallait plancher sur une version inédite qui n'attirerait pas les soupçons et l'eau, vecteur simple et rapide, serait de nouveau utilisée pour diffuser le poison. Mais je ne l'entendais pas de cette oreille. L'élixir de jeunesse monopolisait mon énergie, d'autant que je m'amusais à élaborer une galénique inédite : un baume, à appliquer sur le corps. Je n'avais que faire de cette seconde épidémie, réplique triviale de la précédente. Je n'ai donc pas perdu de temps, j'ai ressorti mon ancienne formule et je l'ai légèrement modifiée. Il s'agissait d'une broutille. Je l'ai exécutée froidement pour m'atteler au seul défi qui me titillait : le baume. Hélas, dans mon empressement, je n'ai pas pris toutes les précautions... s'assombrit Naria.

Elle s'interrompt, inspire un grand coup. Des cris fusent sur le Haut Forum, déchirant l'obscurité. Luska, qui nous rejoint, s'arrête, interdit, pour écouter. Des centaines de voix se mêlent, hurlant, conspuant. Je les entends vaguement, hypnotisée par le récit de Naria. Elle s'attrape les mains et se les triture.

— Lorte est arrivé un soir, ravagé, les yeux rouges. Sa sœur venait de perdre son bébé, touché par la curieuse épidémie qui sévissait depuis quelques jours dans la Cité. Des bébés ? Des enfants ? Ce n'était pas prévu !

Les Conseillers sont silencieux. Que pensent-ils ? Ont-ils le pouvoir de la condamner, de l'absoudre ?

— La nuit, j'ai réveillé Lorte et je lui ai tout avoué. Il avait une vague idée de la façon dont j'employais les cadavres mais il ne s'était jamais posé la question. Il était aussi responsable que moi. Il m'a dit qu'on devait partir, que mon père était un malade et que je devais le quitter car j'allais devenir un monstre… J'étais déjà devenue un monstre.

Naria se cache le visage, se frotte encore convulsivement les joues, se redresse. Luska vient s'asseoir près de nous.

— Nous avons beaucoup parlé. Quelles étaient les issues possibles ? Avec un père membre du Conclave, quelles chances avions-nous ? La Fête des Échanges approchait. Je décidai de tenter ma chance, de quitter mon Clan et gifler publiquement mon père. Ensuite, nous avions convenu d'essayer de gagner de l'argent et de nous enfuir. Si la Fête tournait mal, Lorte m'avait conseillé de me réfugier sur le toit de ton husta, Érine, parce que je pourrais y trouver de l'aide.

J'ouvre les yeux, sidérée.

— Il devait me rejoindre. Il m'a dit que tu étais forte, aussi seule que moi, que tu avais perdu Malcor, ton compagnon. Que tu étais fidèle, maligne, débrouillarde.

Un vertige me prend. L'Ombre ? L'Ombre pensait ça ? Lui qui n'a jamais dit un mot, jamais levé le petit doigt pour m'aider pendant que je m'évertuais avec mes cadavres pesant si lourd ? Qui les prenait, payait, et disparaissait sans un regard ? Vraiment ?

— Je pouvais avoir confiance en toi, continue Naria. J'ai balayé ses conseils. J'étais persuadée que le Clan auquel je demanderais asile m'accepterait. Je bénéficiais d'une affinité hors norme avec la Magie, j'étais un extraordinaire élément. Mais j'avais oublié à quel point cette Fête est brusque et aléatoire. Elle s'appuie sur un jugement à l'emporte-pièce, un choix viscéral à l'opposé de la raison et de la réflexion.

Ça, je suis bien placée pour le savoir…

— La veille, j'ai quand même tenté de parler à mon père et lui ai demandé, de façon innocente, s'il était au courant pour l'épidémie. Elle touchait des tout-petits alors qu'elle n'aurait pas dû. « Nous allons enrayer cet incident avec ton antidote, a-t-il répondu comme s'il choisissait quel fruit il allait manger. Ne t'inquiète pas ! » Il était si… si détaché. Tout à coup, je le voyais autrement, j'étais horrifiée par son manque d'empathie, de compassion. Ma résolution a enflé.

Sana toussote, Naria déglutit plusieurs fois comme si elle voulait chasser un animal visqueux tapi au fond de sa gorge.

— Je n'en suis pas restée là, reprend-elle avec un timbre rauque. La nuit précédant la Fête, j'ai condamné ceux qui appelaient de leurs vœux l'éternelle jeunesse. Et j'ai empoisonné les baumes avec ma formule originale.

— Elle a quoi ? s'étrangle Jinn.

— Pour quoi faire ? je coupe.

— Parce que je suis lâche. Je voulais dévoiler à la face du monde qui est mon père, mais j'ai préféré sauver ma peau et laisser un grain de sable dans le rouage. J'espérais que les baumes provoqueraient sa perte. Tout menait à lui…

— Eh bien, ça n'a pas fonctionné. Crois-moi, contaminés ou non, ces baumes rendent fous tous les privilégiés de la Cité, ils s'entretuent pour en avoir ! commente Arkadi.

— Parce que les premiers baumes étaient parfaits, explique Naria. Ils redonnaient souplesse, jeunesse au corps, on était revivifié, revigoré. J'avais réussi à repousser les limites ! Il y avait peu de baumes, le secret était jalousement gardé et on ne pouvait se les procurer qu'au Marché interdit. Les rares nantis qui en entendaient parler étaient prêts à payer le prix fort pour se les procurer.

— Oui, on les a vus. Ils étaient possédés…

— Le problème, c'est qu'en mélangeant le poison au baume, j'en ai modifié l'effet et les symptômes n'ont pas été les mêmes. Je n'avais pas prévu ce bizarre gonflement de l'intérieur. Du coup, le rapport avec l'épidémie n'a pas été fait et j'ai… j'ai raté mon coup.

Je respire mal. J'avale l'air à petites goulées saccadées depuis le début de son récit. Je ne sais pas si je dois détester Naria, la mépriser, lui pardonner, la cogner. Je ne dois pas être la seule parce qu'un lourd silence baigne la pièce, troué par le tumulte extérieur qui nous parvient au travers des fenêtres, feutré, irréel.

Aujourd'hui, il m'est facile de la juger, mais si j'avais vécu sa vie, qu'aurais-je fait à sa place ?

Comme à son habitude, Arkadi rompt la glace.

— Fais-moi penser à ne pas dîner chez toi, on ne sait jamais.

— Je ne trouve pas ça drôle, cingle Sana qui tremble sur son banc, auprès de Jinn.

Je m'apprête à répondre mais son père me fauche l'herbe sous le pied.

— Tu es encore bien jeune, Sana, pour te permettre de juger une situation que tu n'aurais pas pu imaginer il y a encore quelques instants… Panse ton fiancé et laisse les grands parler.

Elle en reste bouche bée. Moi aussi. À dire vrai, c'est la première fois que je ne méprise pas le Conseiller Barl.

3

Le carré de ciel visible depuis la fenêtre s'assombrit et les cris des arlares retentissent.

Naria ne bronche pas, fascinée par l'âtre éteint. Arkadi la tire de sa rêverie.

— Pourquoi ton père a-t-il commandé deux fois plus de cadavres à Érine ? Tu n'étais plus là pour les utiliser…

— Il voulait fabriquer des baumes vierges de mes manipulations. Il a donc chargé ses sbires de recruter les meilleurs Guérisseurs et a dû leur promettre monts et merveilles. Ils étaient enfermés chez lui, surveillés par sa garde. Je les ai vus lorsque nous sommes revenus du Clan des Dresseurs. Ils devaient réitérer mon exploit mais ils ont essayé en vain.

— Qu'est-ce qu'il voulait faire avec ces baumes ? s'agace Barl. Tu ne le sais pas, jeune fille ?

Elle lui répond d'une voix atone.

— Non. Je n'ai jamais demandé.

— Pamar peut faire ce qu'il veut, de toute façon on ne l'arrêtera pas ! s'exclame Arkadi en crachant dans la cheminée.

— D'autant qu'il a conclu un pacte avec les Couteliers : ils le protègent et ont la majorité des armes… admet Barl.

— Regagnons nos Clans respectifs et organisons-nous pour contrer les Trois, assène Luska, ses longs doigts serrés.

— Il y a encore des pillages dans la Tour, Conseiller, argue un Sourcier. Nous ne sommes pas armés…

— Prenons le risque, décide Domur. Nous ne devons plus perdre de temps, le chaos s'installe.

J'interviens :

— Et pour la Magie qui diminue ?

— Prochaine étape, promet-il.

Je trouve ça idiot. Tout est lié et s'ils ne prennent pas le problème à bras-le-corps, la Cité tombera dans la misère quoi qu'il arrive. Pamar aura raison : la Cité sera finie.

— Quelqu'un vient ! lance un Planteur posté près de la rangée de troncs.

Un instant de panique saisit la pièce, certains s'approchent pour voir, d'autres reculent se mettre à l'abri.

— Qui est là ? interroge le Conseiller Luska d'une voix de stentor.

La réponse désarçonne tout le monde, y compris moi.

— Érine ! C'est Chiros… Je suis avec Sootar et Loltar. Nous avons un message important. De la part de Diulé.

19. Karvar

Je m'approche, fébrile.

— Comment êtes-vous arrivés ici ?

— On a nettoyé l'étage, s'amuse Sootar, que j'imagine goguenard. Les derniers hurluberlus qui traînaient sont étalés par terre et regardent le plafond…

— Il y a des galeries sous la Tour, précise Loltar, elle est truffée de passages. Diulé est impatiente de te rencontrer.

— Qui est Diulé ? s'enquiert Barl, perdu.

Sa fulgurance intellectuelle n'aura pas duré longtemps.

— Oh, rien que la grande chef des orklas sud… minaude Arkadi.

— Bon, tu ouvres ou il va falloir qu'on abatte ces arbres à coups de hache ? menace Loltar.

— Qu'est-ce que vous voulez ? intervient Luska, sec.

— Parler à Érine et vous informer de ce qui se passe dans la Cité.

— Nous sommes très bien informés, nous n'avons pas besoin de l'aide de hors-clans !

— Si c'est vraiment Diulé qui les envoie, je pense qu'on devrait leur ouvrir... je lance, consciente que je dépasse les bornes.

Les Conseillers ne m'adressent même pas un regard.

— Vous n'avez rien à faire ici, assène Luska. Les hors-clans ne sont pas tolérés dans la Tour du Ciel.

Sootar murmure : « Ouuuuh, j'ai peur... » et Loltar le rabroue.

— Je sors ma hache, oui ou non ? demande-t-il.

— Je ne le répéterai pas : faites ployer ces arbres, maintenant ! ordonne Chiros.

Luska et Domur se jettent un regard courroucé. Comment un orkla peut-il se permettre de leur parler sur ce ton ?

Personne n'a le loisir de réagir. Les picotements de la Magie affluent, le flux est d'une violence inouïe et après un craquement sinistre, les troncs explosent, pulvérisés. Des éclats de bois fusent et se fichent dans les meubles, les tentures, les murs. Un Planteur en reçoit un dans le bras et hurle. Je me jette à terre sans demander mon reste.

Des bruits de pas. Une grosse main me relève et m'époussette maladroitement. Je lève la tête pour découvrir Sootar, jovial.

— Ah, on pourra dire que tu nous as fait courir ! Tu n'as pas vu que je t'ai sauvé la mise, en bas ?

— Si, mais...

— Que les arlares protègent vos nuits ! roucoule Chiros, poli.

Personne ne lui répond, l'assemblée étant trop occupée à tousser et cligner des yeux au milieu des copeaux et de la poussière en suspension. Enfin, un courageux Dresseur se rue sur lui mais Loltar l'assomme d'un coup de poing sur le crâne. Les Conseillers reculent jusqu'à la cheminée, Jinn et Sana dans leur sillage.

— Érine, Diulé t'attend... précise Chiros à mon intention, aimable.

— Je peux savoir pourquoi ?

— Je t'expliquerai en chemin, poursuit Chiros. Ta mère et ta petite sœur sont avec elle, si ça peut te rassurer. De leur plein gré, ajoute-t-il devant mes sourcils froncés.

Ça me rassure, en effet. Pas totalement.

— Et Mrone ?

— Qui ?

— Mrone, la vieille qui fait du ragoût, intervient Arkadi.

Sootar hausse les épaules.

— Pas vue...

— J'ai un message pour vous aussi, messieurs ! annonce Chiros en hélant les Conseillers. Vos Clans sont attaqués, Couteliers, Guérisseurs et Façonniers pillent vos vivres, réserves d'eau, animaux. Les vôtres se défendent comme ils peuvent mais des serres ont été saccagées, des récoltes emportées et piétinées, de nombreux hommes et femmes tués, des bêtes découpées, des hustas brûlées. Ceux qui tentaient d'intervenir pacifiquement se sont fait massacrer. Les révélations sur la Magie mourante leur ont fait perdre la raison, l'appel du ventre aussi. Chacun veut se constituer un stock et sauver sa peau. Les plus braves prévoient de faire une incursion chez les Couteliers cette nuit pour se procurer des armes.

Vu le tapage qui règne dehors, je le crois. Et dire qu'ils gaspillent la Magie à s'entretuer...

— Diulé vous propose son aide, continue Chiros. Elle peut vous aider à vous défendre, vous prêter des lames, des soldats orklas. Réfléchissez bien avant de me donner une réponse... ajoute-t-il avec un rictus mauvais.

Luska s'apprête à protester mais Chiros l'arrête d'une main ferme.

— Attention à ce que vous allez dire !

Luska hésite. Les hommes sont regroupés comme un troupeau, l'un d'eux aidant le Planteur à extirper le morceau de bois fiché dans son bras.

— Comment être sûrs que votre Diulé ne nous dupera pas ? oppose Luska, sa bouche pincée tirée vers le bas.

— Diulé a donné sa parole, répond calmement Chiros.

Les Conseillers considèrent les trois inconnus avec un mépris teinté de crainte, mais ils campent sur leurs positions guindées. Arkadi a raison : ils ne savent pas survivre.

Lorsque Chiros reprend la parole, sa voix a changé, elle est grave et résonne bizarrement.

— Savez-vous au moins qui je suis ?

— Un hors-clan qui mériterait de parler sur un autre ton ! s'agace Luska.

L'arrogant Conseiller a néanmoins reculé d'un pas, d'autant que Loltar, qui mesure deux têtes de plus, se tient juste derrière Chiros.

— De quel droit entrez-vous ici et... se risque enfin Barl, le front couvert de transpiration.

— Du droit que votre règne prend fin et que le nôtre commence, rétorque Chiros.

Il s'approche, les Conseillers battent en retraite... puis s'arrêtent, acculés à la cheminée.

Alors Chiros se redresse, clôt ses paupières, les picotements de la Magie s'intensifient et Sootar marmonne :

— Ah, je déteste quand il fait ça...

Et Chiros rouvre les yeux.

Dans ses orbites, deux perles noires et aveugles renvoient nos reflets effarés.

Chiros se penche vers Luska et Domur, blêmes.

— Savez-vous qui je suis ? répète-t-il.

— Reculez… articule Luska avec difficulté.

Chiros fait encore pas.

— Je suis un Karvar et j'ai prédit la fin de la Cité des Six.

20. La traversée

1

Je file avec Chiros, Sootar, Loltar, Naria et Arkadi dans les couloirs vides de la Tour du Ciel. Dès notre sortie de la salle en cul-de-sac, nous avons enjambé des cadavres frais. Des victimes des jumeaux, je suppose. Les Conseillers et leurs hommes ont bifurqué vers une autre sortie afin de rejoindre leurs Clans et s'organiser. Ils savent que rien ne sera plus jamais comme avant.

Sootar escamote une statue, pousse une pierre et dégage un passage secret. Nous nous engouffrons dans le tunnel et descendons un escalier raide aux marches incurvées par l'usure.

— Quand nous allons sortir, vous resterez bien groupés, c'est la pagaille dehors, avertit Loltar de son débit saccadé.

— Tant que ça ? demande Arkadi.

— T'as pas idée, petit frère… lance Sootar.

Je remarque le sourire benêt sur la figure d'Arkadi. Être appelé « petit frère » par cette grande brute de Sootar, en voilà un honneur…

Le couloir suivant est si étroit que les jumeaux, larges d'épaules, sont contraints d'avancer de côté, en pas chassés pataudes. Arkadi, lui, est obligé de se courber. Je cligne des yeux pour vérifier que je ne rêve pas, mais non, ce n'est pas une illusion : Arkadi est désormais plus grand que les jumeaux… Derrière, la silhouette gracile de Chiros passe sans difficulté. Je ne peux m'empêcher de regarder à la dérobée ses yeux étranges qui paraissent morts et pourtant voient tout.

— Ce que tu nous as dit lors de la veillée était donc vrai ? je m'enquiers à voix basse, incapable de me contenir. C'est toi qui as annoncé la fin de la Cité à Pamar ?

— Oui… convient Chiros, et je sens tout le monde respirer moins fort pour l'écouter.

— Je croyais que les Karvars avaient été décimés, avance prudemment Naria.

— Nous sommes une poignée à survivre, mais nos talents sont si prisés que nous sommes chassés. Ma mère était une esclave. J'ai été vendu dans mon pays, enfant, et ensuite, j'ai été traîné de ville en ville pour faire la fortune de mon maître. Quand nous sommes arrivés à la Cité, il y a quelques années, Pamar m'a fait mander. Je suis un Karvar, je ne peux mentir. Je lui ai donc annoncé la fin prochaine de la Cité des Six. Mais il ne m'a pas posé toutes les questions qu'il aurait dû, ou pu, me poser. Diulé, elle, l'a fait…

— Diulé ?

— Oui, Diulé m'a racheté.

— Tu vivais avec ton maître depuis longtemps ?

— Toujours ou presque.

— Et il a accepté de te vendre à Diulé ?

— Comment dire… s'amuse Chiros. Elle voulait faire ça dans les règles de l'art. Elle lui a d'abord fait une offre que mon maître a refusée. Alors elle l'a attrapé et a fait scier sa jambe droite. C'était un coriace. Quand elle a menacé d'entamer la seconde, il a fini par accepter et m'a cédé à elle en bonne et due forme.

Sootar et Loltar ricanent.

— Pourquoi ne pas t'être enfui ? interroge Arkadi, troublé.

— Je ne peux pas, je suis lié par un serment à mon maître. La Magie est employée différemment, là d'où je viens.

— Et elle a l'air puissante, je remarque, me remémorant la façon dont il a fait exploser les troncs qui barraient la porte.

Nous remontons une volée de marches escarpées et je prends appui sur les murs pour ne pas tomber à la renverse.

Je suis comme Pamar, j'ai omis de poser à Chiros la bonne question.

— Et Diulé, que lui as-tu révélé ?

Le Karvar se retourne, me dévisage et me sourit. L'espace d'un instant, j'ai l'impression que Chiros est un enfant à qui on tend une friandise.

— Elle te le dira sûrement.

— On y est ! s'exclame Loltar.

Nous nous arrêtons devant une paroi de pierre bleu foncé. Sootar se frotte les mains.

— Ce tunnel débouche dans une arcade du Haut Forum, à la limite entre le Clan des Guérisseurs et celui des Planteurs, nous prévient Loltar. Or, nous regagnons le sud.

— Autrement dit, enchaîne Sootar, ça fait une sacrée trotte.

Il tend un poignard à Arkadi, un autre à Naria.

— Tu sauras t'en servir ? ajoute-t-il à l'intention de la jeune fille.

— La vexe pas, elle a assassiné la moitié des vieux du coin… intervient Arkadi avant que Naria ait pu riposter.

— Quoi qu'il arrive, faites ce qu'on vous dit, poursuit Sootar, sévère à présent. Il fait nuit, on devrait pouvoir s'en sortir, mais s'il y a du grabuge, vous nous laissez faire ! Pas d'héroïsme déplacé…

— Jamais ! promet Arkadi, droit comme un *i*, la main sur le cœur.

Je me recroqueville, me prépare mentalement à ce que je vais affronter. Mais quand les jumeaux poussent la porte, je n'en crois pas mes yeux.

2

Le Haut Forum est un amas de gravats crevé de trous profonds remplis d'eau, jonché de charrettes renversées et de meubles brisés. Le sol éclaté a servi à ériger des barricades qui tailladent la place en plusieurs endroits. Des troncs se dressent comme des moignons calcinés tendus vers le ciel ébène et brûlent dans un crépitement plaintif. Les flammes dévorent des maisons défoncées, consument des corps étendus, des vêtements oubliés. La Tour du Ciel est béante, des fenêtres de guingois sortent de leurs gonds, des pans de mur se sont écroulés. Soudain, une silhouette de femme émerge d'une rue, courant à perdre haleine. Elle appelle et un homme s'élance d'un des tas de pierres, la hèle pour la récupérer. Elle bifurque vers lui, mais un poignard jaillit d'une autre barricade et se fiche dans son dos. La femme s'affale. J'entends sa jupe qui se froisse.

Sootar me tire par la manche. D'un signe, il m'ordonne de me coller à la paroi et de la contourner pour regagner l'obscurité. J'obéis sans pouvoir détacher mon regard de la scène.

Sur la barricade, l'homme se met à beugler, se dresse, s'agite. Quelqu'un le fauche et le traîne à l'abri pour le protéger. Au loin, des détonations, des hurlements.

La Cité est à feu et à sang.

Nous glissons sans bruit sous les arcades. Nous comptons descendre une rue qui va droit au sud et rejoindre ainsi le secteur orkla. Je m'efforce de ne pas faire crisser le sol sous mes pas. Sootar et Loltar lèvent fréquemment la tête pour inspecter les vitres. Le danger peut surgir de n'importe où, hommes et femmes sont cachés, embusqués, terrorisés. J'observe inlassablement moi aussi, à l'affût de la moindre menace. Mes gestes sont lents, mesurés. Je dois être un spectre. Comme lorsque j'arpentais le cimetière.

Après une vingtaine de mètres, nous atteignons la large voie que j'ai empruntée avec Arkadi pour aller à la Fête des Échanges, celle qui mène au Clan des Sourciers. Mais elle est méconnaissable. Les façades des hustas sont grises, mangées par les ténèbres, les pavés sont déchaussés, des carreaux sont cassés et leurs brèches en forme d'étoiles sont lugubres. Une explosion fait sursauter Naria et aussitôt, un de ses doigts difformes sur les lèvres, Arkadi lui intime de se taire. Elle acquiesce. Sa respiration est hachée, Naria a peur de se trahir, d'être poignardée comme la femme sur le Haut Forum, de mourir avant d'avoir pu comprendre ce qui lui arrive. Moi aussi.

Sootar nous fait signe de longer le mur de gauche. Nous obéissons et avançons à pas précautionneux. Loltar ouvre la marche, suivi par Arkadi.

Tout à coup, le sol se met à trépider.

— Qu'est-ce que… souffle Arkadi, abasourdi.

À peine a-t-il ouvert la bouche qu'une flèche siffle et vient se planter à un centimètre de son épaule. Instinctivement, je me mets à courir et zigzaguer, courbée en deux pour prendre moins de place.

— Érine, reviens ! me crie Chiros.

Je me pétrifie, constate que sous mes pieds, la terre bouge violemment, rebrousse chemin, paniquée. Au bout de la rue, il y a un virage. Je plisse les yeux mais malgré ma vue perçante, je ne discerne qu'une masse informe et immobile, des amoncellements de pierres, des déchets…

Et puis, ils arrivent.

Un troupeau de korks fonce droit sur nous.

— Érine, vite ! me presse Sootar qui m'a rejointe et m'attrape pour faire demi-tour.

Nous détalons, affolés. Une flèche tirée depuis un toit fait éclater le bois d'un volet avec un son mat, une autre perfore une porte.

— Bouge ! hurle Arkadi à Naria. Ne cours pas en ligne droite !

Les animaux sont furieux, ils beuglent et s'époumonent en galopant. Nous allons nous faire piétiner ! Derrière nous, Loltar est à la traîne, il tente d'ouvrir une porte, une autre, les secoue sans succès…

— Loltar, qu'est-ce que tu fous ?

Des vociférations se mêlent aux mugissements : des hommes sont montés sur des bêtes, les harcèlent, les piquent avec des bâtons et les enfièvrent. Le sol me paraît mouvant, maintenant, ébranlé par le battement des korks emballés. Arkadi me talonne, je serre les poings pour me donner de la force, allez, il faut trouver un refuge, mais la rue est un goulot sans issue !

Brusquement, entre deux hustas, je distingue l'entrée d'une venelle. Sootar m'y jette et s'y écrase, dérapant dans une flaque, emporté par son élan. Arkadi s'abat contre le mur intérieur, serré de près par Chiros et Naria. Nous nous retournons. Loltar est derrière, les yeux dilatés par la terreur. Les têtes rondes et massives des korks le pourchassent.

Sootar veut faire demi-tour mais Chiros le retient. Les fenêtres au-dessus de nous frémissent. Sootar se débat, envoie valser Chiros, se précipite.

Trop tard.

Le troupeau est là.

— LOLTAR !

L'appel de Sootar est avalé par les korks enragés. Le martèlement de leurs sabots fait trembler les murs, résonne dans ma cage thoracique.

Ils disparaissent.

Sootar ne respire plus, les yeux grand ouverts, immobile. Il se penche. Je l'imite.

Sur les pavés bleu foncé, le corps de Loltar est en charpie, démembré.

— Il faut y aller… chuchote Chiros.

Sootar ne bouge pas.

Les hommes qui accompagnent les korks se rapprochent.

— Sootar ! Tu ne peux plus rien faire ! le bouscule Chiros qui se relève, couvert de boue.

Sans un mot, Sootar se retranche dans la venelle. Son grand corps abattu se met péniblement en branle. Nous fuyons.

3

Arkadi, qui a traîné sa carcasse malingre dans toute la Cité, s'oriente avec aisance et nous guide dans le dédale de ruelles. Nous y restons dissimulés, contournant le Haut Forum à la périphérie et naviguant le plus discrètement possible entre les hustas. Après nous être inquiétés des hommes qui pourraient nous filer, nous nous sommes rendus à l'évidence : ils ont suivi les korks.

Nous atteignons enfin notre objectif : une artère censée s'enfoncer dans le Clans des Planteurs. Hélas, l'accès en est barré par une épaisse haie, haute comme deux fois Sootar. Elle est immense et se prolonge de chaque côté à perte de vue.

— Ils ont bloqué l'accès au Clan, constate Naria dans un murmure. Qu'est-ce qu'on fait ? On ne va pas retourner sur le Haut Forum ?

Les branchages sont si entremêlés qu'ils forment un mur compact et impénétrable, même au regard. J'essaie d'y plonger la main, mais mes doigts ne s'enfoncent que de quelques centimètres et ressortent éraflés par les épines.

— On met le feu ? propose Arkadi à court d'idées

— Quel intérêt ? je rétorque tout bas.

— Ne perdons pas de temps, d'autant qu'ils ont peut-être convoqué la Magie pour rendre la haie imperméable aux flammes, suggère Chiros, les boules noires lui servant d'yeux luisant dans la nuit. Essayons de la longer jusqu'au Clan des Sourciers.

Je me tourne vers Sootar mais il ne donnera pas son avis. Il est reclus à l'intérieur de lui-même, incapable de prendre une décision.

Nous nous mettons en route les uns derrière les autres. Quand des clameurs s'élèvent, nous nous figeons, attentifs. Lorsque nous sommes sûrs que nous ne craignons rien, nous reprenons notre marche avec mille précautions.

Le froid mordant me transperce. Je me frotte les bras pour me réchauffer, sans succès.

Après un moment, la haie bifurque et s'enfonce dans le Clan des Planteurs. Nous traversons un champ en partie calciné. De la fumée s'élève de la cendre fraîche, des membres humains émergent de fossés plein d'eau. À la place de la serre qui s'élevait au centre, comme le prouvent les débris, il y a des feuillages foulés, des fragments d'ossature et de poutres, du verre épars. Tout est détruit.

Un petit jappement.

Naria est tombée. Arkadi se rue sur elle pour la relever mais elle recule déjà, se traînant sur le sol détrempé, effarée par ce sur quoi elle vient de buter. Nous nous approchons pour découvrir le gros corps du Conseiller Barl dont la gorge s'offre, grande ouverte, au ciel étoilé. Je m'apprête à parler mais le craquement d'une branche nous alerte. Nous avons baissé la garde quelques instants, c'est-à-dire trop. Je fais volte-face.

Sootar est aux prises avec deux Planteurs armés de fourches et de faux. D'autres accourent en braillant. Ahurie, je me retrouve devant un molosse et son gourdin de fortune. Je fouille frénétiquement ma manche pour attraper mon aiguille. L'homme lève sa masse avec un grognement… Chiros l'attrape d'un bond et le déséquilibre.

Je reprends aussitôt mes esprits, saute sur l'homme, le cloue au sol, dégaine. Chiros est déjà en train de scalper un autre Planteur qui hurle de douleur, les yeux révulsés. Naria se débat et je fonce l'aider pendant qu'Arkadi se charge d'un petit homme trapu surgi de nulle part. Par où arrivent-ils ?

Aucun mot n'a été prononcé. Ils attaquent sans même savoir qui nous sommes. Dans l'ombre, ils ne peuvent pas distinguer nos tuniques, nous pourrions être des leurs…

Je n'ai pas encore rejoint Naria qu'un nouvel assaillant se jette sur moi. Je glisse sous ses jambes en l'entraînant par les genoux, le déséquilibre. Il s'abat face contre terre, je bondis et le transperce de mon aiguille dans le dos. À côté de moi, roulant dans l'herbe, Naria halète : elle a une grosse entaille dans le bras et empêche son adversaire désarmé de l'étrangler, retenant à grand-peine ses mains qui se referment sur sa gorge. J'empoigne les cheveux de l'homme, je le tire d'un coup sec, le fais basculer en arrière, tape à grands coups de pied sur son ventre. D'autres arrivent en rampant. Ça y est, j'ai vu. Ils surgissent d'un trou niché dans le bas de la haie. Une femme pointe la tête, armée d'une faucille. Nous devons nous extirper de là avant qu'ils affluent en nombre !

J'attrape Naria et me mets à courir comme une dératée.

— Venez ! je hurle aux autres.

Arkadi est déjà à nos trousses. Je jette un œil affolé derrière pour voir Sootar enseveli sous un monceau d'hommes qui le frappent avec des bâtons, des marteaux, des houes.

— On ne peut rien faire, cours ! me somme Arkadi.

— Et Chiros ?

Mais Chiros sait se débrouiller.

Les picotements de la Magie se démultiplient jusqu'à me faire mal, un éclair troue la nuit et une déflagration tonitruante me propulse en avant. Je valdingue, me tords le poignet, et reste à moitié sonnée au milieu des gémissements. Chiros me double à grandes enjambées et rejoint Naria et Arkadi qui se relèvent avec peine. Puis vient Sootar. Il ne s'arrête pas, me ramasse comme un vulgaire sac de jarles, me remet debout et me pousse pour me donner de l'élan.

— Accélère, sang de kork ! jure-t-il.

4

Nos poursuivants ont rendu les armes et rebroussé chemin mais nous trottons sans discontinuer. Je suis éreintée, mes poumons brûlent, au bord d'exploser. Parfois, des cliquetis provenant de l'autre côté de la haie nous obligent à ralentir et avancer avec une prudence redoublée. D'autres fois, des huées et des coups retentissent sans que l'on en identifie la cause ni la provenance exacte. C'est un capharnaüm sans nom. Je n'ai pas entendu une seule arlare. Cachées, silencieuses, elles attendent que les hommes s'épuisent.

Les pas fatigués de Sootar font vibrer la terre, du sang dégouline sur le bras de Naria qui ne se plaint pas. Arkadi transpire, blême. Chiros court sans faiblir, faisant montre d'une endurance et d'une résistance que son corps chétif à l'âge indéfini ne laissait pas deviner.

Et puis, la haie s'arrête.

Qu'y a-t-il derrière ? Des hommes ? Des soldats ? J'écoute, mais seul le bruit de l'eau émanant du Clan des Sourciers tout proche me parvient.

La nuit est opaque, les étoiles sont voilées, atterrées par cette brusque flambée de haine.

— Qu'est-ce qui s'est passé, là-bas ? je demande à Chiros.

— Il a encore fait un truc bizarre avec la Magie, dit Sootar d'une voix creuse. Mais heureusement qu'il était là…

Chiros lui tapote le bras d'un air détaché et s'en prend à Naria, si bas que je peine à le comprendre.

— Il y a une différence entre ouvrir des cadavres et tuer un homme. Mais ce n'est pas comme si tu avais le choix. Donc la prochaine fois, au lieu de te laisser étrangler, tu utilises ton poignard ou tu meurs, c'est clair ?

Naria le dévisage, lèvres pincées, et hoche la tête.

— Dernière ligne droite, poursuit-il.

Je prends une longue inspiration. Et je dépasse la haie.

Elle ne bouchait pas seulement la vue, elle occultait la majorité des sons, des odeurs. Je reste pétrifiée devant le spectacle de désolation : des effluves de chair brûlée me prennent aux narines, des hustas sont en proie aux flammes, des silhouettes affolées se démènent, s'interpellent dans le plus grand désordre. La majorité des serres visibles sont éventrées, détruites. Certains champs sont entourés d'hommes et de femmes qui les protègent coûte que coûte, ombres dérisoires dans la pénombre, armés de faux, de piques. Des troncs s'entrecroisent plus loin pour protéger d'autres serres, des bâtiments. Des arbres sont couchés, des groupes d'hommes s'assaillent et s'entretuent au milieu de barrières végétales qui n'ont pas été formées correctement et s'arrêtent à mi-hauteur, leurs troncs difformes et boursouflés semblant attendre la suite, comme si la Magie ou le temps avaient manqué. Et puis, il y a les bruits : pleurs d'enfants, harangues, suppliques, cris désespérés, hurlements de douleur ou de hargne.

Je pense à Palo et à ma mère. Elles sont à l'abri. J'ai de la chance. Je dois les rejoindre.

Chiros me fait un signe et je passe dans le Clan des Sourciers, la peur au ventre.

21. Diulé

1

Je tiens la main de Naria et d'Arkadi. Quelques cadavres flottent sur des étangs, des bassins. Les cascades continuent de jaillir, les rigoles s'écoulent, paisibles, légères. Un puits déborde et se déverse avec un agréable bruissement, indifférent au carnage, à la souffrance. Nous pataugeons dans une immense mare, certaines rues sont noyées sous plus d'un mètre d'eau. Mais nous n'avons pas le choix, nous devons atteindre la frontière orkla, et sans hésiter, nous nous y enfonçons, le souffle coupé par l'eau glacée. Elle engourdit, alourdit nos vêtements, entrave nos mouvements, monte jusqu'à mi-cuisse. Mon pantalon imbibé colle à ma peau, provoquant une résistance à chaque pas. Si on nous tombe dessus, je ne pourrai pas bouger assez vite…

Mais la traversée du Clan des Sourciers est étrangement calme. Est-ce parce que l'eau est acheminée vers les autres Clans que la pénurie n'effraie pas autant que le manque de nourriture ? Je ne vois pas d'autre explication plausible. À mon avis, c'est un tort. Dans le désert, l'eau manquera bien assez tôt. Malgré l'apparente sérénité, je ne baisse pas la garde. Je continue à écouter, à surveiller les ruelles, les toits, les fenêtres.

La fin de notre marche est un calvaire. Nous sommes épuisés, mes lèvres sont bleues, mes dents claquent. Je n'en peux plus.

Nous arrivons enfin en vue de la zone orkla. Le soulagement est de courte durée, pourtant, car une longue barricade formée par un amoncellement de charrettes renversées, de gravats, de pierres, de poutres, de meubles fracassés nous coupe l'accès à la limite de la Cité. La zone orkla sud est inaccessible.

Arkadi me chuchote à l'oreille :

— Tu crois que c'est ton comité d'accueil ? Ça me paraît un peu cérémonieux, quand même.

Naria s'apprête à parler mais Chiros crie, de sa voix bizarre qui porte loin :

— Au nom de Diulé, je suis venu avec celle qu'elle attend, laissez-nous passer !

La réponse nous parvient sous la forme d'un seau de bois accroché à une corde grossière et lancé tel un grappin. Chiros s'avance, le saisit et me tend une main. Nous sommes hissés par-dessus la barricade et entrons dans la zone orkla sud.

Chez moi.

Le contraste avec la Cité est frappant. Elle qui était érigée en modèle de quiétude et de paix a brutalement basculé dans la violence et fait montre d'un visage inconnu, effrayant. Chez les orklas, agitation et odeurs pestilentielles sont le lot quotidien. Or cette atmosphère m'est devenue familière. Elle ne me dérange pas, elle est mon élément… et n'a pas changé d'un iota. Alors que j'avance parmi les hustas aussi délabrées que d'habitude, le quartier est normal.

Les Clans ne sont pas venus le saccager. La barrière les en empêche. Et puis, à quoi bon voler les miséreux quand la Cité regorge de denrées ?

Je me redresse et cesse d'être aux aguets. Je grelotte, gelée.

Nous passons devant notre husta, dont l'entrée grande ouverte imite une bouche noire et sinistre. Arkadi et moi coulons un œil vers le toit. Il est trop haut pour qu'on puisse le voir, mais nous avons pris cette indécrottable habitude de vérifier que tout a l'air en ordre. Parfois, avant, lorsque je sortais, je levais le nez et apercevais Arkadi penché au-dessus de la balustrade, me faisant de grands signes de ses doigts déformés.

— On va pouvoir accueillir de nouveaux habitants… me glisse Chiros.

Je crois d'abord qu'il fait référence à Loltar et je me dis que sa réflexion est de très mauvais goût, mais il enchaîne :

— Touma et Barssi ne sont plus là.

Devant mon regard interloqué, il précise :

— Notre ancienne voisine mouchardait à un de ses clients, Descendant du Clan des Guérisseurs. Elle était si bavarde qu'elle lui a révélé des secrets orklas. Diulé l'a su. Elle n'apprécie guère ceux qui ne tiennent pas leur langue.

— Rien à voir avec le fait que Touma m'ait attaqué sur le toit ?

— À ton avis ?

Inutile de répondre. Barssi ne comptait pas de client Descendant…

C'était donc Touma qui trahissait notre toit, notre communauté. Dans quel but ? Était-elle innocente, de bonne foi ? Se doutait-elle que son Descendant courait rapporter les informations à Pamar ? Le faisait-elle sciemment, ramassant des akas supplémentaires puis rentrant sur la terrasse et me parlant comme si de rien n'était ? Pamar a pu me manipuler et exercer son pouvoir sur moi simplement parce que Touma aimait causer au lit. Elle a dû parler d'Arkadi, mon unique lien affectif. Pendant ce temps, je pensais que Rada m'espionnait…

2

Chiros nous conduit jusqu'à une husta comme les autres et je doute un instant qu'il s'agisse du repaire de Diulé. Aucun garde posté à l'entrée, rien d'ostentatoire, mis à part une vraie porte en bois, hérissée de clous de fer forgé.

Chiros avance le poing mais avant qu'il ait frappé, un des battants s'ouvre et un homme qui m'arrive à la hanche nous accueille sans sourire. Il s'efface pour nous permettre d'entrer. Arkadi et Naria m'emboîtent le pas. Dans mon dos, Chiros dit à Sootar :

— Viens, elle t'aidera.

— Non. J'ai fait ce qu'elle m'a demandé. Là, j'ai envie d'être seul.

Sootar repart, courbé, englouti par la nuit.

Le rez-de-chaussée ne s'ouvre pas sur un espace partagé par des cloisons de fortune, mais sur un couloir qu'éclaire une rangée de galets de lumière. Un escalier s'élève sur la droite. Un escalier, pas une échelle branlante. Il fait bon, ici, pas assez pour me réchauffer, mais la température est agréable.

Le singulier petit homme nous intime de grimper et nous obtempérons. Je ne l'ai jamais vu, or un gabarit pareil se fait remarquer, dans les rues orklas. Je note en passant à côté de lui qu'il n'a pas d'oreilles. À la place, une membrane translucide recouvre trois trous gros comme un ongle. Ce détail me fait frissonner.

Nous maculons d'eau l'escalier. J'entends le minuscule homme grommeler des mots incompréhensibles.

Au premier étage, nous traversons un hall plein d'hommes en armes assoupis, puis pénétrons une vaste pièce, aux dimensions inaccoutumées pour la zone orkla. Elle est haute de plafond, profonde, une large fosse à feu creusée en son centre. Ses murs sont couverts de tentures représentant des scènes insolites : des dragons montés par des créatures grimaçantes, des monstres à quatre bras, des femmes à la peau verte combattant des petits hommes comme celui qui nous a ouvert, des enfants qui jouent, des cerceaux qui volent. Les couleurs sont éclatantes, il y a du sang, des arbres, des lunes bleues, des rires et des montagnes dorées. L'ensemble, chamarré et sauvage, offre une ambiance déconcertante.

Sous l'une de ces tapisseries, j'avise un lit couvert d'une grosse couverture… d'où s'échappent des cheveux ébène et bouclés que j'identifie aussitôt. Une joie sans nom m'étreint. Palo ! Palo est là, saine et sauve, comme me l'a promis Chiros. Je souris. Ma petite sœur est vivante, elle a même réussi à s'endormir bercée par le crépitement des flammes.

Plus loin, de dos, assise à une large table, je vois ma mère.

Je voudrais me précipiter vers elle et la serrer dans mes bras mais je me refrène. Les yeux verts et inquisiteurs de la vieille femme qui se tient en face m'en empêchent.

Elle a la tête rasée comme celle de Chiros, blanche, émaillée de taches, une figure fine aux angles aiguisés, le cou plissé tel un rideau, de longs doigts aux articulations boursouflées, des épaules voûtées. Malgré sa stature fluette, il émane d'elle une force sereine et je lis dans son regard dur qu'elle est décidée, opiniâtre, sévère, intransigeante. Son corps décharné et tordu me raconte qu'elle a vécu longtemps, écouté plus d'histoires et découvert plus de mystères que nous tous réunis. Comme si elle voyait des choses invisibles et savait ce que les autres ne peuvent savoir. Je conçois qu'une telle femme, si squelettique et abîmée soit-elle, puisse effrayer les jumeaux.

Arkadi me donne un coup de coude, l'air ahuri.

— C'est la vieille orkla qui m'a vendu ton aiguille !

Elle ne me quitte pas de ses yeux verts déroutants. Elle se penche, prend appui sur la table, fait grincer sa chaise pour se lever.

Et je manque de m'étrangler lorsqu'elle s'écrie :

— Bienvenue, Enfants-Sortilèges !

22. Le secret de Diulé

1

Comment une orkla connaît-elle l'existence des Kashushas ?

Atterrée, je saisis soudain ce que cela signifie.

— Vous… Je ne…

— Respire un coup, Érine, me conseille Arkadi en posant son crochet compatissant sur mon avant-bras.

Ma mère me vient en aide.

— Oui, Diulé est une Enfant-Sortilège.

Quelques instants plus tard, j'ai enlacé ma mère et enfilé derrière un paravent sculpté des vêtements propres préparés à mon intention. Naria porte également de nouveaux habits et Arkadi s'apprête à se changer. Chiros a disparu par une porte après avoir glissé deux mots à Diulé.

Sur la table, le petit homme de tout à l'heure pose un pichet fumant rempli d'une boisson chaude, sucrée et crémeuse que je n'avais jamais ni vue ni goûtée. Il s'éclipse en emportant une liste d'herbes utiles à Naria pour soigner sa blessure au bras.

— C'était vous ? interroge Arkadi qui n'a rien compris à ce qui vient de se passer. L'aiguille... c'est vous qui me l'avez vendue, n'est-ce pas ?

Diulé s'adresse à lui avec autant de naturel que s'il était son arrière-petit-fils.

— Oui... Je sors souvent déguisée et me promène incognito. Je vends, j'achète, je cause. C'est très utile pour saisir l'atmosphère, savoir dans quel état d'esprit sont les gens, connaître les rumeurs. Sootar avait entendu Érine demander une aiguille et je sais que c'est très rare, alors je me suis débrouillée pour me trouver sur ton chemin.

Sootar et Chiros sont aux ordres de Diulé, Diulé qui est une Kashusha.

La vieille rit de sa voix éraillée avec Arkadi mais lorsqu'elle se tourne vers moi, sa physionomie se transforme et devient grave.

— Je te dois des explications, Érine. D'autant que si j'en crois le portrait que l'on m'a dressé, tu dois déjà te poser mille questions...

Ma mère lui a parlé de moi ?

— Que veux-tu savoir ? poursuit-elle.

— Tout. Qu'est-ce que je fais ici ? Pourquoi Sootar écoute aux portes et vous rapporte mes conversations ? Pourquoi être restée dans l'ombre et ne pas avoir contacté les autres Kashushas ? Pouvez-vous convoquer la Magie ? Quel rapport avec moi ?

Arkadi se penche sur l'épaule de Naria.

— C'est quoi cette histoire de Kashuchose ? se réveille-t-il.

Arkadi ne rigole plus et son genou rebondit sous la table tandis qu'il m'observe bizarrement. Il sait désormais que je suis une Kashusha. Diulé lui a conté l'histoire de la Cité. Pas la comptine apprise par les enfants à l'école, non, la vraie histoire, celle des Enfants-Sortilèges.

— Je croyais que cette version constituait un secret bien gardé, fais-je.

— Plus maintenant, rétorque Diulé.

Arkadi est sous le choc. Il en oublie d'aller se changer, engoncé dans ses habits mouillés et déchirés.

— La Cité des Six s'effondre. Les Clans vont disparaître en même temps que la Magie, poursuit Diulé. Il est temps pour la véritable Histoire de reprendre ses droits. Commençons céans à briser le secret, affirme-t-elle, posée.

Palo se retourne, laissant voir un instant son petit visage froissé par le sommeil avant de replonger sous la couverture.

Je reporte mon attention sur la table.

— Très bien. Y a-t-il d'autres Enfants-Sortilèges chez les orklas ?

Diulé secoue la tête.

— Je suis la dernière, je n'ai pas eu de fille, ma lignée s'éteindra avec moi. Et si je sais effectivement convoquer la Magie, j'ai découvert tard l'étendue de mes pouvoirs. Ma mère est morte quand j'avais onze ans, elle n'a pas eu le temps de me transmettre son savoir, mais je doute qu'elle en ait jamais eu beaucoup. Elle m'élevait seule avec mes quatre frères et ce n'est pas à toi que je vais apprendre la difficulté de survivre chez les orklas.

Effectivement.

— Elle faisait mille travaux, parmi les plus avilissants, s'épuisait vite, et lorsqu'elle est tombée malade, je n'ai rien pu y faire. Elle a néanmoins eu le temps de me révéler l'existence des Enfants-Sortilèges. Une sage précaution car dès lors, je n'ai eu de cesse que de découvrir la vérité. Je vivais dans la zone orkla nord, à cette époque. Malgré mon jeune âge, mes frères m'ont vendue à des hommes. Je me suis débattue, ils m'ont frappée. J'ai fini par en tuer un et me suis sauvée dans la zone sud. J'ai trouvé refuge dans un trou, et j'ai cru mourir à mon tour.

Sa voix se casse parfois au milieu d'une phrase pour repartir, trop aiguë, dédoublée, altérée.

— J'ai volé, assassiné. Je me suis retrouvée à la tête d'une petite bande d'enfants des rues. On chapardait, on resquillait, on se cachait dans des caves, des endroits toujours différents pour qu'on ne vienne pas nous déloger ou nous attaquer. Et j'ai grandi. Je sentais la Magie picoter en moi, j'essayais de la convoquer en m'isolant mais rien de probant n'en sortait. Une fois, pourtant, un homme me battait et je l'ai repoussé grâce à la Magie, sans trop savoir ce que je faisais. J'ai su que mon héritage était puissant. Il me fallait l'explorer coûte que coûte.

— Pourquoi ne pas être allée à la recherche des autres Enfants-Sortilèges ?

— Je ne les ai jamais trouvées. Aucune d'entre elles ne se dévoilait ni ne montrait de dispositions hors normes qui l'auraient trahie…

Exactement ce que m'a expliqué ma mère.

— J'ai donc suivi mon chemin, bâti mon royaume, réuni hommes et femmes, pensé l'avenir, le mien, le nôtre, en dehors de la Magie. J'ai appris à lire, exigé de mes proches qu'ils sachent lire, cherché des indices, épluché de nombreux ouvrages, sans résultat. Et puis, il y a longtemps, j'ai eu vent d'une arrivée étrange à la Cité...

— Chiros.

— Exact, sourit-elle et je remarque les dents qui lui manquent. Un Karvar était en ville. Je me suis débrouillée pour le consulter mais j'ai aussi parlé avec lui de ma nature, de ce qu'elle recouvrait. Et j'ai compris qu'il était probablement le seul à pouvoir m'aider. J'ai fait en sorte qu'il reste.

— En sciant la jambe de son propriétaire, précise Arkadi avec une naïveté confondante.

Diulé hausse un de ses sourcils mités.

— Eh bien, vous n'avez pas perdu de temps, à ce que je vois...

Arkadi baisse la tête comme un garçonnet.

— Chiros a-t-il été à la hauteur ? je m'enquiers pour détourner l'attention.

— Oui. Il m'a appris à dompter la Magie, à la canaliser. Je lui sais gré de ce qu'il m'a apporté, il m'a permis de réaliser toutes sortes de choses, élude Diulé. Mais j'ai parlé à Fréelya et si l'enseignement de Chiros a été bénéfique, il est très éloigné de la science des Kashushas. Dans la culture de Chiros, la Magie est employée différemment. J'ai encore tout à étudier !

— J'ai proposé à Diulé de lui enseigner ce que je savais, ajoute ma mère de sa voix douce. Peut-être que Naria pourra, elle aussi, ajouter sa contribution. Nous devons nous entraider et confronter nos connaissances, ce serait une bonne chose pour les Kashushas...

Diulé fait oui. Mais je pense qu'elles perdent de vue l'essentiel.

2

— Je n'ai aucun talent particulier et ne vous serai d'aucun secours. Alors pourquoi les jumeaux et Chiros ont-ils été chargés de m'épier ? Car c'est bien ce qui s'est produit, n'est-ce pas ?

— « Protéger » serait un terme plus adéquat. Tiens, prends du sahlab…

Diulé verse un autre verre de la boisson consistante et sucrée, le fait glisser sur la table dans ma direction. Je ne le prends pas. Je fixe la vieille femme. J'essaie de sonder, sans succès, ses yeux verts. Et Diulé me le rend bien. Nous nous admirons ainsi le blanc des yeux pendant un long moment. Elle finit par sourire.

— Je suis ravie que tu sois arrivée saine et sauve, Érine. Vois-tu, j'ai besoin de toi.

Pourquoi la chef des orklas, dont j'entends parler avec une ferveur empreinte de frayeur, aurait-elle besoin de moi ?

— Il me faut un lien, et tu es ce lien. Ton retour chez toi le prouve : tu es un trait d'union entre deux mondes, et tu peux influencer le destin de la Cité.

Que de mots pompeux… J'attends qu'elle daigne poursuivre ses élucubrations.

— Le hasard m'a mise sur ta route, Érine, mais sitôt que j'ai compris qui tu étais, j'ai su que tu me serais précieuse…

Elle se sert à son tour, boit une gorgée de sahlab avec un bruit de déglutition prononcé.

— Vois-tu, Malcor me versait une dîme… commence-t-elle.

Première nouvelle.

— Impossible ! je renâcle. On était presque toujours ensemble, il me surveillait en permanence. Il disait que notre husta n'était pas sûre.

— Et il avait en grande partie raison. Mais tu oublies les fois où tu étais avec Diho, le marchand de pierres, ou d'autres connaissances de confiance.

Ma mère est tout ouïe. Pourtant, j'ai l'impression qu'elle connaît déjà les tenants et aboutissants de cette discussion… Je me demande ce qu'elle a bien pu dire à Diulé.

— Malcor se présentait dans cette salle une fois par mois, muni d'une bourse garnie qu'il me remettait. En échange, je fermais les yeux sur son trafic et le laissais emprunter le passage secret dans le premier Mur. Je te rappelle qu'il part de la zone orkla sud. Je la dirige, j'y suis omnipotente. Malcor m'avait prêté allégeance, s'engageant à me défendre et à m'obéir. Il m'a fait promettre en retour de ne jamais poser de questions sur son itinéraire, ni trahir sa localisation. J'ai tenu parole. J'ai envoyé Loltar et Sootar repérer l'endroit et comme rien ne m'a paru suspect, Malcor a eu ma bénédiction.

Je tombe des nues.

— Lorsque tu es arrivée chez nous, Érine, je l'ai su. Peu de choses m'échappent… Je n'ai rien exigé de Malcor qui devait subvenir à tes besoins, mais je n'ai pas réduit le montant de la dîme non plus. Un aka est un aka. Malcor s'est chargé de toi, il a eu moins d'argent et ne s'en est jamais plaint. Je le connaissais. J'ai su qu'il t'aimait.

Arkadi me jette un coup d'œil gêné. Je reste droite, imperturbable mais mon cœur cogne dans ma poitrine. Oui, Malcor m'aimait. Pourquoi m'a-t-il autant menti, dans ce cas, pourquoi m'avoir dissimulé cette partie de son existence ?

— Un jour, ici même, il m'a interrogée. Quelque chose le préoccupait : tu n'avais pas été initiée et affirmais néanmoins percevoir la Magie, ressentir des picotements lorsqu'elle était convoquée...

Ça, je m'en souviens très bien, il m'a assuré que c'était normal, banal.

— Or Malcor n'avait jamais entendu parler d'un tel phénomène, et je suis réputée pour mon savoir, figure-toi. Nombre d'orklas me demandent conseil. Malcor n'avait aucune idée de ce qu'il me dévoilait. Seules les Enfants-Sortilèges ont le pouvoir de percevoir la Magie dans leur chair, et j'ai tout de suite compris que tu en étais une. Je ne lui ai évidemment pas révélé pourquoi, mais je l'ai chargé de veiller sur toi.

— Il ne savait pas ?

— Il a dû se douter que tu étais spéciale, Malcor était malin. Mais ton bien-être comptait plus que la satisfaction de sa curiosité. Je lui offrais de l'aide, en quelque sorte. C'est tout ce qu'il demandait.

— Je suis navrée mais ça reste confus. Pourquoi avoir réagi ainsi ? Qu'est-ce que vous me vouliez ?

— Rien. Enfin, rien de particulier à ce moment-là. Simplement, je sais que nous sommes peu et j'avais un rêve : faire sortir les Kashushas de l'ombre. Je souhaitais renouer avec mon ancienne culture, balayer le forfait des Patriarches, les remettre à leur place, celle de vulgaires pilleurs. Je voulais aller plus loin et instaurer un système différent, une communauté fondée sur l'égalité, sans faux-semblant ni hiérarchie de naissance, une Cité paisible à l'image de celle de nos ancêtres. Pour cela, je devais attendre.

Je repense à Chiros lors de notre veillée. « Elle attend son heure... », avait-il murmuré.

— Tu étais inespérée, Érine : orkla et Enfant-Sortilège. Comme moi. J'ai posé plus de questions à Malcor. Il restait discret, méfiant, c'était Malcor, mais il me répondait. Et puis, il est tombé malade. Quand je l'ai vu, j'ai su qu'il n'en avait plus pour longtemps. Je ne voulais pas te faire venir, pas... pas encore. Tu devais apprendre à te débrouiller seule, suivre ton chemin, grandir, affronter pour comprendre.

Je ferme les yeux. Je revois Malcor, amaigri, faible et si fort.

— Malcor savait lire entre les lignes et avait saisi mon intérêt. Il a donc employé un moyen de pression délicat : il m'a dit qu'il comptait te renvoyer chez toi, te persuader de regagner le Clan des Dresseurs, ta famille. Tu avais pris tes marques chez nous, certes, mais au fond, tu rêvais de retrouver ta vie d'avant. Il me menaçait de t'éloigner et te soustraire à moi, mais pas de manière frontale. Il m'a coincée et j'ai admiré sa finesse. Nous avons conclu un marché.

Je lutte, j'essaie d'inspirer, ma poitrine est comprimée par deux mains invisibles qui appuient sans discontinuer dessus et m'asphyxient.

Ce qui va suivre me fera mal, je le sais, moi qui ai tant voulu reléguer Malcor au rang de passé révolu.

— Chez nous, et chez moi en particulier, les marchés sont sacrés, Érine. Nous avons peu mais nous avons notre parole. Elle a une vraie valeur. Je suis intraitable avec ceux qui ne tiennent pas la leur. Et je suis irréprochable : je montre l'exemple. Malcor a promis d'abandonner son projet à une condition... que je m'engage à te protéger. J'ai accepté. Il t'a fait croire qu'il avait acheté l'hustissa. En réalité, j'en ai payé une grande partie. J'ai posté les jumeaux sur le toit où vivait déjà Chiros. Ils devaient veiller sur toi, mission qu'ils ont failli rater, ces derniers jours.

J'ai mal au ventre, j'ai l'impression qu'on a planté une lame dans ma gorge, mes larmes s'accumulent et menacent de déborder. Je ne veux pas pleurer ici, devant eux, devant elle. J'inspire longuement pour me calmer.

Mais Diulé m'assène le coup de grâce.

— C'est moi qui lui ai donné le breuvage qui a accéléré sa fin. Il n'en pouvait plus, il souffrait trop et il voulait être avec toi pour ses derniers instants.

Je n'arrive plus à me retenir… et je pleure. Je pleure Malcor. Enfin.

— Je me suis aussi chargée des funérailles et j'ai fait en sorte, par un habile tour de passe-passe opéré par les jumeaux, qu'il soit enterré dans le cimetière sud, celui réservé aux Clans et non aux orklas. Je ne savais pas que tu allais le déterrer. Je l'ai su après, par Loltar… Malcor était un éminent manipulateur. En cachette, il avait envoyé un hitote à L'Ombre, préparé la relève et négocié le prix de son cadavre. Tu avais toutes les cartes en main pour un avenir meilleur.

J'ouvre la bouche mais aucun son n'en sort.

Une douleur sans nom m'étouffe.

J'ai soupçonné Malcor de m'avoir gardée pour lui, de s'être servi de moi. La réalité, c'est qu'il s'est servi de lui jusque dans la mort pour me protéger, et me placer sous la surveillance de la femme la plus puissante des orklas.

Pire, je me suis convaincue que Malcor était mon protecteur, l'homme qui m'avait recueillie, sauvée.

Il était tellement plus.

Il était mon ami, mon alter ego, mon mentor, mon compagnon.

Il était mon amour.

Brusquement, je comprends à quel point il me manque, à quel point je l'ai chassé de mes pensées pour ne pas m'effondrer. Ma vie était différente avec lui, la traversée du Haut Forum aurait été plus facile avec lui, je n'aurais pas été attrapée par Pamar avec lui, personne n'aurait posé de tisonnier brûlant sur mon bras avec lui.

Je serais partie au bout du monde avec lui…

Il est parti sans moi.

— Malcor disait que tu devais tracer ta route et grandir seule. Que tu étais forte, que tu ferais de grandes choses, que tu avais juste besoin d'un petit coup de pouce, pas d'apitoiement. Et que si tu avais l'impression que quelqu'un essayait de te materner ou te dorloter, tu le rejetterais, de peur de t'amollir.

Malcor lisait en moi sans pointer mes incohérences. Il croyait en moi.

Il me connaissait mieux que personne.

Il m'aimait mieux que personne.

De mes yeux brouillés, je distingue à peine Arkadi qui se ronge les ongles. Naria ne bronche pas, perdue dans ses pensées. Ma mère me considère avec une infinie compassion.

Je me lève et me dirige vers une tapisserie que je ne regarde pas. On me laisse à ma solitude, à ma souffrance.

Le silence est troublé par le bruit mat d'une bûche consumée qui s'effondre.

J'essuie mes joues et vais me rasseoir. Ma mère me prend la main, la serre. Je renifle. Naria essaie d'alléger l'ambiance.

— Donc lorsque Sootar et Loltar nous ont pris en chasse, sur le toit de l'husta, ce n'était pas comme Touma et Barssi... Ils ne voulaient pas attraper Érine mais la récupérer et l'aider.

Diulé hoche la tête.

— Et à l'enterrement de son père, pareil ?

Diulé acquiesce de nouveau.

3

Lorsque je reprends la parole, ma voix est nasillarde.

— Je ne sais toujours pas ce que vous me voulez, Diulé... Je ne comprends pas en quoi je peux vous être utile.

La porte du fond s'entrouvre sur Chiros. Il ne s'assoit pas et reste à quelques pas derrière Diulé, immobile, attendant qu'elle ait terminé, je suppose. Ma mère, elle, pose une main compatissante sur mon épaule et va border Palo qui s'est découverte et gémit dans son sommeil.

— La Cité des Six est morte, Érine. C'est l'occasion ou jamais de nous en emparer. Et si possible, avant qu'elle ne tombe en ruines et que la Magie ne s'évapore, gaspillée en combats inutiles. Les riches vont s'enfuir, les pauvres vont rester. Il faudra tout reconstruire et je veux le faire à ma manière, restituer la Cité à ses anciens habitants, dit-elle en pointant du doigt ma mère, Naria, ma sœur.

— Ça ne sert à rien si nous n'avons plus de Magie...

— La Magie n'est pas encore épuisée. Profitons de ce sursis pour bâtir une belle ville, développons des subterfuges, d'autres moyens de subsistance. C'est envisageable, Érine. En revanche, je ne pourrai réussir seule et l'unique moyen d'édifier une nouvelle Cité est de m'associer à des membres de Clans, des gens avisés capables de partager leur savoir-faire, que ni toi ni moi ne possédons. Les orklas sont vifs, certains d'entre eux sont érudits et entraînés, je prépare ce renouveau depuis longtemps, je le sens poindre. Mais ils ne suffiront pas. Nous devons être plus nombreux, surtout au début, à la croisée des chemins, pour choisir la voie la plus judicieuse. La violence actuelle doit être enrayée et quelqu'un doit reprendre les rênes. Ce quelqu'un, ce sera moi.

Diulé prône des valeurs mais Chiros est son esclave à cause d'une jambe sciée, Touma a été exécutée sans jugement parce qu'elle cafardait… Je ne peux m'empêcher de tiquer et Diulé, intelligente, le voit.

— Je suis une femme et je possède le pouvoir. As-tu seulement idée de ce que cela signifie ? Je ne peux dévoiler aucune faille, je dois être sans états d'âme, inattaquable, ne laisser prise à rien ni personne. Le Conclave est exclusivement masculin. On parle des Patriarches, Érine, pas des Matriarches… Penses-tu que ce soit le fruit du hasard ? Je ne veux plus me battre en marge, éviscérant et torturant pour me faire respecter. Entends-moi bien, je ne regrette rien et revendique chacun de mes actes, même le plus barbare. Cependant, j'ai toujours pris mes décisions en connaissance de cause. Je ne suis pas perverse. Je veux investir la ville et faire en sorte que tous y soient traités le mieux possible, que cesse la tyrannie des Descendants parjures, que la Magie soit utilisée avec parcimonie, dans un esprit égalitariste et non pour le bien-être de quelques nantis. Je veux que les Kashushas reprennent leurs droits, que l'on reconnaisse leur ascendance sur cette Cité, que cessent le mensonge et la manipulation, que les Descendants arrêtent de profiter et amasser sans vergogne pendant que le reste de la population pousse des cris quand, une fois par an à la Fête des Échanges, elle a l'immense privilège de goûter les fruits uniques !

Je n'avais jamais vu la Cité sous cet angle. Pour moi, elle est prodigue, généreuse. Les récents événements ont montré que je me trompais. Arkadi approuve les paroles de Diulé, galvanisé.

— Je ne suis pas seule, poursuit la vieille femme. Masséate, le chef des orklas nord, me secondera. Mais j'ai beaucoup réfléchi à la façon de procéder et je crois que ce ne sera pas suffisant. Je dois contacter les Clans, et tu peux m'y aider…

— Ma mère est mieux placée que moi ! Je ne connais que quelques personnes.

— Tu connais la fille de ton Conseiller.

— Il n'est plus d'aucun secours : Barl est mort.

Ma mère, qui s'était allongée auprès de Palo et lui caressait la tête, sursaute et se redresse.

— Nous avons trouvé son corps en venant. Il a été tué, probablement par des Planteurs.

— La situation s'accélère dangereusement, alors, lâche Diulé. Nous devons faire vite, sinon, je risque de perdre le contrôle.

— Et plus vite que vous ne le pensez… intervient Chiros.

La vieille femme se retourne et Chiros précise :

— Le Conseiller Pamar cachait Diho, le marchand de pierres dont Érine a volé la charrette. Ils se dirigent vers les grottes pour extraire les cristaux…

23. Les grottes

1

À peine Diulé s'est-elle levée pour donner des ordres que Sootar pousse la porte principale de la salle. Ses yeux sont rouges et cernés de noir mais il est debout. Je reste ahurie au milieu du brouhaha soudain, des hommes et femmes qui s'empressent, se hèlent, enfilent à la hâte des gilets de peau, des ceintures, ajustent leurs fourreaux, resserrent les sangles de leurs protections.

Palo remue sous sa couverture.

— Maman, tu savais pour Malcor ?

— Bien sûr que non, ma chérie ! Mais j'ai discuté avec Diulé pendant que Chiros partait te chercher et j'ai beaucoup appris… Érine, j'aurais pu accompagner Chiros à la Tour du Ciel mais je devais rester avec ta sœur. Elle n'a que sept ans et…

— Je le sais, ne t'inquiète pas.

Naria nous rejoint. Arkadi est dans le sillage de Sootar et boit les paroles du colosse. Des groupes se forment, partent en courant tandis que d'autres se ruent vers

Diulé afin d'obtenir des directives. On se hâte, on s'interpelle.

Chiros ne quitte pas Diulé et ne vient vers nous que lorsque celle-ci s'approche.

— Lorsque le Conseiller Pamar est venu chez toi le jour funeste où il a tué ton père, il a trouvé la charrette cachée derrière la grange de tes parents. Elle était marquée d'une pierre précieuse sculptée et Pamar, qui est Conseiller, l'a immédiatement identifiée. Il a fait quérir Diho et l'a emprisonné pour traîtrise. Le célèbre spécialiste des pierres devait croupir dans une geôle, mais au vu des récents événements, il se révèle fort utile !

S'il a été prisonnier dans les mêmes conditions que moi, Diho, qui n'est plus tout jeune, doit être en mauvais état. Par ma faute…

— Je reste ici avec une poignée d'hommes, affirme Diulé, je suis trop vieille pour ce genre d'affrontements. Fréelya et Palo aussi, je présume ?

Ma mère fait oui et je la comprends. Ma sœur a encore besoin d'elle.

— Pas moi ! J'y vais, j'affirme, péremptoire. Naria et moi sommes les seules à avoir visité les grottes.

Ma mère s'apprête à intervenir mais Diulé ajoute :

— J'espérais que tu prendrais cette décision. Tu ne seras pas seule, je tiendrai la promesse faite à Malcor jusqu'au bout.

Naria, Arkadi, Sootar, Chiros et moi marchons au sein d'une troupe d'une cinquantaine d'hommes et de femmes. Je ne peux m'empêcher de les considérer avec compassion. Que peuvent faire cinquante personnes contre les Clans ? Pourtant, Sootar est confiant. Nous ne connaissons pas le nombre de partisans de Pamar descendus dans les grottes, affirme-t-il, et la description que je lui ai faite des lieux a achevé de le rassurer. C'est vrai que les grottes sont parfois étroites, il y a des boyaux, des tunnels, des recoins, bref, le combat pourrait ne pas être aussi inégal qu'il en a l'air. Mais je suis dubitative.

Pour gagner le Sanctuaire, nous avons décidé d'emprunter le passage de Malcor. Les hommes de Diulé l'ont rouvert et il ne doit plus y avoir de sentinelles sur les Murs. La Cité est devenue folle. C'est chacun pour soi, désormais.

— Et une fois là-bas ? s'enquiert Chiros de sa curieuse voix.

— Nous avons cheminé au hasard donc je n'ai pas d'itinéraire précis à te proposer, j'avoue. Mais s'ils arrachent ou débitent les cristaux, ils feront du bruit et laisseront de multiples traces.

Le jour se lève à peine, teintant la zone orkla d'un voile morne. Je suis frappée par le calme qui baigne la Cité. Il en devient menaçant, ce répit feutré. Il annonce le combat qui tonnera de nouveau dès que le soleil renaîtra. Les Clans n'ont pas fini de se détruire et le sommeil des combattants sera de courte durée, parenthèse dérisoire dans la longue litanie des massacres.

Des enfants jouent dans l'aube balbutiante, hirsutes, les genoux sales, pieds nus pour la plupart. L'un d'entre eux fait mine de nous filer le train en riant mais une femme le chasse d'un mot sévère. Le garçon se pétrifie, rejoint ses camarades, tête basse.

J'ai les mains moites. La fatigue a fait gonfler mes paupières, enfonce mes yeux dans leurs orbites. J'ai mal à l'avant-bras, je suis couverte d'ecchymoses. Je voudrais dormir, me réveiller sur ma natte, prendre un maigre petit déjeuner pour ensuite m'occuper de mes hitotes, des jarles, ou papoter avec Arkadi sur le toit, sous un dais tendu entre deux hustissas. Ce temps-là est révolu. Il faut en finir.

Naria affirme être en mesure de raisonner son père, le faire changer d'avis. Comment peut-elle encore avoir foi en lui ? Je lis dans son attitude guindée qu'elle est dévorée par l'angoisse. L'angoisse de ce qui nous attend, celle de se confronter à son père, de l'escalade qui adviendra sûrement.

Moi aussi, j'ai peur.

Elle me sourit faiblement et je ferme les paupières pour lui signifier que j'ai vu, que je suis là, que je compatis. Je n'ai ni la force ni l'envie de parler.

Arkadi est toujours derrière Sootar. Ce dernier ne lui prête pas attention, mais peu importe, Arkadi sautille. En prime, il a un nouveau poignard.

Chiros est muet, concentré.

2

Dans l'espace mort qui sépare les deux Murs, les orklas guettent avec appréhension d'éventuels Couteliers embusqués, mais le rempart est désert. Nous traversons sans encombre. J'ouvre la porte dérobée devant leurs mines ébahies et les entraîne dans l'escalier de pierre, mon aiguille à la main. Aussitôt, des coups sourds se répercutent en cascade sur les parois.

Sootar esquisse un geste et tout le monde s'arrête. Chiros le rassure.

— Le son est faible, ils sont loin. Le risque, c'est qu'ils aient posté des hommes dans le tunnel.

Ma mère m'a affublée d'une sorte de gilet sans manches en peau de maka tannée. Il est censé déporter les coups, et je soupçonne qu'il y a de la Magie là-dessous. Tous les orklas en portent un, ça nous permettra de nous reconnaître. Une gourde plate arrimée à notre dos complète la panoplie. Elle ne gêne pas nos mouvements et sera utile dans la fournaise des grottes.

Aux abords des qadurs en putréfaction, la puanteur est atroce. Les galets de lumière se lèvent et les hommes reculent en lançant des exclamations dégoûtées. Je leur fais signe de ne pas s'attarder, ils continuent sans protester.

Plus nous nous engageons dans le tunnel, plus les coups résonnent. La chaleur n'est pas encore accablante mais je dégouline. De frayeur, d'épuisement.

Le petit trou que Naria et moi avions creusé dans le haut du tunnel laisse place à une large brèche. Pamar a eu la même idée que nous...

Nous nous apprêtons à nous engouffrer à l'intérieur quand une dizaine d'hommes en noir, équipés de hottes, font irruption de l'autre côté du tunnel. Surpris, ils jurent, s'empêtrent dans leur cape pour dégainer. Sootar m'écarte d'un revers brutal et se jette sur eux. Chiros laisse passer une poignée de orklas, puis barre le passage aux autres, priés de rester tranquilles. Arkadi proteste pour rejoindre Sootar mais Chiros le retient d'une main ferme.

Sans un son, les orklas s'abattent sur leurs adversaires.

Ils sont beaucoup plus efficaces que ce que j'avais imaginé : précis, rapides, sans états d'âme. Les lames volent, une femme éventre son adversaire, en bloque un autre qui menaçait un orkla. Tous deux achèvent l'homme en noir avec une froideur quasi gracieuse. Où que je regarde, les orklas tuent, ouvrent, parent, sautent. Un homme de Pamar égorge une petite femme ronde, un de ses compagnons d'arme la venge aussitôt en tordant le cou de l'homme.

Oh oui, Diulé se prépare depuis longtemps. Ses soldats sont surentraînés.

Dans la lumière fantomatique des galets, Sootar se déchaîne et je mesure l'ampleur de son chagrin. Il est enragé, s'expose. Sa façon de se battre dit qu'il n'a plus rien à perdre. Sa furie est telle que les hommes s'étalent les uns après les autres dans son sillage.

J'inspire trois ou quatre fois et les orklas reviennent vers nous. L'un d'eux est atteint à l'épaule mais la blessure, superficielle, ne l'empêche pas de poursuivre. Les hommes en noir, eux, gisent à terre.

Nous pénétrons dans la première grotte.

Elle est déserte. Des traces de pas sur le sol rouge poussiéreux attestent des allées et venues, mais la majorité des cristaux sont à leur place.

— Ils ont dû s'enfouir dans le dédale et essayer de dénicher des cavités plus grandes, constate Chiros.

Les orklas ont beau être rodés, la magnificence du lieu est renversante. Ils lèvent la tête, ébahis par le décor grandiose, les couleurs, la forêt de cristaux qui scintillent à notre approche. Un claquement de doigts sévère de Sootar les ramène à des considérations plus prosaïques : guetter un tressaillement ou une silhouette suspects, exercice ô combien difficile dans cet environnement. Car les galets de lumière projettent des ombres changeantes sur les parois, les stalactites éclairées de toutes parts créent des formes spectrales qui s'emmêlent, se rejoignent, s'allongent, diminuent. Certains ont coincé leur galet sur leur front pour avoir les mains libres, mais à chaque mouvement, ils modifient le paysage, sursautent.

Personne ne se risque à toucher les cristaux. Nous progressons à pas précautionneux, prenant soin de ne pas glisser sur les pointes saillantes de la roche translucide. Les cristaux qui émergent et s'arrêtent à hauteur de cuisse ou de ventre sont les plus dangereux. Il suffit de riper pour s'y empaler, avec ou sans gilet en peau de maka...

3

À l'endroit où les différents tunnels s'enfoncent dans l'obscurité, Chiros me retient par la manche. La petite troupe orkla passe et disparaît au détour d'un virage. Alors le Karvar inspire, ferme ses yeux qui ont repris apparence humaine, et tend la main vers un cristal de taille moyenne. Celui-ci répond sur-le-champ à son injonction et s'illumine avec intensité. Il s'éteint tout de suite après. Chiros se tourne vers moi. Je m'en doutais mais je suis bouche bée.

— Tu utilises la même Magie que nous, Chiros...

— Ce qui signifie ?

— Qu'il y a en a ailleurs !

— Brave petite.

— Mais elle te répond plus facilement, tu pourrais drainer ce cristal en un rien de temps...

Naria a rebroussé chemin et nous interrompt.

— Qu'est-ce que vous faites ?

— Chiros commande à la Magie comme nous, Naria, autrement dit, là où il a lu, le sous-sol était jonché de cristaux... Il y en a partout dans l'Entre-Terre !

— Minute, ce n'est pas aussi simple, rectifie Chiros. Il existe d'autres gisements mais je suis capable de convoquer la Magie dans un périmètre plus étendu que le vôtre. Lequel, je n'en ai aucune idée. S'il m'était parfois difficile de lire, si j'étais exténué, c'est parce que j'étais contraint de puiser la Magie dans des cristaux distants, confesse-t-il. Voyez-vous, malgré mon expérience, je pensais que la Magie imprégnait toute chose et se trouvait dans l'air, invisible. On apprend même à mon âge... sourit-il.

— Et tu as quel âge ?

— Cent trente-huit ans, Érine...

Nous rejoignons la troupe, traversons d'autres grottes. Combien Pamar a-t-il emmené d'hommes avec lui ? Nous n'avons aucune idée de ce que nous allons affronter. Nous avons eu beau soigneusement étudier les traces de pas, aucun indice ne s'en dégage. Et nous n'avons croisé personne.

La virulence des coups s'accroît. D'un instant à l'autre, nous allons donc surprendre Pamar. La chaleur s'intensifie et devient insupportable. Chacun transpire, s'essuie. La surtunique offerte par Diulé nous protège peut-être des lames, mais elle tient trop chaud. Je m'arrête pour détacher ma gourde et me désaltérer. Nous accélérons afin de ne pas être distancés.

Nous touchons bientôt aux abords du Sanctuaire et je murmure à Chiros :

— Je suis sûre qu'ils sont là ! Nous nous situons à l'entrée de la plus immense grotte et Diho a dû deviner qu'il y existait un gisement conséquent. Il a directement conduit Pamar au cœur de ce que nous appelons le Sanctuaire…

Brusquement, le chant jusqu'ici ininterrompu des marteaux et des pioches cesse. Nous nous figeons, escamotons les galets de lumière et attendons dans la pénombre.

Puis c'est l'explosion : des cris, le claquement des armes qui se croisent, le fer qui se cogne. Contractée, je m'attends à voir déferler une armée hurlante et je me prépare au choc.

Rien.

La Magie me parcourt, ondule le long de mes jambes, un cristal éclate dans un bruit de poterie brisée.

Une bataille fait rage. Que se passe-t-il ?

Tout à coup, un homme en noir apparaît en titubant, une épée passée en travers de l'abdomen. Il nous observe d'un œil écarquillé et s'écroule.

Je resserre ma prise sur mon aiguille.

Arkadi écarte une mèche de ses cheveux sales.

Naria pince les lèvres.

Après le hochement approbateur de Sootar, nous entrons dans le Sanctuaire.

24. La bataille du Sanctuaire

1

Il règne dans la sublime grotte un tumulte épouvantable. Le vacarme est assourdissant, la chaleur étouffante, des dizaines d'adversaires s'empoignent, s'embrochent, feintent et cognent dans un désordre sans nom. Ils s'assaillent au hasard ou en tout cas, c'est ce qu'il me semble au début, frappent les cristaux qui claquent. Les épées rebondissent, se fichent, les lances éviscèrent, les couteaux ouvrent.

Sootar et Arkadi passent devant moi en courant et se fondent dans le carnage. La main fermement accrochée à mon aiguille, je me tasse, abasourdie par le déluge sonore qui emplit l'air brûlant du Sanctuaire, et Naria m'imite, effarée.

Un gros homme mamelu s'approche de nous et je reprends mes esprits. Nous devons déguerpir, nous camoufler ! Je plaque Naria contre la paroi, la pousse et longe à mon tour les contours de la grotte, puis je bondis pour me retrancher derrière un cristal de taille raisonnable.

Je m'accroupis, haletante.

Autour de nous, des râles, des gargouillis, des craquements, des appels…

— Attention !

— Par ici ! À moi !

— Fumier, crève !

La Magie enfle par vagues, la lumière des cristaux vacille, devient blanche, s'éteint, palpite de tous côtés, le cliquetis des lames résonne.

Je risque une tête hors de ma cachette. Qui se bat ? Pourquoi les hommes de Pamar s'entretuent-ils ?

Il y a des scies, des marteaux, des pioches, des outils. Des sacs à moitié remplis ou débordants de petits cristaux gisent dans différents coins. Un échafaudage grossier a commencé à être monté contre une colonne au diamètre phénoménal, qui trône au milieu de la caverne et en crève le plafond.

Partout, des grappes d'hommes s'éventrent en beuglant. Je plisse les yeux et discerne enfin les protagonistes…

Pamar est retranché sur la gauche du Sanctuaire, l'air furieux, protégé par un cordon d'hommes en noir. Parmi eux, Diho, dont le visage amaigri et tuméfié m'indique qu'il n'a pas subi un sort plus plaisant que le mien.

À l'opposé, devant la bouche d'un tunnel, le Conseiller Luska est entouré de sa garde habituelle, en compagnie de Sana et Jinn qui se tiennent la main, hallucinés par le spectacle apocalyptique.

Sang de kork, sont-ils à ce point cupides ou demeurés ? Posséder les roches ne réglera rien, ni le sort de la Cité ni le leur. Que font-ils là, à s'exterminer mutuellement, à l'aveuglette, en prime ? Car je doute que dans la gabegie, les hommes aient le temps d'identifier le liseré des Clans sur leur tunique !

Naria me sort de mes réflexions.

— Ce n'était pas prévu !

— Non…

Sootar, Chiros et Arkadi sont aux prises avec des inconnus, les orklas se sont fait happer par la mêlée, attaqués avec sauvagerie, personne ne sachant qui est qui, qui veut quoi. Je suis atterrée.

— Je vais voir mon père ! hurle Naria dans mon oreille pour couvrir les bruits.

— Hors de question !

— C'est pour ça que je suis venue, Érine !

— Il est de l'autre côté, tu vas te faire tuer avant de le rejoindre !

— J'y vais !

Naria ne me laisse pas le temps de philosopher et s'éclipse, courbée en deux. Inutile de la retenir, elle est grande. Et elle a raison. C'est son rôle. Je connais le mien.

— Je m'occupe de Luska !

Elle esquisse un signe entendu et repart, slalomant pour se réfugier à l'abri des cristaux. Je prends la direction inverse, genoux fléchis, le cœur battant à tout rompre, le front dégoulinant de sueur. Je me faufile et veille à ne pas me couper les paumes ni m'empaler sur les cristaux.

La bataille est un terrible foutoir. Hommes et femmes tombent, agonisent. Un corps s'effondre juste à côté de moi et je me pétrifie, terrifiée à l'idée d'être repérée, mais le vainqueur pousse un « aaaaah ! » bestial, se détourne et s'élance sur une orkla qui fait la moitié de ma taille.

Je n'ai parcouru qu'une dizaine de mètres et déjà, je suis à bout de souffle. Je lève une tête prudente pour constater que Sana et Jinn se sont déportés vers moi, acculés par les combats. Tant mieux. En face, Naria progresse et je note avec soulagement qu'Arkadi est avec elle. Un homme trapu se précipite sur la jeune fille, brandissant une lance effilée mais Arkadi le repousse, le déséquilibre, l'achève.

Ces deux-là devraient s'en sortir. À moi, maintenant, de parvenir à mon but.

2

Un groupe d'hommes lutte à quelques enjambées seulement. S'ils me découvrent, je suis fichue. Je ne fais pas le poids. Je me voûte de nouveau pour me dissimuler du mieux que je peux, poursuivre ma route, collée au mur gluant de la grotte, quand une nouvelle vague de Magie m'imprègne. Une lumière aveuglante jaillit d'un gigantesque cristal, des arbres croissent, des tombereaux d'eau pleuvent, le sol tremble et de petits vers jaunes répugnants affluent en masse en se tortillant.

— Arrêtez ! hurle quelqu'un et je reconnais la voix de Chiros.

Peine perdue. La luminosité est si intense que je suis obligée de fermer les yeux.

L'espace d'un court instant, les hommes se redressent, statufiés, le temps se suspend et un silence ahuri règne.

Puis dans un tintamarre épouvantable, le cristal éclate, disséminant dans toutes les directions une multitude de fragments. Ils se fichent à une vitesse vertigineuse dans les têtes, les poitrines, les cuisses exposées. Un nuage épais de poussière rouge s'élève, on tousse, on appelle au secours, on geint.

Je m'extirpe de ma cachette, je dois me hâter avant que le massacre soit consommé. Si les hommes des Clans en sortent victorieux et qu'ils s'allient, c'en est fini des rêves de Diulé. Et alors, qu'adviendra-t-il des orklas ?

Je me coule entre les monticules de cristaux drainés, je les contourne, essayant de ne pas me laisser gagner par la panique due aux gémissements de douleur, aux suppliques, aux corps éventrés et indécents qui s'offrent à mon regard.

— Mon œil, où est mon œil ? beugle un homme à genoux, le visage en sang.

Une femme bute contre lui, vacille, il s'agrippe à elle, la secoue en réclamant son œil…

Je me détourne, je ne peux pas l'aider, je continue. Vite, il faut que j'atteigne Luska.

Je fais une nouvelle halte et observe Naria. Un moment dissimulée par l'opacité environnante, elle finit par surgir de derrière un cristal et son père l'aperçoit.

— Naria ! s'écrie-t-il, halluciné.

Le cordon d'hommes en noir s'écarte, Pamar se jette sur elle pour l'étreindre et à ma grande surprise, elle répond à son embrassade. Arkadi s'est volatilisé. Je le cherche, aux abois. Pourvu qu'il ne se soit pas écroulé quelque part… D'autres cristaux s'illuminent, encore, et encore. Arkadi ne réapparaît pas. Et Chiros ? Et Sootar ? Je ne les vois pas non plus ! Affolée, je me redresse et scrute la masse grouillante à la recherche d'Arkadi.

Ce n'est que lorsqu'il est devant moi que je remarque l'homme qui me fait face. Râblé, il a un double menton piqué de poils drus, de petits yeux marron foncé. Et une faux.

— Je ne suis pas là pour faire la guer…

Mais le Planteur se fiche de mes belles paroles et lance son arme vers moi d'un coup d'épaule puissant, comme s'il voulait me moissonner. Je saute en arrière, évite de justesse un cristal dont l'extrémité aurait pu me transpercer.

Le sifflement de la lame mécontente balaie le vide.

Je n'ai que mon aiguille et un petit poignard que je ne sais pas lancer. Avec son arme d'au moins un mètre cinquante, mon adversaire a une allonge bien supérieure à la mienne. Je suis à sa merci et il le sait.

Je me blottis contre la paroi et glisse vers la droite en foulées chaotiques, geignant dans ma précipitation, concentrée sur les pièges du sol. Un gros cristal me barre la route. Je veux repartir dans l'autre sens mais l'homme est déjà là. Il n'a qu'un maigre bouquet de cristaux à contourner et il me tuera.

Il fait un pas. Je lance des regards éperdus. Je suis seule. Je suis bloquée.

Un autre pas.

Je n'ai pas le choix…

Je tends la main et convoque la Magie. Le bouquet de cristaux frémit, ses veinules bleues se mouvant soudain comme autant de petits canaux vivants. L'homme se tétanise, déconcerté par la vision de cette pierre qui s'anime. Désespérée, j'absorbe la Magie de toutes mes forces, je m'en enveloppe, je m'en goinfre jusqu'à ce que le cristal luise d'une blancheur insoutenable. Alors je ferme les yeux et me remémore la sensation éprouvée lors de l'audience publique. Je guette cet infime grésillement, signal que le cristal est au bord de se briser, vidé de sa substance.

Et à l'instant précis où je l'entends, je me jette à terre.

La roche explose dans une détonation argentine et une douleur fulgurante me laboure la cuisse. Je retiens un cri étouffé.

J'attends, mon aiguille à la main et comme rien ne se passe, je décide de me redresser.

L'homme est étalé, le corps criblé de cristaux. Un éclat s'est aussi planté dans ma jambe.

Je saigne abondamment, mais je ne dois pas rester inerte, je ne dois pas me laisser aller. Je serre les dents et je me traîne en direction de Jinn et Sana. Ils ne sont pas loin. Encore quelques mètres et j'y serai.

Non, je me rends vite à l'évidence : je ne peux pas avancer avec ce morceau de cristal fiché dans la jambe. Il racle contre le sol rouge et m'écorche la cuisse, la douleur irradie, de pire en pire. Impossible de continuer.

Je m'assois, retire avec fébrilité mon gilet sans manches et entoure le cristal avec pour ne pas me trancher la paume sur ses bords aiguisés. Je vérifie que personne n'approche. Je prends une grande inspiration.

Et je tire sur le cristal d'un coup sec.

Les contours aiguisés raclent ma chair, la douleur est foudroyante, elle dure, s'attarde, rémanente, aiguë… mais ça y est. Il est parti. Je baisse les yeux et le regarde, je le jette sur le côté. Du sang colore mon pantalon, petit cercle rouge qui s'élargit lentement. J'appuie fort sur la plaie pour l'empêcher de se répandre. Je suis si lasse.

Je tourne la tête. Sana et Jinn sont là, bousculés, refoulés. Leur garde est clairsemée.

Je n'ai pas la force de me relever. J'abandonne le gilet et appelle :

— JINN !

Ce dernier, blême, se tourne vers moi, me reconnaît et s'avance précipitamment. Ça y est, je le touche.

— Qu'est-ce que tu fais ici ? suffoque-t-il.

Il est trempé. Ils ont dû passer par le puits. Bien sûr ! Des Sourciers nous ont vues nous en extirper et ont dû jaser. Je comprime convulsivement ma blessure, je vois trouble.

Sana arrive, talonnée par les derniers soldats et Luska. Sa longue figure austère couverte de poussière est aussi dédaigneuse qu'auparavant.

Il me semble que le brouhaha s'amenuise, que les cris sourds s'espacent. Mes oreilles bourdonnent, mes tempes battent follement et je ne sais s'il s'agit d'un rêve ou de la réalité.

— Qu'est-ce qu'elle fabrique ici ? lance Sana.

Ma cuisse est un supplice. Je ne veux rien laisser paraître mais je suis aussi pâle qu'un macchabée.

— Nos Clans ont tenu compte de l'avertissement du Karvar ! m'explique Sana et j'entends le fond de mépris qui transparaît dans sa voix. Mon père est mort, tué par des Planteurs. Il n'a pas de fils et j'ai donc pris sa place. La Cité s'effondre. Nous exigeons notre part du butin avant de quitter la Cité moribonde.

— Votre part du butin ? je répète, médusée.

— Pourquoi l'avoir laissée passer ? s'agace Luska.

Je m'agrippe à lui pour me relever, il me repousse. Je m'adosse à la paroi, chancelante.

— Je suis venue à la demande de Diulé. Elle veut protéger la Magie, reconstruire la Cité. Ensemble, vous pourriez arrêter Pamar, édifier une ville nouvelle.

— Foutaises ! assène Luska. Vu les dégâts occasionnés, la Cité ne pourra renaître de ses cendres, le désert l'engloutira.

— Pourquoi renoncer aussi vite ? je m'étrangle, ma jambe au bord de me faire défaillir.

— Toute autre issue est chimérique. Nous affrétons une caravane dès ce soir et devons emporter le maximum de denrées. Les cristaux de Magie nous ouvriront les portes des autres Cités-États.

— Où est le Conseiller Domur ? je gémis.

— Il a refusé de venir, lance Luska. Tant pis pour lui !

Les gardes sont attaqués, je reçois un coude dans le dos, je chavire. Jinn me rattrape in extremis, puis me lâche après avoir aperçu le regard haineux de Sana.

— Sana, c'est de la folie, je lance, désespérée. Ils s'entredéchirent…

— On n'a pas le choix ! me coupe-t-elle. La Magie est notre laissez-passer. Pamar ne l'aura pas.

— Mais pourquoi ne pas rester et reconstruire ?

— La Cité croît dans le désert et sans Magie, elle ne survivra pas.

Un remous brusque me projette contre la paroi. Je me rattrape à un cristal, m'ouvrant les paumes au passage. La garde est bousculée, cernée. Un des hommes glisse au Conseiller Luska :

— Ils sont trop nombreux, emportez ce que vous pouvez et fichons le camp !

3

Les soldats de Luska sont pris à parti, sauvent leur peau sans se soucier de nous, ripostent, s'enfuient. Jinn et Sana sont pelotonnés l'un contre l'autre, horrifiés, incapables de bouger.

Un petit homme rond aux couleurs de Pamar essaie de me frapper au menton, enchaîne sur un moulinet avec sa courte épée en forme de croissant de lune. Je suis fourbue mais j'évite son geste lourd. Il revient à la charge. J'esquive, je bascule sur le côté et plante mon aiguille dans son cou, l'endroit le plus proche, le plus tendre, le plus meurtrier.

Jinn et Sana me considèrent, ahuris.

— Tu es un monstre, vous êtes des monstres ! glapit Sana, égarée.

Tout n'est que poussière rouge, visages maculés et hagards. La garde rapprochée s'est évaporée, le cercle de protection n'est plus. Luska disparaît dans la foule, englouti, déchiqueté.

Ma vue est brouillée, je trébuche.

Et puis, avant que je comprenne ce qui m'arrive, mon ventre se tend, une pointe le perce, l'ouvre, entre, dilacère mes organes. Devant moi, quelqu'un enfonce sa lame dans mon corps. Je n'ai même pas le réflexe de le frapper, de me défendre. L'homme retire son épée et se détourne, emporté par son élan. Je n'ai aperçu que l'écume solidifiée à la commissure de ses lèvres.

Jinn, occupé à batailler et à venir au secours de Sana, n'a rien vu. Chacun pour soi.

Je lâche mon aiguille et reste hébétée, terrassée par la souffrance, le sang coulant sur mes doigts poisseux.

Je suis percutée. Je m'effondre sur quelqu'un.

Un hoquet.

Je me retourne tant bien que mal… et découvre Sana empalée sur un cristal, les yeux écarquillés de stupeur. Sana que je viens de heurter sans le faire exprès et dont la vie s'en va alors qu'elle me contemple, stupéfaite.

— Non !

Jinn accourt mais il n'y a plus rien à faire. Je voudrais lui dire que je suis désolée, que ce n'est pas ma faute. Il ne m'en laisse pas le temps.

— C'est toi, c'est toi, espèce de dégénérée ! hurle-t-il, un index accusateur tendu vers moi.

Et il me tombe dessus, ongles en avant.

Je m'effondre. Les traits déformés par la haine et le chagrin, Jinn me griffe la figure. J'essaie d'attraper ses poignets mais lui aussi est devenu enragé, rendu furieux par la terreur, le sang, le désespoir, et il me secoue, maintenant, la bouche pincée par l'effort.

— Jinn, arrête ! je supplie.

Mon ventre est un volcan, j'ai l'impression qu'il va se déverser sur le sol rouge de la grotte, se mêler à la terre nourricière du Sanctuaire.

Jinn a une force de kork et les miennes déclinent. Ses deux grandes paumes sur mon visage m'empêchent de respirer, il bascule ma tête sur le côté comme s'il voulait me tordre le cou, je résiste, mais je ne tiendrai pas.

Jinn va me tuer.

Mes vertèbres craquent, je m'arc-boute, mais la lutte est vaine et mes tendons se déchirent, je vois derrière mon épaule, et Jinn appuie, appuie encore jusqu'à me dévisser la tête, je ne distingue plus son visage convulsé et j'ai mal, j'ai si mal que je lâche, éreintée.

J'ai fait tout ce que je pouvais, je ne peux plus.

J'ai le temps d'apercevoir une main saisir ses cheveux, le tirer en arrière.

Et trois doigts difformes lui entrer une lame droit dans le cœur.

25. Chiros

1

Je ne peux plus bouger.

Je m'embrase, je me vide.

Arkadi n'ose pas me toucher. Il s'allonge sur le sol pour que je puisse le voir et me sourit.

— Reste avec moi, Érine. Diulé a envoyé des hommes de Masséate en renfort et les orklas du nord sont tombés à pic. On a gagné.

Pas moi. Je meurs.

— Je peux te porter ?

Je fais signe que oui. je ne veux pas rester là, près de Jinn, de Sana. Arkadi me soulève.

— Naria ! appelle-t-il.

Naria est vivante.

Le plafond de la grotte oscille, on m'allonge.

Le visage ravagé de Naria s'encadre dans mon champ de vision. Elle est en pleurs.

— Mon père voulait m'emmener, Érine… à Aragoa. Je me suis trompée sur toute la ligne, il était sincère, il le faisait pour moi !

Seule la douleur cuisante de mon ventre est acérée. Pour le reste, je nage dans un brouillard cotonneux qui floute les visages, les voix, mes sensations. Les sons sont déformés, sourds, la grotte entière tangue. Je comprends néanmoins l'essentiel : Naria prend soudain la défense de son père… Je n'ai pas l'énergie de l'interrompre.

— Lorsqu'il a entendu parler d'un Karvar, il l'a fait mander, l'a interrogé, et a su que la Cité allait s'écrouler. Dès lors, il n'a eu de cesse que de vouloir m'offrir un avenir. Il s'est démené, a rencontré des chefs, des émissaires de tous les coins de l'Entre-Terre, mais rien n'était satisfaisant. L'ambassadeur d'Aragoa a fini par lui proposer un marché : non seulement il acceptait de l'héberger, mais il lui permettait de ne pas recommencer de zéro et lui garantissait un statut social envié, la protection pour sa famille, une vie honorable…

Naria tâte mon cou, arrache un morceau de sa tunique.

— En échange, les Grands Blancs ont exigé une somme colossale et la livraison des secrets de la Cité. Alors mon père m'a utilisée. Avec l'épidémie, il gagnait du temps et faisait en sorte que la Magie décline moins vite. Et grâce au prix exorbitant de mes baumes, il se constituait une bourse garnie dans laquelle nous pourrions ensuite puiser… Il n'était pas égoïste, Érine ! Au contraire !

Naria colle son visage au mien. Ses larmes s'écrasent sur mes joues lacérées et me consument. Qu'elle se taise, qu'elle arrête sa logorrhée.

— Il pensait bien faire, tu sais, j'étais son unique motivation. Il avait été dévasté par la mort de ma mère et plus que tout, il craignait de me perdre. J'étais sa vie. Il était maladroit mais dévoué. Il souhaitait me faire cadeau d'un futur, d'un possible, quel qu'en fût le coût.

Trop c'est trop.

— Il est fou, j'articule avec difficulté. Il n'aime que lui...

Muette, Naria secoue la tête et me considère gravement. Je remarque enfin qu'elle parle au passé.

— Non, Érine, son seul tort, c'était de m'aimer à la folie. Il a voulu me sauver. Me sauver malgré moi.

Naria désigne quelque chose, sur ma droite, mais je suis incapable de tourner la tête. Elle hésite, puis me bascule avec prudence sur le côté. Mon ventre se cabre, menace de se répandre, je serre les dents...

Je suis face au corps de Pamar.

Mort.

Moi qui ai rêvé de le tuer, de le faire souffrir, de lui rendre au centuple les coups, les humiliations, moi qui ai fomenté mille vengeances, ai fantasmé autant de tortures pour lui faire rendre gorge et payer le mal qu'il m'a fait, je suis en train de contempler son corps sans vie, sa tunique imbibée de sang, sa poitrine qui ne se soulève plus, sa peau rêche et déjà cadavérique.

Et je ne ressens rien.

Ni dégoût, ni compassion.

Rien.

Pamar est mort.

Je vais le rejoindre.

— Un homme a surgi de nulle part et il s'est interposé...

Je voudrais dire à Naria qu'elle est amnésique, qu'elle tait un pan entier de l'histoire, qu'elle la refoule, la nie, la transforme, la jette aux oubliettes, la foule de ses pieds de Descendante pourrie gâtée, qu'elle oublie Lorte, occulte les sépultures violées, les innocents assassinés, les manipulations, les mensonges, l'ignominie, les persécutions, la bassesse…

Je ne le fais pas.

Naria vient de perdre son père.

Son père qui l'aimait.

Son ordure de père qui l'aimait.

Et je comprends brusquement que ce qu'elle ressent ne doit pas être si différent de ce que j'ai ressenti, moi, le jour où j'ai perdu mon père.

Si Naria a besoin d'absoudre Pamar dans la mort pour vivre, ce n'est pas à moi de l'en empêcher. Ce n'est pas ma place.

Alors je me tais.

Je ferme les yeux, les mains crispées sur mon ventre bouillant. J'entends Arkadi qui souffle :

— Naria, il faut l'aider…

Les bruits autour de moi s'estompent. Le brouillard s'épaissit.

Je sombre.

2

— Érine…

Je connais cette voix.

Chiros.

Pourtant, son timbre est différent, il résonne.

J'ouvre un œil. Je suis toujours dans le Sanctuaire.

Naria est penchée sur mon ventre et panse ma plaie. La douleur irradie dans ma poitrine, mon dos. Un tissu chaud a été appliqué sur mon cou gonflé qui m'élance

Sur ma droite, je rencontre la main froide de Pamar. Je me tourne légèrement de l'autre côté.

Chiros est juste là, allongé sur le dos. Lui aussi est blessé. Ses joues sont creusées, sa peau blafarde tire sur le vert, sa respiration est bruyante.

— Voilà… dit-il pour approuver.

Je comprends pourquoi sa voix est changée : ses lèvres ne bougent pas. Il s'adresse à mon esprit.

— Érine… te souviens-tu de ce que je t'ai dit à propos de Diulé ?

Je fronce les sourcils.

— Elle a su me poser les bonnes questions…

Je ne bronche pas.

— Écoute-moi bien, Érine. Je te dois la vérité. Car j'ai lu. J'ai vu. Et je vais mourir.

Je voudrais lui dire que non, Naria va le soigner, il ne peut pas m'abandonner comme ça, il doit me raconter, m'expliquer… mais ma gorge est trop tuméfiée.

— Au seuil de la mort, je suis enfin mon propre maître. Nous, les Karvars, naissons souvent dans l'esclavage, connaissons rarement la liberté. La mort me rend la mienne et m'autorise à te révéler aujourd'hui un secret. Tu le conserveras avec soin, comme un trésor.

Je cligne des yeux.

— Vois-tu, comme l'exige le rituel immuable de la divination karvare, j'ai apporté trois réponses à Diulé le jour où elle m'a interrogé sur le sort de la Cité. Je lui ai d'abord dit que la Cité des Six tomberait, certes, mais qu'ensuite, elle serait reconstruite. Et que toi, Érine, fille des Clans, orkla, Enfant-Sortilège, tu serais celle qui la restituerait à ses véritables ancêtres… Oui, je t'ai vue, Érine, et j'ai su que tu jouerais un rôle capital dans la chute et la renaissance de la Cité. Dans ma vision, limpide et indéniable, tu étais celle qui cristallisait les forces et la mémoire des Kashushas, qui unissait passé et présent pour trouver le lien, le chemin. Voilà pourquoi Diulé t'a protégée. Tu lui étais indispensable car tu lui rendrais l'ancienne ville.

De petites étoiles blanches apparaissent devant mes yeux.

La voilà, la vérité.

J'ai été bringuebalée comme une feuille dans le lit d'un torrent, confrontée à la réalité par petits bouts tronqués quand on jugeait qu'il était temps.

Chiros est tout contre moi, sa respiration est bruyante. Je fais un effort incommensurable pour le regarder. Il m'observe de ses étranges billes noires et l'espace d'un instant, j'y aperçois un ciel étoilé, un feu aux flammes dansantes, une lumière irréelle et sublime.

— Je l'attends depuis longtemps, je l'ai crainte et parfois espérée. La voici qui arrive. Elle est belle et me tend la main. Adieu, Érine, Fille-Sortilège…

Chiros sourit et se fige.

Lui aussi, il est mort.

Je voudrais comprendre, songer aux conséquences de ces révélations. Mais les ténèbres m'engloutissent à mon tour.

26. La fin des Clans

1

— Comment tu fais ton compte ? Essaie au moins de tenir le manche comme il faut !

— Je fais ce que je peux ! Ce que tu es désagréable…

— C'est vrai que toi, tu es un modèle de gentillesse.

Ma tête pèse le poids d'un kork.

J'ouvre un œil.

Je suis allongée dans une chambre tendue de bleu ciel, une large fenêtre s'ouvrant sur le ciel lumineux. Le décor est épuré : une table en bois, un fauteuil, un broc, un bac.

Arkadi et Naria sont occupés à lancer des poignards sur une cible en herbes tressées. Les impacts dans le mur indiquent que Naria fait preuve d'un talent très relatif en ce qui concerne le maniement du couteau.

— Surtout, faites comme si je n'étais pas là… je croasse d'une voix rauque.

Ils se retournent comme un seul homme.

— Ah ! J'ai bien cru que Naria nous avait menti concernant ses talents de Guérisseuse…

Naria lève les yeux au ciel.

— Comment tu te sens ?

Je glisse une main prudente sur mon ventre. La plaie s'efface. Je me risque à bouger le cou… Il a l'air normal.

— Tu nous as fait peur, m'explique Naria, je n'avais aucune plante pour te soigner, dans le Sanctuaire… J'ai paré au plus pressé avec trois bouts de chiffons et Sootar t'a portée chez Diulé.

— Dans une hotte ! précise Arkadi, goguenard.

Sootar est vivant, donc.

— Et Naria, cette sorcière, t'a fait boire une infusion douteuse. Tu as ronflé pendant une semaine ! s'exclame Arkadi.

— J'ai dormi une semaine ?

— Oui, on s'est relayés pour te veiller, avec Arkadi et ta mère…

Je me redresse sur un coude et Naria glisse un oreiller sous mon dos. Je suis assise. Engourdie, mais assise.

— Que s'est-il passé ?

— Pendant qu'on descendait dans les grottes, Diulé a dépêché un messager dans la zone orkla nord. Une alliance était prévue avec Masséate, leur chef. Il a aussitôt répondu à son appel et envoyé ses soldats. Leur arrivée a chamboulé le rapport de force et modifié l'issue du combat. Mais les morts se comptent par dizaines.

— Chiros, Luska, Jinn, Diho, Sana, mon père… murmure Naria.

— Dès la fin de la bataille, on a fait un état des lieux et acheminé les blessés chez Diulé. Sootar s'est occupé de toi, Diulé a récupéré des herbes et Naria a passé la semaine à te concocter des cataplasmes.

— Merci…

— Ta mère et ta sœur vont bien, s'empresse d'ajouter Arkadi qui se plaît décidément à jouer les protecteurs.

— Et ailleurs ?

— Les échauffourées sont maîtrisées. Depuis une semaine, les orklas investissent la Cité. Diulé ne voulait pas garder les habitants en otage alors elle a affrété des caravanes pourvues en eau et nourriture. Beaucoup de membres des Clans sont partis. La plupart de la ville est détruite, abandonnée. Diulé a sécurisé l'accès aux grottes, gardées sans trêve. Les orklas tuent sans sommation ceux qui s'en approchent. La nouvelle s'est propagée et personne ne s'y risque, désormais.

Encore des morts…

— Il y a eu des bonnes surprises, aussi, précise Naria. Domur a conclu un accord avec Diulé, des Planteurs sont restés et l'aident, notamment, à cultiver.

— Et Mrone ?

— Personne ne l'a revue.

On peut donc ajouter Mrone à la longue liste tragique.

— Dès que tu seras remise, on se trouvera un endroit pour vivre, il y a l'embarras du choix ! Ensuite, on sera assignés à une mission : champs, eau, etc., pour reconstruire la ville des Enfants-Sortilèges, comme l'a baptisée la vieille… je veux dire, Diulé.

Trois coups à la porte interrompent la tirade emballée d'Arkadi. Une Palo aux anges se rue sur mon lit, rebondissant dessus comme un petit animal surexcité.

— Érine est réveillée, Érine est réveillée !

Ma mère s'avance et m'embrasse. Ses yeux sont cernés, sa chevelure de jais est semée de cheveux blancs que je n'y avais jamais vus, mais elle a l'air épanouie.

— On peut dire que j'ai passé une semaine éprouvante, ma chérie ! Comment te sens-tu ?

— Ça va…

— Diulé sera heureuse d'apprendre que tu vas mieux, assure-t-elle.

Je souris distraitement à ses paroles et n'écoute pas le verbiage qui s'ensuit. Ai-je réfléchi en dormant ?

Toujours est-il que, lorsque je me présente devant Diulé dans la salle aux tapisseries, soutenue par ma mère et Naria, je ne suis plus dupe de rien.

2

— La voici enfin, celle qui a rendu la ville à ses ancêtres ! s'exclame la vieille femme au crâne rasé.

Elle m'arrive aux clavicules. Elle me tapote l'épaule, m'entraîne vers la table. Des verres y trônent déjà. Le petit homme aux oreilles trouées apporte un pichet de sahlab. Le goût chaud et sucré du liquide est voluptueux. Je suis affamée. On m'apporte du pain et des jarles cuisinées presque délicieuses. Presque. Je suis soulagée de voir que les habitudes culinaires n'ont pas changé.

Ma mère, Palo, Arkadi et Naria sont assis et m'admirent en train de dévorer.

— Tes amis t'ont raconté ? Nous avons réussi, Érine ! La Cité est à nous. Bien sûr, nous devons la rebâtir mais nous avons su préserver une partie de la Magie et cela constitue un atout précieux. Nous avons besoin de temps, de patience, d'énergie. Tout se noue, se lie, s'invente, c'est un moment savoureux et tu vas y participer ! T'ont-ils parlé de l'alliance conclue avec l'ancien Conseiller Domur ?

J'opine.

— Masséate a essayé de résister à cette entente inédite mais nous avons réussi à le raisonner et tout rentre dans l'ordre.

Elle se frotte les mains de contentement. Je sens la question poindre. Je la redoute et l'attends.

— Alors Érine, as-tu une idée de ce que tu veux faire, de l'endroit où tu logeras, de la tâche que tu souhaites accomplir ? Tu as l'embarras du choix ! Nous avons besoin de toi, chaque paire de bras compte.

Dans sa hâte, Arkadi me fauche l'herbe sous le pied et s'enflamme.

— On pourrait habiter chez les Sourciers, tu as toujours dit que c'était ton Clan préféré ! J'ai même repéré un toit libre, Érine, on n'a qu'à rafistoler une hustissa près du chant de l'eau et faire pousser des jarles…

Je sauce mon assiette avec un morceau de pain que j'enfourne goulûment, me tourne vers ma mère. Elle interprète mon geste de travers.

— J'ai emménagé dans une husta non loin d'ici, un lieu tranquille et sûr. Si tu décides de t'installer chez les Sourciers, nous serons voisines.

Diulé me regarde, les yeux brillants.

Je m'essuie la bouche, termine mon verre de sahlab.

— Je ne reste pas.

Ma mère fronce les sourcils. Diulé, elle, en relève un.

— Je ne reste pas, je répète, sûre de moi maintenant que c'est dit.

Arkadi est livide.

— Comment ça ?

Ma décision est prise.

Je suis née dans un Clan où mon destin était tracé : j'y serais Dresseuse. J'ai lutté pour me défaire de ce joug, je me suis enfuie. J'ai atterri chez les orklas où j'ai adopté la seule vie qui s'offrait à moi : celle de déterreuse. J'ai été happée dans les complots fomentés par Pamar, j'ai lutté, j'ai essayé de tracer ma voie, je me suis battue de toute mon âme... pour comprendre que, depuis le début, j'étais le jouet de Diulé.

Ça suffit.

— Je quitte la Cité.

Je peux entendre la douce respiration de ma mère, celle, légère, de Palo qui m'examine, curieuse, et celle sifflante, de Diulé.

— Tu... tu es sûre ? se risque ma mère.

Diulé enchaîne aussitôt, profitant de la brèche.

— Un jour, la ville sera de nouveau belle et florissante, Érine. Des caravanes sont parties dans l'espoir d'exhumer des cristaux de Magie, nous pouvons accomplir de grandes choses !

— Je ne veux rien accomplir du tout. Je veux trouver mon chemin et le suivre.

— Mais ton chemin est ici !

— Mon chemin est là où je le décide.

Diulé se ferme. Son visage se fait dur.

Je la fixe.

— Vous élevez une Cité neuve, dans laquelle le bien-être de tous est pris en compte. Plus de contraintes décidées par une poignée de dirigeants, privilèges et privilégiés sont bannis. Dans la ville des Enfants-Sortilèges, chacun est libre tant qu'il ne dérange pas les autres, libre aussi de choisir son destin. C'est ce que vous m'avez dit, n'est-ce pas, Diulé ?

Elle m'observe. Un instant, je crains qu'elle se fâche, se déchaîne, m'enchaîne, me punisse, voire veuille me tuer si je résiste, elle aussi.

— N'est-ce pas ?

— Tu es une Kashusha, Érine, tente-t-elle. Notre terre est ta patrie.

— Je n'ai pas de patrie, je suis issue d'un Clan qui ne m'a jamais initiée et n'existe plus. Je suis une orkla qui a toujours rêvé de retrouver les siens pour mieux s'apercevoir qu'ils n'étaient plus les siens. Je suis une Enfant-Sortilège qui n'a jamais deviné sa nature. La seule patrie que j'aie jamais eue, si j'en ai eu une, c'était Malcor.

Ce que je viens de dire est d'une violence inouïe pour ma mère. Je le comprends à l'instant où je le formule. J'attrape frénétiquement son bras et le serre.

— Je t'aime. Tu es ma mère. Mais je veux avancer.

Elle dépose un baiser sur le dos de ma main.

— Je ne te retiendrai pas, Érine, ma grande fille…

— Elle ne va pas rester, maman ? demande Palo de sa voix suraiguë.

Elle me contemple. Une larme comme une perle est accrochée à ses longs cils noirs.

— Non ma chérie, mais peut-être qu'elle reviendra, quand elle aura trouvé ce qu'elle cherche…

Palo reste coite et songe, immobile. Puis elle renifle, descend de sa chaise, s'approche de moi à pas menus, et imitant ma mère, embrasse ma main.

Diulé s'incline.

— Je ferai préparer une caravane avec des provisions. Si tel est ton choix, je le respecte. Rappelle-toi, je tiens toujours parole.

Son visage reste fermé, mais elle hoche la tête pour signifier qu'elle a compris.

Je me surprends à espérer.

La ville a peut-être un avenir.

27. Le désert

Je ne veux pas risquer de changer d'avis. Deux jours après, je suis en route pour la porte de l'Astre qui mène à la route d'Aragoa. Ma mère et Palo m'accompagnent.

Diulé m'a déjà fait ses adieux.

— Je vous souhaite de construire la ville de vos rêves, Diulé, lui ai-je dit en guise d'au-revoir.

— N'oublie pas qu'elle te sera toujours ouverte, Kashusha ! Et pars en paix, je veillerai sur ta mère et ta sœur, elles sont les deux dernières de mon sang.

Palo a glissé sa petite main dans la mienne et chantonne. Ma mère est silencieuse. Je sais que ma décision lui fait mal, mais elle la respecte et je l'aime pour cela.

Arkadi est déjà en train de ronchonner.

— Qui va conduire la caravane, déjà ? Tu le connais, Érine ?

— Non, c'est un marchand arrivé hier de la porte des Arlares. Il s'appelle Valton.

— Il va pas nous rouler, nous abandonner au milieu du désert à mourir de soif, tu es sûre ?

— Je t'ai connu plus assuré, se moque gentiment Naria, dont la gourde pleine à ras bord rebondit sur les cuisses.

Plus rien ne la retient ici. Arkadi non plus.

Naria traîne un sac d'herbes séchées récupérées dans son donjon. Elle a laissé un livre à ma mère, dans lequel elle a compilé ses connaissances sur l'art de guérir, les plantes, la diagnose, les remèdes, les formules. Ma mère a naturellement repris le flambeau. Je crois qu'elle est ravie. Elle va accomplir ce dont je rêvais voilà quatre ans, et devenir une Guérisseuse libre de tout Clan.

Nous atteignons la porte de l'Astre. Deux charrettes attachées à des animaux étranges attendent sous le soleil dont les rayons frappent dru. L'une est bourrée à craquer, couverte d'une bâche beige en toile grossière, l'autre est à moitié vide.

— C'est là-dedans qu'on va voyager ? lâche Arkadi. On va crever de chaud ! Et t'as vu les bestiaux ? Ils sont hideux !

— Je ne tiendrai pas longtemps s'il gémit comme ça... se plaint Naria.

— S'il continue, je l'assomme... tonne une voix derrière moi.

— Sootar !

Je n'ose y croire mais Sootar porte indubitablement un baluchon sur son épaule.

— Je suis chargé de veiller sur toi, Érine, tu te souviens ?

Arkadi rayonne. Son héros, la cuisse encore bandée, reliquat de la bataille des grottes, se joint à nous. Le géant me donne une bourrade dans l'épaule de son gros poing fermé. Ses cheveux blancs étincellent dans la lumière du jour.

— Je dois admettre qu'Arkadi a raison, ajoute-t-il alors que nous touchons à la charrette. Ces bestioles sont vraiment bizarres...

Les bêtes attelées ressemblent à d'énormes arlares sans ailes, la peau noire épaisse et imberbe, une gueule pointue qui se termine en bec, et des yeux aux paupières transparentes.

— Tiens, avant que j'oublie…

Ce disant, Sootar glisse quelque chose dans ma main.

Je l'ouvre pour y trouver une chaîne composée d'étroits maillons dorés. Au bout pend une minuscule clef, de la taille d'une de mes phalanges, en forme de losange creusé d'arabesques gracieuses.

Devant nous, Arkadi a pris la tête des opérations.

— Vous êtes Valton ? s'enquiert-il.

L'homme qu'il interpelle ainsi est efflanqué, enveloppé dans une robe blanche qui le couvre entièrement, tête comprise. On ne discerne que ses yeux bleu foncé et son nez fin. Il aspire un long cône rouge. La fumée qui s'en échappe est carmin et s'envole indolemment avant de se dissoudre dans l'air. L'odeur est lourde, sucrée.

— Et vous êtes mes voyageurs ! Allons-y ! répond-il avec un fort accent. Ma cargaison va souffrir si je ne suis pas à Aragoa très rapidement.

Je ne l'écoute que d'une oreille et interroge Sootar à voix basse.

— C'est quoi cette clef ?

— Aucune idée. Chiros me l'a confiée dans la grotte, quand je l'ai récupéré. Il m'a formellement défendu de la montrer ou d'en parler à quiconque à part toi.

— Il ne t'a pas dit ce qu'elle ouvrait ?

— Non.

Elle ne me sera plus d'aucune utilité, dorénavant. Je quitte la Cité ; ce que voulait me dévoiler Chiros y demeure, enfoui dans ses affaires. Tant pis.

Je passe la chaîne autour de mon cou, dissimule la petite clef sous ma tunique.

— Y a quoi sous la bâche ? interroge Arkadi qui se hisse dans la charrette à moitié vide.

Il tend son crochet à Naria, qui hésite un instant avant de le prendre et de grimper à sa suite.

— T'occupe ! lui dit Valton. Chez les marchands, on aime les gens discrets.

— Chez les orklas aussi... lui dit Sootar qui se plante devant lui, le dépassant de deux bonnes têtes.

Arkadi glousse et se cale contre un sac en tissu.

Je me tourne vers ma mère.

Je la prends dans mes bras.

Je la serre contre moi.

Palo s'accroche à nos jambes.

Nous restons toutes les trois ainsi sans bouger.

J'entends le mors des bêtes noires qui crisse sous leur mastication, les cris distants des gens qui ont choisi de rester, qui construisent, réparent, édifient, ébauchent, chantent.

Le bruit sourd de la ville qui renaît.

— Prends soin de toi, ma chérie, chuchote ma mère alors que je me détache d'elle.

— Toi aussi, maman.

Je m'agenouille face à Palo dont les yeux brillent. Sa longue chevelure bouclée est l'exacte réplique de celle de ma mère.

— Tu prends bien soin de maman, d'accord Palo ?

— Oui, oui. Tu reviendras nous voir ?

— Sûrement.

Je me retourne, saute d'un bond dans la charrette qui s'ébranle et se met à ballotter, cahin-caha.

— Érine ! appelle ma mère.

Nous franchissons déjà l'épais premier Mur, traversant la porte de l'Astre grande ouverte, cette même porte par laquelle j'ai voulu me sauver, il y a quatre ans, et dont j'ai été refoulée par les Couteliers.

— Je suis fière de toi ! articule ma mère sans un son.

Je lui souris.

Je la regarde devenir toute petite.

Je m'installe bien droite dans la charrette.

Et je plonge dans le désert.

Remerciements

Je n'aurai jamais assez de mots pour remercier…

Xavier, pour sa confiance, sa patience, sa pertinence, sa présence,

mon amie Claire qui passe chacun de mes romans au peigne fin, traquant la moindre de mes incartades avec son œil laser et plein de bienveillance, sans jamais rechigner,

mon père pour les conversations sans fin et son oreille attentive à mes interrogations les plus nébuleuses,

ma mère qui, en acceptant de lire les aventures d'Érine, a fait sa première incursion en Fantasy, et ça se fête,

Jean-Sébastien Raul, professeur de médecine légale à la faculté de Strasbourg, qui a répondu à mes questions et m'a raconté moult détails sur la façon de déterrer et l'art de côtoyer des cadavres, la librairie *Le 5e Art*, à Saint-Jean-de-Luz, qui a joué un rôle déterminant dans la naissance de ce livre,

Simon et Odile, pour leur amitié précieuse,

et les lecteurs du *Livre de Saskia*, dont le soutien et la fidélité me permettent à chaque instant d'avancer.

Table

Du même auteur

Les Envahissants (dessin de Marie Voyelle),
Le Livre de Poche, 2001

Le Livre de Saskia, *Le Réveil* (tome 1),
Scrineo Jeunesse, 2011

Le Livre de Saskia, *L'Épreuve* (tome 2),
Scrineo Jeunesse, 2011

Vous avez aimé ce livre ?
Vous avez envie de partager vos impressions,
dialoguer avec l'auteur, découvrir d'autres romans de la collection ?
Venez rejoindre la communauté des lecteurs de Pandore sur le Web !

www.lepreauxclercs.com/pandore

www.facebook.com/Collection.Pandore

www.le-blog-de-pandore.fr

Composition et mise en pages : FACOMPO, Lisieux

MIXTE
Papier issu de sources responsables
FSC www.fsc.org FSC® C003309

Cet ouvrage a été imprimé en France par

CPI
BUSSIÈRE

à Saint-Amand-Montrond (Cher)
en février 2013

N° d'impression : 124875
Dépôt légal : mars 2013